ammann

Birgitta Trotzig

Moorkönigs Tochter

Roman

Aus dem Schwedischen übersetzt
von Jörg Scherzer

Nachwort von Inger Christensen

Ammann Verlag

Die Originalausgabe erschien 1985 bei Bonniers in Stockholm
unter dem Titel »Dykungens dotter. en barnhistoria«

Umschlaggestaltung: Nina Rothfos
ISBN 3-250-10144-3

»Mud, Mud, Mud, Mud, dort! Hiev, hiev,
hiev, hier!
Im Mud, im Mud, im Mud
bist du gestorben!
Aus Mud, aus Mud, aus Mud
bist du entstanden!«

Strindberg, Als die Baumschwalbe
in den Kreuzdorn kam

»Christus ist auferstanden von den Toten,
durch den Tod besiegte er den Tod,
und denen, die in den Gräbern lagen,
schenkte er Leben.«

Aus der orthodoxen Osterlithurgie

ch habe eine Geschichte zu erzählen. Eine Frau kommt laher. Sie kommt vom hintersten Ende des Landes, wo lles aus wunderlichen Zwingern besteht. Sie ist unter-vegs in die Stadt. Sie hat ihre Gründe.

Ja, an einem Sommermorgen in der Vergangenheit am einmal eine Frau zu Fuß über die hohen Hügel am Meer gewandert. Ganz draußen im entlegensten Österlen eschah dies – im Südosten, und rund um sie her sah man ur das Meer, die Ostsee. Hier oben nur Grasheide und lügel. Sie kam von einer einsamen Landzunge, die ins Meer hinausragte, sie befand sich auf dem Weg zur Bahn-tation im Inland. Es herrschten stiller Wind, frühe frische onne, der Tau zitterte in den Thymianblüten, sanfter alziger Wind wehte um die Schläfen, Hummeln und läulinge tanzten über dem noch feuchten Gras. Das Ge-:t des weißen Labkrautes, des Katzenfußes und des ınklen Rosenklees stieg auf zum Schöpfer im Abgrund. lles dampfte, perlte und jubelte vor Nässe. Sie ging ırch den sirrenden, duftenden, singenden Sommermor-n, das Weideland bewegte sich wie ein warmer Körper ıter ihren nackten Fußsohlen – sie ging barfuß, die :huhe hatte sie ausgezogen und in ihre Tasche gesteckt, e Erde war ein starker Körper unter ihr, sie trug sie, ihr ınkles Gesicht sah geduldig zu ihr auf. Ringsumher, beinahe am ganzen Horizont, strahlte und glitzerte die See, Himmel und Meer flossen zusammen zu einem einzigen Licht. Durch das strömende, blendende Meeresbrausen ging sie. Doch das Licht, das Meer, die Düfte erreichten sie nicht. Sie trug an einer Erinnerung. Die wollte sie vergessen. Will man aber unbedingt vergessen, kann man so an das gefesselt sein, was man zu vergessen sucht, daß es einem nicht gelingt, anderes zu sehen. Darum also lag nun die Welt für sie da wie tot. Strahlender Himmel, strahlendes Meer. Doch die Augen sahen nicht, was sie sahen. Sie sahen eine Mauer ohne Himmel, hoch und leblos erhob sie sich.

Man mußte lernen zu vergessen, hatte sie erfahren. Si wollte, wollte vergessen. Sie wollte, sie wollte, daß alle wäre, als sei nichts gewesen.

Und allem hatte sie den Rücken gewandt. Alles, wa gewesen war, lag nun hinter ihr. In der Tasche befand sic nichts von Wert. Sie besaß nichts, auf das sie Wert legte Sie wollte nichts besitzen. Neu war jetzt alles. Auf ein Weise hätte alles unfaßbar leicht sein können. Als könn sie eigentlich (EIGENTLICH) einen Schritt über den Ab hang, hinunter ins Meer machen, hinaus in das strahlend All, und einfach nur segeln.

Doch der, dem man Erinnerung nicht erlaubt, wir einsam wie ein Stein.

Und im Blickfeld vor ihr lag wirklich nichts. Nur d weite, sonnige Land, der Blendkranz des Meeres run herum. Nirgends ein Hindernis. Leere. Man sah hier se weit ins Land hinein, man sah die Wolkenschatten, d weit entfernt fortzogen über die blauen Waldmassen d Ooses, man meinte, das ganze Land zu überblicken u alles, was sich in ihm regte – dies aber war ein Trugbild, die Wirklichkeit war anders.

Zu leer, zu hell, zu klar alles. Die Wirklichkeit war anders.

Wer sich Erinnerung verbietet, wird vom Leben der verbotenen Erinnerung schwer wie ein Stein.

Und den Schritt hinaus in das Strahlende, den konnte sie nicht tun.

Denn das Hindernis gab es. Es gab diese Erinnerung, mit der sich nicht fertigwerden ließ. Etwas gab es, das man nicht hinter sich hatte lassen können, etwas gegen das nichts half, nein, nichts, es saß, wo es saß, unerreichbar, offensichtlich unverwundbar, ein starkes Leben. Ein mit jedem Tag schwererer, immer lebendigerer Klumpen Erinnerung saß da und schabte und drückte gegen die Rippenbögen. Seit so vielen Monaten jetzt, eine unmeßbare Tiefe der Zeit. Wie man sagt: Sie war nicht allein. Bei jedem Schritt über das Weideland war er dabei, beschwerend und erstickend, ein dunkler, aber saugend starker Schatten ihrer selbst, völlig fremd noch – kam plötzlich wie Widerstand, beschwerend zögerlich, aber doch so stark, daß sie in einem heftigen Schmerzzucken spürte, welche fremdartigen Bewegungen es waren, die in ihrem Innern lebten. Wie dieser schwere, träge Klumpen dort unter der gespannten Bauchdecke etwas völlig anderes war als sie selbst. Irgend jemand bewegte sich dort, tastete sich träge durch ein unbegreifliches Dunkel, unwiderruflich ein eigener Wille. Dunkel unfertig tastend suchend dort drinnen in seinem Dunkel, bereits auf seinem eigenen Weg. – Ja, das Hindernis saß, wo es saß, unwiderruflich wachsend. Dort drinnen gab es eine Welt für sich. Dort war es dunkel, vielleicht ein Meer, ein gewaltiges dunkles All, ein Meer in der Dunkelheit. Nach außen, zur Sonne und zum Glitzermeer, verlief die Grenze. Nach innen aber: Dunkel. Das Nachtall brauste. Schwer, sanft krabbelnd bewegte sich das Meer in ihr. Es war, als verschiebe sich die Welt. Als stolpere sie und stürze haltlos hinab – die Bewegung des Gewaltigen war schwer und säumig wie der Mond. Das Mondmeer bewegte sich dort drinnen unter der blanken, straffen Bauchdecke. Ein dunkler Mond hing dort, sog wie ein Egel vom Leben des Dunkels, atmete auf seiner eigenen Bahn dort drinnen im Dunkeln, das eine Grenze nicht kannte.

Und der Anfang:

daß die Sonne geboren wurde wie ein Blitz, alles wurde in einem einzigen strahlenden Augenblick erleuchtet, von Horizont zu Horizont stand jedes Sandkorn, jeder Halm, jede Ameise und ihr Schatten scharf in diesem strahlenden Licht. Alles war unbeweglich. Der Tau dampfte.

Über Meer und Land, See, Sumpf und Stadt stand dieses gewaltige schweigende Licht.

Die Sonne war von allem am ältesten. Von dort, wo es nichts gab, brach sie sich gebärend Bahn. Über dem Erdkreis stand dieser riesige, brennende, lichtpulsierende Feuerkörper in der Mitte der Erdkörper.

Im Atem der Sonne lebte alles. Wo er nicht war, war nichts. Dort wohnte der Tod. Der Tod war Schatten, der alle Dinge und Geschöpfe mitten im Sonnenlicht fällte. Der Tod war der Schatten der Sonne. Auf seine Weise enthielt darum der Tod das Leben der Sonne.

Denn auch im Schatten leuchtete und lebte es. Der Schein der Sonne durchschnitt das schwarze All und schenkte der toten Lebensgefährtin, der toten Schwester, Leben. Die Mondkugel war nicht tot, sie lebte das zweite, umgekehrte Leben der Sonne. Der Mond leuchtete aus den Seen und Mooren und rief nach dem Meer, bis es sich aus seinem Bett erhob und eilends kam. Der Blick des Mondes war im Meerwasser und im Strandmorast, in den Moorseen, dem Sumpf, dem Abfall, dem Blut, den Bewegungen der Embryos, dem Tod.

Dies war das dunkle, eigenständige, geleugnete Leben dort unten. Unermeßlich stärker als der Körper, dessen Schatten es war. So unermeßlich stärker. Meer und Mond, die sich in diesem gewaltigen Dunkel bewegten. Das war eine andere Ordnung.

Sie jedoch, die dort mit der Reisetasche in der Hand ging (einen Gardinenring als Ehering hatte sie ebenfalls, damit die Leute nicht fragten, zumindest nicht sofort), sie befand sich in ihrer Ordnung. Im letzten Jahr der zwanziger Jahre war es, überall gab es wenig Arbeit, immerhin aber war das Leben auf dem Land leichter, wo die Höfe, wie die Zeiten auch sein mochten, hie und da ein wenig zusätzliche Hilfe benötigten. In der umgekehrten Richtung dagegen war dies mehr als unmöglich. Machte man sich zu dieser Zeit also überhaupt irgendwohin auf, dann aus der Stadt hinaus und weg. Sogar aus Amerika kehrten die Leute jetzt in großen Scharen heim.

– Sie jedoch – sie befand sich auf dem Weg vom Land in die Stadt. Gegen alle Vernunft war sie unterwegs in die Stadt, um Arbeit zu suchen.

Und sie hoffte, hoffte, ja, daß das, was in ihrem Inneren wuchs, auf irgendeinem Wege der Gnade vernichtet werde – auf irgendeine Weise plötzlich ganz einfach nicht vorhanden sei.

Doch das Licht der Sonne, das von weitem die nächtliche Schwester der Erde mit dunkelbrennendem Leben befruchtete, es gedieh, es leuchtete.

So ist es gewesen:

Im August 1920, in einer spiegelnd dunklen Nacht, brannte draußen auf dem offenen Meer vor Sandhammaren ein Fischerboot. Der Eigentümer, der Fischer Julius Rosenkvist aus Kåseberga, erblindete aufgrund seiner Verletzungen – das Augenlicht war ihm ausgebrannt worden. – Darum mußten sie sich der Erde statt der See zuwenden. Er hatte eine einzige Tochter, sie und ihre Mutter mußten die kleine Landwirtschaft besorgen, die bis dahin nur Nebenerwerb gewesen war. Der Blinde verabscheute die Landarbeit, die Fischerei war sein Leben gewesen. Meist mußte die Tochter, seltener die Ehefrau, ihn jeden Tag hinunterführen zum Kahn, der alles war, was er nun noch auf See hatte. Dem Blinden schien es, als ob bei jedem Schritt auf dem Pfad neben dem tief eingeschnittenen Bachlauf und das kleine Wäldchen die Erde ihn in sich festsaugen wollte, jeder Schritt wurde hinabgezogen wie im Moor – im Wäldchen mußte er sich hinsetzen und ausruhen, nach dem Unglück hatte sich mit seiner sonstigen Gesundheit etwas Merkwürdiges zugetragen, er wurde nie mehr der alte. Er saß da und fühlte, wie die feuchte Erde sog, als wolle sie ihm das Fleisch von den Knochen ziehen. Dann ging er weiter, hinunter, fühlte er das Meer näherkommen, wie Bewegungen gegen das Gesicht, ein sich verstärkendes großes Brausen. Doch er konnte es ja nicht sehen. Auf dem Boot war er auch nicht groß von Nutzen, das meiste verrichtete die Tochter, er war in zu hohem Alter blind geworden, es fiel ihm schwer, zu den Handgriffen zurückzufinden. Am besten söhnte sich der Tastsinn mit dem Flicken von Netzen aus, oft blieb daher die Fischerei voll und ganz der Tochter überlassen – auch weil es ihm, war er dann unten am Meer, schwerfiel, die Enttäuschung zu ertragen, daß es um ihn nun so stand. In seiner Blindheit wohnte er wie bereits in seinem Grab, er raste und warf sich hin und her, er versöhnte sich nicht. – Und einmal, an einem schönen Sommertag am Meeresstrand, sah die Tochter, wie das blinde, dem Meer zugewandte Gesicht nur zuckte und zuckte. Um ihn herum strömte und floß das blendende, meeresbrausende Licht. Es floß auch das Weinen auf seinem Gesicht, strömte und rann. Er spürte, wie das Moor kam, wie er zersogen wurde, wie er zu nichts wurde.

Denn im Inneren des Strahlens herrscht die Nacht. Das Meer ist schwarz. Dort draußen auf dem offenen Meer brennt das Boot – ständig. Der Blinde, Apostel der Gerechtigkeit, Erzengel des Gewissens, sitzt am Küchentisch. Er ist umgeben von Dunkelheit, das Brausen und Donnern der Wogen hört nicht auf. Er sieht nur, daß es brennt. Warum läßt du das Leben der Menschen vergehen, die Sperlinge fallen zur Erde. Das Netz fällt zu Boden. Riesige blaugeäderte Hände liegen auf dem Wachstuch des Tisches, öffnen sich, schließen sich. Die weißvernarbten Augen schreien hinaus in das All.

Doch seine Tochter (Tochter und Ehefrau waren seine einzigen nahen Angehörigen) fand sich niemals ab mit dem Anblick der getöteten Augen. Die weißnarbig erloschenen Augäpfel verursachten ihr einen unerträglichen Ekel. Geblendet schrien sie in das All, was?

Zumindest, was die ganze Zeit zu hören sie nicht Lust hatte. – Und eines Tages hatten die Umstände des Lebens sie so weit gebracht, daß sie gehen mußte – wie es auch sein mochte, sie mußte gehen –, ein unfaßlicher Verrat, der indessen auch eine unermeßliche Erleichterung mit sich brachte, als gehe sie auf Luft.

Das war das alte Land, in dem alles voll wunderlicher Zwinger war, eine sonderbare Ordnung.

Es hatte weit fort, weit drinnen angefangen. Die ganze Jugend hindurch hatte diese Frau von sich selbst gemeint, sie könnte ebensogut tot sein – sie sei tot. In allem war sie einsam – in Gedanken, in Gefühlen. Sie war schön, wenn auch derb, sie hatte viele Anbeter aus der Entfernung. Doch keiner wagte sich vor, es gab etwas allzu Starkes an ihr. Sie blieb einsam. Die Einsamkeit zerteilte die Seele.

Es war im äußersten Österlen im südöstlichen Schonen, und die Zeit, in der sie ein Mädchen und eine junge Frau war, lag zwischem dem Ersten Weltkrieg und den zwanziger Jahren. Nach dem Unglück des Vaters verwandelte sich alles in Elend. Es war ein karger kleiner Hof, kaum ein Hof, sondern eine Fischereistelle mit Parzelle und Weideland. Sie war das einzige Kind (ein älterer Bruder war jung gestorben) und hatte stets bei allem helfen müssen, Netze einholen, Kartoffeln ausmachen, starke Melkerinnenfinger trainieren. Damals, in den zwanziger Jahren, hatten sie im Haus noch kein Wasser (von Elektrizität zu schweigen), alles war eine einzige, erbarmungslose Schinderei. Sie jedoch war eine Arbeitsmaschine, jemand, der alles bewältigte, die einzige Stütze und Hilfe der Eltern – was die im übrigen als selbstverständlich erachteten, sie waren verkrampfte Menschen, vor Arbeit blind, Anerkennung kam nie aus ihrem Munde, und warum auch?

Im Herbst kroch sie auf dem Kartoffelacker umher. Auf der einen Seite das Meer, das Unermeßliche, der Nehmende und Gebende. Auf der anderen Seite sah man die Allee von Borrie zur Stadt ziehen – einer Stadt, die unsichtbar blieb, weit entfernt von jeder Stadt war man hier draußen, am Ende der Welt. Über dem Horizont aber, jenseits der Allee, lag ein Schimmer. Wolken, Luftspiegelung, vielleicht trotz allem Stadt? – Auch wenn man hier in Augenhöhe der Rückengebeugten, der Knierutschenden meist Erde sah; die Erde sog, die Erde kroch einem in die Augen. Die Haut des Ackers spannte sich dunkel unter den wandernden Herbstwolken, unter den herabstoßenden, kreischenden Möwenschwärmen. Hier unten in der Kartoffelfurche kroch man auf den Knien und zog durch einen langen, feuchtkalten, schweren, erdigen, klebrigen Tag den Korb hinter sich her, eingetaucht in die Arbeit sah man noch nicht einmal so weit, wie die Nase reicht, voll und ganz war man in der dunklen Feuchte – darum sah man so klar vor dem inneren Auge, wie es am Horizont schimmerte, eine wunderbare Stadt wuchs herauf.

Doch ständig: das Meer. Der Nehmende und Gebende. (Ebenso, wie sie in einem Spätwinter einmal im Wind aufrecht im Kahn stand und in das kochende Wasser hinabstierte, wo die Eisstücke gegeneinander schlugen, zerschlagen wurden, dort sah man tief, tief unten auf dem Meeresgrund einen Wirbel, sah sie nicht schneeweißen Sand dort unten, der ihr entgegenglitzerte? Unten in der Schwärze lag der Strand des Paradieses.)

Jahr um Jahr also war sie dort gegangen, die Jugend nahm ihren Weg.

Und je mehr die Jahre fortschritten, um so höher flammten die Träume des Jochs. Einmal würde sie frei sein, einmal würde sie alles endlich hinter sich lassen und in die Stadt gehen – einmal würde sie in die Stadt kommen und frei sein, ein völlig neues Leben.

Über dem Horizont hing ein Schimmer, wie es in der alten Bibel steht, »ich sah eine Stadt aus dem Himmel niedersteigen«.

Darunter jedoch herrschten Erde und Dunkelheit.

Und in ihr, so tief unten lebte sie, dorthin kam nicht das Licht der Träume. Dort unten zerfiel alles gleichsam und zerrann, ohne einen besonderen Sinn – konnte ebensogut nicht gewesen sein, so wurde es empfunden.

Im Inneren: Es war auf eine Weise zu Ende, bevor es begonnen hatte – alles, alles.

Und am Ende wartete der Kirchhof von Borrie, der sanfte Hügel.

Einmal war es ihr geschehen, damals war sie fünfzehn, daß sie am unteren Ende eines gepflügten Ackers stand, der nach oben sachte anstieg, schwarze Furchen und geschmolzener Schnee. Der graue Schneeregennebel rieselte langsam, eintönig, salzig vom Meer. Da bückte sie sich in einer plötzlichen rasenden Bewegung und grub beide Hände voll mit eisiger, naßschwarzer Erde und rieb sie sich ins Gesicht, rieb sich ein und kaute dieses Schwarze, während sie gleichzeitig blökte und heulte, Hals, Nase, Augen waren erfüllt von üppigem Weinen, einem völlig unerklärlichen, brennenden, erstickten Weinen. – Ist es nicht ungeheuer lächerlich, wenn ein fünfzehnjähriges, derbes, starkes Mädchen (und schön, mit glänzendem Silberhaar) dasteht und weint und angesichts eines winterlich lehmigen Ackers aufstampft, als könne sie auf irgendeine Weise irgend etwas gegen all dies tun – so albern war sie. Doch dann, als hätte sie unvermittelt entdeckt, was sie tat, verstummte sie ebenso plötzlich, wie sie begonnen hatte, und schaute sich erschrocken und verwirrt nach allen Seiten um. Doch da war keine Seele. Nur Furchen, Schnee, Furchen, Schnee.

So war es. Die Zeit verging. Und die Zeit war Arbeit, anderes gab es nicht, durfte es nicht geben. – Denn es war eine jener Gegenden, in denen Arbeit das Leben ist. Die Menschen sahen einander fast nicht. Sie arbeiteten. Sie hoben nicht den Blick, sie wagten es nicht, sie hatten keine Energie. Eigentlich sahen sie einander weniger als sie den Hering sahen, der ins Netz rann, den Stein, gegen den die Pflugschar lief. Derartiges wurde doch wenigstens noch entsprechend wahrgenommen. Aber Menschen, welchen Grund gab es, sie zu sehen, so lange sie verrichteten, was sie tun sollten, es gab keinen Grund. In den Köpfen befanden sich wichtige Dinge, Kreditzinsen, Steuer. Sie hoben nicht den Blick, wie hätten sie das schaffen können.

Aber der Horizont hinter der Allee von Borrie, der schimmerte. Und an einem Rauhreifherbstmorgen, als sie vom ersten Melken kam, stand ostwärts alles in Brand – über Wolkendächer und Wolkenspitzen rollte die große rote Sonne herauf, die Äcker und das Meer hatten sich in Feuer verwandelt.

Und ihr geschah dieses:

spät in einem Herbst oder früh in einem Winter, wie man will. Ein feuchter windiger Tag ging seinem Ende entgegen, es dämmerte bereits. Da begegnete sie im Wäldchen auf dem Weg von der See herauf einem Mann. Es war einer, der sich in der letzten Zeit in der Gegend gezeigt hatte, sie wußte, zu welcher Sorte er gehörte. Er war dunkel nach Zigeunerart, die Augen hatten einen besonders leuchtenden Ausdruck: ein unglücklicher Mensch, in dessen Innerem das Geschlecht allen Raum beanspruchte und alle Gefühle in die Ecken jagte, es trieb ihn hierhin und lenkte ihn dorthin, alles andere wurde von ihm nicht wahrgenommen und war tot. Er war Seemann gewesen und verschiedenes andere auch. Sie kannte ihn vom Sehen und durch seinen schlechten Ruf, sie hatte jedoch niemals ein Wort mit ihm gewechselt. – Und nie auch war sie ihm in einem Wald begegnet. Einsamkeit zerteilt die Seele. Es dämmerte jetzt, eine rauchige diesige Spätherbstdämmerung, feuchte Schatten in allen Senken, ein blaues Licht auf den feuchtleuchtenden Schollen, auf den braunen Blättern am Boden im feuchten verschlungenen Dickicht – Dämmerung, ja, seltsame Lichter und Schatten tanzten, nichts war gewiß.

Nichts – nichts.

Im Nichts aber können bodenlose Dinge geschehen. Man bricht ein – dort gibt es keinen Grund, dort ist eine neue, wie immer auch abgelegene Welt. Man erhebt sich von der zerwühlten Laubdecke wie ein neuer Mensch. Ein ganz neues Leben. Alles ist anders. – Und um eine Erfahrung reicher kam sie aus diesem Wald, sie wußte nun etwas über sich selbst, das ihr vorher unbekannt gewesen war, nämlich daß bei bestimmter Beleuchtung im Wald alles, was man von sich selbst weiß, zerfällt und die Gestalt wechselt. Wie sonderbar. Es teilte sich fast unmittelbar in zwei Leben. Das eine, das übliche, schloß sich wie eine glänzende Wasseroberfläche – einige tanzende Ringe, dann war alles so wie immer, sie konnte es noch nicht einmal bereuen, dann erinnerte sie sich an nichts mehr. – Darunter jedoch gab es etwas, das sie beherrschte. Das war nicht zu spüren. Aber es war unerbittlich. Dann am folgenden Tag in der Dämmerung führten ihre Schritte sie wieder zu dem kleinen Tal im Wäldchen – unerbittlich. Und auf die gleiche Weise, wie am Tag vorher, stand sie an der großen Erle, genau dort, wo das Moor begann.

Doch als alles wieder vorbei war und sie den Blick zu dem Mann erhob, der sich aus dem glitschigen Wintergras erhob und mit geschlossenen Augen sich an den schwarzen Stamm der Schwarz-Erle lehnte – da sah sie doch, daß es einer war, mit dem sie bei Sinnen niemals etwas hätte zu tun haben wollen. Das Gesicht war Schlamm, die Kleider schwarz abgewetzt. Was aber heißt bei Sinnen?

Es gab noch einige Treffen. Sie hatte erstarrende Angst. Aber eisig wie im Schlaf, wie im Traum führten ihre Beine sie zum Wald. – Eine immer größere, immer tiefere Verwirrung. – Sie aber dachte, daß der umherirrende Heimatlose, jener unglückliche Mensch, vielleicht durch sie Heim und Grund suchte, festen Fuß im Leben fassen wollte. Sie war bereit gewesen, ihm das zu schenken.

Eines Tages aber kam er nicht. Und er kam nicht mehr. Er war verschwunden.

Sie versuchte den Gedanken an ihn zu zerstreuen, wie man einen Traum abschüttelt.

Aber immer deutlicher wurde, daß die Furcht, die versucht hatte, sie zu warnen, recht gehabt hatte. Etwas gab es noch. Es ließ sich nicht wegträumen. Wo es sich festgesetzt hatte, da saß es.

Und Zeit verging, eine lange Zeit. – Und sie versuchte, sie versuchte zu tun, von dem sie gehört hatte, man solle es tun. Doch nichts geschah. Da ging sie zu einer, die Bescheid wußte. Eine ganze Nacht, eine lange und endlose Nacht, in der kein Jammern aus ihr kommen durfte, die Eltern hätten es ja hören können – blieb der scharfe Gegenstand in ihr. Sie biß und zerkaute das Kissen. In der Morgendämmerung riß sie sich das scharfe Ding heraus, sie konnte es nicht mehr aushalten. – Und nichts geschah. Das, was Wurzeln in ihr geschlagen hatte, war bereits so sehr viel stärker.

Dann hörte sie nach einiger Zeit, daß jener Seemann wegen Einbruchs und Diebstahls verurteilt war, einige unaufgeklärte Vaterschaftssachen belasteten außerdem seinen Prozeß – er war vom Kreisgericht Tomelilla verurteilt worden und sollte seine Zeit im Provinzialgefängnis in Kristianstad absitzen.

Und sie leugnete alles vor sich selbst.

Wie kann man so etwas verleugnen?

Man macht sich zu zweien. Sie wurde zwei.

Die eine war sie selbst.

Die andere. Die andere sah sie in gewisser Hinsicht von außen. Sie sah, da ging eine, deren Taille sich langsam füllte: eine Verrückte, eine Verbrecherin. Das jedoch war eine Gestalt in einem Traum. Und sie mußte dort im Traum bleiben, dort durfte sie für sich haben, was sie wollte, dort durfte sie ihr rauhes Schicksal einsam auskämpfen. Der Traum war Traum. Der war nicht sie. Das war leicht, so erstaunlich leicht zu schlucken und nicht zu sehen und zu leugnen.

Und währenddessen besaß sie der Haß, spielte mit ihr und schüttelte sie, wie ein Hund einen Lappen. Er gestattete ihr ganz einfach nicht an das zu denken, was wirklich war. Nein, eine Sache war genug. Ein Tag nach dem anderen reichte. Was war, reichte. Sie war wie ohne Gedächtnis, ohne Bewußtsein.

Ein Augenblick nach dem anderen reichte – wurzellos. Weder vorwärts noch rückwärts, so war es.

Und es geschah das:

daß es eines Tages schien, als ob sie selbst – das wenige, was übrig war – berste und unter der Oberfläche verschwände und fort wäre. Sie stand im Stall. Plötzlich krümmte sie sich, eher noch: wurde gekrümmt, von einer unbekannten heftigen Kraft über die Futterkrippe, und kalbte – kalbte, das ist das richtige Wort. Körper und Seele wollten alles aus sich herausschaffen, was in ihnen war. Von unten kam es: von unten: von innen. Körper und Seele zusammen wollten überhaupt nicht mehr wissen, was sie in sich hatten. Sie sperrten sich und wüteten und warfen sich hin und her und schrien vor Not, um sich selbst loszuwerden – alles, was sie hatten, aus sich herauszubekommen.

Doch das gelang nicht.

Und als sie sich endlich erheben konnte, begegnete ihr der starrende Blick ihrer Mutter. Ja, sie war schließlich das einzige Kind, das tüchtige, das, an dem alles hing. Lange Zeit sahen sie einander in die Augen. Dann begann das Gesicht der Mutter zu fließen und zu zittern. Plötzlich drehte sie sich um und floh aus dem Stall – die Tochter stand neben dem Futtergang, eine Art elender Sieger. – Die Zeit verging. Sie fuhr mit Arbeit und Pflichten fort. Die Fischerei, der Stall. Fast mehr als zuvor nahm sie das Schwerste auf sich. Aber trotz all des Tragens und Hebens – die Eimer, die Netze – schritt ungestört fort, was in ihr begonnen hatte. Die Mutter betrachtete sie fast flehentlich, bekam das erste Wort aber nicht heraus; während eines ganzen Lebens war sie dazu geformt worden, eher zu schweigen, als zu reden, jetzt war es zu spät. – Und die Tochter sagte nichts. Die Zeit verging. Doch kein Wort.

Die Zeit verging.

Das Land roch nach Erde, nach Jauche, nach Brackwasser, feuchtem Schilf in den Gräben, Pferdemist und Kuhdung, Menschenkot, saurer Milch, Schweinedreck. Es roch nach Salz und Meerwasser, es roch nach Tangbänken, Fischinnereien und Teer, Futterfischen, Tang zum Düngen, das Land war uralt, verheert vom Meer, salzvermengt. Es war alt, das mußte so sein, alles war Joch, alles schabte: die schweren Ruder, die bleischweren Netze, die Pflugschar, das Eimerjoch. Der Weg des Lebens trampelte einen schmalen Pfad zwischen Stall und Acker, zur schwarzsiedenden Ostsee hinunter: zwischen Egge und Boot, Roggenhocke und Kartoffelkorb, Eimerjoch und Milchtrog, Schweinefutter und Fischköder, großer Wäsche und Netzeflicken. Auf diesem schmalen Pfad ging man unter dem unendlich windigen Himmel. Eine neblige Ebene, schwarze, saure Erde, Kartoffelkraut; Hügel, über die hinweg man ständig die Stimme des Meeres hörte; der Weg zum Hafen, der durch Nesseln, Schrott, rostige Ölfässer und Flaschen führte –, der Hafen dann, die äußerst mangelhafte Barriere aus Steinblöcken und hölzernem Anleger, die gegen den Ansturm der Ostsee schützen sollte. Der Schleichweg, der heimliche Weg den Bach entlang, durch den Erlensumpf zum Strand aus Geröll, wo das Boot des Blinden lag, er wollte sich schließlich nicht mehr unten im Hafen zeigen, seit ihm alles verunglückt war. – Alles war alt, abgetragen, war, wie es immer gewesen war, war, wie es war. Das Meer donnerte, das Meer donnerte – man hörte es durch alle anderen Laute hindurch, all das Menschengewäsch, Tiergebrüll, Wiehern, Grunzen – daß alles bald über das steile Strandbett des Todes hinabgleiten sollte ins tiefe Meer.

Das Land roch nach Fäulnis und Leben. Es roch nach

Fruchtwasser, Dung, Nachgeburt, Exkrementen. Es roch nach Tieren, überall verfolgten einen dunkelblaue Tieraugen. Die Kühe und die Pferde, die zottigen Schafe, die im Herbstnebel fast bis Weihnachten draußen waren. Der schuldlose Kreis der Tiere umgab die Menschen. Das Leben in den Höfen roch häufig abgestanden, nach Kehricht. Über das Meer und die Ebene, über den Tod und das Leben zogen die Wolken. Kraniche, Schnepfen, Rödbenor, Brachvögel, Wildgänse zogen fort und kamen zurück. Im Schilf des Sumpfweihers lagen die Singschwäne auf ihrem Nest. Das Schilf in Gräben und Mergelgruben starb und wurde wiedergeboren. In jedem Mai hob das Geschlecht der Wasserlilie wieder eine neue Krone auf Stengel und Blatt (das fast aus grünem Wasser bestand), eine Lichterkrone, als spiegele sich die neugeborene, die wiedergeborene Sonne im schwarzen Moorwasser.

Ja, die Zeit verging. In der dunklen Erde keimte es so still. Unsichtbar stieg der Saft. Eines Tages hörte man die Wildgänse.

Es quillierte im Schilf, die Kröten quakten. Überall roch es nach lebendigem Schlamm. Die Taille verdickte sich, glättete sich. Unter der Bauchdecke rührte sich etwas, tauchte auf und verschwand. Überall im keimenden Land dampfte und zeugte es. Schalenhülsen barsten, klebrige Blätter entfalteten sich. In den Bäumen, auf der Erde wurden Nester gebaut, wurden Eier gelegt. Schalen barsten, feuchte Geschöpfe kamen ans Licht.

Sie jedoch leugnete.

Die Mutter sah sie sonderbar an. Aber sie schaute einfach weg. Als die Mutter mit eigenartig verdrehten, verdeckten Anspielungen kam – war sie auf diesem Ohr taub. Sah vorbei. Es ging ihr doch nicht anders. Etwas fehlte, ja, aber das sorgte doch nur dafür, daß sie sich gesünder fühlte – sie fühlte sich stärker denn je in ihrem ganzen Leben.

Und sie leugnete.

Manchmal aber schnitt eine Messerschneide aus Schrecken durch ihr Inneres. Schnell – wieder weg. – Rasch drängte sie es zurück, ehe der Schrecken Gestalt und Glieder annehmen konnte.

Und ein Mondumlauf folgte dem anderen.

Und die Sommerglut ging auf, duftende Morgende. Unten in der Bachschlucht sang Tag und Nacht die Nachtigall, jetzt geschah es, daß sie sich auf dem Nachhauseweg vom Meer in das kleine Tal setzte, um sich auszuruhen, dort saß sie, umgeben vom Gesang, von Pflanzen, dem duftenden Erlendickicht, wie in einem einzigen tief klingenden Gewebe – alles sang, das Leben selbst war es, das sang, eine solche Stimme besaß es.

Das Leben glich auch einer Kröte. Einem gestaltlosen Kind und einer schwarzen Mutter.

Ein braunschwarzes Geschöpf saß an den Sommerabenden jetzt stets völlig unbeweglich auf den Treppenstufen. Warum war es bis hierher gekommen: woher: was es erwartete blieb unbekannt. Nur ganz still saß es da in seiner körnig glänzenden Finsterhaut. Die Augen bewegten sich von einer Seite zur anderen, gleichsam ein blutiger Blick. Die Hände hielten die ausgebreiteten, die feuchten schwarzen Schwimmhäute gespannt und empfindlich wie Augenlider eines Neugeborenen. Weder wie ein Tier noch wie ein Mensch – ein unvollkommenes Geschöpf, das nicht richtig existiert, eines, das hilflos entstehen will. Bisweilen streckten sich die Schwimmhauthände aus und schrumpften dann wieder ein wie im Krampf. Woher kam es? Was wollte es? Warum wollte es auf dem Stein sitzen, der so hart war und dem verletzlichen Körper so unähnlich? Es saß da, träge, feucht, empfindlich, leichter zu verletzen als irgendein anderes Tier (so leicht mit dem Fuß zu zertreten, dieses feuchte, gemächliche Weiche). – Dann schließlich machte es sich auf den Weg, den Stein hinunter, mit mühsamen, tastenden Bewegungen, fast denen eines neugeborenen Menschenjungen. Verletzte Bewegung gleichsam, als tue ihm jede Unebenheit, über die es ging, weh. Dann ein plumper Sprung, als falle es. Fiel genau hinaus in die Dunkelheit und war dann verschwunden, jetzt war es fort, im anderen Reich. – So war das Leben, leicht verletzlich, unfertig, hilflos, als sei es noch nicht richtig entstanden.

Was macht man mit dem, das so entzwei ist, daß es sich, solange die Sterne sehen, niemals wiederherstellen läßt?

Das so entzwei ist, daß es ist wie der Beginn jenes großen Tages, an dem sich die Grundfesten lockern, die Erde flieht, die Sterne vom Himmel stürzen und das Meer, das Ende des Seins über alles Land hereinbricht?

Ist es dann so, steht man eines Sommertages zeitig in der Morgendämmerung auf und packt eine kleine Tasche aus Lederimitat.

Aus dem Bett, wo der Vater schläft und schläft, erhebt sich jetzt die Mutter in ihrem leichentuchlangen Hemd und steht mit hängenden Armen daneben, während die Tochter packt. Dann nimmt sie den Schal um und begleitet ihr einziges Kind hinaus in den glitzernden Sommermorgen. Sie begleitet sie über den Hof und durch das Tor. Sie begleitet sie durch die Pfirsichbaumallee bis hinunter zur Bank, wo die Milchkannen abgestellt wurden. Dort bleiben sie stehen und sehen einander nicht an. – Dann streckt die Tochter die Hand aus zum Abschied.

Darauf kehrt sie der Mutter den Rücken und geht. Die Mutter steht neben der Bank und fingert am Schal herum, knüpft und knüpft die Fransen auf. Die Augen in diesem verwirrten Gesicht schreien, doch der Mund ist stumm – kein Laut dringt heraus. Sturm nur von Vögeln im sonnenrieselnden Baum. In den Flecken aus Sonne und Schatten verschwindet das Gesicht.

Dann folgte jetzt etwas, an das sie sich hinterher nur wie an einen Traum erinnerte. – Sie versäumte den Zug – als sie die Station erreichte, war der letzte des Tages abgefahren, von hier, vom Ende der Welt, fuhren ja nicht so viele. Da setzte sie die Wanderung fort – ziellos jedoch, unentschlossen – in jener Richtung, wo, wie sie annahm, die Stadt lag. Doch sie geriet zunehmend in Verwirrung, ständig kam sie hinab ans Meer, als sei die Ostsee überall und fange sie unablässig ein (tatsächlich war sie in ein Heidegebiet geraten, das auf einer Landspitze lag). – Bei Sonnenuntergang saß sie am Wasser unterhalb des hohen Strandhanges und kühlte ihre heißen Füße. Sie hob zuerst den einen, dann den anderen, betrachtete sie: braun, derb, über dem Spann liefen knotig und blau die Adern, gespannt von der Last, an der das Becken und die Beine trugen. Da bemerkte sie ein kleines Loch oder eine in den Hang gegrabene Höhle, nach vorne verkleidet mit alten Kistenbrettern – vor der Öffnung hing ein Vorhang aus Sackleinen. Davor im Sand drei rußige Steine – ein Herd – und ein Topf. Hinter dem Vorhang kam ein Mann hervorgekrochen. Dahinter zeigte sich ein anderer. Sie waren freundlich zu ihr, teilten ihr Essen mit ihr. Sie waren munter und lustig, doch viel bekamen sie nicht dafür, ihr Gesicht behielt die ganze Zeit denselben barschen, einsamen, verdrossenen Ausdruck. Ihre Äußerungen beschränkte sie auf einzelne Brummlaute. Was konnte sie tun? Sie war in einem Traum gelandet. Dort vollzogen sich Dinge, die sie niemals für möglich gehalten hätte – das waren Ordnungsregeln dieser anderen Welt. Umgekehrt. Was vorher schwarz gewesen war, war hier weiß. – So daß sie bei ihnen einige Zeit blieb. Oft saß sie nur da, die Beine unter dem gewaltigen Bauch angezogen, tat nichts und starrte nur vor sich hin, auf die See, mit einem Ausdruck so schwerer Verwirrung, daß die beiden Männer Angst ergriff und sogar eine Art von Ehrfurcht. – In Wirklichkeit befand sie sich keineswegs so weit entfernt vom Heimatort. Doch in Wirklichkeit, der wirklichen, war sie tausend Meilen und tausend Jahre fort, wo sie nun saß und darauf wartete, daß alles auf seine Weise vorübergehen sollte. – Der Sommer zog glühend über die Hügel. Sie lag häufig auf der Seite im Sand und schlief: Die Last im Bauch lag dann neben ihr, gleichsam außerhalb von ihr. – In der Nacht aber begannen die Sterne sich zu vertiefen, sie wurden tief und schwirrten so, daß man schwindlig wurde. Auf dem Wasser zeigte sich das Meeresleuchten. Alles wurde schwerer und reicher, wie Distelflaum eingetränkt und eingekleidet in eine glänzende haarige Hülle. Die Quallen glitten träumend durch das klare stille Wasser. Da sah sie eines Tages ein, es war Zeit, sie mußte aufbrechen.

Und so war sie dann zu guter Letzt wirklich auf dem Weg in die Stadt, wo alles Alte vergessen und begraben sein sollte – wo alles neu entstehen sollte.

Die Stadt, auf die sie nun im August im letzten Jahr der zwanziger Jahre zuwanderte, war aus der Entfernung kaum zu sehen. Man sah grüne Schilffelder. Die Stadt lag morastig auf Sumpfinseln in einem träge fließenden Fluß, der zwei große Moorgebiete miteinander verband, riesige flache Seen, überwachsen und umgeben von Dickichtgürteln. Grünes Grün überall. Über dem Grün sah man auch aus weiter Entfernung ein Gebäude mit der Form eines sonderbaren Urtieres. Aus einigen Richtungen war dies das einzige, was man sah. (Und aus anderen nur die Kirche, die dann über dem Schilf schwebte wie ein riesengroßes, durchsichtig-dunkles Schiff.) Von den meisten Blickpunkten aber sah man dieses Gebäude, wie es aus dem Sandland seinen hellen, rohen Knochenbau erhob, ein riesiges, nacktes Steintier, in dessen Steinberg Geschöpfe schreiend oder apathisch langsam zu Stein unter Steinen geformt werden sollten, lebendigen, aber toten Steinen. Es handelte sich um das Provinzgefängnis, eine von zwölf zentralen Strafanstalten des Landes. Dort saß er in sicherem Gewahrsam, ihr Feind. Ja, dort drinnen würde sogar er zu Stein werden und ihr nichts mehr tun.

So warm, so heiß, so zwingend er auch gewesen war – Stein sollte er werden.

Diese Stadt bestand in ihrem Innersten aus denen, die verurteilten, und jenen, die verurteilt wurden – dies war das Geheimnis von allem. Über dem Eingang des Gerichtes hing ein goldenes Wappen, ein blindes, aussätziges Löwengesicht. Ein ebensolches Gesicht der Gerechtigkeit war auch über dem Gefängnistor angebracht: golden, aussätzig.

Einmal, in der Vergangenheit, war dies eine sehr niedrige Stadt gewesen. Mit Ausnahme der Kirche und der großen gelben Kasernen hatte dort alles kaum mehr als Mannshöhe gehabt. Mitten im Wasser und im Schilf lag die Stadt, damals nur eine Ansammlung von Schuppen und Dächern, umgeben von weitläufigen, verfallenden Festungswällen, mitten in einem Vogelreich; wohin man auch ging, war man überschattet von kreisenden Vogelwolken.

Doch in der verwitternden alten Bebauung erwuchsen neue Ideen. Drängten sich und quälten sich, litten unter Wachstumsbeschwerden. Irgend jemand hat in seinem Kopf eine Vision dessen, was kommen wird: Eigensinnig und blind macht er sich zu ihrem Werkzeug.

Woher kommen die Ideen? Aus der dunklen Sternenwelt, die es hinter den sichtbaren Sternen gibt und sie lenkt? Aus den wirbelnden Strömen unsichtbaren Samens im Weltall? Aus der Nacht, aus Träumen, deren man sich nicht entsinnt, weil dafür die Worte fehlen? Aus dem Planetensystem der roten oder der weißen Blutkörperchen? Aus dem Seewasser, dem Flußwasser, wenn es steigt, wenn es fällt? Aus der Meerestiefe, wie sie die Fischbrut sieht? Aus dem Schlammgrund des Sumpflandes, der nicht Grund ist, sondern bloß ein einziges Sinken?

Doch eines Tages ist die Idee einfach da. Sie gleicht einem Fötus: Sie ist schwer und unbekannt. Wer ist sie?

Eines Tages beginnt irgendeiner zu zeichnen. Der Bleistift gleitet über das Papier. Querschnitte: Maße: Schattenrisse. Das ist die künftige Welt.

Eines Tages gegen Ende des 19. Jahrhunderts begibt sich eine Kommission hinaus auf die Ostbrücke. Dort hat man zu dieser Zeit dräniert und eingedeicht, der alte Seegrund ist festes Land (muß jedoch eingepfählt werden) – ansonsten liegt schon das ursprüngliche erste Krankenhausgebäude hier draußen. Doch die Kommission wandert weiter über die Wiesen. Hier draußen im Frühjahrsnebel steckt man nun zwischen den kreischenden Kiebitzen ab, was ein Heil-Anstalt der Seele und des Gesellschaftslebens werden soll: das neue Zellenverlies.

Es wird ausgemessen und markiert. Eine graue Arbeitsarmee traf ein – man grub und schachtete aus, pfählte und gründete –, die vorbereitenden Arbeiten nahmen lange Zeit in Anspruch, es sollte ein haltbares Gebäude werden. Es sollte halten und tragen. In gewisser Weise die ganze Gesellschaft halten und tragen – denn Grundlage und Garant der Gesetze war doch die Strafmaßnahme, ein gewissenhaft gesetzter Grund war erforderlich, der tragen konnte, was das eigentliche Fundament werden sollte.

Und Monat um Monat erhob es sich höher, auf der Ebene von weither sichtbar, das Hauptgebäude des Gefängnisses mit der Ringform der Mauern rundherum. Es war groß bemessen, riesig für die damalige Zeit, es wurde gelbweiß verputzt, eine vor Schreck gelähmte, häßliche Farbe, ein für die Zukunft, nach den Maßen der Zukunft errichtetes Gefängnis. Dieses Hauptgebäude war beinahe ebenso hoch wie lang, im Inneren barg es eine gewaltige Halle, an deren Seite eiserne Galerienstockwerke lagen. Entlang den Galerien die Reihen verschlossener Türen, dahinter die eigentliche Hauptsache: die Löcher in der Mauer, wie kleine Grotten die Zellen, wie Gräber. In ihnen sollten Geschöpfe, mochten sie so erbärmlich schreien, wie sie wollten, umgeformt werden, neu geformt werden. Denn das Jahrhundert, das bald heraufdämmern sollte, trug in sich einen dunklen Willen, überall und in allem Großen oder Kleinen wollte es etwas Besonderes, es wollte das große Menschenumformungsjahrhundert werden: Leute zwischen Mühlsteinen, schreiendes Mahlgut.

Denn wenn das Eisentor hinter einem zugefallen war mit polterndem Dröhnen, das noch lange widerhallte, in einem immer schwächeren, gellenderen Ton, der weiter klang – und klang, in den Ohren einiger hörte er nicht auf, solange der Gefängnisaufenthalt dauerte, und klang zitternd weiter im Gehör, weit drinnen in Kopf und Seele –, befand man sich in einer Welt, in der sich nichts ereignete, das keiner Bestimmung folgte.

Denn das Zentralgefängnis war eine Welt, in der sich alles vorhersagen ließ. Auf den Millimeter genau wußte man, wie ein Schatten fiel – wie er wuchs, wie er abnahm.

Denn es war ein in der Absicht konstruiertes Gebäude, alles sei berechenbar – und vorherzusagen, Raum für eine feste Anzahl Atemzüge, eine feste Anzahl Schweißausbrüche, Zuckungen und Keuchen: damit bestimmte Geräusche verstärkt wurden und hallten, andere verschluckt wurden und vergingen. Bestimmte Mengen Flüssigkeit und verbrauchter Materie werden ausgesondert und abgefahren. Die hohen, glatten Wände mit zwei Stockwerken voller widerklingender eiserner Treppen – ganz oben endete die letzte Treppe einfach in einer blinden Tür, einem von Anfang an kassierten und zugemauerten Notausgang, er lag im Schatten, war aber dennoch völlig eingeschlossen; noch nicht einmal in der größten Dunkelheit verbarg sich ein Ausweg. In jedem Loch der Mauer war ein Tiermensch eingesperrt mit exaktem knapp bemessenem Bewegungs- und Atmungsraum rundherum. Im Inneren all der Grotten tobte ein mächtiges Tier kopfüber, kopfunter, vorwärts, rückwärts, abwärts im selben Labyrinth, Dunkelraum für Dunkelraum. Dies war die Welt, in der man auf den Millimeter wußte, wie der kleinste Schatten fiel, wie er wuchs, wie er abnahm – wie auch die Kost, wie auch die nächtlichen Schreie.

Wände. Wände. Mauern. Mauern. Ein Haus, errichtet, um Menschen zu verwahren und sie daran zu hindern, miteinander in Kontakt zu kommen, ein Haus, wie gemacht für einen, den man verurteilt hatte, weil er um jeden Preis berühren, anrühren, gerührt werden mußte, weil dies gleichsam seine Atemluft war, sollte er nicht ersticken müssen, schwellen und wachsen und gesprengt werden, um in sich selbst zu zerspringen, und anrühren, anrühren, gerührt werden, sonst erstickte er, erstickte sonst.

Es war Mitte August. Es war während einer Hitzewelle, in der Abenddämmerung. Es war schwül, still und drükkend. Aus den See- und Sumpfgürteln rund um die Stadt drang der Geruch von Moorwasser. Im Krankenhauspark bewegte sich kein Blatt. Unten in der Krankenhausküche sagte man, es gibt ein Gewitter. Und hoch über den Bäumen stand wirklich eine Gewitterwand, die lange und langsam zugenommen hatte, sich jetzt aber nicht mehr bewegte, nur dort stand, schwarz, unbeweglich still. Alle Geräusche draußen in der Stadt starben ab, es blieb nur die beängstigende kristallklare Stille, allein mit der unbeweglichen Wolke. Das hohe und tiefe Dunkel der Ulmen barg eine Wand schweigender Vögel. Aus dem hinteren Teil des Krankenhausgebäudes hörte man in gleichmäßigen Abständen heftiges Geschrei. Es kam aus dem Kreißsaal, von einer Frau, die nicht gebären wollte. Sie schrie und sie schrie.

Diese Frau war früh am Morgen ins Krankenhaus gekommen und hatte im Warteraum gesessen, und es war nicht viel von ihr zu erfahren gewesen. Sie saß einfach da wie ein Stock oder ein Stein. Sie war von weit draußen, vom Ende der Welt beinahe. Und sie weigerte sich, einen Angehörigen zu nennen. – Der Vater? – Sie hatte einen Gardinenring, bei dem es sich um einen Ehering handelte.

Nein, sie weigerte sich, einen Angehörigen anzugeben. Das Fruchtwasser war bereits abgegangen. Aber sie wollte nicht. Man erkannte, was sich auf ihrem Gesicht spiegelte, das groß war und leer und vom Weinen geschwollen – der Konflikt: Das Fruchtwasser war abgegangen, sie wußte, was bevorstand. Aber sie wollte nicht.

»Seinen Spaß hat er ja gehabt« – kam einmal.

Und ein andermal:

»Einfach davongemacht hat er sich – der.«

Und sie wollte nicht. – Sie stand in der Duschkabine wie ein großes Tier – hineingetrieben, hineingeknufft. Keine Bewegung machte sie freiwillig, stand widerspenstig einfach da. Die Hebamme und die Helferin mußten sie hineintreiben, herausholen, sie abtrocknen, sie führen: Wie betäubt war sie, bei ihren sämtlichen Bewegungen benahm sie sich, als habe eine fremde Macht sie besiegt und ihr alle Handlungsfähigkeit geraubt.

Langsam und schwerfällig kam der Tag voran. Sie lag da und warf sich hin und her. Der Tag durchzog eine glühende Wüste. Es herrschte eine Hitzewelle: Die Sumpfseen rund um die Stadt keuchten unter dem flammenden Himmelsauge im weißen Hitzedampf. Sie wollte nicht, sie wehrte sich, so sehr sie nur konnte. Sie war stark, der Widerstand gegen das, was doch ohnehin heraus mußte, ballte sich zu heftigen Krämpfen. Es verheerte sie wie eine Maschine. Als würden Steine gestampft, Steine gepreßt. Jedesmal schrie sie auf wie ein eingeklemmtes Tier. Langer, heißer, drückender Tag: Die Sonne stand im Saal wie ein riesiger, böser Sieger, es gab nichts, nur das wirbelnde Rad aus Kraft, das über sie hinwegrollte, jene weißflammenden, mächtigen Sonnenstrahlen. Der Saal roch nach Äther, Schweiß, Blut, Urin: Im Laufe des Tages wurden im Bett neben ihr zuerst eine, später eine zweite Frau entbunden, sie aber bemerkte dies kaum. Die Macht, die über sie hinwegging, nahm für ihren Kampf beinahe alles in ihrem Inneren in Anspruch, draußen wurde alles zu einem heißen wirren Nebel. – Als die Sonne zu sinken begann, war sie allein im Saal. Heilend erschienen die Schatten. Nun aber kam es zur Entscheidung. Diese Macht hatte sie jetzt völlig in ihrer Herrschaft, es ging dem Ende entgegen, es war beinahe, als ob es sie nicht mehr gab. Noch immer schrie sie, regelmäßig rhythmisch, aber es lag nicht mehr viel Widerstand in diesem Schrei, er war zu einem fast tonlosen Keuchen geworden. Die Hebamme versuchte ihren Blick festzuhalten, doch er war nur ein Glitzern, ein Flimmern auf den Wogen aus Qual, die durch den sich hin- und herwerfenden Körper kamen und gingen: eine Schraube, eine riesige Schraube durch Himmel und Erde, durch Anfang und Ende der Welt, nichts mehr gab es jetzt, das nicht in die feste grauenhafte Umdrehung der Schraube einbezogen gewesen wäre. Es dunkelte, die schwere Wolkenwand stand unbeweglich über dem halben Himmel. Die andere Hälfte dagegen war klar – ruhig, heiß, ruhig. Doch unter die schwarze Wolke fiel schräg brennendes Licht. Die sinkenden Sonnenstrahlen tanzten und spielten wie Feuerfliegen auf dem Blattdunkel der Ulmen. Der Blick der Frau stülpte sich nun fast bewußtlos nach innen. Dann kam eine Art Explosion. Die weißen Kachelwände rissen. Mit furchtbarer Geschwindigkeit ging die Erde unter und verschwand in dem Riß. Das letzte, was man sah, waren die roten Hände der Hebamme, die gruben und gruben.

Dann wurde alles dunkel, über den Strom aus Menschenschreien hörte man den Sturm, jenen großen Sturm, das letzte, was es gab. Im Dunkel, dem Sturm, hörte man, wie sich das Schweigen von dort draußen näherte – von weit draußen: Jetzt, in einem Aufschrei, einem unkenntlichen Seelenschrei, einem unmenschlichen Vogelschrei, wurde sie entzweigerissen.

Jetzt war nur Dunkelheit.

Jetzt gab es nichts. Jetzt war Anfang.

Und genau in dem Augenblick, als das Kind den Mutterleib verließ, ein breiter, dunkler Kopf zwängte sich ins Freie, und nach einem weiteren Atemzug kam auch der Rest des Körpers – ein Mädchenkörper glitt heraus –, kam der Regen, vor dem Fenster und im größten Teil des Krankenhausparks fiel ein Sonnenregen, ein Schauer von Sonnenuntergangsstrahlen hinter zitterndem Wasser. Schräg gebrochen spielten sie rot durch die Fenster des Kreißsaals und fielen auf das nach oben gekehrte neugeborene Gesicht mit den noch fest zusammengekniffenen Augenschlitzen. Das Abendlicht beleuchtete ein noch nie gesehenes Gesicht. Jäh trat in allem jetzt eine Pause ein. Der Atem stand still. Nur die Vögel im Park machten sich bemerkbar, eine Wolke aus Vogelstimmen umgab das frische, glühende Schweigen mit einer unsichtbaren, zitternden Mauer. Licht und Wasser spielten und sangen über Bäumen und allen Pflanzen, während das Kind von seiner dicken, tiefblauen, schlangenartig geringelten Nabelschnur getrennt wurde. Der Mutterkörper lag da wie offene Erde, in Verwirrung. Es war still, dunkel, heiß im Saal. Die Kachelwände leuchteten. – Die Neugeborene war jetzt angezogen, die Helferin hielt sie: Ein breites, dunkles Gesicht ruhte an dem weißen Baumwollkittel, auch die kleinen Tierhände ruhten, sie sah tatsächlich aus wie etwas, das aus dem Moor gekommen war, dunkel und breit zwischen den Augen wie ein Krötenjunges, gleichsam eine Seele mit der vorsichtigen Menschenähnlichkeit eines Moortieres. Wie betäubt starrte die Mutter aus ihrem großen besiegten Körper hinaus in den Sonnenglitzerregen. Das bewegliche rote Laubabendlicht glitt und glitt ihr über das Gesicht. Doch es regte sich nicht und veränderte nicht seinen Ausdruck. Als sei sie kein Mensch mehr. Die Menschen hatten sie verlassen. Übriggeblieben war irgendein Körper. Grüne Laubschatten glitten über die Kacheln. Jetzt vertiefte sich das Schattendunkel im Raum, verdichtete sich der Abend. Weit entfernt im Krankenhaus hörte man Klappern. Doch nicht hier. Die Hände der Helferin hielten das neugeborene Kind. Alles war völlig still, als gebe es sie nicht mehr. Als sei sie gestorben, auf einen blinden Strand mit grauen Steinen geworfen worden, alles war verschwunden, sie war tot, es gibt sie nicht, sie ist niemand. – Die Schatten glitten. Sie starrte hinaus in die Dunkelheit, in das grüne Laubdunkel, totenstill war es dort und dunkel wie jetzt das Meer – hineinsehen, nur starren und sinken. Sinken. Funke und Wasser waren erloschen. Nichts war.

Es dunkelte. Der Regen hatte aufgehört, es war völlig still. Wieder stand die schwere Wolkenwand unbeweglich über dem halben Himmel. Die andere Himmelshälfte hingegen war klarer und sauberer Abendhimmel über dem Land des Sonnenuntergangs – still, klar, unergründlich ruhig. Doch unter dieser schwarzen Wolke lag ein Feld aus scharfem Rotgelb. Es staubte. Ein fremdes Land.

Eine zusammengedrängte Schar von Menschen in sonderbaren Kleidern. Zerfurchte Klippen, schräg über einer Grotte. Hunde leckten den Staub. Auf nackter Erde zu Füßen der zusammengedrängten Menschenmasse lag die schwarz gewordene, tote Frau. Gesicht und Hände waren ausgedörrt wie getrocknetes Holz. Am Kopfende, unter dem Kopf der Toten ein zusammengerollter Mantel, stand er, staubige, rauhe, nackte Füße im Sand, er hielt ein neugeborenes, weiß gewickeltes Kind in den Händen. Die Augen des Kindes waren länglich und schmal und hatten eine bräunliche Farbe wie klares Moorwasser, sie waren erfüllt von Licht. Wie die Tote dort lag, glich sie einem Haufen schwarzer Zweige, einem weggeworfenen Kleidungsstück. Das Kind, das von Händen über einen Klumpen von Menschenköpfen in die Höhe gehalten wurde, über Augen und Münder, lächelte mit dem ganzen Körper. Ein grauer Jubel über dem Meer des Todes. Die Klippen waren schwarz, der Staub fraß. Schräge Sonne durch die wirbelnden Staubwolken. Dann ergriff die Staubwolke wieder die Macht, wieder war alles Dunkelheit.

Die Neugeborene sollte in der Dunkelheit in einem Meer atmen.

Und im selben Augenblick bei Sonnenuntergang wurden im Provinzialgefängnis die Türen zur Nacht geschlossen. Der Schritt des letzten lebendigen Menschen entfernte sich. Tür um Tür wurde scheppernd verschlossen. Die Schritte verklangen. Schweigen trat ein. Nun konnte man nur noch die Nacht erwarten und das, was sie enthielt.

Und der Augenblick im roten Sonnenuntergang, wenn die Zellentür für die Nacht ins Schloß fiel, erscheint wie die Ewigkeit. Die Türe hatte auf der Innenseite kein Schloß, war sie zugefallen, wurde sie eins mit der Wand, einen Ausgang gab es nicht mehr. Aus allen Richtungen näherten sich nun drohend die glattverputzten Wände. Noch wurde Sonnenuntergangslicht vom kleinen Gitterfenster widergespiegelt. Glatt die Wand, totenstill die Zelle. Der einzige Laut kam aus seinem Körper – Keuchen, feuchtes, schmatzendes Schlucken, das plötzlich galoppierende Herz. Außerdem bisweilen ein unbändig wilder, heiserer Stoßlaut, als könne er sich nicht aus der Kehle befreien, sondern sitze brüllend fest. Sein ganzes Ich saß fest. Konnte nicht atmen, konnte nicht hinauskommen. Der Tod stand ihm dicht vor dem Gesicht – er würde sich von ihm nicht mehr befreien können. – Das dunkle, unrasierte Antlitz war grau und verschmiert vom fließenden kalten Schweiß. Ausgelöscht verschwammen die Gesichtszüge, um hinter ihm mit der Todeswand zu verschmelzen. Bald würde er schreien. – Der Mann mit dem schweren dunklen Kopf saß jetzt mitten in dem roten Lichtkern, jedoch über einen kleinen Tisch gebeugt, als sei ihm heftig übel. Die Hände umklammerten die Tischplatte, das eine Bein war unter den Tisch gestreckt, das andere gegen den Stuhl gepreßt, als wolle er sich abstoßen, der schwere Kopf war gebeugt, der Nacken gekrümmt – auch dies, als wolle er Anlauf zu einem Sprung nehmen. Das große Auge starrte dunkel und klar. Es war blicklos, starrte nur. Der schwere Kopf gehörte zu einem Mann, der sein Leben als Pflegesohn in einem Bauernhof weit im Norden begonnen hatte – woher er eigentlich stammte, wußte er nicht. Dann viele verschiedene Arbeiten, ein unwiderstehlicher Wandertrieb, zuletzt Seemann – jetzt verurteilt zu Strafarbeit, hauptsächlich deshalb, weil er seinen Trieb nicht beherrschen konnte. Am besten war sein Leben in jener Zeit gewesen, als er auf See war – in den Häfen wunderte sich keiner. – Er war also einmal geliebter Pflegesohn eines kinderlosen Paares auf einem reichen Bauernhof im Norden gewesen. Dort gab es bemalte Wandbehänge. Die Stühle waren gedrechselt, an den Wänden gingen flammende Figuren, rot, orange, blau, der Prophet fuhr mit Feuer zum Himmel. – Aber er hatte alles ›verwirkt‹.

Es lag daran, daß er anfing zu wachsen.

Er wuchs, er wurde zu groß, er wurde schön wie ein wildes Tier, ein schwarzer Bär. Mit einem Male paßte er nicht hinein. Er war doch der alte. Aber nun sahen ihn die Leute angstvoll an, wie etwas Ungeheuerliches. Er war noch ein Kind, aber so groß und so schwarz wie ein reißender Bär, wenn er sich unter den Normalen bewegte. Er wuchs, alles an ihm wurde zu groß und bekam zuviel eigene Kraft – die verschiedenen Teile von ihm, die Hände, die quetschten, die Arme, die umarmten, jenes unnennbare Teil, das unnennbare Dinge tat, alle begingen sie aus besinnungslosem eigenem Willen Handlungen, jedes für sich. Alles ging entzwei, wo er auftrat, ohne daß er wußte, wie dies kam, ohne daß sein eigener Wille beteiligt war. Am meisten wuchs dieses verfluchte Teil – rot aus dem schwarzen Wald. Es hatte seinen eigenen Willen und gehorchte nicht. Gehorchte er – fügte er sich Unbekanntem. Dort draußen im Unbekannten – unbekannte Wesen, Kommandorufe. Ein unbekannter Zwang zog und sog. Es ist furchtbar zu wachsen, er befindet sich in den Händen einer Macht, die er nicht beherrschen kann, die Dinge geschehen einfach – wann kommt der Sturz, bei dem er sterben muß?

Er verwirkte alles und wurde vertrieben.

Seitdem hatte er das Paradies niemals wiedergesehen, nicht die tiefen Holzzimmer, nicht das Speisezimmer mit den Löwenmöbeln, nicht die dunkelblauen Schatten, nicht die flammenden Gestalten. – Während seines Wanderlebens sollte er viele Teile des Landes kennenlernen, er war kein Taugenichts, sondern vielseitig: Dachdecker – wie man ein Rieddach bindet und deckt –, Bauzimmermann, auch Ziegelschläger war er eine Zeitlang gewesen, jedoch ohne Lehre, jedenfalls Handlanger. Nein, kein Taugenichts – das Schlimme war nur, daß er nicht auch die vielen anderen beherrschen konnte, aus denen er auch bestand, jene unzusammenhängenden Handlungen, die diese Personen auch begingen. Zu guter Letzt mußte er darum auf See gehen, dies war die letzte Lebensmöglichkeit für einen, der sich nicht beherrschen konnte.

Auf diese Weise lernte er die nördlichen Meere kennen, die Ostsee und die Nordsee. In seinem Leben bestimmte jetzt das rohe, nackte, mittlere Alter. Bereits verbraucht, mußte er noch einmal von unten anfangen und Rüffel und Demütigungen schlucken, die für kleine Jungen ausersehen waren, die am Anfang stehen. Kleine Schiffe und große Schiffe, Kohlenschiffe, Holzschuten, Stückgutfrachter, Bremerhaven, Gdingen, Rostock, Kiel, er lernte all die großen, lärmenden, menschenzerschmetternden Häfen kennen wie seine Hosentasche, mit allem, was in ihnen gut und schlecht war. – Denn für einen, der sich verloren weiß, ist die harte Welt der Verlorenen auf jeden Fall die Menschenwelt, dort gibt es Löcher aus Wärme, in die der Trieb kriechen kann. Niemand fragt dort nach dem Namen, alle sind unbekannt, dort ist die Sprache unverständlich, dort wird man hinterher nicht wiedererkannt, keiner will einen wiedererkennen, keiner will wiedererkannt werden. So ging er blind durch die Häfen, nahm, was er fand – das Geschlecht war sein einziger Herr. Auch wegen seiner Unschuld – auch so war es Linderung für einen Verurteilten, Ausgetriebenen. Wie sehr man auch wissen mag, daß der Mensch ein zum Töten bereites Raubtier ist, das Geschlecht hört nicht auf zu glauben und zu wollen. Schäumend vor Wärme und Hoffnung stürzt das Geschlecht sich auf einen lebendigen Menschenkörper, auf das, was es fühlt, schmeckt, sieht. Obwohl er, den das Geschlecht im Augenblick beherrscht, sehr gut weiß, daß der warme, schuldlose Körper, den er sieht, fühlt, schmeckt, im Kopf Gedanken hat, die er nicht sehen kann: Geldgedanken, Mordgedanken, das Wissen um eine ansteckende furchtbare Krankheit. Doch der Körper ist ein Kind, noch nach zehn Jahren oder mehr im Gewerbe ist der Körper ein Kind, das kerzengerade durch das Dunkel geht, berührend, spielend. – Und für den Gefesselten ist dies das Sakrament der Freiheit. Ein Knoten von Bewegungen, Körper in Körper, einer im anderen. Der eine Körper und der andere Körper saugen Nahrung, Lebensflüssigkeit in sich hinein, als würden sie vom Leben gestillt, der eine und der andere Körper fühlen erschrocken, gleichzeitig aber in beginnender wahnsinniger Hoffnung, wie alles gleitet, schneller und schneller – wie es sich in seinem Inneren selbst auflöst, sein Körper löst sich von ihm, Freiheit, der man später seinen teuersten Schatz veräußern kann, oder in Ermangelung dessen, sich selbst Körper, Seele, Erinnerung, um wieder dorthin zu kommen. Wie alles sich verdunkelt, wie die aufsteigende sonderbare Hitze ihn von sich selbst löst, wie alles nun plötzlich ein tobendes, schäumendes, unbekanntes Land ist. Wie alles in seinem Inneren jetzt Erdbeben ist. Wie er sich selbst entkommt und mit einem dünnen Schrei wie eine Fischmöwe völlig freigelassen ist. Unter ihm wölbt sich die sanfte, warme, bebende Erde in feuchten Hügeln. Er fliegt. – Dann stürzt er ab. – Dann will jemand Geld haben. Ein anderes Mal weint irgend jemand verzweifelt. Irgend jemand weint und wühlt in einer Tasche, sammelt seine Kleider zusammen und verschwindet, niemals sah er ihr Gesicht – von irgendwo kommt die Polizei. Die Polizei in Rotterdam, die Polizei in Kiel, Gdingen, Malmö, stets die Polizei. – Wie ein Kind. Aber es ist nicht zu sättigen. Es wächst und wächst. Er ist zur sonderbaren, ungeheuerlichen Gestalt geworden. Schönes Gesicht, schöne, braune, große Augen. Das großartige, schreckgelähmte Geschlecht des Tieres trägt seinen Menschenkörper, als werde er erhoben. Überall gibt es Labyrinthe, Gänge. Stürzt riesenhaft gegen Wände und Wände, kann nicht hinauskommen, ist zu groß. Brüllt, schnaubt, kratzt mit den Klauen, schüttelt den riesigen, schwarzen Kopf, dessen Gesicht nur Plage ist. Zu guter Letzt schlägt ihn einer in einem Winkel zwischen zwei Mauern nieder. Aber verletzt und besiegt erhebt er sich wieder: wieder: immer wieder.

Er hatte also ein recht außergewöhnliches und umherschweifendes Leben hinter sich: Gefängnisaufenthalte und sonderbare Freiheit miteinander abwechselnd. Doch mit dem letzten kam der tödliche Schlag: zwei Jahre, eine Zeit ohne Boden. – Nun waren er und sein Trieb also eingesperrt. Nun wartete im Provinzgefängnis die Nacht. Die Wände stiegen leuchtend in die Höhe. Was sich in ihm befand, stieg ebenfalls in die Höhe – als ob das stille, dunkle Moorwasser plötzlich emporgesogen werde, eine schwarze Wassersäule kam vom Sonnenuntergang durchleuchtet über das Moorgewässer, über die glühenden Wasserspiegel. Draußen im See gab es eine schwarze Insel. In derselben Haltung am Tisch festgespannt saß er wie auf dem Sprung – wartend. Dies war der Augenblick, in dem alles geschehen konnte – dann, wenn das Licht vorüberstrich, dann, wenn die Zelle in Brand stand. Ein Augenblick. Dann war der Sonneneinfall vorbei, jetzt rollte die Sonne dort draußen hinter den Seehorizont. Er wußte, wie das aussah, er hatte über die Mauern gesehen, er wußte, wie hoch das Gefängnis sich über die Ebene erhob, wie sichtbar es aus weiter Entfernung war, über die Stadt und die Seen. Der großäugige Tierkopf stierte mit bittendem Blick auf das schrumpfende Lichtfeld an der Wand – verschwinde nicht! Sonne, Sonne, verschwinde nicht!

Ohne sich aber erweichen zu lassen, wanderte das Lichtfeld die Wand empor, je nachdem, wo die Sonne dort draußen in der freien Welt sank. Augenblick um Augenblick drängte das Licht sich zusammen, immer glühender, je kleiner der übriggebliebene Streifen wurde. – Jetzt war er verschwunden. – Nun ist es Nacht. Die Tür hat auf der Innenseite kein Schloß; war sie zugefallen, wurde sie eins mit der Wand, als sei es für immer. Es gibt keinen Weg mehr hinaus. – Nun herrscht im Gefängnis Nacht. Nur das Ungeheuer ist wach, sein Wesen besteht darin, wach zu sein, ständig zu lauschen und zu hören. Rund um den Wachenden soll sein Körper nur schlafen wollen – einen simplen Schlaf, einen gewöhnlichen Schlaf. Im Gefängnis jedoch ist die Nacht mehr Nacht als an irgendeinem anderen Ort der Welt. Je eingeschlossener, desto wacher, desto wilder. Dort tobte jetzt der Dunkle in seinem Labyrinth umher, überall stößt er mit dem schweren Kopf an eine Wand. Überall geschlossen und versperrt. Was kümmert es die Sterne draußen im Universum, wenn Nase und Mund gegen die Wand schaben, wenn die Nase blutet, wenn das Warme geht, wenn das Feuchte geht, wenn er geschüttelt wird und gerüttelt wird wie von Elektrizität, wenn ihn in der kalten Klebrigkeit Fieber schüttelt? Überall geschlossen, versperrt – daß ein Gefühlstier sich tastend ganz innen in der Dunkelheit bewegt, ziellos, aber doch mit dem Gefühl in Richtung des Lichtes, berührt/erregt, bis zum Rand erfüllt von Gefühl/Hunger

ein Tier ohne Panzer und auch ohne besondere Haut, als gebe es keine andere Grenze zwischen ihm und der Welt als eine Berührungsfläche, empfindlich fein feuchtbebend wie ein in Ewigkeit neugeborenes Schmerzzucken (keine Kehle, keine Zunge, sie sind noch nicht entwickelt – nur lautloses Fühlen) bei der BEGEGNUNG mit den harten, einschließenden Ebenen, den rohen, scharfen Bruchebenen, gegen die es sich sanft vortastet, verletzt zurückschreckt, aus undeutlicher Schmerzlust gegen die Grottenwände gleitet, sucht er sich einen Weg

– dann kommt die Grenze zu ihm. Sie stößt ihn zurück.

– der eingesperrte, nackte Gefühlsklumpen verschwindet in der Dunkelheit, im Mauer-Schweigen. Es ist wie die Ewigkeit.

Im Begriff, in die Wand zu schmelzen, Todeswand hinter ihm.

Bald wird in der Wand die Tür aufgehen, die eins ist mit der Wand, die Luke sich öffnen und ein großes Gesicht mit großen, aufmerksamen, klaren Augen sich zeigen. Es wird nichts sagen. Es wird sich dort nur zeigen und unerschütterlich hinabsehen auf das, was dort heulend auf der Pritsche liegt. Nach einem kleinen Augenblick wird es sich wieder entfernen, und die Luke wird sich schließen. Es wird wieder still sein. Nichts wird mehr geschehen. Es wird sein wie die Ewigkeit.

– Doch mit welcher Stimme spricht die Ewigkeit? Mitten in der Nacht hört er ein sausendes, rieselndes, prasselndes Geräusch. Es regnet. Blätter bewegen sich flüternd. Eine Eule ruft dumpf, eine andere antwortet. Und nan hört es nicht, er aber weiß, daß sich oben unter den Eisenspanten, die sich im Dach über dem dritten Stock ler Gefängnishalle kreuzen, Fledermäuse durch die Dunelheit schleudern, ein Meer lautloser Laute. Der Regen chlägt gegen die Scheibe, alles lebt. Mit welcher Stimme? Ver hat erzählt, mitten in der Zelle werde ein Engel tehen und sagen: Erhebe dich, und die Türen des Gefängisses werden von selbst aufspringen, und man kann einach hinausgehen?

So groß und tief war die Nacht.

Die Weltnacht war ein Meer. Das Meer wiegte sie, de leere, verwundete Mutterleib leuchtete wie Blut in de Schwärze – Wunden, Wunden.

Jnd die Mutter sah das Kind, das sie ihr hinhielten. Es var wie ein noch weicher Abdruck dessen, was vergessen verden sollte.

Es kam wie ein Ruf aus dem Schattenland. Eigentlich ief es die ganze Zeit. Sie drehte das Gesicht auf dem Kissen und sah das Kind nicht mehr an. Sie wollte nicht iören und nicht sehen.

Wollte nicht, wollte nicht –

Die Helferin nahm das große, dunkelhaarige Kind, nun ngezogen und gewickelt, und legte es ins Kinderbett. Da ag jetzt die Neugeborene und sah aus, wie sie aussah. Was ot und vergessen hätte sein sollen, lag leibhaftig hier. Jnd begann jetzt auch zu schreien, den zischenden, starcen Neugeborenenschrei, um sich zu befreien, um sich us der Gefangenschaft des Neugeborenensein frei zu wingen.

Die Mutter hatte lange die Augen geschlossen.

Als sie aber schließlich die Augen öffnete, hatte sich ja hnehin nichts geändert. Noch immer lag das Kind so veißgekleidet dort in dem kleinen, weißgestrichenen Eienbett. Der Schrei füllte das Zimmer. »Wechselbalg!« agte die Frau, die geboren hatte, unhörbar zwischen den Zähnen hindurch. »Wechselbalg!« Das war das Schlimmte, was ihr zu ihrer Verteidigung einfiel. »Wechselbalg!«

Aber so war das ja nicht, und das wußte sie. Sie war selbst bei allem dabei gewesen: beim ersten war sie dabei gewesen: bei diesem Gegenstand, der nicht half, war sie dabeigewesen: Hier lag das Resultat von alle dem, schwarzes Haar, beharrliche Lebenskraft. Glich einem, an den sie sich nicht erinnern wollte. War aber auch von ihr selbst, das ließ sich schließlich nicht leugnen.

Nein, sie wollte nicht sehen. Sie wollte vergessen. Das Vergessene durfte nicht an den Tag kommen. Sie ließ sich fallen. Sie begrub sich. Das Dunkel wurde Wasser, es rann und verrann, weg, weg, von hinnen – schwarz, schwarz.

Mitten in der Nacht jedoch erwachte die Frischentbundene. Draußen in der Dunkelheit rieselte und flüsterte der Regen. Im Schein eines Lichtes tanzten Nachtfalter. Sie richtete sich im Bett auf: Wo war sie? Es handelte sich um einen großen Saal mit gewölbter Decke und Bettreihen. Der halbdunkle Saal um sie herum atmete, der Schein einer Nachtlampe fiel ganz hinten auf Bett und Bett mit schlafenden Körpern. Am Fußende jedes Bettes stand ein Kinderbett. Entsetzt beugte sie sich über ihren Bettgiebel. Auch dort lag ein neugeborenes Kind. Die Augen offen, den Blick häutchenartig, helldunkel, grundlose Mooraugen, die wunderschönsten, die sie in ihrem Leben gesehen hatte.

So voller Licht waren die einfachsten Dinge. Ein Becher, ein Löffel, eine Lampe. Grauschimmernd feuchtglänzend krochen die Nachtfalter über das Wasserglas, wo alles Licht im Saal sich wiederfand wie eine bewegliche, von einer nächtlichen Sonne im Wasser eingefangenen Kugel, die das Glas umschloß. Sie trank von dem

Wasser. Das Alte war vergangen, die Welt hatte sich einen Schritt bewegt, alles war nun anders als früher.

Aber als sie wieder in das Kinderbett sieht, liegt dort ein fremdes Reptil, ein unheimliches Saugtier.

Sie schlug die Hände vor das Gesicht und schrie. Jemand kam herein und reichte ihr das Kind und legte es ihr an die Brust. Es hatte einen Mund wie eine Quappe.

Das fremde Tier kam von unten, es wollte sie wieder unter Wasser ziehen, hinab in die gleitende Dunkelheit.

Später aber lag sie da, das schlafende Kind neben sich. Das breite, dunkle Gesicht war still und sanft. Vom Körper des Kindes strömte Wärme auf sie wie von einer Sonne in der Dunkelheit. – Plötzlich öffneten sich die Augen. Die Mutter hielt den Atem an. Die fremden Augen wurden von Dunkel erfüllt. Das Dunkel in ihnen sah. Die unsichtbare Sonne strahlte.

Warum übergibt man also die Sonne?

Dunkle Dinge lassen einen den Rücken auch der Sonne zuwenden. Dunkle Dinge lassen einen sehen, was es nicht gibt (aber dennoch gibt), in jene Richtung gehen, von der man weiß, daß der Weg dort nicht verläuft – wo der Weg zurückführt.

Und immerhin war sie ja ein gekränkter, beleidigter Mensch.

Dunkel saß sie im Bett und hielt daran fest. An der Brust hing ein verirrtes Saugtier und versuchte matt zu saugen. Die anderen im Saal betrachteten erschrocken dieses schwarzes Bild von Mutter und Tochter – ein Neugeborenes einem solchen Ebenbild des Zorns anvertrauen? – Der erste Tag des Mädchens auf der Welt war schwül und grau. Er erschien endlos lange, die Stunden schleppten sich dahin. Saurer Milchgeruch, Kindergewimmer, Kindergeschrei beherrschten den Saal. Das Stillen war schwer und wund. Das Saugtier sog, das Saugen zerrte, nein, das war kein Spiel, das war ein Kampf zwischen einer, die dunkel aussah, aber stark war wie das Unterirdische, und einer, die womöglich groß war, aber offen, wund und versickernd. Wie soll man vergessen können, wenn alles so empfindlich und schwer und wund ist? Das Saugtier sog, das Saugen zerrte. Das Fenster stand offen, es war so heiß. Klebrig und dunstig war das Wetter. Schwarze Nesseln wuchsen. Durch das Fenster sah man ein blendendes, kompaktes Licht zwischen den Bäumen, es kam vom weit entfernten See. Draußen im See lag eine Insel. Nach Tod roch es. Tod bedeutete es. Kann man leben und sich zugleich erinnern und vergessen?

Und das arme Saugtier suchte und sog blind an ihrer Brust, als wolle es sie aussaugen, sich in sie hineinsaugen. Und sie hielt das Kind mit steifen Händen, als sei es ein böses Tier, sie betrachtete es, als sei es ein schwarzes Kriechtier.

Aber dazwischen kamen ganz andere Augenblicke.

Denn das Mädchen war ein Kind jener Art, die bereits vom ersten Augenblick an ist wie ein einziges Lächeln, übervoll von einer Art erstickten Jubels – obwohl noch schweigend, eigentlich begreift man nicht, woher der Eindruck kommt, nur daß er unzweifelhaft vorhanden ist. Die Helferinnen, die Schwester, sogar der Arzt, keiner konnte ein Lächeln unterdrücken, wenn er sie sah. Zu guter Letzt auch die Mutter, die sich lange verschlossen und abseits gehalten hatte und die von dem Stillen mit wunden Brustwarzen zudem schwer gequält wurde – am dritten Tag aber begann auch ihr großes, verschlossenes Gesicht zu lächeln, schließlich hielt sie den warmen, seidenhaarigen Kopf dieses friedlich gurgelnden Wesens gegen ihre Wange, und ihr Gesicht drückte dabei eine so grenzenlose Seligkeit aus, daß der ganze Saal in Lachen ausbrach.

Und jeden Abend kam der Abend.

Die Dämmerung kam. Die Dämmerung milderte Warm und Grau im Saal. Kindergeschrei und Stimmen ließen nach. Alles wurde in ein schweigendes, graues Geheimnis gehüllt. Wenn sie sich jetzt über das Kinderbett beugte, sah sie wieder dieses andere Gesicht, das keinem anderen Gesicht, nur sich selbst glich. In der grauen Dämmerung lag das Mädchen und leuchtete von selbst, eine gestürzte Sonne, eine unerreichbare Perle. – Am Morgen des sechsten Tages wurde sie in der Krankenhauskapelle mit Wasser übergossen, eine Schwester hielt sie. Im Inneren der Mutter sagte die Stimme

»ich bin im tiefen Moor versunken
wo Grund nicht ist«

So nun stritten Leben und Tod um die Macht.

Und am selben sechsten Tag wurde sie entlassen und verließ das Krankenhaus mit der Sonne selbst als Paket im Arm. Sie war noch erschöpft von der Geburt, jeder Schritt stieß und schmerzte in dem noch nicht verheilten Bauch. Zur Armenfürsorge wollte sie gehen, sie hatte eine Anweisung in der Tasche. Wohin aber wollte sie tatsächlich gehen? In den See? Oder wohin?

Sie ging durch die hohen Eisentore. Sie folgte der Landstraße am Kanal. Wieder ein heißer, trockener Augusttag. Die Landstraße war weiß, breit und staubig. Still und schwarz stand im Kanal das Wasser. Die Sonne blitzte. Aus dem schweren Grün, der Bitterkeit in den rauhen Ulmenblättern, aus der schwarz angelaufenen Feuchte der Erlen erhob sich das mächtige Provinzgefängnis. Alles war verschlossen und still. Es roch nach Staub. Der Mund schmeckte nach trockenem Staub. Sie blieb stehen. Da stand sie und sah auf zu dem Gebäude hinter der Mauer. Das Kind schlief, es wude schwer in ihrem Arm. Die Arme schmerzten. Das Kind zog sie hinab. Weiß und brennend das Sonnenlicht. Hinter ihr, auf das Gras am Straßenrand, fiel ihr Schatten. Auf die Straße fiel der Schatten der Mauer und des hohen Gebäudes. Nichts war zu hören, nichts schien sich dort drinnen zu rühren. Manchmal meinte sie wüste Stimmen und einen Kommandoruf zu hören. Doch so entfernt, so unbestimmt, Einbildung zweifellos – wieder herrschten nur die grabesgleiche Stille, das Grün, an dem kein Blatt sich bewegte, die unerschütterliche Hitze im Sand der Straße. Das Tor war riesig und schwarz gestrichen. Niemand kam heraus, und niemand ging hinein. Die Straße war leer und staubig in der Mittagshitze. Glatt, ohne Riß oder Fleck erhob sich die Mauer. Hoch darüber klafften die Reihen vergitterter, schwarzer Fensteraugen des Zentralgefängnisses. Doch alles blieb still.

In welcher Richtung lag der See mit dem Licht darüber – dem Todeslicht?

Überall in den Laubmassen, im Kanalwasser glitzerte es – wie in den Augen der Eingesperrten, so wie sie sie sich ganz drinnen in der Zelle vorstellte. In welcher Richtung lag der See? Dunkel glänzte das Laub. Jetzt kam wieder der Nesselgeruch, ein trockener Strich. Sie folgte dem Kanalufer. Die Schwärze wies den Weg. Hohe alte Weiden brausten. Das Kind schlief in seinem fest gewickelten Deckenbündel, atmete rasch und warm. Jetzt wurden die Weiden dichter. Das Gefängnis lag jetzt links hinter ihr. Brausend umgaben sie die Bäume. Aus dem Kanalufer wurde ein Pfad, Gestrüpp kam, Wiesen, schilfbewachsenes Sumpfland – hier endete die Stadt. Das Sonnenlicht leuchtete über den Moorwald, glänzend sah man die Seeoberfläche durch das Laub oder wie einen Spiegel, eine Sonne. Still war es hier, keine Stimmen waren zu hören, weit lag die Stadt jetzt hinter ihr. Ein Baumstamm war über den Kanal gestürzt und bildete eine Brücke. Sie ging hin und stellte sich darauf. Hoch über Mutter und Kind bewegten sich die zu einem riesigen Filzknäuel verwobenen Baumkronen. Das Licht stach Nadeln hindurch. Nach unten sah man in einen schwarzen Himmel. Was sich spiegelte, erinnerte an Feuermücken und Feuerringe. Das Kind zuckte zusammen und begann zu schreien. Die Mutter ging wieder an das Land und setzte sich neben dem Wasser ins Gras. Hoch standen die Nesseln. Dieser trokkene schwarze Geruch. Sie öffnete die Bluse und legte das Kind an die Brust. Das Mädchen war schon ein Himmelskörper auf seiner Kreisbahn – wurde es beschädigt, wurde das Weltall beschädigt. Dunkle Laubbüschel dunkle Bäume bewegten sich in der Dunkelheit – der Himmel dort unten. Jetzt ließ das Mädchen die Brust los und lag ganz still da. Der feuchte Mund glänzte, die braunen Augenlider waren dunkel geädert. Ein dunkles Haarbüschel bedeckte den klopfenden, bebenden Teil des Schädels, wo unmittelbar unter der weichen zitternden Haut das Gehirn mit seinen noch nicht entfalteten Bildern lag. Blendend fuhr ein glitzernder Strich über das Wasser. Alles wurde zu undurchdringlicher, flimmernder Fläche. Wirbeln und Glänzen vor den Augen, alles wurde Wirbel, immer heißeres, immer stärker brennendes Glitzern. Sie sah hinab in das schwarze Wasser. Es schien zu strömen und zu tanzen, obwohl es in dem stillstehenden Kanalwasser doch überhaupt keine Strömung gab. Sie sah in das Kindergesicht: Still schaute der Blick des Kindes – noch konnte er nicht begegnen und antworten, er war nur. Jetzt sah sie das Gesicht des Kindes unter Wasser, in die weitgeöffneten Augen, und heraus aus ihnen strömte das dunkle, braune Wasser. Fetzen der derben, roten Decke würden auf dem Wasser treiben. – Es war ein schöner Tag, noch immer heiß, wie häufig Ende August, hier drinnen unter den Bäumen aber frischer. Laub und Dickicht dufteten schon ein wenig angefault, alles ging dem Ende entgegen. Noch aber bewegte sich das Grün schwer und stark, alles lebte, aber doch so still. Über Laub und Dickicht hinweg sah man das Seelicht – nahe? Noch immer recht weit entfernt vielleicht. Jedoch blendend wie die Sonne, ein starkes weißes Dunnstlicht, das die Sonne in sich aufgesogen hatte und mit der Sonnenkraft alles durchdrang. Wohin führte es, wovon kündete es?

Die Bäume atmeten in der Kraft des Lichtes.

Es ist schon so, daß Bäume Lebewesen sind und Seelen besitzen, eingesperrt, aber rufend.

Und neben dem Platz, an dem sie saß, wuchs eine sehr große, alte Weide. Sie war an einer Stelle gebrochen, in einem Sturm vielleicht – ihr Stamm war es, der jetzt als Steg auf dem Wasser lag. Aus der Bruchstelle wuchs ein neuer Stamm, ein völlig neuer Baum. Er wuchs schief im Vergleich zum alten. Silbern rauschten die Weidenblätter mit ihren Büscheln kleiner blitzender Blätter; in der Sonne, dort oben hoch über ihr, trugen sie eine Krone aus Messern. Sie und das Kind aber saßen hier unten im grasigen Dunkel, bei den Nesseln neben dem Stamm des Weidenbaums (schwarze Nesseln, aus denen man Nesselhemden strickt). Es roch nach fauligem wundem Holz. Der alte Baum und der neue hatten dasselbe Leben, ein Wesen bedeckt mit zerfurchter grauer Haut, das mit klagendem Wimmern seine Zweige gegeneinanderschlug, das Weinen des stummen Wesens. – Die Weiden mit ihren zu Gewölben verflochtenen Kronen, die Nesseln, die Mücken, die in einer sirrenden Sonnenwolke über dem Wasser standen, das Licht, das Wasser, alles war ein einziges fremdes Wesen, das mit seinem sprengenden Wachstum in ihr Inneres wollte, mit seinem Lächeln (die Sonne, die trieb und im Dunkel gebrochen wurde), seinem unhörbaren Weinen, dem stummen Geheul. – Jetzt legte sie das Mädchen auf den Boden und entkleidete es. Jetzt lag das Kind zwischen seinen geöffneten Kleidern und strampelte wie ein dunkler Fisch. Mit beiden Händen umfaßte die Mutter sacht den Hals des Kindes. – Es wäre so leicht wie nichts.

Aber ein Nichts, das schwerer wog als die ganze Welt zusammen.

Und schwimmend den ganzen Weg vom Grund bis zur Wasseroberfläche, zusammengepreßte Brust, Wasserlast, Wasserlast immer gewaltiger, je weiter sie aufstieg zur Oberfläche, schwere Wasserpflanzen wollten sie fesseln. Sie hielt das entkleidete Mädchen fest im Arm. Jetzt kam sie an die Oberfläche. Das Licht traf sie wie ein Schlag. Hart und fest hielt sie das warme nackte gurgelnde Mädchen an sich. Es war ein Brunnen, der ein Tor war. Alle beide waren sie jetzt vor dem Tod gerettet.

Den ganzen Nachmittag saß sie mit dem Kind im derben Gras bei den Nesseln. Die Lichtwirbel im Wasser kamen und gingen. Das Feuerglitzern wurde einmal stärker, einmal schwächer. Als das Mädchen erwachte und aufwinselte, befreite die Mutter die Brust und gab sie ihr. Dies war der feste Punkt. Im übrigen zitterte und schimmerte alles. Eine glitzernde, sich verschiebende Masse aus Auflösung zog rasch strömend dahin und sog an ihrem Inneren, sog sich flüsternd in ihr fest, wollte sie mitreißen, und sogar Schatten und Sonnenflecken spielten das gleiche saugende Spiel.

Erst gegen Abend wurde alles ruhig und klar. Die Sonne war jetzt hinter den Bäumen verschwunden. Es war so still. Sie zitterte vor Kälte, fühlte, daß sie Hunger hatte – jetzt mußte sie für etwas sorgen, sie mußten doch überleben. Fürsorglich hüllte sie das Mädchen in die Decke und stand auf. Dann ging sie in Richtung Stadt. – Kurz darauf befand sie sich wieder vor dem Gefängnis. Es war bei Sonnenuntergang. Die riesigen Giebel ragten auf vor der fließenden hellroten Glut des Westhimmels. Jetzt stand sie dicht vor der Mauer. Sie war noch warm wie ein Körper. Sie rieb Wange Mund Kinn dagegen. Unverändert glatt und ohne Halt zu bieten erhob die Mauer sich über ihr. Aus dem Gefängnis war nichts zu hören, alles blieb totenstill – wie zuvor jedoch vernahm man ferne Laute, Rufe vielleicht, vielleicht zuschlagende Türen, es mochte auch Einbildung sein, Geräusche in halbem Traum, sie flossen zusammen mit dem leichten Abendbrausen des Laubs, dem fast unmerklichen Atmen des Kanalwassers, im Schweigen bewegte sich all dies wie das Kreisen der Atome in der Steinmasse.

So kam sie mit dem Säugling auf dem Arm und noch immer derselben vollgepfropften kleinen Imitattasche in der Hand in die Stadt, wo sie nun mehrere Jahrzehnte leben sollte. Die Stadt war in keiner Weise so, wie sie sich sie vorgestellt hatte. Sie war nicht fein. Sie war schmutzig. Fabrikviertel. Bettelnde Fensterscheiben spiegelten den Abendhimmel. Zwischen den Häusern war der Fluß zu sehen, bedrohlich glänzend und dahintreibend.

Die Sonne ging unter. Nun, als es dunkelte, wirkte die Stadt riesig. Auf den Straßen war es still, nur das Geräusch ihrer eigenen Schritte war zu hören. Keinem einzigen lebenden Wesen begegnete sie, bis sie an einer Straßenecke mit dem Laternenanzünder zusammenprallte. Zu jener Zeit wurden die Laternen noch per Hand von einem Greis angezündet, der hierdurch sein Auskommen hatte. Er reckte sich mit seinem Stock zum Gasstrumpf empor, die Laterne flammte auf, und das Licht fiel auf das leere verbrauchte Gesicht des Laternenanzünders. Im plötzlichen Lichtschein sah sie, daß seine Augen wie ausgehöhlt waren. Ein Schreckensschrei blieb ihr in der Kehle stekken. Er kam auf sie zu, er war ein Bediensteter der Stadt. Der Sandmann war es, der den Kindern Sand in die Augen streut, und sie werden blind wie er selbst, Sand streut er in die Lebensmaschine, und sie stockt, sie stockt. Gelähmt vor Schreck barg sie das Gesicht des Kindes an ihrer Brust und versuchte zu rennen. Wer folgte ihr? Die Schuld folgte ihr. Sie ließ die Beine riesig und schwer werden, in einem ungeheuren Traum traten sie auf der Stelle, ohne fortzukommen, bewegten sie sich in bodenlosem, schwerem Sand. Eine Bedrohung kam auf das Kind zu. Und es war ihr Versagen, durch sie kam es. Leere Straßen, die beängstigenden Lichter, das erschreckende Dunkel hinter den Lichtern. Irgend jemand kam aus dem Fluß und hinter ihnen her. – Lange irrte sie, stumm schreiend, das Gesicht des Kindes an das ihre gepreßt, umher, die kleine Wange des Kindes fest an der eigenen, in dieser fremden Stadt, dieser fremden Welt. Über den Dächern sah man wie einen erloschenen Berg die Kirche. Alles war fremd. Manchmal aber drang durch den Geruch nach Sumpf und Abfall, der aus der Kanalisation stieg, ein salziger Luftzug, Küste und Meer waren es, die in der Dunkelheit über die Seen, über die gewaltigen zur Ruhe gekommenen Schilfgebiete einen Gruß in die nächtlichen Straßen schickten.

In der Dunkelheit verschmolzen alle Straßen, sie schienen beliebig weit zu gehen, zugleich aber sehr kurz zu sein, ständig kehrte der gleiche labyrinthische Weg wieder.

Das neue Leben, ja.

Später stand sie mit anderen Heimatlosen im Asyl der Heilsarmee hinter dem Bahnhof in der Essensschlange. Das Licht der Deckenlampe fiel scharf auf alle Gesichter. Schleppend bewegte die Schlange sich vorwärts. Das Asyl war überfüllt, es war Zwischensaison, weder Erntezeit noch richtiger Herbst – später im Herbst würden die

Rüben- und die Kartoffelernte einen großen Teil aufnehmen, in diesem Jahr jedoch nicht alle, nein, keineswegs alle. Draußen war es jetzt völlig dunkel, durch die großen vorhanglosen Fenster sah man elektrisch beleuchtetes Laub wie Seegras in schwarz strömendem Wasser. An den langen Tischen schlürfte eine Bevölkerung ohne Farbe, einsame, geduckte Menschen – von irgendeinem Ort im Lande hatte man sie verstoßen, nun waren sie von überall verstoßen, das eigentliche Verstoßensein saß in ihrem Inneren. Jeder setzte sich weit entfernt von den anderen, nur der pure Platzmangel drängte sie zusammen, sie steckten die Nasen tief in die Eßnäpfe, als hätten sie Angst, sie könnten selbst (oder vielleicht vor allem) von ihresgleichen gesehen werden. Noch nicht einmal die Familien – denn es gab auch ganze Familien, die auf die schiefe Bahn geraten waren – sprachen viel miteinander. Das Sonderbare war, daß, obwohl jetzt in der Zeit der Arbeitslosigkeit das Land von Menschen überschwemmt wurde, die nirgendwo Fuß fassen konnten, dies gleichwohl von jedem einzelnen erlebt wurde, als sei er allein, in äußerster Einsamkeit. Schuld stand wie ein Zeichen über ihnen, als seien sie durch eine schändliche Krankheit von allen normalen Menschen und vom ganzen normalen richtigen Leben getrennt worden. Die meisten sahen zur Seite, zumindest sahen sie einander niemals voll an, sie sprachen nicht miteinander, als wollten sie nicht zugeben, daß auch andere da waren, die sie sahen. Darum hörte man selten ein Wort, man hörte kratzende Füße, Löffel, die gegen Teller klapperten, Husten, Räuspern, Schlürfen – keine Worte. – Die Suppe im Blechnapf schmeckte nach Blech, der Löffel bestand aus Blech, ein neues Leben begann hier. – Die nichtseßhafte Bevölkerung, ein graues Ding, von dem der Gesellschaftskörper sich mit ruckartigen häßlichen Bewegungen befreite, Abfall. Und ihrem Herumtreiben und Forttreiben war eine besondere Bewegung einbeschrieben, sie war das Gesetz der Schwerkraft in ihnen allen, Männer, Frauen, Alte, Junge, ja sogar die Kinder, auch Kinder gab es in diesem Leben. Eine schwere, langsam saugende Abwärtsbewegung. Die Körper wurden verbraucht, die Kleider zerfielen. Die ganze Zeit dieselbe schwere sinkende Bewegung. Jahr um Jahr. Das langsam drehende Sinken, die unbestimmt wirbelnde Abwärtsfahrt durch Dunkel und Licht des Wassers, als sinke der irdische Staub im sacht fließenden Flußwasser auf den Grund und begebe sich langsam im Jahr um Jahr zunehmenden Grundsediment zur Ruhe. – Und dann im Schlafsaal: Jammern und Knirschen, Schnarchen, Weinen von aufwachenden Kindern, die metallenen Bettroste sangen, die Körper wanden sich in schlechten und in guten Träumen. Dennoch herrschte im Innersten eine dunkle Stille, ein silbergleiches Dunkel – das, was bleibt, wenn alles ausgebrannt und erloschen ist, die Stille, die entsteht, wenn alles vorüber ist.

Mitten in der Nacht wachte sie abrupt auf. Feucht und warm lag das Kind neben ihr. Von überall her pfiff und winselte Schnarchen. Der Mund stand noch immer offen um einen seit langem entlegenen Schrei, der dennoch im Inneren des Traums hallte und aus allen Richtungen widerhallte. Sie war im Wasser gewesen. Irgend jemand – irgend etwas – kroch an ihren Beinen und ihrem Körper herauf, packte sie, sie konnte sich nicht befreien. Sie wurde hinabgezogen. Zäh war es und schwer. Schwer,

schwer. Sie wurde nicht damit fertig. Jetzt konnte sie den Kopf nicht mehr über Wasser halten: jetzt drang ihr schwarzes Wasser in Nase, Mund, Hals. Jetzt erwachte sie, und von überall erklang das Weinen, das man nicht hörte. – Der Saal war angefüllt mit eisernen Etagenbetten: vom Boden bis zur Decke Metallkäfige mit schlafenden Körpern. Das Schnarchen pfiff und knirschte und summte aus klaffenden Mündern, schmalen Nasenlöchern und aufgesperrten dunklen Nasenlöchern, nach hinten hängenden Köpfen, Brustkörben, die der Alp bedrückte. Wie viele Gesichter sah sie doch von Bett zu Bett in der Dunkelheit, die eine Gaslaterne vor dem Fenster in Streifen schnitt: Gesichter und Gesichter. Sie öffnete die Bluse und legte das Kind an die Brust: der fremde kleine Tiermund begann sofort, im Schlaf, zu saugen. Die Mutter lag da und starrte vor sich in das menschenerfüllte, lichtgestreifte Dunkel: was würde aus ihnen werden? Wie könnte sie sich hieraus befreien?

Doch wie ein erster Schritt in die richtige Richtung (denn der Schreck vermag einen geradewegs in die Luft zu erheben, falls dies nötig ist): zwei Tage später hatten sie zumindest Unterkunft. Zwar eine Wohnung, die war, wie sie war; zur Untermiete bei einer älteren Frau, die Küche und ein Zimmer mit Vorraum im Untergeschoß auf der Hofseite eines Anwesens bewohnte, das Altes Armenhaus genannt wurde (vor langer Zeit war es Armenhaus gewesen, es bestand nun aus mehreren kleinen Wohnungen an langen Korridoren, aufgeteilte Hausflucht, ein Bienenkorb). Die Mutter mit dem Kind bekam das Zimmer, es war ungeheizt, die Vermieterin wohnte in der Küche, die über einen Herd verfügte – die Türe mußte offenbleiben. Doch sie heizte so selten. Es war ohnehin schwer zu begreifen, wovon sie lebte, woher sie überhaupt Nahrung und Holz bekam, sie saß meist ganze Tage an ihrem kalten Herd, bisweilen erhob sie ihre Stimme zu einem Psalm, einem Pilgerlied, das war alles. Ansonsten sagte und tat sie eigentlich überhaupt nichts, sie war wie jemand, den man ein für allemal zu gründlich erschreckt hat, als daß er noch jemals irgend etwas auf eigene Faust unternehmen konnte. Aber sie bekam ja, wie gesagt, ihre Mieteinnahme. Und auch wenn sie anfänglich zu Tode erschrokken war – ich könnte sie fallen lassen! ich könnte sie fallen lassen! – wurde sie allmählich williger, den Säugling zu hüten, wenn die Mutter fortging und versuchte, auf irgendeine Art irgendeine Form des täglichen Brotes zusammenzubekommen.

In jenem Jahr war dies keineswegs einfach.

Denn wer das Leben draußen auf dem Lande hinter sich gelassen hatte (seine Zwinger, seine Erd–Tier–Mensch-Ketten) landete in der Zeit um 1930 zuerst in einem schwarzen schwindelerregenden Loch, einem Schlund: der allgemeinen Arbeitslosigkeit. Der Schwindel sagte: Tod. Der Schwindel wiederholte: Tod. Warum sollte ausgerechnet man selbst Arbeit finden, wenn kein anderer sie bekam?

Verständlich, daß man hätte liegenbleiben können: Zukunft existierte sozusagen nicht. Kein Horizont, nur ein blindes Jetzt umschloß sie ausweglos. Verständlich, daß man so hätte werden können, hätte liegenbleiben können.

Doch mit einem Kind ging so etwas nicht. Mit einem Kind mußte man hinaus – immer hinaus.

Und also stand sie in der Morgendämmerung auf und stellte sich bei der Arbeitsvermittlung in die Schlange – schon eine Stunde, bevor man öffnete, stand dort eine gedrängte trampelnde Schlange aus Menschen, die eisige Dämmerung leuchtete über ihnen, über ihnen leuchtete der allzu klare Herbstmorgen. Es war eine schwere Zeit für alle. Düster – einen Tag um den anderen mußte man sich durchschlagen. Als von allen der Letzte galt, wer direkt aus dem hintersten Winkel, vom flachen Lande kam, ohne vorherige Beschäftigung und nur an die Tätigkeiten dort gewohnt, obendrein junge Mutter, was sich nicht verbergen ließ, denn die Milch floß, und sie floß über (von dem Gardinenring ließ sich eigentlich niemand täuschen, zu guter Letzt trug sie ihn vor allem um ihrer selbst willen und um sich selbst Nervenstärke zu schenken). – Und es war ganz einfach, als gäbe es keine Arbeit mehr. – Jetzt mußte sie die Küchentreppen ablaufen. Treppenhaus um Treppenhaus, bisweilen ein belegtes Brot, bisweilen eine Münze, häufig überhaupt nichts. – Doch es fügte sich zu guter Letzt dann doch an irgendeiner Tür, daß ihr angeboten wurde, bei irgend etwas zu helfen – Bodenscheuern, Treppenputzen, große Wäsche. Irgend etwas. – Monat um Monat wob sich aus diesen Gelegenheiten und Zufällen ein Dasein zusammen. Später wurde es auch bei der Arbeitsvermittlung besser. Eine Woche Rübenwaschen draußen in Karpalund (da hatte sie das Mädchen in einem Tragekorb dabei). Verschiedene Putz- und Treppenhausreinigungen. Einige Tage in der Wäscherei des Krankenhauses. Im Januar Schneeschaufeln und Eishacken auf den Trottoirs. Dazwischen aber lagen Wochen voll Schlangestehen und Warten und nichts,

Heilsarmeesuppe – und an manchen Tagen putzte sie ganz einfach Klinken, für sie war dies ein ganz unwahrscheinlicher und unglaublicher Vorgang, als sei sie selbst an der, die dort klopfte, überhaupt nicht beteiligt (aber ein Kind ist eine schreiende Wurzel, hat man ein Kind, muß man hinaus, gleichgültig ob man will oder nicht). – Auf und ab, alles war Zufall.

Zufall, ja. Von jener Sorte, wie er von Augenblick zu Augenblick, ohne Zukunft, das Leben des Arbeitenden aufrechterhält. Andererseits jedoch in keiner Weise anders empfunden wird als eine Aufrechterhaltung des Lebens, nur als Kette von Augenblicken, die man hinter sich bringen muß.

Von jener Sorte, der falschen Sorte. Es wurde zu einem ihr eigenen Versagen, daß sie dorthin gehörte: eine Schlechtigkeit, eine ihr eigene Krankheit. Ein Mensch von *jener Sorte* – ein Mensch, der dieses Leiden hatte. Und es handelte sich um eine besondere Form von Leiden, als sei es selbstverschuldet – dies Leiden war eine Schande, zudem deutete es auf Schlechtigkeit und bösen Willen bei demjenigen, dem es zustieß. – Es kamen Tage und Zeiten, als nur noch der Schritt fehlte, unter den Booten zu schlafen – so wie unten am Fluß hinter der Wollfabrik viele völlig verwahrloste Menschen unter den für den Winter aufgelegten Booten lebten, solche, die gestohlene Schuhriemen für fünf Öre oder für einen zu verkaufen versuchten, hier unten stand man bis zum Hals in seiner eigenen Auflösung, schluckte Morast und schnaubte Morast aus, dort unten gingen die Formen des Lebensunterhalts in das Unsägliche über, das, was sich nur tun ließ, wenn man felsenfest die Augen schloß.

Aber es gab auch jene andere Sorte – die richtigen Arbeiten.

Eine feste Arbeit, eine feste Stelle, eine richtige Arbeit – genau dies sah man vor sich, von einem Fuß auf den anderen tretend, während man dort anstand um »zehn zum Rübenhacken, drei Morgen« oder »zwei zum Pakken, Handelshof Hammar, heute« oder »zweimal weiblich, Rübenschrubben, Zuckerfabrik, fünf Tage«. Wie lockte sie! Die richtige Arbeit, die nicht kurzfristige Hilfe war, nicht jemanden vertrat, keine Saisonarbeit war, keine Erntetätigkeit. Die Arbeiten im Walzwerk, in der Wollfabrik, der Wirkwarenfabrik, der Baumwollspinnerei, der Papierfabrik, der Knäckebrotfabrik, der Meierei, der Wurstfabrik, der Schlachterei, ja sogar in der Knochenmühle. Jenseits der Fabriken befand sich die große Öffentlichkeit. Kam man in die Fabrik, war man Teil der großen Öffentlichkeit. Man gehörte zu ihr. Man stand nicht außerhalb. Vom unsichtbaren Direktor bis zum kleinsten Lehrmädchen ging von allen die gleiche Ganzheit aus. Man war dabei. Man bekam ein neues Gesicht. Man war jemand, der in der Fabrik arbeitete, man erhielt eine neue Berechtigung, ja gleichsam ein neues Leben, durch die Ganzheit, in die man hineingekommen war. Man stand nicht mehr außerhalb. Man war auf der Seite der Richtigen.

Zufall.

Doch das Kind ist die Wurzel, und es schreit.

Es schreit: Leben! Leben!

Aus den Zufällen wird ein Gewebe, ein Wurzelgewebe, in dem die Erde atmet und von dem sie bewässert wird.

Und der Herbst verging, und der Winter kam. Mutter

und Kind lebten und dachten überhaupt nicht daran, nicht zu leben. An das Gefängnis dachte die Mutter nun nicht mehr.

Und wenn sie in der Abenddämmerung zurückkam und sich nach dem langen harten Tag setzen konnte, dann saß sie mit dem Mädchen in der kalten, dunkel werdenden Zimmergrotte. Dann war es, als sehe sie in das Erdinnere selbst, hinein in Herz und Gedanken der Erde. Die Erde, auf der sie in ihren schmutzsteifen Strümpfen und fast zerfledderten Schuhen oder hölzernen Arbeitspantinen lief – die Erde hatte dieses Gesicht, den dunkel glitzernden Wasserblick.

Der heilige Körper trägt die Erde

Die Erde ist noch klein. Sie steckt ihr die schmerzende Brust in den Mund und stillt sie, wäscht sie, kleidet sie, wiegt sie, singt und spricht mit ihr, wärmt sie und streichelt sie und füttert sie mit aufgeweichten Brotstückchen. Das dunkle breite Gesicht der Erde sieht genau in sie hinein. Das erwachsene Lebewesen liegt prall in dem empfindlichen Kleinlebewesen, bereit zu wachsen. Das Geschöpf in ihm wird sich der wachsenden Erde bemächtigen, Arme, Bauch, Beine, Geschlecht und Kopf werden zunehmen, bis das Geschöpf seinen abgesteckten Kreis ausfüllt und seine Grenze erreicht hat – dann kehrt sich die Sonne.

Der heilige Körper ist erfüllt von Lichtern in elektrischen Wirbeln. Doch der Kopf ist dunkel und düster.

Und sie fühlte, sie könnte alles schaffen: das Mädchen war Schutz gegen alles. Eine Sonne war über ihrem Leben aufgegangen. Ihr warmer Schein spielte und leuchtete in den kleinsten Winkel.

Und es wurde Winter. Es gab Eis auf den Seen, Eis auf den Straßen. Wer sich hauptsächlich von Arbeiten ernährte, die mit Wasser zu tun hatten, bekam geschwollene, rissige Finger, die Nägel platzten, die Nagelränder wurden wund. – Sie wusch. – Sie hackte Eis, schaufelte Schnee. – Und es war Winter. Über dem Eis, über dem rasselnden Schilf erhob sich das Gefängnis. Doch daran dachte sie nicht mehr. Das sollte vergangen sein und ausgelöscht.

Und das Mädchen war, wie gesagt, ein Kind jener Art, die nur strahlt. Körper, Seele, Augen, Mund, Hände, Füße, alles leuchtet und brodelt und glitzert und plappert – der ganze kleine Körper war ein einziger Freudenmuskel. Berührte man sie, wand sie sich und kieckste. Sie war kitzlig wie eine Katze, und wenn die Mutter ihr die Kleider auszog, um sie zu wickeln, streckte sie Hände und Füße geradewegs von sich und spannte den Bauch in einem jubelnden Bogen. Sie lag in ihrem Korb, in dem kalten Zimmer drang der Atem weiß aus ihrem Mund, sie hatte eine rote Nase und rote Finger, doch die Kälte konnte ihr nichts anhaben. Dann kam das Frühjahr und die Sonne. Mit strahlender Ergebenheit lag das Mädchen da und zählte seine Welt auf – die Mutter, die Vermieterin, die Katze. Bei jeder Anrede, die sie bildete – einem einsilbigen oder zweisilbigen Laut, der ein Zuruf war –, wartete sie einen Augenblick, dann explodierte ihr Gesicht zu einem riesigen Lächeln. Sie rief nach der Welt und antwortete ihr, alles um sie herum war lebendig und gab Antwort. Die Mutter saß neben ihr und betrachtete ihr Kind mit größtem Erstaunen. Hier zeigte sich eine andere Welt, strahlend, rufend und lebendig. In ihr klopfte ein Spatz an die Fensterscheibe und wurde angesprochen – Vogel! Das lebhafte Vogelauge schien zu antworten, glänzende Reflexe fuhren in dieser runden schwarzen Augenöffnung hin und her, der dicke Schnabel hackte noch stärker ans Fenster. Er fraß Kitt, doch waren es auch Signale. Als die Wintersonne durch die Begonie leuchtete (Topfpflanzen leistete sich die Vermieterin, das war ihr wichtiger als Nahrung), verwandelte sich die dicke rote Blume in klares, pulsierendes und schimmerndes Blut, aus den runden saftigen Blättern stieg ein starker, verführerischer Duft auf. Im blanken Topf funkelte ein Strahl, im Wasserglas ein Regenbogen! Die feuchten Lumpen, die zum Trocknen über dem Herd hingen, rochen scharf und beißend. Alles war stark, alles lebte!

Mit Verblüffung starrte die Mutter – auch mit etwas, das einer riesigen Erleichterung glich. Daß dies so sein konnte. Daß das Leben eigentlich so – einfach war!

Auf eine Weise das Paradies.

Doch sie hatte eine Schuld. Sie hatte einen Schatten.

Alles was sie tat, hatte Wurzeln im Schattenland. Mit allem wurde Kraft aus ihr hinab in das dunkle, das gleitende Schattenland gesogen. Diese ständig rufenden klagenden Schattenmünder.

Und gerade dies war zuviel für sie. Sie konnte nicht hinkommen. Das Lebendige entzog sich. Sie blieb einsam. So wie ein Wasserlauf glänzt und weit entfernt verschwindet und eins wird mit dem kalten Horizont. Zwischen ihr und dem Lebendigen dort in weiter Ferne lag die gefrorene Ebene, auf der sich keinerlei Leben regte. – Machtlos betrachtete sie den allzu lebendigen Körper im Wäschekorb. Das Mädchen drehte ihr den Kopf zu und stieß ein kleines Freudengeheul aus, der ganze Körper kribbelte von Lachen, lächelnde Grübchen zeigten sich überall. Dann hob sie mit gewaltiger stöhnender Anstrengung den Kopf und krähte wie ein Vogel. Im nächsten Augenblick würde sie aufrecht sitzen, daran gab es keinen Zweifel, von da dauerte es nicht lange, bis sie über den Korbrand kam – wie sollte man sie da allein lassen?

Denn es war nötig geworden, sie allein zu lassen. Die Mutter war in der Wohnung mittlerweile allein – an einem blassen Frostsonntag lag die Vermieterin tot auf dem Küchensofa, die Untermieterin hatte die Wohnung geerbt. Jetzt besaß sie Zimmer und Küche. Aber auch die ganze Miete und niemanden, der das Mädchen hütete. Es mußte sich eben von Tag zu Tag lösen – wenn es jedoch absolut keine andere Möglichkeit gab (in diesem Haus voll Armer gab es viele Mütter, die zur Arbeit gehen mußten, nicht immer gab es jemanden, der zu Hause war und zur Verfügung stand), mußte sie das Mädchen im Korb festbinden und allein lassen.

Und als das Mädchen zum ersten Mal auf diese Weise angebunden wurde, war es, als geschehe etwas Bedeutsames und Nichtwiedergutzumachendes mit ihm. Sie sah die Mutter an. Plötzlich war es eine völlig neue und andere Art – still und dunkel. Sie schrie nicht, schließlich war sie so klein, daß sie kaum verstehen konnte, was geschah.

Trotzdem aber schien sie zu verstehen – still, dunkel, fragend. Auf jede Weise versuchte sie, sich von den Fesseln zu befreien, zu gleiten und zu drehen und sich zu entwinden, bereits fähig, sich in alle Richtungen zu bewegen. Sie strengte sich so sehr an, daß sie dunkelrot wurde. Trotz aller Mühe konnte sie sich aber nicht befreien, wie sehr sie sich auch anspannte und schrie – denn nun schrie sie – anhaltend wild und tränenlos. – Dann erschlaffte sie. Der Blick verschwamm. Er kehrte sich rasch nach innen. Jetzt lag sie kraftlos da, der Blick traf auf nichts. Völlig unbeweglich, aber sie schlief nicht, lag nur da – offen und dunkel war der Blick, doch er wollte nicht mehr sehen, eine Haut aus Ferne und Abwesenheit hatte ihn überzogen.

Und es ließ sich nicht ändern, daß jener Winter und das Frühjahr mit unerhörter Behäbigkeit voranschritten. – Ein Tag. Eine Nacht. Nacht – aufstehen und Essen wärmen, aufstehen und füttern und Windeln wechseln. Am Morgen: ein weiterer Tag, noch einer. Unmöglich, sich vorzustellen, daß man je dort herauskommen würde – daß es sich jemals ändern würde. Ein Augenblick, den man ertragen mußte – und ein weiterer, einfach ertragen. Scheuernd oder schneeschaufelnd oder im lockenden strömenden Flußwasser große Wäsche ausspülend. Dann bekam man ein paar Scheine, ein paar Münzen. Dann begann das Leben wieder von vorn. Aber gleichwohl vermochte sie nicht zu leben, die ganze Zeit hatte sie Angst vor etwas, von dem sie sich niemals entfernen konnte: der erschreckenden Dämmerung, die mit jedem neuen Tag erschien, der eisigen Morgendämmerung, in der jeder Tropfen Leben oder der Sinn des Lebens selbst erfroren und vernichtet waren. – Als sei es ihr unmöglich geworden, noch zu unterscheiden, was lebendig war und was tot, zu unterscheiden zwischen Leben und Tod.

Denn ihr fiel auf, wie die Leute sie ansahen. Wenn sie durch das Tor kam – wie der Mann, der den Hof aufräumte, sie ansah. Die sich im Brauhaus aufhielten. Die Köchin oder die Küchenmamsell, die ihr die Küchentüre öffneten. Die Frau, die gerufen wurde und die sie von oben bis unten sorgfältig in Augenschein nahm. Und hatte sie dann das Mädchen auf dem Arm – wurden die Mienen wirklich sonderbar. – Was ist die DUNKEL! – Wie sie alle auf dem Hof und bis auf die Straße hinaus und noch ein Stück weiter die Straße hinunter beobachteten, wenn sie ergebnislos drei oder vier Stockwerke (mehr gab es in der Stadt nicht) in drei oder vier Häusern auf- und abgestiegen war.

Und vor allem: wie sie das Mädchen ansahen.

Nach einem solchen Tag des Umherwanderns – es gab völlig schwarze Tage, an denen sich alles Schlechte und Ärgerliche zu verbinden schien – war es, als ob alle bösen Augen auf irgendeine Weise sich in dem Mädchen gesammelt hätten, es vergiftet hätten, das dunkle Mädchen lag da, und auch es strahlte etwas kompakt Böses aus.

Dennoch war es nicht so sehr, wie sie vor allem sie selbst ansahen. Eigentlich schien es, als werde sie selbst überhaupt nicht gesehen. Es war die Art, wie die Leute auf *diese Sorte* herabsahen. Sie galt als *so eine.* Man sah es ihnen an, daß sie dachten: dort geht so eine.

Die Blicke woben ein klebriges Moor-Kleid für sie. In dem ging sie, straßauf, straßab. Und spürte, wie die Blicke ausspuckten: Sumpf! Sumpf! Moor! Moor!

Und wenn sie das sah, begann sie das Mädchen mit schiefen, sonderbaren Blicken zu betrachten (als sähe ein anderer – als sähen die anderen). Sie sah diesen braunen, weichen, krabbelnden Körper, feine blaugraue Adern, samtweich, samtfaltig, fette glucksende Laute aus der kleinen Kehle, vergnügte, schmale dunkle Augen. Dunkel, obwohl eher braun – nun, wo sie ungefähr ein Jahr alt war und die Iris sich verändert hatte vom braunblau überzogenen Augenhäutchen des Tierkindes zur reinen, fertigen Farbe, klar, warm, braun wie das Sumpfwasser, das durchsichtig leuchtend im Sonnenfall steht. – Das Kriechtier sah sie. Kröte, schwarze Kröte sah sie. Eine widerwärtige Last war in ihr festgewachsen. Stets wimmerte sie nach Nahrung. Ging auf und schwoll an und wuchs. Roch übel, saure Milch, kotschwere, nasse Windeln. – In der Abenddämmerung aber kam die Erleichterung. Nun trieb das Wunderschöne im steigenden Wasser der Abenddämmerung auf einer Schwanen-Blume, einer gänzlich fremden Vogelblume. Das Wasser des Traums stieg und stieg. Mit geschlossenen Augen preßte sie das Kind an sich. Da sah sie nur das Dämmerungsgesicht. Daraus machte sie einen Traum, der sich in ihre eigenen Gewebe wob, die des Körpers der Seele, er durfte nicht verletzt und gesehen werden, denn dann wurde sie selbst in ihrem Innersten verletzt und betrachtet. Doch das andere Leben drängte. Es war hart, gemein. Kriechtierleben. Harte Bedingungen: fressen oder gefressen werden.

Dagegen konnte sie nur ihren Traum errichten. Den Traum von der richtigen Arbeit, ein starker Traum, der hilfreiche, starke Traum.

Denn sie fühlte, sie mußte schnellstmöglich hier heraus, sollte es nicht zu spät werden.

Denn bisweilen hatte das Mädchen für sie überhaupt kein Gesicht, noch nicht einmal, wenn sie es direkt ansah: sie sah nur einen dunklen, schmierigen Klumpen.

Und es kam ein Abend, ein Herbstabend, als all dies ein wenig länger als ein Jahr gedauert hatte, ein Abend beim harten Sonnenuntergang, als sie gerade durch das Tor gehen wollte. Durch das offene Tor fielen Felder blendenden Sonnuntergangslichtes von Westen geradewegs hinaus auf die Straße. Da sah sie: knirschend und schwankend kam ihr auf einer Straße ein hoher geschlossener schwarzer Wagen entgegen, der an ein plumpes Haus auf Rädern erinnerte. Das Sonnuntergangslicht leuchtete im Staub, der von den Rädern aufgewirbelt wurde. Ein einziges Pferd schleppte mühevoll diesen schweren Wagen vorwärts, ein Uniformierter auf dem Bock. Auf der einen Wagenseite war ein Gitterfenster, so klein, daß es von dem Gesicht ausgefüllt wurde, das sich gegen das Netz drückte, als wolle es sich dort hindurchdrücken. Grau, wild, der Sonnenuntergang leuchtete in die klaren, wilden Welten der Pupillen. Der Mund stand weit offen, aber nichts war zu hören. Der Anblick war im Nu vorüber.

Und am nächsten Tag tat sie etwas, das sie später bitter bereuen sollte. Sie gab ein Paket am Gefängnistor ab – Tabak und ein paar Kleinigkeiten, auch einen Zettel mit Grüßen und der Adresse, unter der sie und das Mädchen wohnten. Bereits als die Pforte hinter ihr geschlossen wurde, bereute sie es. Aber es war zu spät.

So verging die Zeit, so fiel das Laub. Alles wurde nackt, leer, kalt. Ganz außen auf dem Ast zitterte der Regentropfen wie ein Auge und spiegelte die Welt. – Doch rund um die Einsame mit dem Kind kochte das Leben: das alte Armenhaus mit seinen langen Korridoren und engen kleinen Wohnungen war einer jener Orte, an denen stets irgendwo Streit herrscht, immer Stimmen, Kindergeschrei durch die Wände, alle wußten alles, nichts ließ sich verbergen, an Samstagen brach einmal hier, einmal dort richtiger Lärm aus, Kinder saßen auf der Treppe, und in der einen oder anderen Wohnung hörte man umstürzende Möbel, Hilfeschreie. Manchmal kam die Polizei, und einer wurde hinausgeschleift, schimpfend und heulend wie ein Hund. – All dies sahen die Kinder, die noch spät in der Nacht auf der Treppe saßen. – Denn fast alle, die hier wohnten hatten Kinder, einige viele Kinder. Große und kleine Kinder, häßliche und schöne – ja, wie schöne, silberweißhaarig mit blauen Augen, so sah ihr Mädchen keineswegs aus, nein, keineswegs. So schön. Auch wenn ihnen allen in der Zeit zu Beginn der dreißiger Jahre in einem Haus wie diesem eine gewisse Grauheit gemeinsam war, eine gewisse Zerlumptheit der Kleider, die nie für sie genäht, immer aus denen eines anderen zurechtgeschnitten worden waren. – Viele Kinder, ja. Was man auch tat, es wurden Kinder daraus. Es gab eine Alte in Östra Smalgatan, doch die ließ sich kräftig bezahlen. Darum braute man Getränke und stach mit Strumpfstricknadeln, endloses Warten und Qual und stummes Wimmern und wildes Weinen, und Bluten und wieder Warten, es fand nie ein Ende. Bisweilen kam der Krankenwagen, und bleich wurde jemand hinausgetragen – aber im großen und ganzen gesehen siegten stets die Kinder, knuffend, wachsend, stark, stark. – Das Kinderleben, ein hartes Leben. Eines kletterte auf das andere, eines knuffte das andere zur Seite – unaufhörlich. Stets stand eines weinend im Winkel. Oder war alles Weinen ausgeweint: stand einfach da.

Doch es gab eine, die noch nicht zu weinen gelernt hatte.

Die Mutter stellte sie nur in den Hof hinaus. Oder die Nachbarsfrau, die versprochen hatte, auf sie aufzupassen, tat es. Dann brauchte sie eigentlich nicht viel Betreuung, sie blieb ungefähr, wo man sie hingesetzt hatte, sie fand aus sich selbst heraus Beschäftigung. Dick, dunkel, vergnügt saß sie, wo man sie hingesetzt hatte, und lächelte mit dem ganzen Körper, grub mit den Fingern im Sand, wälzte sich herum und lag mit dem ganzen Bauch auf dem Boden, um ihn zu spüren – plötzlich explodierte auf dem breiten Gesicht ein Lächeln, ohne Grund kam es heraus, als hätte es sich aus ihrem ganzen Inneren gesammelt, ja, in gewisser Weise sogar aus der Luft um sie herum. Sie strich mit dem Bauch über den Boden wie eine Katze, dann setzte sie sich wieder auf. Dies war das Ungewöhnliche an ihr: daß sie offenbar so ungewöhnlich froh war zu leben. Still, dankbar, strahlend saß sie dort, manchmal streckte sie die Arme aus, saß nur da und lächelte allem und allen zu, Regen, Schnee oder Sonnenschein, nichts konnte ihr etwas anhaben. Und das Lächeln: etwas Warmes. Ein Lichtreflex. Durch Lider sahen die Augen aus diesem ruhigen breiten Gesicht – dunkel strömendes Wasser, Glitzern aus Erdfurchen, ja, woher kam sie?

Und langsam begann sie, sich mit dem Oberkörper zu wiegen und gleichsam zu tanzen. Und dann kamen Laute aus ihr. Etwas später stand sie auf und tanzte.

Denn es war auch so, daß sie sang, bevor sie sprach. Das Lallen ging nicht zuerst in Worte über, es ging über in lange, heisere, jubelnde Lieder. Sie muhte und summte und sang, der Schlag des Herzens, die Bewegungen des Körpers gingen direkt über in ansteigende und fallende Kehllaute. Allmählich kamen Worte hinzu, dann fügte sie Worte und Verse in die Laute ein. Aber die Laute kamen stets zuerst. Heisere, starke, allmählich klarer werdende Amseltriller. Woher kam sie? fragte sich die Mutter, besorgt-geblendet, wenn sie schon weit draußen auf der Straße die kräftigen Vogeltriller aus dem Hofinneren hörte.

Die Tür zu Küche und Zimmer, deren alleinige Inhaberin sie nun war, führte direkt in den Hof hinaus – stand jemand dort draußen, auf dem kleinen Vorplatz im Freien, konnte er durch das Küchenfenster geradewegs hineinsehen und hatte von dort einen vollständigen Überblick, ob jemand in der Wohnung zu Hause war, unmöglich, sich zu verstecken.

Und eines Sonntags im Frühlingsregen – auch das war ein Sonntag – klopfte es an der Tür. Auf eine Weise jagte ihr dieses Klopfen schlimme Ahnungen ein, sie begann, sich umzusehen, wo sie sich verkriechen sollte. Durch das beschlagene Küchenfenster sah sie den Schatten des Vorplatzsteges. Und den Schatten eines Menschen, der dort stand. – Und sie konnte nichts anderes tun, als zu öffnen.

Und dort unter dem Vordach, von dem der graue Frühlingsregen tropfte und spritzte – stand er. Auch von dem alten Hut, den er trug, tropfte und rann es.

»Ich bin jetzt frei«, sagte er mit einem faden Abglanz des alten Glitzerns in nun matten Augen.

Hinter ihr in der Küche brauste der Spirituskocher, den sie angezündet hatte, um zu heizen – sie hatte den Herd nicht geheizt, sie hatte kaum noch Holz, ein Feuer am Abend mußte ausreichen, an Tagen mit Sonne ging das an (die Wohnung lag genau nach Süden), an einem dunklen grauen Landregentag wie diesem aber wurde es eiskalt und feucht, auch wenn es schon April war. Sie stand dort wie vom Blitz getroffen und stierte nur. Er machte jetzt einen Schritt auf sie zu. Ein Fremder, sie erkannte ihn fast nicht wieder. Ihre Hände krochen an der Seitennaht des Kleides hinauf. Er sah sie an. Der Blick war schwarz, Not. – Sie war eine große, starke Person, ebensogroß wie er, eigentlich hätte sie sich verteidigen können. – Jetzt stand er dicht vor ihr. Sie konnte sich nicht rühren. Der Fremde legte die Arme um sie. Er preßte sich an sie und legte den schweren Kopf auf ihre Schulter. Aus seinem Inneren stieg ein langsames Jammern wie von einem gebärenden Tier. Seine Wärme kam wie eine schwache Welle. Brennend war sie. Ja, alles schmolz.

Und was tut man?

–Ja, was tut man?

Plötzlich gerät man auf diesen Moorboden des Lebens. Plötzlich ein Sog geradewegs hinab – nach unten, nach unten, kein Grund. – So kommt es, wie es kommt.

Es ist Nacht, und ein großes Tier hat sich im Sumpf verirrt. Von keiner Seite gibt es Hilfe. Ringsumher im Dickicht leuchten ruhige Tieraugen, sie sind Zeugen. Das große Tier windet sich und trampelt, versucht, einen Halt zu finden – findet keinen. Das Tier ist nicht er oder sie, es ist nur Schrecken. Der große Körper zittert, schnaubt, stöhnt, windet sich in ohnmächtigen Krämpfen, um aus diesem Sog an die Oberfläche zu kommen. Schaum dringt ihm aus dem Maul, weißer Schweiß bedeckt den großen Kopf, der noch zu sehen ist. Gurgelnd steigt das Moorwasser. Wahnsinnig leuchtet das Weiß der Augen durch die Nacht, einen Augenblick später wird es verschwinden. Durch die ganze weite Sumpfseenacht schallt das Angstgebrüll des unbekannten großen Tieres.

Ja, so kam es, wie es kam.

Doch dieser Fremde, den sie nun auf dem Hals hatte, blieb den ganzen Tag einfach zu Hause, verließ das Bett nicht. Und er war, so stellte es sich heraus, keineswegs nach abgeleisteter Strafe entlassen, sondern abgängig und versteckte sich. Warum? – er hätte nicht mehr so viele Monate gehabt. Und wie hatte er sich aus diesem uneinnehmbar verschlossenen und bewachten Zentralgefängnis, vorbei an Scheinwerfern und Wächtern befreien können? Auch ihm war das unbegreiflich, jetzt, hinterher, stellte es sich ihm dar, als habe ihn eine unbekannte Macht von gewaltiger Kraft ganz einfach gepackt und ihn geradezu über die Mauer geworfen. – Jetzt aber wohlbehalten draußen und in einem Schlupfwinkel, entdeckte er, daß er sich gleichwohl keineswegs in Freiheit befand. Nein, er hatte das Gefängnis gewechselt. Er konnte nichts tun, als sich weiter zu verstecken. An anderes war nicht zu denken. Wohin er sich auch drehte, wie er sich auch wand, gab es eine abweisende Mauer. Woran er auch zu denken versuchte, es wurde nicht mehr daraus als: wie er sich verstecken sollte. Von außen schien es, als habe er sich irgendwie aufgelöst. Groß und grau, mit mächtigen verschwommenen Zügen lag das Gesicht auf dem Kissen. Der große, dunkle, unschuldige Kopf, der Blick, sie gehörten einem betrüblich zerschmetterten Menschen. – Dennoch nicht völlig Mensch. Eher wie Wasser. Oder so, wie die Pupille eines gerade verendeten Tieres noch schwach über der sinkenden, unerreichbaren, sich auflösenden Materie glitzert – ein Geschöpf, das künftig auf andere Weise existiert, in Wurzeln, in Gras, in Pflanzenteilen, in Versteinerungen schließlich, die einmal im Feuer hervortreten werden. – Nein, er war nicht mehr jener, der einfach nehmen und dem dann keiner widerstehen konnte. – Ein entthronter König. So lag er dort im Bett halbschlafend, halbsehend. Stand manchmal auf, um zu essen, legte sich wieder hin. Im übrigen aß er so lange, wie es überhaupt etwas Eßbares im Hause gab – an und für sich war es ja nie viel gewesen. Doch wenn sie nun nach Hause kam, war kein Bröckchen von irgend etwas Eßbarem übrig. Essen für irgendeinen anderen aufzuheben, das war ein Gedanke, der ihm so völlig fremd war, ihm ganz einfach nicht in den Sinn kam. – Nun hatte sie also einen Kostgänger, einen, der auch im Essen nicht klein war. –

Aber das Mädchen jubelte, sobald es ihn sah. Sie krabbelte zu ihm ins Bett, stundenlang konnte er dort liegen und sie auf dem Bauch schaukeln, ihr vorsingen. Auf diese Weise hatte das Kind die Mutter niemals angelacht. – Die Mutter schlief auf einer Matratze auf dem Boden, dazu hatte sie sich entschlossen. Doch was half das: zuletzt bekam er sie doch immer hinauf ins Bett, wie fest sie sich auch entschlossen hatte. Als befinde sie sich mit ihm auf einer Insel. Eine sonderbar verschlossene Welt bildete sich. Statt ihrer, an ihrer Stelle, trat ein anderes größeres und stärkeres Wesen hervor. Dieses andere wollte sinken. Alles geschah in einem Traum. Sie löste sich auf, Wasser, Wurzeln lebten und bewegten sich. Sie selbst war das sich öffnende, das sich bewegende Dunkel. Sie konnte nicht nach oben kommen. – Sie konnte ihn nicht abschütteln. Er aß, er aß, sie konnte ihn nicht aus dem Haus bekommen. Es war ein Traum. – Aber sie konnte nicht begreifen, wie sie weiterleben sollte, wenn er endete. Im Traum war sie doch die, die sie in Wirklichkeit war. Ihre Lippen wurden rot, die Augen glänzten, sie bewegte sich durch die Straßen der Stadt wie eine große Katze – in den Wochen, als sie kurzfristig Arbeit im Lazarett hatte, schwang sie die großen Waschkörbe, als seien sie Luft. In jenen Augenblicken flossen Traum und Wirklichkeit ineinander, sie dachte jetzt, vielleicht konnte dies so bleiben – warum nicht? warum sich Sorgen machen?

Eines Abends jedoch, als sie nach Hause kam, war niemand da. Das Bett ungemacht, das Brot zu Ende, sogar das Zuckerpaket im Schrank leer. Sie dachte, er sei ausgegangen. – Sie saß auf dem Bett, die Dämmerung brach an. Es war nun heller Juni, auf dem Hof blühte der

Flieder. Sie hätte zu den Nachbarn gehen müssen, um das Mädchen zu holen. – Doch sie saß einfach da. Tatsächlich wußte sie ja, wie es sich verhielt.

Eigentlich war es eine Erleichterung, nun war sie doch frei. Aber es war keine Erleichterung.

Nun mußte sie hinübergehen und das Mädchen holen. – Das Mädchen war schläfrig und übelgelaunt, schrie, zusammengekniffene schwarze Augenschlitze, sie wollte die Mutter nicht ansehen. – Er mußte doch zurückkommen, wohin hätte er sonst gehen sollen? – Sie wartete und wartete. – Am nächsten Tag war das Mädchen fieberheiß und quengelig. Die Mutter ging nicht fort. Saß nur da und wiegte ihr Kind.

Auch an jenem Abend kam er nicht. Und nicht am nächsten. Er war fort, anders war es nicht. Und es hätte eine Erleichterung sein müssen. Doch es war keine Erleichterung. – In ihrem Inneren gab es wieder nur ein leeres Loch, in das alles Lebendige hineingestürzt war. Jeden Abend sagte sie zu sich selbst, sie müsse schlafen. Jede Nacht aber lag sie wach bis zur Morgendämmerung. Dann leuchteten die Hausgiebel in einem besonders eisigen kreidigen Licht. Alles war vorbei, das Leben war vorbei. – Es war im hellen Juni. Schwer blühte der Flieder. Und in ihrem Inneren herrschte blasser Tod. Feucht grünte der schwere, tiefe Sommer, wuchernd und dampfend. In ihrem Inneren fiel die Angst wie Schnee auf das dunkle Grün. – Man erträgt, geteilt zu leben, bis zu einer Grenze. – In ihrem Inneren war alles Schnee. – Alles war Schnee auf den grünen, eisig weißen Schatten.

Aber zu einem kleinen, würgenden, quälenden Klumpen sammelte es sich jedenfalls doch, das Leben. Die Welt begann wieder, klein, hart, unnachgiebig: eine lebende Kugel, die Platz hatte in einer Hand.

Es folgte die Alte in der Östra Smalgatan, darum wurde es diesmal gründlich erledigt. Die Schmerzen waren, als reiße das Leben wahnsinnig schreiend sich selbst mitten entzwei. Und Öre für Öre mußte sie abbezahlen, es dauerte zwei Jahre, bis sie sich von der Sklaverei für die Alte losgekauft hatte (damals träumte sie bisweilen von einer Axt).

Und es war einfach so, das Leben war erloschen. Zerlumpte, zusammenhanglose Dinge. Schmutzige Hausmauern, raschelndes Laub, sinnlose Straßen. Die Abfalltonne war König, der hohe Graue über dem Land der Verdammung. Dort türmte sich das Abgestoßene, Tote, Klebrige. – Das Mädchen war jetzt so groß, daß es laufen konnte, was heißt, sie kam tanzend angerollt, sagte lange unverständliche Sätze, sang und strahlte. – Doch wenn die Mutter sie ansah, mochte es geschehen, daß das Kind plötzlich kein Gesicht hatte: nur dunkel, formlos, Lehm vor dem Anfang. – In den Nächten war die Mutter schlaflos. Sie lag da und wartete. Sie konnte jene andere in ihrem Inneren nicht daran hindern, dazuliegen und zu warten. Der Wartende hört jedes Geräusch draußen in der Nacht. Irgendwo tropfte Wasser. Waren das nicht Schritte? Knarrte nicht die Tür? – Manchmal kam wirklich jemand. Dann lag sie da wie ein Stein. Aber es war nur einer aus dem Haus, der spät nach Hause kam. Die Schritte gingen an ihrer Tür vorbei. – Gleichzeitig empfand sie riesige Erleichterung – aufgeschoben für diesmal. – Dann wurde alles totenstill. Nur manchmal ein Flüstern des Laubs. Oder der Aufprall einer Katze, die auf das Dach sprang. Stunde um Stunde lag sie da und starrte in die klare Sommernacht. Neben ihr schlief das warme, kleine Kind. Sie wußte, dies war Leben, Leben war es. Sie aber konnte es nicht fühlen. Sie empfand nur Widerwillen gegen den, der so völlig ihren Sinn und ihre Erinnerung erfüllt hatte, daß kein Raum blieb für anderes. Wie sehr sie ihn auch verflucht hatte, als er da war, als er nur nahm, als er sich hineindrängte. Jetzt, nachdem er fort war – erschien das Leben plötzlich wie eingefallen, gealtert, nur eine Handbreit vom Tod entfernt. Tod kaute sie, Tod aß sie. Mit ihm leben konnte sie nicht, dies hieß Tod. Doch auch ohne ihn herrschte Tod.

Eines Tages aber, als sie in der Dunkelheit in dem trägen schwarzen Traumfluß watete (mächtig, schwarzgrau, elektrisch türmten die Wolken sich auf), leuchtete heftig blendend die Sonne der Gnade auf. Einer sagte, in der Wollfabrik gebe es Arbeit. Sie ließ die Wäsche, mit der sie gerade voll beschäftigt war, im Stich – es war auf dem Waschsteg am Fluß, nicht weit entfernt von der Fabrik – und trocknete im Laufen die Hände am Kleid ab. Lief den ganzen Weg wie der Wind. – So einfach, als sei nie von anderem die Rede gewesen, hatte sie jetzt eine feste Stelle in der Wollfabrik. Sie ersetzte an der Spulmaschine eine, die ins Sanatorium gekommen war (und nie zurückkam) – die Griffe lernte sie aus reiner Furcht sofort, in den ersten Nächten lag sie schlaflos da und übte, sie wagte nicht einzuschlafen, um die Reihenfolge nicht zu vergessen. Jetzt war sie ein richtiger Mensch, der wie alle anderen zu einer richtigen Arbeit ging. Sie war eine, die dabei war, eine die dazugehörte. Jetzt war sie wie alle anderen, jetzt würde sie mehr und mehr werden wie alle anderen, mehr und mehr dazugehören. – An dieser Spulmaschine sollte sie achtundzwanzig Jahre bleiben.

Das erste, woran das Mädchen sich erinnerte, war die Sonne. Sie sah alles wie eine Sonne. Alles war in der Sonne. Alles war ein grünes Blatt mit hindurchlaufenden Strahlen, und rot leuchtete die Sonne durch die Finger, wenn sie sie vor die Augen hielt.

Die Sonne leuchtet und atmet.

Alles beginnt zu leuchten, alles atmet.

Alles ist Licht, alles ist im Licht, warm ist es wie Blut. Es zieht sich zusammen und öffnet sich. Blut und Sonne. Die Sonne schimmert durch die Bluthaut, durch die Fingernägel. Durchsichtig sind die Augenlider, Sonne und Blut durcheilen warm den Körper, weben hinaus, weben hinein, verweben die Welt. Dicht, heiß, hell, alles in einem Blut im Licht, Lichtblut. Das Leuchtende atmet. Das Zimmer glänzt, die Welt tanzt. Das Licht ist eine lebende Flüssigkeit, sie spricht und hat Augen, sie atmet und öffnet einen klaren Raum, tief drinnen, tief drinnen. Alles ineinander, alles hängt wachsend in der strahlenden Kugel, von Wurzeln das Licht erfüllt, der Körper von treibenden wirbelnden Lichtkeimen – alles ineinander, schwer und heiß, wie Blut durch das Herz pulsiert das Licht. Die Sonne rinnt und lebt und schimmert und bebt, das lebendige Strahlenei im Meer der Finsternis.

Dann aber ging die Sonne im Morast unter. Das Haus schwankte, der Morast stieg an. Auf der Erde wurde es dunkel. Jetzt kam das Moorvolk an die Oberfläche. Sie waren furchtbar. Es war nur so, daß sie selbst zu ihnen gehörte. Sie schrie und weinte, doch es nutzte nichts, sie gehörte dennoch zu ihnen.

Als die Erinnerung des Mädchens wirklich einsetzte, waren sie umgezogen. Die Häuser in der neuen Straße waren finstere dreistöckige Ziegelhäuser. Die Gasverksgatan hinter dem Südbahnhof, ein Straßenstummel an der Stadtgrenze, Vorderhaus, Hinterhaus, Abfallschuppen. Eine graue Zeit, sie roch nach Gas und Kohlenheizung, die grauen Kinder saßen abends auf den Treppen, an manchen Abenden bis weit in die Nacht, aus manchen Wohnungen hörte man dann Branntweingekreisch und Heulgesang, die Kinder saßen auf der Treppe und warteten auf die Stille. Es war eine graue Zeit, das Leben der Erwachsenen war eng, gefesselt – nicht leicht. Die Kinder waren, wie Kinder sind, nicht schlimmer als anderswo. – Dort wohnte jetzt das Mädchen im obersten Stock des Hinterhauses zusammen mit seiner Mutter, die groß, schön, streng und einsam war. Sie wohnten in der Elf, dem letzten Haus der Straße, mit anderen Worten dem letzten Haus vor der Stadtgrenze. Hinter dem Haus begann überwuchertes Brachland, es mündete aus in einen Entwässerungsgraben und dann in einen moorigen Wald. Dort waren die Orte der Freiheit und die Verstecke: Gräben, neblige Wiesen, Buschwald, der überging in Wald und sich bis zum Damm und zum See erstreckte. Ein Wald- und Moorgürtel, der um die ganze Stadt lief – die fast gänzlich von Wasser, Teichen und Seen umgebene Stadt. Hier verschnürten sich Moorweide, Salweide und Erle zu einer Undurchdringbarkeit von Ästen und Wurzeln, ein seltsames Dunkel, es wurde dunkler und tiefer, je weiter man hineinging, ein Durcheinander, um so unübersichtlicher, je weiter man hineinsah, Bäume, Wurzeln, Moor, in einem Gewebe, das kein Ende fand, Wasseransammlungen dazwischen. Alte Dämme und Kanäle. Vögel hüpften und zwitscherten. Zwischen den verwobenen Ästen aber glänzte plötzlich mit Silber der See so groß und so tief wie der Himmel. Im Frühjahr und im Herbst stand das Wasser kniehoch, wollte man an den Strand, mußte man von Baumstamm zu Baumstamm klettern. Im Sommer lag eine Insel mitten im See, unsichtbar, im Schilffeld versteckt. Während der ganzen kalten Jahreszeit war sie jedoch vom Ufer deutlich zu sehen – wo herrenlose Boote den Winter über im Schilf in der Nähe der überschwemmten Steinbrücke lagen –, und die Kinder auf den Höfen gingen hin und spähten zur Insel hinüber; über die Insel wurde von Kindergeneration zu Kindergeneration eine Vielfalt von Geschichten erzählt.

Und jeden Morgen stand die Mutter zeitig auf und ging an ihre richtig feste Arbeit in der Wollfabrik.

Die Wollfabrik, die »Wolle«, war ein länglicher, schwarzgrauer Ziegelbau mit kreidegestrichenen Fenstern im unteren Teil. Wenn die Fabrik arbeitete, zitterten und vibrierten Straßen und Hausmauern im umliegenden Viertel den ganzen Tag vom Dröhnen der Maschinen im Fabrikinneren. Über dem Tor hing eine Uhr, wie eine Schuluhr glich sie einem starren Gesicht. Im Inneren der Fabrik, in den weitläufigen, niedrigen, bebenden Sälen war es stickig, dampfig, schmutzig, filzig, lag ein Nebel aus umherwirbelndem Faserstaub. Ein undurchdringlicher Lärm: man sah, wie Lippen sich bewegten, doch die Worte mußten geschrien werden. Eng standen die Maschinen, die Menschen – fast ausschließlich Frauen – bewegten sich dicht an dicht in der halbdunklen, undurchsichtigen Luft. Es war eine schwüle Atmosphäre, schwer und ranzig gleichsam durch den Geruch nach Wolle, Staub, qualmendem Maschinenöl, Frauengeschlecht. – Und der Lärm. – All die in ihrem Takt dahinrasenden Maschinen. Die Räder schnurrten, die Spulen schossen, der Dampf strömte. Die Rupper reinigten, die Zupfmaschinen mischten und ölten, die Kardiermaschinen kardierten, die Spinnmaschinen spannen, die Webstühle woben und klopften – die Lebensmasse wurde gezwirnt und gestreckt, geteilt und geknotet, hielt stand und barst, wurde gezwirnt und geknüpft, sie lief von Spule zu Rad, von Rad zu Rolle, Faden in Geflecht, Geflecht in Geflecht, wurde eingezogen und geschiert, wurde zu gewalktem und abgekröseltem Gewebe, schließlich wurde das Gewebe abgeschert. Die Säle und Maschinen spiegelten sich in den Augen, in den glänzenden Häutchen.

Die Uhr über dem Tor glich einem Gesicht. Und jeden Morgen punkt sieben Uhr drängte sich eine morgenstumme Menge von Müttern und Mädchen durch die Tore, verteilte sich in den Sälen, jede an ihren Platz in dieser großen, dunklen Maschinengesellschaft, die träge rasselnd stampfend in Gang kam. Auch im Sommer war in den Sälen das elektrische Licht ganztägig eingeschaltet, es schenkte allen Gesichtern die gleiche verschwitzte Farblosigkeit, auch auf den frischesten trat die gleiche ölige, graue Müdigkeitsfarbe. Eine in dieser Körpermasse war diese unverheiratete Mutter eines Mädchens. Stets zuverlässig, jeden Morgen punkt sieben an der Maschine, dies war ihre Losung, sie war, was man einen tüchtigen Menschen nennt. Zwischen den surrenden und jagenden, hin und hergehenden Spulen und Rädern wurde der dünne Lebensfaden gespult oder gewalzt, wurde der Lebenslauf der jungen oder alten Körper aufgewunden, einer von ihnen war sie. Jeden Morgen rechtzeitig an der Maschine, das war ihre Ehre. So ging es – so mußte es gehen.

Sie bekam hierdurch eine finster strafende Art. Früh hatte das Mädchen eine anstachelnde strafende Hand über sich.

Denn es war eine verschleißende, verschleißende Arbeit, mit der die Mutter sie beide versorgte, dieses schmutzige Dunkel, in dem die Fäden dahineilten. Dahineilten und sausten, sich unangenehm hellglänzend durch den großen Maschinensaal wanden und zurückliefen. Ein Rasseln, ein Ansteigen und sinken – ständig aber der Faden, das feilende Lied des Fadens auf unbedingt nur eine Weise, in ein und demselben Ton, auf ein und demselben Weg, unablässig. Dazwischen das große, ruckartige Rasseln, ineinanderfallende Ketten, sich trennend und wieder ineinanderfallend. Das dunkle, riesige, tiefe Schaben der Maschinen. Dann wieder der Faden – die tausend rinnenden Wanderungen der Fäden, die eine einzige waren. – Das Ganze bewirkte eine der großen Kettenspulmaschinen, ein Tier, das sie also zu bewachen hatte, damit die Fäden nicht rissen, sich alles verwirrte, das Tier Husten bekam, alles schiefging und der Werkmeister mit seinem Kasten kommen mußte – was nicht gut war, unten im Kontor schrieb man auf, wie häufig so etwas passierte. Ein Tier, mit dem sie also tagein, tagaus zusammenlebte, und sie mußte froh sein, solange es sie haben wollte. Bisweilen feilten das Tier und seine Fäden sogar in ihrem Inneren, tatsächlich war kein Unterschied zwischen ihrem Inneren und dem Außen, ein einziges und gleichzeitig blitzschnell fließendes Durcheinander bildete sich und löste sich auf, als bestehe alles Fleisch in ihrem Körper aus fließenden sich windenden Fädigkeiten – und schließlich dröhnte jenes summende, brausende Geräusch wie eine Stromschnelle, wie ein riesiger Wasserfall, man hat die Grenze erreicht, an der alles abwärts stürzt. – Oder aufwärts. – Wie man will. – Es sollen doch Zeiten kommen, wo, wie man weiß, die Wasser bergauf strömen. – Gegen Nachmittag jedenfalls wurde es im Inneren ihres Kopfes völlig grau, und schmerzend, schmerzend und leer. Nur einzelnes blieb erhalten. Doch um so stärker.

Schwerfällig bewegte es sich in ihrem Kopf. Langsam: Was machen sie jetzt mit dem Mädchen?

Das Mädchen braucht einen Wintermantel.

Das Mädchen braucht einen Vater.

Die Gedanken begannen zu wandern, kamen nicht von selbst heraus. Der Saal war eine Grotte. In ihrem Inneren rasselte es wie in der Maschine. Das Mädchen mußte gerettet werden – aufwärts! – hierum kreisten die Gedanken. Doch das Rasseln drang in die Gedanken ein. Nachmittags waren sie so schwach und zerrissen, so zerbrochen und fernverteilt, daß alles nur eine häßliche Wolke war, unmöglich zu durchdringen. Doch die Fäden eilten unerbittlich voran, ohne ein Ziel zu erreichen, genau wie die Zeit geht und geht, ohne die Tür ins Freie zu finden. Immer undeutlicher und größer wurde es, je länger der Nachmittag dauerte und die Sonnenstrahlen waagrecht, blendend und beweglich durch die dünnen Stellen der geweißten Fenster fielen, auf leuchtende Knäuel und Fäden, zwischen die großen, bebenden Maschinen. Immer stärker nahm die Angst zu, zerrte die Angst an ihr: was machten sie mit dem Mädchen? wenn die Nachbarin überhaupt nicht nach ihr sah?

Wenn irgendeiner etwas Furchtbares mit ihr machte?

Das Mädchen mußte gerettet werden, dies war ihr Gedanke. Auch wenn er um diese Zeit wirkte wie der verschossene Schatten eines Gedankens.

Und um diese Tageszeit mochte sich zwischen den singenden, wirbelnden Sonnenstrahlen ein Loch öffnen – plötzlich war sie nicht mehr da. Weg.

Wollte es das Glück, riß der Faden nicht genau in jenem Augenblick.

Sie stürzte durch das Weltall, die Sterne explodierten. Es war so schön.

Aber jemand verfolgte sie. Und sie besaß keine eigene Kraft. Sie stürzte nur. Stärker und stärker empfand sie einen Sog, wie einen rasch zunehmenden Strom. Aus der Schwärze wurde ein Wirbel. Bald würde sie das, was sie verfolgte, eingeholt haben.

Sie würde in einen Mühltrichter gepfropft werden. Knochenmehl zum Düngen würde herauskommen. Jemand lachte.

–jetzt kam sie zu sich, der Faden war nicht gerissen. Bloß eine Sekunde war schließlich vergangen, alles war völlig unverändert, die Zeit stand still, wo sie stand, und leuchtend rieselte der Faden.

Drinnen in der Dunkelheit lag neugeboren die Königstochter und sah sie mit ihren dunklen lebendigen Mooraugen an. Aus dem Moor war ein Wunder geboren und ruhte nun glänzend auf seinem Blattstengel über der Wassertiefe.

Plötzlich aber lag dort ein fremdes Tier. Mit seinen schwachen Gliedern tastete es. Der Körper der Mutter hob sich in ekeliger Übelkeit. Das Tier bewegte sich auf seinen unvollkommenen Gliedern langsam wie ein nasses Kriechtier. Es erinnerte an zähe Blumen aus Fleisch. Die

Augen hautüberzogen, schleimbedeckt. Es war ein Saugtier, das Saugtier mußte essen, sie aufessen. Es saugte, sie löste sich auf. Jetzt konnte sie nicht länger erkennen, was sie war, die Grenze zwischen ihrem Ich und allem anderen löste sich auf, alles war zerfallende, nasse Haut. Das fremde Tier wollte sie hinunter, unter die Wasseroberfläche ziehen, sie in dieses Gleiten hineinsaugen, sie nehmen, sie zerteilen, sie verspeisen.

Diesmal. Aber es wäre fast schiefgegangen.

Und von hierher kam die Angst, so wie der Nebel gegen Abend aus dem Sumpfland steigt, stieg Frau Angst empor – wie der Nebel steigt, steigt. Sie hatte Wohnung und Adresse gewechselt, sie hatte einen anderen Arbeitsplatz, sie hatte am alten Ort keine Adresse hinterlassen – so weit es in ihrer Macht stand, waren alle Spuren verwischt. – Doch man kann nie wissen. Man kann letztlich doch nie wissen, ob nicht irgendwer irgend etwas aufgeschnappt hatte und bereitwillig Auskunft gab. – Sie wußte schließlich nie, was ein Klopfen an der Türe bedeuten konnte: wer dort stehen mochte. – Jeden Augenblick konnte er dort stehen. – Und der mit solcher Mühe errichtete Schutz könnte binnen einer Sekunde einstürzen und vernichtet werden – das Dunkel wieder das einzig Existierende sein, das Bestehende und das Künftige.

In dunklem Wasser – schmerzend – schmerzend.

So bestand ihr Dasein aus einer einzigen Anstrengung, das Ganze in Schach zu halten und die Mächte zu meistern – heil und sauber zu halten, sie zu versorgen und so zu verhindern, daß die betreuenden Saugklauen des Jugendpflegers und – Jugendamtes durch die Tür drangen.

Mit etwas aber wurde sie überhaupt nicht fertig – mit dem Mädchen selbst. – Denn daß vor allem auf das Mädchen die öffentliche Meinung einprügeln würde, bald einprügeln würde, konnte sich die Mutter schließlich denken. Üppiges schwarzes Haar, dunkles Gesicht, dunkle Augen. Es ließ sich nicht vermeiden, daß die Kinder im neuen Hof, diese blondhaarigen, grausamen Kinder, in allgemeines Geschrei ausbrachen, als sie sie zum erstenmal sahen

– Zigeunergöre, Zigeunergöre.

Das Mädchen hatte aber ein dickes Fell, ein Kind von jener Sorte, die von allen Gutes glaubt und es allen recht machen will, hiervon hatte sie auch ihr besonderes Leben. Und bald war sie der Hanswurst des neuen Hofes, mitten darin, aber doch nicht dabei: ständig ausgelassen, strahlend, hüpfend, tanzend, kletternd, singend, immer in Bewegung. – Zugleich aber Außenseiterin.

Eine sonderbare Art – sonderbar, ja. Das Haus hielt sich

mit seiner endgültigen Meinung noch zurück. (Aber es stand in Begriff, sie sich zu bilden.)

Und das Mädchen hatte auch ihre andere Seite. In der üblichen Art der Kinder überwachte und beschattete sie ihre Mutter. Saß im Hof und wartete. – Und wartete. Unvermittelt grausam. – Kam dann die Mutter einmal später als erwartet von der Arbeit nach Hause, war dies der Weltuntergang. Kein großes Geschrei und Lärm – so etwas blieb Unbedeutenderem vorbehalten. Was aber schlimmer war: still strömende Tränen, stilles nagendes, alles zerfressendes Weinen, eines, das wie ein Landregen unterspült, durchnäßt, verfaulen läßt. – Solch ein Weinen! Dann fragte man sich, ob sie, wenn sie vergnügt schien, tatsächlich vergnügt war. – Und es war unmöglich, sie zu beruhigen, sie mußte so einschlafen: das vergnügte Kind war jetzt nur ein lästiger entsetzlicher zerstörender Geist.

Gegen so etwas muß man kämpfen, will man überleben. Will man nicht den Sink-Tod, den Versickern-verrinnen-Tod, den schwarz dahinfließenden Wassertod sterben:

Aber die Mutter war stark, sie wollte kämpfen.

Zwar hatte sie keinen Ehering (den Gardinenring hatte sie, aber die Leute übersahen ihn lieber) – aber niemand hing sich an sie, sie konnte um sich beißen. Sie war stark, sie konnte unbeschränkt arbeiten. Und sie wollte ihnen ein neues Leben errichten. Eine neue Art von Menschen sollten sie werden, sie und das Mädchen. Das Alte sollte trockengelegt werden. Ein neuer Mensch, wie ein Wachtturm im Sumpfland. Derartiges läßt sich Stein um Stein errichten, unendliche Geduld ist erforderlich. – Und in einem, der aus der entlegensten Ecke des Landes kommt, und von Geburt an hatte lernen müssen, daß Leben Arbeit heißt, nur Arbeit, und was nicht Arbeit ist, Abfall ist – in solch einem Menschen läuft ein unaufhaltsamer Heilungsprozeß ab. Er findet jedoch im äußeren Menschen statt. Der innere Mensch dagegen ist unerreichbar. – Die Wahrheit über sie war schließlich auch besonders erbärmlich, eine – so empfand sie es –, von denen es tatsächlich wenige gibt, vielleicht keinen einzigen mehr außer ihr. – Nun hatte sie aber jedenfalls richtige Arbeit und eine eigene Wohnung, eine, wie sie normale, richtige Menschen haben: Zimmer und Küche, Wasser und Gas. – Alles heilte schneller, als man hätte ahnen können: Glattes Fleisch wuchs darüber, von außen waren bald keinerlei Spuren mehr sichtbar. – Rascher, als irgendjemand es hatte ahnen können, kamen Balsaminen ins Küchenfenster, Flickenteppiche auf den Fußboden, Tüllgardinen an die Fenster (sie erinnerten an Eisblumen) und eine Ottomane ins Zimmer. – Um das Geld für all dies zusammenzubekommen, arbeitete sie doppelt: nach Fabrikschluß putzte sie das Kontor des Rechtsbeistandes am Pferdemarkt. Und während sie an der Maschine stand und während sie den Fußboden des Rechtsbeistandes aufwischte, erhob sich in verklärtem Licht vor ihr die Welt, an der sie baute. In einem nur allzu starken Licht: keine Schatten: ihr Kopf war dann (nicht jedoch an den Nachmittagen, dann kam der Schatten, ohne den man nicht leben kann) ein schattenloser Raum, in dem die Balsaminen standen, sie goß sie im Takt mit dem Pfeifen der Spindeln: staubte ab und wusch: sie konnte ihr Paradies nicht aus dem Kopf bekommen. – Dort war das Mädchen Prinzessin. – Im Zimmer hing ein vom vorigen Mieter hinterlassener Spiegel. Er zeigte das Zimmer, die Küche und den Himmel hinter den Fenstern, hier oben im obersten Stock wohnte man fast im Himmel, hinter den Hausdächern sah man den Glanz von Ebene und Seen.

Und Mojan – so nannten alle Kinder auf dem Hof und in der Stadt ihre Mütter: Mou-ii-jan! – versuchte mit Versprechungen und Drohungen, mit Knüffen und Schimpfworten, das Mädchen in die gleiche Richtung zu bekommen wie die Wohnung: blank und glatt. Sie fühlte, es ging ums Leben. Denn ohne diese besondere Glätte, die eine Ordnung im Leben erkennen läßt, daß das Leben nicht nur schwellen und quellen und Radau machen darf, ohne einen Kampf, der ihm Form geben soll – ist man in den Augen der Leute sofort auf der anderen Seite, bei denen, die es eigentlich nicht geben darf. Denn die Gesellschaft besteht aus denen, die ein Recht darauf haben, daß es sie gibt, den Richtigen. Und auf der anderen Seite: denen, die niemals hätten entstehen dürfen. So ist es: die Ordnungsmaschine reinigt, der Abfall wird ausgestoßen – das ist die Ordnung. (Doch der Versuch, das Mädchen rein und glatt zu halten, war, als wolle man versuchen, eine Frühlingsflut zu waschen.)

Sie wollte akzeptiert sein, gewöhnlich, eine von allen.

Unleugbar aber sah sie anders aus – wie es bei den Menschen draußen auf dem Küstenstreifen, von dem sie stammte, häufig der Fall ist. Groß, hart, schön – wie eine Wurzel, die hinabreicht in den Fels.

Sie aber wollte akzeptiert sein. – Und als sie einige Zeit in der Wolle gewesen war und als sie einige Zeit in der Gasverksgatan in der richtigen Wohnung gewohnt hatten, fühlte sie sich, unabhängig vom Bild im Spiegel, das zu vergessen sie vorzog, wie alle anderen, eine von allen, sie urteilte und verurteilte alles im Einklang mit allen. Dies war ihr Schutz. Bald war er eine Mauer, ebenso hoch und glatt wie die Mauer des Zentralgefängnisses.

Nur eine Angelegenheit, die wirklich anders war und nicht – akzeptiert und außerhalb, konnte Mojan nicht leugnen, wie sehr sie das auch wollte, die Eheringe – das Fehlen der Eheringe (durch das Vorhandensein der mittlerweile sehr abgeschabten Gardinenringe eher verschärft – die Leute begannen sich zu fragen, was sie eigentlich damit wollte).

Und natürlich hörte sie noch immer Sticheleien. Aber viel weniger als früher, meinte sie nach dem ersten Jahr in der Gasverksgatan. Mochte es vielleicht daran liegen, daß die Leute sich an sie gewöhnt hatten. Oder vielleicht war sie es, die sich daran gewöhnt hatte, daß es immer Sticheleien gab. Gewöhnt, in einen Nagelmantel gehüllt herumzulaufen und in einem Nagelbett zu schlafen. So lange bis sie wirklich unverwundbar war.

Unverwundbar nach außen, nach innen in der Tarnkappe. Sie ertrug es tatsächlich nicht, sich selbst zu sehen, jene, die außen war. Sie wollte diese Person nicht sehen. Sie kannte sie nicht. Die, der all das widerfahren war, war eine Unbekannte, eine Landstreicherin, die ganz zufällig durch ihr Leben gezogen war, sie ein Stück Wegs begleitet hatte. Doch sie sah sie nie von vorne, jenes Geschöpf blieb unbekannt, nie sah sie ihr Gesicht.

Und Mojan tat also ihr Bestes, um gänzlich normal zu werden, normaler als normal. Sie spielte normaler Mensch und lebte sich so weit darin ein, daß ihre Normalität fast zu einer neuen Art von Sonderbarkeit wurde. – In dieser Zeit (während sie nachts noch immer aus dem Schlaf auffuhr, als habe sie einen elektrischen Schlag erhalten: hatte es nicht geklopft?) wurde sie äußerst moralisch und tadelte hart und laut jedes Abweichen vom rechten Weg. Die Leute betrachteten die Gardinenringgeschmückte mit Verblüffung, wie sie im Haustor stand, im Brauhaus, im Milchgeschäft und darüber siedete und kochte, wer wem unzüchtig nachgesehen hatte. – Vor allem aber über die *Folgen*: erbrach sich jemand, wurden nachts Eimer mit Blut und Resten hinausgetragen, über Bäuche, die anschwollen, Bäuche, die nicht anschwollen. Sie blieb so lange im Brauhaus oder im Treppenhaus, den Mund voll, voll den Mund, daß auch die gesprächigste Nachbarin Lust hatte, in ihre Wohnung zu gehen. Mojan war in solchen Reden, solchem Wissen allen überlegen – dann hatte sie ein kräftiges Leben in sich, die Wangen glühten, die Augen leuchteten. Die anderen Frauen fühlten sich vergleichsweise schwach und unentschlossen: über so viel Wissen verfügte keine, nicht über solche Unzweideutigkeiten. Auf diese Weise bekam sie Macht im Haus und auch in niederen Häusern, wo sie putzte; über das, was beim Rechtsbeistand geschah, wußte sie beispielsweise viel. (Bei der richtigen Arbeit war das eine andere Sache, im Lärm und in der Hetze blieb dort alles stecken, als könnten die an den gewaltigen Garnwanderungen, in den riesigen Spulensystemen Arbeitenden für einander nie richtige Personen werden – Jahr um Jahr müdigkeitsgraue unbekannte Gesichter, die auftauchten, einander Zeichen gaben, verschwanden.) – Zu Hause aber: wie ringlos sie auch sein mochte, niemand wagte sich gegen ein solches Gedächtnis, eine solche Zunge aufzulehnen. Über dem Bottich, über dem Eimer redete sie – ohne Unterbrechung, wie es jemand tut, der zu Geschwätz eigentlich weder Lust noch Anlage hat, aus irgendeinem Grund aber meint, trotzdem weitermachen zu müssen. Ihr Geschwätz machte alle verdrossen, es gehörte nicht zu jener Art, die die Stimmung steigen läßt – es entstand immer Beklemmung, niemand aber wagte es, dem von ihr aufgenommenen Faden nicht zu folgen. Denn was sah sie doch alles, was blieb alles in ihrem weitmaschig gespannten Wortgarn haften. Wie rätselhaft glitzerten doch ihre Augen, wenn sie Taillen und Bäuche aufmerksam betrachtete. Wie dunkel und hintergründig konnten doch ihre Andeutungen treffen – ins Zwerchfell getroffen, krümmt man sich. Niemand wagte es. Man harrte aus.

(Währenddessen sang und trillerte das Mädchen wie eine Drossel, hin und her, auf und ab hüpfte es, von überall, vom Dachboden, von Treppen und Hof hörte man den Gesang, den man noch nicht als Gesang bezeichnen konnte, Laute, als wimmerten und hicksten Erde und Häuser vor purer rasender Freude.)

In gewisser Hinsicht wurde Mojan also respektiert. Sonderbar, aber normal: normal aber sonderbar – kann also ein normaler ehrlicher Mensch zugleich sehr sonderbar sein?

Doch der schwache Punkt in der Verteidigung war, wie gesagt, das Mädchen – das Mädchen, das nur schillerte und tanzte und sang und sich schlecht aufführte.

Und das Mädchen war also fröhlich geboren. Fröhlich und wild, rund wie eine Kugel rollte und kletterte und sang sie. Man meinte allerdings im Hof, mit einer derartigen Abstammung sollte sie zumindest eine andere Art des Auftretens an den Tag legen. Selbst wenn sich nicht erwarten ließ, daß sie selbst ihre Lage verstehen könnte, dazu war sie dann doch zu klein, hätte die Situation selbst doch eine Art Demut hervorbringen müssen, zumindest aber Ruhe, und Nachgiebigkeit. An dem Mädchen jedoch ließ sich nichts derartiges feststellen, sie war nur fröhlich und außerordentlich liebesbedürftig, sobald sie sie fassen konnte, sah man sie stets Katzen mit sich herumschleppen. – Doch ihr Fehler war, daß sie von Anfang an sozusagen zuviel Körper hatte: er störte: er war zuviel. Und in diesem Zuviel zu viel Gefühl und Kitzligkeit. Mojan versuchte einmal mit harten, ein andermal mit sanften Worten (völlig ungeteilt war sie nicht, im Gegenteil war alles, was sie für das Mädchen empfand und mit ihr unternahm, stets Nacht und Tag zugleich), das Kind in ihren Grenzen zu halten – denn wenn auch das Mädchen selbst seine Lage nicht verstand, die Mutter jedenfalls tat es, sie dachte an nichts anderes. Aber sie war ja immer auf Arbeit, dann lief das Mädchen frei herum und tat, was es wollte.

Und wollte – wollte alles.

Mojan aber blieb die Respektierte. An sie hing sich keiner. Bis in ihr Innerstes hatte sie zähe Haut. Zwischen dem, was sie berührte, und ihr gab es eine zähe blinde Haut.

Tatsächlich empfand sie nichts. Sie schlug sich nach Gutdünken durch. Das ging gut, fand sie.

Denn wer konnte wissen, ob das Leben, das sie lebte, das Leben war, das sie leben sollte? – Ob es nicht das Gegenteil war?

Und Mojan versuchte also nach bestem Vermögen zu werden, wie man zu sein hatte. »Ein richtiger Arbeitsmensch« – ihrer Maschine gab sie in allem recht. Die besaß die Macht, und darum hatte sie auch recht. Sie beanspruchte all ihre Kraft – war die Arbeit für den Tag beendet, war sie leer. Ein Automat wischte den Boden des Rechtsbeistandes auf. Dort jedoch, im stillen abendlichen Kontor, vermißte sie das Summen und Dröhnen, ohne es fühlte sie sich mittlerweile leer. Nach einer nicht allzu langen Zeit in der Wollfabrik war es der Maschinenlärm, der sie zusammenhielt. War die Arbeit zu Ende und die Fabrik leer und dunkel, fühlte sie sich geradezu schuldig. Denn gegenüber der Maschine fühlte sie sich schuldig. Abends hatte sie ja die Putzarbeit, da wurde die Leere von der Müdigkeit überdeckt. Wenn sie den Scheuerlappen zum letzten Mal auswrang, brach sie fast in die Knie.

Das Mädchen bekam sie fast nicht zu sehen, beim kurzen Abendessen war das Kind infolgedessen ungezogen und unruhig, machte Unordnung, stieß die Milch um, schlug Sachen entzwei, nur, um Mojan daran zu hindern, wieder wegzugehen. Wenn sie wieder nach Hause kam, war das Mädchen meist eingeschlafen. So schnell es nur ging, fiel Mojan dann selbst in ihr Bett. Häufig aber war sie zu müde zum Einschlafen. Sie lag da und starrte hinaus in die Leere, in den Nachthimmel, der unbedeutend heller hinter dem Fensterkreuz sichtbar war. Dann stieg der Dunkle empor.

In der Dunkelheit sah sie dann fast – aber nur fast – sein Gesicht. Starr vor Entsetzen lag sie da. Jetzt würde er kommen. Jetzt würde er über sie hinweghämmern surren donnern, sie würde dort liegen wie erbärmliches Mus.

Läutete der Wecker am Morgen nach einem solchen Einschlafen (aus dem nie Schlaf wurde: schweifendes Halbdunkel: ein bleischweres Sinken hinab: plötzlich Blitzlicht im ganzen Zimmer, dann wieder bewußtlos), spürte sie – wenn es ihr endlich gelungen war, sich zurückzutasten dazu, wer sie war, wie sie hieß, wo sie sich befand – schwankenden Boden. – Schritt für Schritt rettete sie sich zurück. – Zurück zu den dunklen Sälen, der furchtbar fremden Stimme des Maschinenklapperns: wo war sie? In jedem Augenblick stand sie am Ende der Welt. Durch die Risse in der blinden weißen Fensterbemalung sah man die Oberfläche des Sees. Das Licht. Das Wasser. Wo alles zu Ende war.

Und immer höher stieg es in ihrem Inneren, so wie der Fluß und das Seewasser im Herbst nach den ersten großen Regenfällen steigen, der schwellende Wasserstrom reißt alles Tote mit sich, Tierreste, Zweige, tote Vögel und Feldmäuse, Seegrasbüschel, weiche, schmierige Moorfinger.

Es dauerte seine Zeit. Es dauerte zwei Jahre. Doch wer sucht, der findet.

Und eines Nachts erfüllte sich das Urteil. Eines Nachts klopfte es an der Tür. Es war mitten in der Nacht. Hatte der Hofknecht das Tor nicht verschlossen? Sie lag gelähmt da, im Kopf einen einzigen Gedanken: ich mache nicht auf – nein, ich mache nicht auf! – Doch wieder klopfte es. Und wie unter einem Bann erhob sie sich aus dem Bett, nahm die Decke um die Schultern, ging langsam geradewegs durchs Zimmer. Ein tiefer Atemzug. Schloß dann auf und öffnete. Da stand er.

Glücklicherweise wachte das Mädchen in dieser Nacht nicht auf. Und in der Morgendämmerung wurde Mojan ihren dunklen Lebensgefährten los. – Aber schon in der nächsten Nacht war er wieder da. Jetzt kam eine Zeitlang fast täglich das wohlbekannte Klopfen an der Tür – glücklicherweise so spät am Abend, daß das Mädchen schlief, jedenfalls gelang es Mojan fast immer, sie beiseite zu halten. Und dort stand er dann und wollte hinein. Er war aus dem Gefängnis frei, diesmal offenbar wirklich, er hatte kein Geld, er bettelte um Geld, bettelte um Logis, bettelte um alles. Kein Eroberer mehr, nein, sehr weit davon entfernt. – Und sie wußte doch, daß man dem Armen Unterkunft und Nahrung geben mußte. – So mußte sie öffnen, schließlich öffnete sie doch immer. Und hatte sie geöffnet, dann hatte sie geöffnet. Und hatte der riesengroße Körper mit ihr getan, was sie wollte und nicht wollte, kam nach allem Ächzen und Schnauben und Keuchen (wie konnte es sein, daß das Mädchen nie aufwachte?), kam nach allem jener lange tiefe bebende Seufzer, immer derselbe, war es, als reiße sich die Seele aus dem Körper los und begäbe sich auf eigene Faust hinaus in das dunkle Weltall, der Körper lag da wie tot, der riesige Brustkorb hob sich kaum. Schlaff lagen die Glieder, das Geschlecht war plötzlich fast verschwunden, sie hätte mit den Resten machen können, was sie wollte. Ein äußerst armes Wrack, das dort lag, so erbärmlich, daß es sogar ihr, der das Geschenk der Tränen schon so viele Jahre lang geraubt war, am Herzen zerrte. – Dann aber kam die Morgendämmerung und jener grauenhafte Gedanke, irgend jemand im Haus könne gesehen haben, wie der zu ihr hineinging. (Und noch schlimmer, so schlimm, daß sie es überhaupt nicht fühlen konnte: daß etwas entstanden war.)

Und sie träumte, sie tötete ihn. Wenn sie an der Maschine stand, sah sie sein Blut. Im Fluß, auf dem Weg zum Meer, rann dickes Blut. – War es dann aber soweit, öffnete sie auf jeden Fall. Eine Gewalt, ihr unterworfen, gehorchte sie sich nicht mehr selbst. – Aber sie konnte die Zeit, bis sie öffnete, länger hinauszögern. Sie stand mitten in der Küche und hörte, wie er draußen im Treppenhaus atmete. Eine Stunde verging. (Oder weniger oder mehr: eine Unendlichkeit.) Dann hielt sie es ein weiteres Mal nicht aus, sondern öffnete – mit dem Finger über dem Mund, er solle leise gehen, damit das Mädchen nicht aufwachte.

Denn das war wichtig. Sie wollte nicht, daß das Mädchen ihn sah. Und das Mädchen tat es auch nicht, nicht, soweit sie sich erinnerte. – Von einer einzigen Ausnahme abgesehen – das war folgendermaßen:

daß auf dem Hof eine Birke wuchs. Sie hatte kriechende knorrige Wurzeln, um sich damit in der Erde festzuklammern. Die Birke seufzte und flüsterte: sie hatte eine Sprache: sie war jemand. Sie war ein großer Trost für die Kinder, alle haben doch ihre einsamen Augenblicke – die Birke antwortete.

Das Mädchen saß gern dort unter der Birke auf einem schwarzen Holzklotz, der dort lag, einem alten Hackklotz. Dort saß sie allein und wiegte sich hin und her und sang –

– Krähenvogel hol mich nicht
lieber Schnabel hacke nicht –

Und es war Herbst. Der Herbst in jenem Jahr hatte etwas Besonderes an sich. Etwas weiches schwarzes Klebriges in allem. Die Dämmerung war ein weicher feuchter Pelz. Die Nässe umschloß das Mädchen wie ein feucht seufzendes Nest, die Welt umschloß sie wie eine große sanfte Hand. – Zu sanft – wollte sie sie erwürgen? – Schwarzer, nasser Boden, der Nebel tropfte. Im tropfenden Grau stand die Birke, schüttelte ihre Zweige, verbrannte ihr Gold. Es dämmerte. Ein rauher Regenwind kam. Das gelbe Laub erhob sich und wirbelte. Der Stamm leuchtete so nackt. Da kam eine Taube auf sie zugeschwankt, als suche sie Hilfe. Sie bewegte sich schwerfällig, konnte sich nicht erheben. Mit gurrender Kehle, aufgeplustertem Kropf kam sie jetzt nah zu dem Mädchen. Aber die Taube war sozusagen schief, der ganze Vogel neigte sich zur Seite, irgend etwas, das an der Kopfseite wuchs und fast so groß war wie er, zog den Kopf herab. Es war rot. Der Kopf hatte eine klaffende, rinnende Wunde. Plötzlich flog ein Schrei aus dem Mädchen heraus, sie konnte nichts dagegen tun – der Schrei befreite sich und flog wie ein Vogel in der Regendämmerung fort. Aber die Taube bewegte sich nicht, sondern stand nur schwankend und gurrend da. Die Wunde war offen wie ein Mund. Als habe sich irgendein Geschöpf auf dem Kopf des Vogels niedergelassen. Als sei die Taube eine Erde, in die man seine Wurzeln schlagen konnte. Unter dem bebenden, weichen, unbarmherzigen Wundengeschöpf starrten die Taubenaugen das Mädchen an. Sie bettelten. Die Wunde war eine große, nasse Blume, sie erhob sich weich schwankend, wechselte in starkes Rosa. Die Taube war Erde, die sich bewegte und um Hilfe bettelte. Der Vogel hatte eine Krone bekommen, er wurde sie nicht los.

Das Mädchen schrie. Sie preßte sich an die Hauswand, sie wollte in sie hinein und in ihr verschwinden. Aber sie saß fest. Kein Mensch kam heraus. Ein nicht greifbarer nicht berührbarer Blick aus dem leeren Dunkel der Fenster. Die Dämmerung wurde dichter. Die Taube war fort. In dem nassen Halbdunkel bewegte die Birke wie ein brennender Schmetterling ihre Flügel.

Das Mädchen rannte wie ein Blitz, sie kam wirklich in Schwung. Die Treppen fielen ihr schwer, als sei sie gezwungen, Treppenstufe für Treppenstufe anzuheben. Schreiend brach sie in die Küche ein. Dort saß der Dunkle am Küchentisch. Aber als sie auf Mojan zurannte und den Kopf in ihrem Schoß verbarg, sah ihn das Mädchen kaum. – Das Mädchen weinte wie eine Stromschnelle, es war unmöglich, sie zum Schweigen zu bringen. Durch das Blenden der Tränen hindurch sah sie den Dunklen, aber sie sah nur, daß er dunkel war, das war alles, über den Rest weinte sie.

Und während die Mutter also ihren hartnäckigen Kampf ausstand, um dem Bild der öffentlichen Meinung von einem normalen Ehrenmenschen nahezukommen, trug das Mädchen unten im Hof ihren eigenen Kampf mit dem Normalen und der öffentlichen Meinung im Keimstadium aus.

Es war tatsächlich nicht leicht, Kind zu sein – für kein Kind –, in einem Haus dieser Art, in diesem Abschnitt der Geschichte. Es war eine graue Zeit, das Leben der Erwachsenen verlief hinter Barrieren und Hagen, es fand statt in Regeln und Zwingern – schwierig, nicht leicht. Die Kinder waren, wie Kinder sind, nicht schlimmer als anderswo, nicht das spielte eine Rolle, was eine Rolle spielte war, daß die Erwachsenen aus dem einen oder anderen, die ganze Zeit aber eigentlich aus demselben Grund, sie nicht ertrugen. Kinder waren für diese Erwachsenen eine feindliche Bevölkerungsgruppe, Angreifer, Eindringlinge (und im Inneren eines jeden Erwachsenen nagte und weinte und tobte ein solcher Erbfeind, ein solch unerträgliches Kind). Die Folge: »Hinaus auf den Hof!« – »Hinunter auf den Hof, spielen!« hörte man ständig schrille, äußerst angespannte Erwachsenenstimmen.

Daher lebte die Bevölkerungsgruppe Kind auf dem Hof ihr eigenes Leben.

Der Hof war ein Sausen und Brausen eines vielbeinigen umherschnurrenden Klumpens kleiner und größerer warmer Körper, Augen, Stimmen, eine einzige krabbelnde bewegliche Masse floß durch das Tor hinein und heraus, rann auf das Brachland, verschwand im Sumpfdickicht, ging auseinander und drängte sich zusammen, wuchs und nahm ab. Der Hof war ein Reich. Der Hof war ein Land und ein Volk, unauflösbar, etwas von beidem. Dazuzugehören war dasselbe wie das Sein, nichts, um darüber zu grübeln. – Vor allem aber war der Hof ein Körper, streitsüchtig, herzklopfend, obwohl hier und da Partien zusammengeballten Schweigens vorkamen. Ein Körper. Und eine Stimme – viele Stimmen, jedenfalls aber alle wie eine. Klar wie Wasser. Er nahm auf und verwarf. Er urteilte und verurteilte, er entschied, sprach frei und fällte das Urteil. Die Augen klar wie Licht und Wasser. Der Hof urteilte, ohne mit der Wimper zu zucken, daß einige nicht das Recht hatten, zu existieren. Eine Mauer aus klaren Augen stellte fest, daß einige von Anfang an verkehrt waren. In solchen Augenblicken war der böse Geist wasserklar. – Erst nachdem der Gerichtshof sich aufgelöst hatte und wieder jeder allein war, begann eine Verfinsterung das allzu Klare gleichsam zu verdunkeln, begann eine verschwommene Bewegung das allzu Durchsichtige immer stärker zu trüben – allein mit sich, konnte jedes Kind plötzlich einen unangenehmen Druck auf der Brust verspüren, einen Klumpen in Hals, er ließ sich nicht hinunterschlucken –

– vielleicht war es – in Wirklichkeit – überhaupt nicht so –

Währenddessen geschahen unerwartete Dinge. Mitten

während der öffentlichen Feststellung – wenn alle einig waren, wie ein einziger Körper und eine Seele es sein können – mochte es geschehen, daß jemand plötzlich die Partei des Angeklagten ergriff. Rot im Gesicht, mit zornzitternder Stimme wandte sich dieser gegen alle zusammen und schrie, sie seien böse, böse, sie würden schon noch sehen. – Und dann waren sie kein einziges Ganzes mehr, nun waren sie unvermittelt nicht mehr als eine unentschlossen vor- und zurückwogende Widersprüchlichkeit, alle gegeneinander anschreiend, es konnte dann vorkommen, daß der Vertreter der Anklage einen zerstreuten feigen Gesichtsausdruck bekam – sich umzusehen begann, einen Stein über die Schulter warf –

– und plötzlich waren lauter andere Beschäftigungen im Gange, als sei überhaupt nichts gewesen.

Der Hof: wie ein Meeresbrausen ansteigender und fallender Kinderstimmen. Tagsüber, wenn nur die Kleinkinder zu Hause waren, klang es friedlich: auch wenn das vertraulich wuselnde Lallen oft und nachdrücklich von Heulen unterbrochen wurde, von durchdringenden Tränenausbrüchen, eines hatte ein anderes geknufft, eines war gestürzt und hatte sich die Zähne eingeschlagen, eines weinte still mit zur Wand gekehrtem Gesicht, und der Hosenboden hing ihm in einem allzu sichtbaren feuchten Klumpen herunter. Eines hüpfte mit beiden Füßen herum und brüllte geradezu. Eines stand mitten in alledem, den Daumen im Mund, lutschte und lutschte, den Blick unsicher nach innen gekehrt. Eine Sphäre, ein Globus, eine Welt aus Lauten. In ihr hob sich und sank im Verlauf des Tages das Lautmeer. Mitten am Vormittag verhielt es sich also eher wie ein noch unbestimmtes, weichschnäbliges

Vogeljungengetschilpe, gegen Nachmittag entstand dann plötzlich ein schwarzer Tümpel aus friedvollem Schweigen, die ganz Kleinen waren drinnen und schliefen, und die nicht schliefen, waren dennoch in irgendeiner Weise erschlafft, eine dunkle Lache Tümpel stiller See aus Schweigen tat sich dort mitten am Tag auf, war schönes Wetter in der Ecke bei den Mülltonnen bis auf das Hofpflaster, von Sonnenreflexen der Fenster im obersten Stockwerk durchblitzt. – Plötzlich aber wurde der Frieden von einem lärmenden Pfeifen, einem galoppierenden Geheul unterbrochen – der erste, der auf dem Nachhauseweg von der Schule durch das Hoftor gestürmt kam. Bald genug war der ganze Hof eine einzige erregte, heftig vibrierende Lautmasse, alle möglichen Stimmen, Schreie, Nachäffen – pfeifend, jolend, quäkend, winselnd, grunzend, miauend –, die Mädchen sangen im Kreis herumlaufend Spottlieder. Plötzlich gab es alle Arten verwickelter Aktivitäten. Einer hing schon mit den Kniekehlen an der Teppichstange. Einer versuchte, dort hinauf zu kommen, und rutschte ständig ab. Einer warf mit fünf Bällen nach dem Mülleimerschuppen. Zwei oder eher drei hüpften Seil – schnellschnellerschneller! Ein paar saßen mit gespreizten Beinen unter der großen Birke auf dem Boden – hinter der Birke war der Mülltonnenschuppen, hinter dem Schuppen der schadhafte Zaun vor dem Brachland, dort begann die Wildnis, dort hindurch verlief der Weg zu den überwucherten Mergelgruben, den Kanälen. Ein Loch, rund wie ein Kaninchenloch, zeigte, wo der Weg hinaus ins Verbotene begann, aber die Größeren stiegen lieber über den Zaun, der Tag für Tag tiefer in Nesseln und Grasbüscheln versank. – Ein paar saßen mit gespreizten Beinen unter der Birke und servierten sich Löffel voll Erde – die Wurzeln der Birke glichen einem Menschen auf dem Weg ins Erdinnere, schwarze knorrige Schenkel waren noch zu sehen, aber der Oberkörper reckt sich und strafft sich, immer härter und weißer schraubt er sich der Sonne entgegen. Einer ritzte Himmel und Hölle in den schwarzen Boden, hob einen Stein auf und warf. Ein paar rollten in einem Knäuel verflochten auf der Erde herum, ein zitternder Ring aus Zurufen hatte sich bereits um die Schlägerei versammelt, aus allen Richtungen kamen Kinder angerannt, um mitzuschreien, mitzuschreien, dabeizusein. Die Birke filterte das Licht, rieselte und sang mit ihren hoch über den Kinderhaufen gestreckten Armen.

Die Kinder glichen Tieren, allen Arten von Tieren. Große Augen, kleine Augen. Einige standen im Kopf vor wie lauschende kleine Flügel, andere lagen tief im Schädel, seltsam nackt, geformt aus weichem, durchsichtigem Fleisch. Alle verschiedenen Formen von Bewegungen: weich unsicher kriechend mißlungen ungeschickt sanft – durch sie hindurch schnitten wie Blitze jene Körper, die genau waren, was sie sein sollten, nicht zuviel und nicht zuwenig, nichts mußte weggenommen oder hinzugefügt werden, ein solcher Körper schoß nur geradewegs durch die Luft, ohne den kleinsten Schatten oder ein Zittern von Unsicherheit. Ein Körper ohne Schatten ohne Zögern ohne doppelte Bahnen ohne Unsicherheit über äußere oder innere Richtung, ein Körper völlig eins mit der Bahn, auf den man ihn geschossen hatte. Auf den ersten Blick schien es, als seien fast alle Kinder auf dem Hof so frei, auf und ab, leicht wie Vögel, sie beschwerte keine Erdanziehung. Aber nach einem Augenblick nur erkannte man, daß jeder Körper doch seine Unsicherheit hat, seine Schiefheit, sein Zuviel oder Zuwenig, seine Blässe, seine Häßlichkeit, einer war zu dick, einer hatte sogar eine Hasenscharte. Bei den Bewegungen, die der Körper wollte, in der Richtung, in die man ihn gebracht hatte, lagen andere Richtungen, widersprüchliche Nervenbahnen, zu schwer, zu steif, zu hell begeistert und verworren – zu schwach, zu rasend, zu schrill. Noch zerdrückte die Hand, was der Mund hatte schreien wollen, noch stand das Plappern und Blabbern der Zunge den Füßen im Weg, die fortlaufen wollten, noch verwickelte das Weinen den ganzen Körper in warme Zuckungen, die stärker und schneller pulsierten als das eingesperrte traurige Herz – plötzlich dann wurden alle zusammen zur selben Zeit von Wogen des Lachens gepackt, das sie empor trug und empor trug, so wie Papierschnitzel auf nach oben strömenden unsichtbaren Wärmewellen tanzen, hoch, hoch über dem sichtbaren Feuer, und sie lachten, und lachten so, daß ihnen die Luft wegblieb, und manche mußten sich auf die Erde werfen und in Lachkrämpfen immer rundherum rollen, bis sie ganz außer sich und erschöpft waren. Sie umhalsten sich gegenseitig und lachten und lachten und wiegten sich Arm in Arm gegeneinander, nur langsam legte sich das, einer nach dem anderen fiel ab. Bis plötzlich ein Einzelner allein dort stand und lachte und lachte für sich selbst, geradewegs für sich selbst – sich plötzlich selbst allein lachend entdeckte, davon ergriffen wurde, daß er allein war. Als sei er in ein Loch gefallen. Konnte aber nicht aufhören. Dann stand er eine Zeitlang da und hickste nur und zuckte ganz allein. Bis auch dies, bis alles vorüber war, bis eine ganz neue Art von Bewegungen um den herumbrauste, der entdeckt hatte, daß er einsam war. – Plötzlich war da einer, der bösartig wurde und sich nach einem Opfer umsah (lange Zeit war es ein und derselbe, der ständig wie ein Vergifteter wirkte – bis eines Tages das Boshafte unerwartet in ihm abklang, eines Morgens wachte er verändert auf, ein neues Leben begann).

War dann dort irgendeiner im Weg, in den der Blick des Boshaften wirklich eindrang.

War da einer, der ebenso gelähmt wurde wie die Fliege, wenn sie tief im Trichter des Netzes den Blick der Spinne entdeckt. Stand dann irgendeiner da, der spürt, wie Körper und Seele gleichsam weich werden, sich willenlos öffnen, wie es unmöglich ist, auch nur einen Fuß weit zu fliehen. Dann hat er sein Opfer.

Niemand aber ist ständig boshaft, niemand ist stets Opfer. Situationen. Sie wechseln. Auf einem anderen Hof, ein anderes Mal, zu einer anderen Zeit, mit anderen Kindern könnte der Boshafte plötzlich einsam und zitternd dort stehen. Und das Opfer kann auf seine Weise, von unten, wie die Spinne werden. Sie schwingt und schwingt. Geister wüten. Plötzlich ist der ganze Hof, groß und klein, versponnen zu einem einzigen Knoten aus Feindseligkeit, keiner kann ihn aufknüpften, alles was gesagt wird und geschieht, verknotet ihn nur immer fester, Blicke Zungen Speichel deutende Finger tretende Füße, alles ist ein einziger Knoten. Der ganze Hof verdunkelt und verhärtet sich, alles ist ein Knoten, ein eiserner Knoten, nur der böse Geist tanzt jubelnd auf dem Ganzen, spuckt, zeigt Finger umher, immer umher –

– »Twi-bäää!« –

Es wird getanzt und getanzt. Wie gesagt, alles, was geschehen kann – Weinen, Flucht, Stolpern trägt zu Verbesserung der Stimmung bei. Ja, dann vor allem, wenn jener, der in der Situation des Opfers ist und in eine Ecke gedrängt dasteht, und den ganzen Hof um sich herum, eine Mauer aus lachenden, roten, bösen, Gesichtern, sogar die ganz Kleinen piepsen auf ihre Weise. Dann vor allem, wenn es sich um einen handelt, der nahe ans Wasser gebaut hat. Handelt es sich um ein Opfer, das so nahe ans Wasser gebaut hat, als zitterten ihm die Tränen ganz dicht unter der Haut, als lebte das Weinen dort die ganze Zeit, und man brauche nur ein bißchen daranzupieksen, und es bricht aus. Nur ein bißchen pieksen – das war eine der Vergnügungen, mit denen der böse Geist den Hof anstiftete. Das Opfer stand da, bebte und zitterte und konnte nicht aufhören. Es war unangenehm. Aber das Vergnügen der Geister bestand doch gerade darin, daß es unangenehm war. Auf der Grenze dazu, daß man selbst es sein könnte. Eine Messerschneide. Genau auf der Grenze – aber daß man dennoch nicht dabei war. Trotz allem außerhalb und gerettet. Genau auf der Grenze – genau so, daß nicht Weinen aus dem Hals drang, sondern ein völlig verrücktes schräges Lachen, ein Lachgeheul, heul heul –

– ja, plötzlich waren also alle gegen sie. Nicht genug, daß sie zu hören bekommen hatte, sie sei DUNKEL,

nun aber stand ihr der ganze Hof gegenüber und singt und singt:

»– Zigeunergör – Fettrine – Zigeunertrine –«

Aber wieder, unerwartet, drehte sich der Wind. Der Geist zog ab. Man sah fast, wie hoch durch die Luft über Dächer und Seen ein Wirbel zog. Den Anführer der Verfolgung sah man jetzt, friedlich, als sei nichts geschehen, einen Fußball flicken. Das Opfer mit noch nicht trockenen Wangen saß, mit einem Kleinkind auf seinen runden Knien, flüsternd und schäkernd da.

Denn alles, was das Opfer wollte, war, daß man es gern hatte – es gern hatte und gern hatte. – Es gibt welche, die hassen und zurückspucken. Aber sie war eine von denen, die es recht machen wollen, sie wollte es recht machen – alles war gleichgültig, sie durften mit ihr tun, was sie wollten, wenn sie sie deshalb nur gern hatten.

Ja, Mojan war vom Land gekommen, von weit dort draußen, wo das Leben Zwangskäfige, Zwangsschinderei, Zwangskleider von der Wiege bis zum Grabe war.

Es geschah nur, daß sie sich löste, herausfiel, verschwand. Und in einer neuen Welt wieder an die Oberfläche kam. In dieser neuen Welt gab es ein schwarzhaariges Kind.

Aber auch diese neue Welt bestand aus Zwingern, großen, zusammengeschlossenen. Diese Stadt war nicht so, wie sie geglänzt hatte. Vielleicht war die glänzende irgendwo anders, hier jedenfalls war sie nicht. Hier waren Zwinger. Vom Morgen bis zum Abend formte, bearbeitete, knetete, verformte etwas anderes sie. Vom Abend bis zum Morgen ging sie denselben Weg zurück, im Traum rückwärts.

Mojan hatte selbst bestimmen wollen, wie alles werden sollte. Aber sie saß fest, unerschütterlich fest. Die Dinge passierten. Über nichts besaß sie die geringste Macht. Die großen Maschinen liefen und liefen, sie hatten ihr eigenes Leben, gehorchten eigenen Gesetzen, hatten einen eigenen Willen. Jedenfalls vertraten sie den Willen der allgemeinen Schwerkraft – und sie war wirklich schwer, als versuche man im Traum einen unaufhaltsam hervorquellenden Fluß stromauf zu schwimmen, dunkel und glänzend mit starker Strömung, wie der Fluß, der an der Wollfabrik vorbeiglitt. Und man kann nichts tun, man arbeitet und arbeitet, um eines Tages, wenn man den Kopf herausstreckt, zu entdecken, daß man die ganze Zeit doch vom mächtigen Strom in die andere Richtung gerissen wurde.

Aber sie mühte sich doch ab, um alles in Ordnung zu bringen.

Doch es war, als erreichten diese Anstrengungen immer nur die äußerste Haut. Die Wirklichkeit war eine Macht. Festsitzen. Mitgerissen werden. Das fühlte sie. Sonst fühlte sie nichts – in ihr nur das große schmerzende Dunkel, das sie rasch und immer rascher in die andere Richtung entführte.

Und der Maschinenmensch lebte und arbeitete und putzte und wütete und war stark. Ihr selbst war aber, als ob sie sinke. Wüstes Schwemmland. Wurzelstränge wurden schwächer, wurden gelöst, lösten sich. Schwammen. Trieben langsam auseinander, tauchten auf und verschwanden in den Strudeln – verteilten sich in der ziellosen Strömung der Überschwemmung in immer flachere Gegenden. Kamen in Pfützen zum Stocken, blieben zwischen Grasbüscheln und Schilf haften.

Die Wurzeln faulten, weichten auf – lösten sich.

Und das zurückbleibende Geschöpf arbeitete nur schwer und methodisch, wie Kiefer kauen, wie Zähne mahlen, wie Zahnräder sich Stück um Stück durch ihre Aufgabe fressen.

Ihr aber fiel dennoch auf, daß sie dabei war, ihr Fundament völlig zu verlieren. Etwas mußte geschehen. Die Wirklichkeit mußte gesichert werden, sie mußte zurückerobert werden.

Denn das schwarze, das große dahineilende Wasser war unerbittlich und in der anderen Richtung immer rascher.

Und es ging weiter.

Es ging weiter. Er kam – suchte Logis und Nahrung für alle Teile des Körpers. – Das schleppte sich von Mal zu Mal dahin. Die ganze Zeit grauste ihr davor, es könnte etwas entstanden sein. Aber Gott ist gut, nichts blieb haften, zwar kam das Blut, wenn es dann endlich kam, in quälend schweren Stößen, aber das war vergleichsweise doch eine Kleinigkeit. Und sie sah dem Tag entgegen, an dem sie fähig war, völlig unberührt hinter geschlossener Türe zu sitzen und das Klopfen zu hören und sorglos sitzen zu bleiben, mochte er dort draußen stehen bis zum Jüngsten Tag, sie hatte ja doch die Oberhand, sie könnte Nachbarn und Polizei rufen.

Wo er zwischen den Besuchen wohnte? Er wohnte unter Bäumen und im Sumpf, er wohnte in der ewigen Nacht, wo vieles geschieht:

»-uu-uu-uu, es raschelt, es saust, es braust, Zweige brechen, Hunde kommen mit großen Zähnen, jetzt dringen sie durch das Dickicht, riesige schweigende Zungen, der Wald raschelt – ich scheiß mich voll und jetzt kommt der Böse – blinder König tappt und fällt, Kasperkönig, zappelt, zittert wie gepeitschter Hund. Im großen stillen Nachtwald ist es, Baumgewölbe um Baumgewölbe wie eine Kirche, man geht in den heiligen Wald der Seelen, dort rauscht der Baum der Prophezeiung, dort im Dunkel des alten Waldes, der seit Anbeginn der Zeit Kontinente bedeckte (als alles in einem einzigen Körper zusammenhing), zwischen den Stämmen ist schwach, unendlich weit entfernt, aber doch das Brausen des Meeres zu hören, dort drinnen zwischen den Bäumen wandeln unsichtbar die alten riesigen Tiere umher. Im Wald ein Heulen und Pfeifen. Jetz sah ich ein Mädchen im Gebüsch, ein Mädchen und einen Vogel, jetzt piepst der Vogel, als die Gefahr sein Nest bedroht, jetzt bin ich hinter ihr, ich werd größer und größer, aber sie verschwindet im Wald. – Was für Angst ich gehabt hab. Dann trau ich mich in den Norden, in die Bierhalle. Aber gleich war da einer, der hat mich gesehn und angezeigt, also muß ich naus in den Wald, Zweige haben geknirscht, Löcher haben sich im Boden geöffnet.« – Zweite Stimme, sehr laut singend: »Fremdenzimmer hat in einem Ring gestanden, der Polizist liegt mit der Frau im Bett – anstechen haben sie mich wollen – ich hab nach dem Messer gelangt, der Polizist hat mit der Frau im Bett gelegen – den haben sie wecken müssen, das ist so schwer, so schwer gewesen, nie im Leben komm ich wieder naus, der Wald rauscht nur und pfeift, und so weit fort ist das blanke Meer, ich trampel und trampel, aber dahin komm ich nie, der mit den Schlüsseln steht im Weg, ich muß ins Loch, dort soll ich sein – immer –«

Dort wohnte er. Er war eingesperrt in einen schwarzen Sarg. Einmal stand mitten in der Zelle ein Engel und sagte: »Erhebe dich«, und die Türen öffneten sich von selbst. Dies trug sich mitten im Wald zu. Der Sarg war unter Erlenwurzeln vergraben.

Und es überfiel sie eine solche Müdigkeit, daß noch nicht einmal die Angst Macht hatte über sie. Alles löste sich, sie hatte keine Verbindung mehr zum Leben draußen. In der Brust lebte das Herz in einem vernagelten Sarg. Durch das Alltagskindergesicht des Mädchens hindurch sah sie dieses tote aufgedunsene Gesicht. – Eines Nachts träumte sie:

Sie saß auf einem Stuhl und sah aus dem Fenster. Das Zimmer war leer bis auf den Stuhl, auf dem sie saß. Waren sie noch nicht eingezogen? Oder war es nach einem Begräbnis und sie mußten schon morgen weg sein, wenn die neuen Mieter kamen? – Das Fensterkreuz war unverändert, gelbgestrichen. Vor dem Fenster jedoch war ein viel größeres Dunkel, als man es sich vorstellen könnte. Dort draußen stand das Weltall. Das Leben schwamm im gewaltigen Dunkel wie ein glimmender stummer Fisch. Felder, Bäume, Kanäle waren leicht glänzend hinter den Hausdächern zu sehen – zerstreut.

Plötzlich aber flammte ein großer Baum auf. Wenn es ein Blitzschlag gewesen war, dann einer ohne das mindeste Geräusch. Stamm, Äste, Zweige, Blätter und ein gewaltiges Durcheinander von Wurzeln, ebenso groß wie die Baumkrone, wurden für einen kurzen Augenblick im Feuer sichtbar; ein Körper im Feuer.

Das Feuer war völlig stumm.

Das Feuer spiegelte sich in schwarzem Wasser – vorbei, vorbei . . .

Dann kam sein letzter Besuch. Dies ging so zu:

Wieder war lange Zeit vergangen. Der Mond war gekommen, der Mond war gegangen. Plötzlich eines späten Abends aber hörte man wieder das wohlbekannte durchdringende Klopfen. Es war Spätherbst und es regnete.

Jetzt entdeckte sie in ihrem Inneren, daß sie nicht öffnen mußte. – Sie öffnete aber trotzdem.

Dort stand er. Nicht wie sonst dicht vor der Tür – so dicht, daß er sich blitzschnell hätte hineinzwängen können, ehe sie es sich anders überlegte –, sondern gegen die Wand gelehnt, im schwachen Treppenhauslicht, so verfallen, wie sie ihn noch nie gesehen hatte. Ein sonderbarer Geruch nach Morast, Schmutz, Schnaps. Erloschene Augen, Schimmer der Augen, halboffen der Mund und fast ausgelöscht. Die Kleider wie Morast und Pech. Wie sie dort stand und in das schwärzliche Bartstoppelgesicht sah – in dem die Augäpfel weiß waren wie dic Weichen eines Menschen, der lange im Wasser gelegen hatte –, sah sie deutlich vor sich Teil für Teil all dessen, was er berührt hatte. Blind wollten Hände und Körper zu dem blinden Pulsen der Lebenswärme. – Doch das Auge sieht von außen. Doch das Auge sieht: Verwüstung. Das aufgedunsene leere Gesicht. – Und mit einem Mal stieg eine brennendheiße Tränenwoge auf:

»– was ham se mit dir gemacht?«

Einen Augenblick, dann gerät die Welt ins Rutschen.

Doch arbeitete sie sich durch schwere Wasserströme an die Oberfläche empor. Dann kehrte der Verstand zurück.

Und mit dem Verstand ein heftiger schwerer Brechreiz – mit einer Schluckbewegung, die ihr ganzes Gesicht bis zur Unkenntlichkeit verzerrte, machte der Verstand einen Riesenschritt mit ihr, rückwärts, und zog die Türe hinter sich zu. Einer seiner Füße, bekleidet mit einem schlappenden nassen Schuh, schaffte es jedoch in die Türspalte. Jetzt stellte sie mit großer Kraft ihren Absatz auf die Zehe in diesem Schuh. Sie mußte einen empfindlichen Punkt getroffen haben, Schmerzgebrüll war zu hören, der Fuß wurde zurückgezogen, die Tür flog zu, blitzschnell drehte sie den Schlüssel um, erst eine Umdrehung, dann noch eine. Nun lehnte sie sich keuchend an den Türpfosten. Sie hörte ihn draußen im Treppenhaus herumschlurfen, als könne er nicht die Richtung finden. Dann wurde es still – sie fragte sich, ob er dort draußen umgefallen und eingeschlafen war. Aber nach unendlich langer Zeit hörte sie ihn wieder. Schritt für Schritt entfernte er sich die Treppe hinunter. Jetzt ging er über den Hof. Weit draußen in der Nacht schlug das Tor zur Straße zu.

Das Mädchen war nicht aufgewacht. Und so bekam sie ihn auch diesmal nicht zu sehen. Es wäre die letzte Gelegenheit gewesen. Danach kam er nie wieder.

Doch nachdem sie also die Türe zugeschlagen und sich zweimal eingeschlossen hatte, und sich siebenundsiebzig Mal eingeschlossen hatte, vor dem Dunklen, dem Körper –

kam er trotzdem zurück, mit Körper und Seele, nachts im Traum. Und ergriff die Macht.

Ja, das Mädchen hatte schließlich keinen Vater. Die ganze Kindheit lang wartete sie, sehnte sich. Aber er kam nie.

Er kam nachts. Doch sein Gesicht sah sie nie.

Sie aber wußte, daß sie einen Vater haben mußte, auch wenn sie keinen hatte.

Und an jenem Tag, da er auftauchte, erkannte sie ihn auch wieder.

Denn eines Tages stand ein Mann vor der Schule, das Gesicht zum Zaun, und stierte nach den Kindern, als suche er jemanden. Es war ein dunkler Mann. Und als er sie sah, machte er ein Zeichen.

Dann sah sie ihn mal hier und mal dort. An verschiedenen Stellen der Stadt tauchte er auf.

Und sie begann auch nach der Schule in der Stadt umherzuwandern, entdeckte Wege und Verstecke. Einmal wurde das Gesicht in einem Torweg hinter der Schule gesehen. Einmal vor dem Kino Cosmorama, ein Schatten im Glanz der Aushängekästen. Das Gesicht hinter dem beschlagenen Fenster der Bahnhofsgaststätte. Rauch fiel auf die Gleise. Einmal in ihrer eigenen Straße, der große schwarze Gaskessel reckte sich in den Himmel. Das war von weitem. Das war das letzte Mal. Es war spät im Herbst. Dann wurde er nicht mehr gesehen.

Sie wartete und sie sehnte sich. Sie war ganz Warten und Sehnsucht. Warum kam er nicht? – Ja, das Mädchen war tatsächlich der schwache Punkt in Mojans Verteidigung. Denn dieses Mädchen, das sonst unaufhörlich strahlte, verlosch bisweilen zu einem schweren dunklen Haufen, der ganz hinten im Zimmer in der Ecke lag und weinte, still schluchzend: »Wo is Papa? Wo is Papa?«

Nachts im Traum aber kam er zurück. Das war ihr Geheimnis. – Darum riß sie dann aus.

Das heißt, um Ausreißen handelte es sich eigentlich nicht – da es keinem auffiel. Mojan kam spät nach Hause, das Mädchen mußte selbst so gut zurechtkommen, wie sie konnte. Da suchte sie nach der Schule häufig Zuflucht im Sumpfwald hinter der Stadtgrenze in Richtung See. Denn die Stadt war von einem schlammigen Gürtel umgeben, einem morastigen Zwischenland zwischen Stadt und See, durchzogen von Kanälen und verschlammten Teichen, deren dunkle Wasserarme sich bis unter die verwobenen Baumgewölbe erstreckten. – Und obwohl das Ausreißen innerhalb der erlaubten Zeiten stattfand, blieb es ein Ausreißen. Dort im Wald lebte ihr Geheimnis, dort im Wald war ihre wirkliche Heimat. Und dorthin zog sie sich zurück, um zu weinen – jetzt war schon Ende Mai, jetzt war die Schule bald zu Ende, wie sollte er sie da finden, wenn er zurückkäme? Dort tief unten, eingeflochten in eine Baum- und Astgrotte, unter Schilf- und Lilienblättern, allein in der warmen Feuchtigkeit unter dem Glanz der Mückenwolken – die Sonne brannte durch die neugeborenen grünen Blätter –, konnte das Weinen endlich allein weinen. Denn das Weinen lebte in ihrem Inneren wie ein eigenes Wesen, es zuckte und zerrte, schnüffelte und zitterte, schüttelte sie wie einen Lappen und ritt sie wie ein Hund, es war etwas anderes in ihrem Inneren. Die Sonne brannte, Augen und Wangen brannten, nur die Tränen flossen kühl und rein – das Weinen legte sich jetzt langsam und wurde gefügiger und stiller, krümmte sich zusammen und zog sich nach innen, dort lag es zu guter Letzt wie ein stilles Wasser, das endlos war, es breitete sich aus, es breitete sich endlos aus, nach innen und nach unten, unter den glänzenden Wasserspiegel. Je mehr man auf das Wasser starrte, um so deutlicher wußte man, daß man dort eintauchen konnte, wann man wollte – es würde in Feuerscherben zerbersten – hinab ins Dunkel. Dort unten lebte es wie ein Wald aus Wurzeln im Wasser; Himmel, Blatt und Zweige, Unterwelt, Sonne und Sternhimmel atmen, vermischen sich, leben in- und durcheinander. Dies war der Körper des Weinens. Dann entführte das Weinen sie, in seinen Körper hinein, in sie selbst hinein. Was sich im Wasser spiegelte, erinnerte an Feuerringe und Feuerfliegen: Man schaute hinab und hinab in den schwarzen Himmel. Wie das Laub und die Bäume sich dort unten unter der Glitzerfläche der fremden Tiefe bewegten. Nach einer Weile wußte sie nicht mehr, wo sie war, wach oder schlafend, wußte fast nicht, wer sie war, alles duftete und bewegte sich, war gleichzeitig aber still – alles war lebendig, doch so still. – Tief drinnen im Grün sang es ohne Unterbrechung, Tag und Nacht schlug die Nachtigall in dieser Jahreszeit, tiefe klare Herzschläge, das Herz der Erde pulsierte so tief und so schwer, als sollte alles bersten. Dort drinnen zitterten die Wasserlilien, vom See wurde das Licht durch den großen Wasserspiegel so stark zurückgeworfen, daß sie noch hier im tiefen Gestrüpp mitten im Licht saß, das von allen Blättern und Stengeln gesammelt und geseiht wurde, bis es hier unten auf dem Grund in einem klaren, hellen, warmen Raum zur Ruhe kam. Feuchtigkeit dampfte, herb und sauber duftete der Morast von den großen Blättern, die den Kanal schon bedeckten – später im Sommer würde hier kein Durchkommen sein, Dunkel über den Teichen, dunkel, grün, schweigend, furchteinflößend. – Denn es war doch erst Mai und Frühsommer. Dann kam der ganze Sommer, schleppte sich voran, aber er war nirgends zu sehen, leer war die Stadt, leer.

Und mitten in dem leeren, verlassenen, heißen Sommer saß das Mädchen dann wieder im Wald. Da spürte sie, daß sie jemand ansah.

Neben ihr auf der schwarzen Wurzel saß eine große Kröte. Das war ein Mann, das sah sie deutlich. So riesig und schwarz war er, der Krötenkönig, daß es schien, als sei er ein ganz anderes Tier. Er hatte eine dunkelglänzende körnige Haut. Er war naß und schleimig, wie gerade eben geboren. Aber er schien uralt. Er sah sie mit schwermütigen blutigen Menschenaugen an.

Sie wollte die Hand heben, um ihn zu berühren. Er saß völlig bewegungslos da und wartete. Sie versuchte es lange. Aber die Hand bewegte sich nicht, sie wollte nicht. Sie konnte ihn nicht berühren.

Er war schwarz und runzlig wie die Rückseite des Mondes. Er sah älter aus als der Mond. Da begann er zu sterben.

Etwas Weißes drang aus dem schwarzen Tiermund, ein sonderbarer Schaum stand um den breiten Menschenmund. Aus seinem Inneren drang ein Laut wie Weinen.

Und auch aus der Erde, aus allem drang es wie eine Art Weinen, in zuckenden Krämpfen. Der schwarze Körper zuckte und zuckte, durch den Mund gab er sein Innerstes von sich – wie Eingeweide. Dann wurde er still, als wende sich die Farbe – werde zu Staub. Die Augen sanken ein. Das Blut wurde graue Nacht. Der tote Körper klebte (wie etwas, das nur verunreinigte) an der schwarzen lebensglänzenden Erlenwurzel. – Jetzt drang auch aus dem Mädchen – das Weinen. Wie ein ganzer Wasserlauf kamen die Tränen, kam die befreiende Quelle. Wie bereute sie! Hätte sie sich nur überwinden können, das Krötenmaul zu küssen, er hätte nicht sterben müssen.

Wie sehr bereute sie.

Denn in Wirklichkeit wußte sie schließlich, er war tot.

Aber trotzdem, oder vielleicht gerade deshalb, sollte sie sich schon am darauffolgenden Tag bei den beiden Mädchen der Nachbarin verplappern: ihr Vater lebte auf der Insel mitten im See, wenn klares Wetter herrschte, könnte man den Rauch von seiner Hütte über dem Schiff sehen. Um dort hinaus zu kommen, müßte man ein Boot leihen. Aber er wäre oft an Land und hielte sich dann im Wald auf, er stakte mit dem Boot durch die Kanäle. Sie biß sich auf die Zunge, sobald sie das gesagt hatte – es war doch ihr Geheimnis, jetzt hatte sie es verraten.

Und heraus war es. Jetzt wußte es der ganze Hof.

Was aber wußte der Hof?

Weit draußen im See lag eine Insel. Das wußte der Hof.

Aber es handelte sich um eine Insel, die man über das Schilf hinweg nicht sah. An manchen Tagen sah man am

Horizont über dem Schilffeld Rauch. Irgend jemand wohnte dort. Wußte der Hof.

Ja, von der Stadt aus sah man es nicht, es war zu weit. Aber es war der Vater des Mädchens auf der Insel, seine Hütte war das, von der man Rauch aufsteigen sah. Er hatte Geld in einer Kiste, die ebensogroß war wie ein Mensch. Aber sie kam nicht so oft dorthin, es war zu weit. – Begegnete sie ihm aber im Wald, dann bekam sie von ihm Geld. – Was hast du dafür gekauft? fragten die Mädchen mißtrauisch. – Bonbons, sagte das Mädchen. – Bonbons für eine ganze Kiste voller Geld? – Denn immer hatte man das Mädchen nur mit dem gesehen, was sie für Mojan kaufen sollte, sie gehörte nicht zu denen, die sich für das Geld, das übrig blieb, selbst etwas kaufen durften.

Auf diese Weise war das Gerücht vom Vater des Mädchens auf der Insel bald im ganzen Viertel herum. Die Erwachsenen lachten: Soweit man wußte, hatte das Mädchen überhaupt keinen Vater, vielleicht wußte man auch, daß es sich um einen handelte, der im Gefängnis gesessen hatte oder der im Gefängnis saß. Der Milchladen und das Brauhaus erzählten und lachten, dann dachte man nicht mehr daran – Geschwätz! –, gegen Mojan wurde ein wenig mehr als sonst gestichelt. – Die Kinder aber dachten, was sie dachten.

Die Insel! Die Insel!

Und das Mädchen log, wie ein kleines Pferd trabt, ein kleines wildes schwarzes rundes Pferd, mit unruhigen Kopfbewegungen schüttelt es seine struppige Mähne und will los. Los! Weg! Hinaus!

Und der Hof dachte, was er dachte.

Denn der Hof –

– der Hof riß den Mund auf, lauschte und sog auf. Wie auch das Mädchen selbst war der Hof gespalten: die Grenzen verlief nicht so sehr zwischen den Kindern, vielmehr (wie in dem Mädchen) in jedem Kind selbst. Mit der einen Hälfte seiner selbst wußte der Hof (wie das Mädchen), daß es irgendeinen Vater nicht gab: ein Gerücht gab es: sonst nichts. Und dieser Teil des Hofes wollte gern erleben, wie das Mädchen aussah, wenn sie gezwungen wurde, dies zuzugeben.

Auf dieselbe Weise nährte der Hof heimlich seine Hoffnung. Hinauszukommen! Fort!

Darum hetzte der Hof heftig weiter – hinaus!

Die Kinder badeten im Fluß, das war im Sommer ein verbotenes Vergnügen. Durch das grüne heiße Schilfland strömte der Fluß, Blauglitzer auf der Oberfläche, schwarz und kühl darunter. Rostbraune Sonnenschatten wirbelten mit den Strömungen tief unten umher, gleitende, rutschige, starke Seerosenstengel schmiegten sich an Körper und Beine und wollten hinunter und hinunterziehen. Das Mädchen schwamm wie ein Frosch, sie war in ihrem Elend, sie wußte nicht, wollte sie nach oben oder nach unten.

Eines Tages aber verfielen sie darauf, daß ein anderes und größeres Element aufgesucht werden mußte, und sie sammelten ihre Kräfte.

Und eines schönen Tages machten sie sich also unter Leitung des Mädchens vergnügt auf den Weg. Nicht alle freilich – ein skeptischer Teil blieb zurück und wartete düster auf irgendeinen geeigneten Erwachsenen, dem man klatschen konnte. – Aber der Tag verging, sie kamen auf andere Gedanken und Beschäftigungen. Das einzige, was die Erwachsenen hatten beobachten können, war, daß der Hof ungewöhnlich ruhig dalag, den ganzen Nachmittag fast völlig verlassen, still und friedlich wie eine Katze in der Sonne, auch die Zweifler waren andere, nähere Wege gegangen, sie fischten im Stadtkanal.

Erst um die Abendessenszeit begannen die Erwachsenen zu reagieren: Wie still? Wo sind die Kinder?

Ein Aufgebot erregter Mütter, nach und nach auch Väter, versammelte sich auf dem Hof. Jetzt kamen die Klatscher. Und beim Zusammenzählen wurde festgestellt: sieben einigermaßen große Kinder, aber auch ein paar kleine, plus dem Mädchen waren seit dem Morgen nicht mehr gesehen worden. Sollte man die Polizei rufen? – Aber die Polizei war eine Macht, die man im ersten Augenblick nicht rief. – Einen Sündenbock aber mußte es doch geben – von irgendwo hergeholt werden. Und als Mojan schließlich nach ihrer zusätzlichen Abendarbeit durch das Tor trat, wandten sich alle Gesichter mit einem Schlag gegen sie. Wie ein Mann fielen sie über sie her, jetzt erfuhr sie, was sie wert war. Sie weinte nicht, so etwas konnte sie nicht. Aber sie blieb ausnahmsweise die Antwort schuldig – sie schwieg und blieb stumm. – Erst gegen elf Uhr abends, es war schon lange dunkel, wenn auch sternklar, tauchte der erste der Verschwundenen auf, hungrig und verschüchtert. Dann folgten die anderen in einem kleinen verwirrten Trupp. Sie waren im Wald auseinander geraten und hatten nicht gewagt, nach Hause zu kommen, ehe sie einander wiedergefunden hatten. Im Wald war es dunkel und unheimlich gewesen. Das Mädchen war verschwunden. Sie hatten einander und sie gesucht, während die Sonne sank. Und die Sonne verschwand, und das Dunkel wurde immer größer. Aber das Mädchen kam nicht.

Sie hatten nasse Kleider, sie waren alle zusammen in einem undichten Kahn hinausgestakt. Und das Mädchen war verschwunden. – Und sie kam nicht.

Im Tor stand Mojan, sie hatte einen Schal umgelegt. Große Sterne glühten über der Straße und dem Gaswerk. Es war wieder die Zeit der Milchstraße. Die Zeit verging, und das Mädchen kam nicht. In der Mutter stieg Zorn auf. Sie wußte, daß sie nicht hätte tun dürfen, was sie nun tat. Doch sie tat es. Sie wickelte sich fest in den Schal und ging in ihre Wohnung. Die Tür allerdings ließ sie nicht ins Schloß fallen, sie steckte aber auch nichts dazwischen, damit sie offen blieb. Dann ging sie hinauf in ihre Wohnung. Im Haus war es jetzt überall dunkel und still. Sie saß am Küchentisch. Dort saß sie einfach und starrte hinaus in die sternenblendende Nacht. So groß! So schwarz! – Nach und nach wurde es über den Dächern heller. Jetzt klopfte es an der Tür. Draußen stand ein Mann im Arbeitsanzug und hielt das Mädchen an der Hand. Sie war zerschrammt und zerlumpt und schmutzig, das Haar hing ihr ins Gesicht, sie blickte zu Boden und weigerte sich aufzuschauen. Der Mann in den blauen Arbeitskleidern war der Hausknecht, der das Mädchen, zwischen Tor und Mauer verkrochen, gefunden hatte, als er für den Tag aufschließen wollte. – Schlag sie nicht, sagte er zu Mojan. – Auf diese Weise stiftete sie Bekanntschaft mit dem Hausknecht, den sie bis dahin vor allem als einen Teil des Hofes und der Mülltonnen angesehen hatte.

Dort stand nun das Mädchen und sah in die Nacht, aus der sie kam. Sie sah dort etwas völlig anderes als die beiden Erwachsenen um sie herum – nämlich, daß er, der tot war, auch lebte. Das hatte sie in der Nacht draußen im Wald gelernt. Sie kam aus seinem schwarzen Reich.

Was das Mädchen angeht, sie kannte ihn schon, diesen Hausknecht, der nun dastand und sie an der Hand hielt wie ein richtiger Schutzengel.

Der Hausknecht für die Neun und die Elf, den halben Block, war ein lächerlicher Mann, den die Kinder zum Narren hielten.

Er fürchtete sich im Dunkeln. Selbst am Tage, wie sehr die Sonne auch scheinen mochte. Er war hell-sichtig geworden. Aber als das Licht in seinem Inneren ausgelöscht wurde, da war auch das äußere Licht erloschen und bedeutungslos.

Darum griff er zum Branntwein. Wurde damit noch lächerlicher. Das Gesicht noch röter, die Augen noch blauer – starre hängende dunkelblaue Augen beschlagen wie Schlehen –, die haben ja keinen Blick und auch die Augen nicht, wenn man eine Zeitlang an der Schnapsflasche hängt. Dicke rote Hände, dicke Arme, Beine, Bauch. Stark schwankend bewegt er sich über den Hof – der mit Schnee bedeckt war, als ihn das Mädchen zum ersten Mal sah. Es war im Winter vor dem Krieg. Alles war zugeschneit und hartgefroren. Die Sonne war untergegangen. Das Grauen vor dem All der Toten rückte näher. Aus einem Hofeck starrt das Mädchen auf das große rätselhafte Tier, das auf sie zukommt. Häßlich und lächerlich ist dieses arme Tier, es wankt auf dem Hof herum und fuchtelt mit Besen und Schneeschaufel, um zu zeigen, daß es dienstlich unterwegs ist. Kommt man näher, entdeckt man, daß er fast bis zur Bewußtlosigkeit betrunken ist, bewegt sich wie ein aufgezogener Automat genau in dem Augenblick, in dem die Feder abgelaufen ist und alles verschwindet. Alles siedet im Silberflimmern des Branntweins Silberschleimhaut, Branntwein, der den Dingen warmes Licht von innen geben soll, vielleicht statt des Lichtes, das verloren ist. Und um in größter Allgemeinheit die Dinge unscharf werden zu lassen, damit nichts sonderlich hervorragt oder einschneidet. Daß eine Art allgemeiner Vertraulichkeit entsteht. Damit er zum Beispiel nicht ganz plötzlich ein Kind erschlägt.

Denn die Kinder – Wieselaugen, Eidechsenraschheit, Stimmen wie Peitschenhiebe in klarer Winterluft –, sie hatten einen unnachgiebigen Sinn für das Schwache in ihm. Den leichtesten Biergeruch vernahmen ihre frischen Nasenflügel, das kleinste Stolpern fingen ihre schonungslosen Blicke ein. Darum gehörte zur täglichen Qual fast immer ein kreischender Schwanz von Gören, die schrien; Schluck, Schluckeule, Schwein, Schwein, Schweiiin! – Kinder, die an nichts anderes dachten als daran, sich selbst zu verteidigen, auch wenn es keineswegs notwendig war, gewohnt wie sie, sich unter erzieherische Ohrfeigen zu ducken, gewohnt an den natürlichen Umstand, daß der Freitagabend, der Lohnabend, außer Haus oder auf der Treppe verbracht wurde, während sie darauf warteten, bis der Vater, der drinnen in der Wohnung mit der Wochenration Schnaps den wilden Mann spielte, endlich zusammenbrach. Manchmal spät am Abend konnte ein solches beiseitegeschobenes Kind einsam unten auf dem Hof stehen, der Mond leuchtete, das Kind war einsam wie der Mond. Das Kind preßte sich so tief in die Ecke, wie es ging, während es unablässig auf den Mond starrte, der Mond, der dort oben im regenbogenhellen Mondhof segelte, eine einsame Insel im All. Was prophezeite der Mondhof? – Aber der Hausknecht wurde nicht mutig, wenn er trank, er wurde nur immer aufgeweichter, ängstlich vor allem. Um den Feind zu bestechen, erbot er sich, lächerliche Dinge auszuführen: er schob die Kinder im Schubkarren, oder er zog sie auf der großen Schneeschaufel rund um den Hof, er sang lustige Lieder und machte lächerliche Späße. Mit allem versuchte er die Unbarmherzigen zu besänftigen und zu erwischen. Aber die Kinder wurden nur boshafter, und die Boshaftigkeit der Kinder war begleitet von der Verachtung der Eltern: wer Kinder nicht klein halten konnte, war nichts wert.

Ja, sein Leben bestand darin, daß er ständig Angst hatte.

Und er trank aus einem einzigen Grund: Angst vor dem Dunkel. Abends wartete die Nacht vor dem Fenster, lautlos heulend. Wolfsgebiß. Da trank er. Dann zog er die Decke über den Kopf und betete: Jesus! Herr Jesus! – Dann mußte er auch morgens etwas an Bord haben, damit er aus dem Bett und hinaus kam. Das Tor aufschließen. Dann zum Krankenhaus, wo er seine Tagesarbeit als Heizer hatte – die Hausknechtsstelle war nur eine Nebenarbeit (entlohnt mit kostenloser Wohnung, einer Einzimmerwohnung im Parterre neben dem Tor).

Dieser gedemütigte Mann begegnete dem Mädchen eines Tages am Tor – es war um eine Tageszeit, zu der es überhaupt nicht hätte dort sein sollen. Ein Wintertag, Schnee und Sonne gleißten. Von außen leuchteten der Schnee und das Licht in den Torweg, so daß er zu einem Lichtraum wurde, von unten wurde er noch durch das Licht erhellt, das der Schneeboden reflektierte. Er kam ihr sehr breitbeinig entgegen. Aus seinem Mund drangen kieksende Laute. Er machte einen schrägen Schritt auf sie zu, sagte etwas, das sie nicht verstand. Sie hatte ja immer gewußt, wie er war, er gehörte genauso zum Hof wie die Mülltonnen. Jetzt aber war er fremd, als habe man ihn gewaltsam aus seinem normalen Ich herausgehoben und sei er ein ganz anderer geworden. Ein riesengroßes dunkelstrahlendes Wesen hatte sich aus dem üblichen befreit. Stinkend, unsicher tastend. Hinter der grusig roten Haut leuchtete jetzt ein trügerisch strahlendes Licht. Er war ein anderer. Oder: jener andere, der er auch war, kämpfte sich mit wütenden Schwimmstößen durch ans Licht, als werde er geboren. Während der Körper schwankte und brummte und stotterte. Eine Wolke von abgestandenem Fusel drang aus seinem Mund. In der Hand hielt er eine leere Flasche, als jage er Fliegen. Das Mädchen preßte sich an die Wand, um sich unsichtbar zu machen. Er aber hatte sie schon gesehen. Jetzt senkte er die Hand mit der Flasche, die Flasche fiel auf das Pflaster und zerbrach. Jetzt blieb er schwankend stehen. Er legte ihr eine schwere Hand auf die Schulter und beugte sich über sie. Er stöhnte leise. Das Mädchen sah auf in dieses rote Gesicht und stellte fest, daß die berauschten Augen vom Weinen dunstig waren. Über die Wangen flossen Tränen. Sie nahm ihn bei der Hand und führt ihn zum Tor, wo er wohnte. Sie hatte Glück, keiner war auf der Straße und sah zu. Sie hielt ihn bei der Hand, er kam bereitwillig mit. Sie führte ihn die Treppe hinauf, zu seiner Tür, dort holte sie die Schlüssel aus seiner Tasche und konnte ihm aufschließen. In der Wohnung fiel er auf die Knie. Dort drinnen tröstete sie ihn, wie sie konnte, nun hatte sie nicht mehr die geringste Angst. – Im Silberdunst sah er sie zum ersten Mal: schimmerndes dunkles Gesicht: Engels-Dunst.

Und jetzt stand er also da und sagte zu Mojan: »Schlag sie nicht!«

Nur äußerlich war der Hausknecht stark und riesengroß. Innerlich war er ausgehölt, eine Erinnerung. Auf eine Weise viel zu stark, auf eine andere nur schwach. Genau deshalb war er lächerlich, ein falsch geteilter Mensch, nur Schwere hier, gar nichts dort. – Aber auch ein lächerlicher Mensch hat seine Geschichte. Eine Erinnerung, seine Geschichte.

Ein Kachelofen.

Eine andere Einzimmerwohnung. Damals im Erdgeschoß. Es war lange her.

Ein Kachelofen. Er wärmte ein Hofzimmer, Einzimmerwohnung mit Küche, Östra Smalgatan 14. Hoch und weiß stand er da, wie beispielsweise ein Leuchtturm in einer sehr blauen Morgendämmerung. Im Blauschimmer auf dem Kissen neben ihm ein Gesicht – Farbe stieg in die Wangen, Saft in die Lippen, das warme Haar roch nach Mensch, es wuchs wie schwarzes Gras, sie hielt die Hände vor die Augen und bewegte sie, das Gesicht lachte, unter der Decke bewegte sich ein Körper wie ein neugeborenes nacktes Tier, Achseln leuchteten bleich über dem Laken, rundumher wallte und schimmerte die Morgendämmerung wie ein Meer, aus Luft nicht noch aus Wasser: alles.

Niemals hatte er geglaubt, daß ihm so etwas geschehen könne. Das war eine Seite der Angelegenheit. Die andere: wenn etwas unsicher Verrücktes in ihren Blick geriet. Oder vielleicht sah nur er das so? Es kam schließlich vor, daß er gerade dann ihrem Blick begegnete, wenn sie dies nicht wollte. Es kam vor, daß sie ein sonderbares, schallendes Gelächter ausstieß.

Nicht ihren Blick sah er dann – es war ein Blick wie der aller anderen. Wie der aller anderen: fremd. Fremder als alle anderen zusammengenommen werden konnten.

So hatte die Einsamkeit einmal begonnen:

Er stammte von oben aus Immeln, aus dem schwarzen feindlichen Reisigwald. Als Kind hatte er in einem sehr verfallenen, zugigen Gemeindehaus gewohnt, wo Besitzlose wie seine Eltern untergebracht waren, der Vater (er war schwächlich) Gelegenheitsarbeiter im Granitbruch, die Mutter Aushilfe auf den Bauernhöfen. Er und die Eltern wohnten dort mit Hund und Katze. Diese Eltern waren gescheiterte schwache Menschen, die kaum bis zum Annehmbaren vorgedrungen waren – bei weitem nicht immer die Grenze aufrechterhalten konnten gegenüber dem, wo alles zu treiben beginnt, wo man aufgibt und es einfach treiben läßt. Aber trotz aller Mühsal und Schwierigkeit, in der sie lebten, hatte der Junge in seinem ganzen Leben niemals ein böses Wort von ihnen gehört und hatte erst recht keine Schläge oder Prügel bekommen. Sie waren zwei gescheiterte, aber weiche zartfühlende Menschen gewesen: ihre Freude hatte darin bestanden, daß sie beide zusammen waren und der Junge, der Hund, die Katze, ein leicht zu verwüstendes Nest aus hilfsloser Wärme.

Eines Tages kam auch der Schlag gegen die, die keine Verteidigung besaßen.

Die Spanische Grippe 1919. Die Eltern starben fast gleichzeitig, ohne eigentlich je aus den Fiebernebeln zu Bewußtsein erwacht zu sein – die Mutter zuerst, der Vater folgte ihr nach einer Woche. Da hatte der Junge sie ohne Hilfe einige Wochen lang gepflegt und betreut – die Krankheit kam und ging in Wellen, gerade wenn man aufatmete und dachte, jetzt kommt es in Ordnung, begann es wieder von vorn: das pochende Fieber, der tickende Puls, die Kurzatmigkeit, das hochrote, nicht wiederzuerkennende Gesicht. Die Spanische wütete schließlich überall, es gab kaum einen Hof, in dem nicht einer lag, keiner hatte Zeit, anderen sonderlich viel zu helfen. Er mußte also bis zum Ende mit ihnen allein bleiben. Mehrere Wochen, während die beiden Menschen, die Eltern, Seite an Seite lagen, der eine nach dem anderen rufend, murmelnd – einmal phantasierend, ein andermal in heißer, bleicher Ohnmacht. – Für ihn begann der Kampf gegen den Tod also früh, fast zu Beginn. – Aber er konnte sie nicht retten. Es war nichts zu tun, nichts. Er vermochte nichts, nichts.

Und der Junge stand eines Tages ganz allein in der Welt und besaß nahezu nichts, nur den Hund und die Katze. Sein übriges Erbe, ein paar Teller, Töpfe, Bettzeug wurde als Müll abtransportiert, wegen der Ansteckungsgefahr. Und nun mußte er in die Welt hinaus – die Wohnung war von der Gemeinde gemietet, jetzt mußte er hinaus. – So kam der Junge mit seinem Hund und der Katze auf einen Hof, wo man ihn schlecht behandelte. Obwohl er noch Schulkind war, mußte er allein draußen in der Stallkammer schlafen, damit er es, wenn er von der Schule nach Hause kam, nicht weit zur Arbeit hatte – von Zeit für Schulaufgaben keine Rede. Zwar hatte er die Tiere zum Trost, das murrende Trampeln der Pferde, den Hund, der nachts bei ihm lag. Aber der Hund siechte dahin, er hatte keine Freude mehr, und nach einiger Zeit stieß er eines Abends ein leises Bellen aus, wedelte leicht mit dem Schwanz und starb. Begraben mußte er ihn allein, es war eine lehmige, regenbrausende, schwarze Frühlingsnacht – stand da in Wasser und Lehm, grub und weinte. – Was die Katze angeht, sie ließ ihn völlig im Stich: nachdem der Hund tot war, kümmerte sie sich nicht mehr um den Jungen – und sie zog auch ins Wohnhaus, bekam Fressen mit der Hauskatze, paßte sich an. Einmal, der Junge stand mit der Mütze in der Hand unter der Tür, lag sie, seine Katze, am fremden Herd in der fremden Herdwärme – bei dieser Gelegenheit sah sie ihn an. Sah ihn genau an: ein blasser alter Blick, er knisterte vor Fremdheit und Feindseligkeit. Dann schlossen sich ihre Augen langsam, sie versank völlig in der Herdwärme, sie kannte ihn nicht mehr. Das war nicht mehr seine Katze, das war vorbei. Da begann er zu weinen, er konnte sich nicht beherrschen, auch wenn ihn all die fremden höhnischen Blicke ansahen, wie er da stand, das Schluchzen schüttelte ihn so, daß er nicht gerade stehen und nicht reden konnte, er war erst zwölf Jahre. – Und er hatte sie nicht retten können – hatte eigentlich nichts retten können. Alles war tot und fort.

Und besser wurde es nicht – Schläge und Schelte, Brot mit Tränen. Jeder Tag brachte eine neue schlimme Überraschung, die Kunde des Bösen war unerschöpflich. – Und er war es nicht gewohnt, er war es tatsächlich nicht gewohnt. – Tag und Nacht aber ging er im Gespräch mit seinen Toten um, auch mit dem Hund. Er bat sie um Vergebung, weil er sie nicht hatte retten können. Er weinte. Er weinte. Zu guter Letzt hatte er sich ausgeweint – keine Stimmen waren mehr zu hören, ein graues starres Kellerlicht beleuchtete die brache Erde, die verlassen dalag.

Sonst noch trug sich zu, daß er in den Jahren zwischen zwölf und vierzehn so sehr wuchs, daß er sich praktisch verdoppelte.

In gewisser Weise war das ein Vorteil. Denn eines Winterabends in jenem Jahr, als er die Schule verlassen sollte, der Bauer machte wie immer Radau und wollte, wie immer, zum Peitschenstock langen – sah der Mann, der gerade zuschlagen wollte, den, den er schlagen wollte, an. Und der zum Ergreifen der Peitsche ausgestreckte Arm – schrumpfte. Versteckte sich hinter dem Rücken, schlich sich davon, wurde kleiner, verschwand. Denn vor ihm stand eine große stille Wand aus Fleisch. Riesengroß. Und sie atmete schwer. Sie hatte riesige Hände, die sich öffneten und schlossen und sich wieder ballten. Der Bauer verstummte mitten im Satz – der da, der vor ihm stand, war größer als er selbst, und es war nicht auszuschließen, daß er auf die Idee kommen konnte, ihm unter gleich und gleich zu begegnen. Sonderbar, warum der Bauer nicht witterte, daß dies einer war, der nicht entgegnete, ein Weicher und Treuherziger – doch es war der große Körper, die Gewaltigkeit der (in Wirklichkeit wehrlosen) Muskeln, die auf den ersten Augenschein Eindruck machten.

In dieser Hinsicht war es ja ein Vorteil. Aber sonst –

Menschen haben so verschiedene Körper. Einige erwachen und stellen fest, daß das wachsende Schloß, in dem sie wohnen und das sie selbst sind, ein zerbrechlicher, mit dem Seidensamt der Schönheit überzogener Tempel ist, andächtig halten sie sich den feinen Arm und die dünnen Handgelenke vor die Augen und prüfen, was Schönheit ist, die Finger spielen wie Hirtenflöten. Bei anderen: ein Gefängnis, dessen geschlossene Wände sich einander nähern und sich schließen, ein Grauen, dem man nicht entkommen kann, denn das Urteil lautet, daß man auf Lebenszeit eingesperrt ist.

Er erwachte, als er dreizehn, vierzehn Jahre alt war. Und sah sich um: wie seltsam die Welt war, wie schön. Dann sah er sich selbst: ein riesenhaftes (konnte sich nirgends verbergen), ungeschicktes todbringendes Tier. Tod konnte es verbreiten, ohne daß man wußte wie. So häßlich – welch schöne Gedanken er auch haben mochte, nur grausamer bitterer Speichel kam heraus. In einem Blitzlicht erkannte er: lächerlich, verurteilt zur Lächerlichkeit.

Dann kam das letzte Schuljahresende: danach die Konfirmation: jetzt war er erwachsen, jetzt mußte er in die Welt hinaus, jedenfalls war das seine Ansicht in dieser Angelegenheit – die sogenannten Pflegeeltern hatten sich eher vorgestellt, er sitze fest genug bei ihnen, lebenslänglich kostenlose Arbeitskraft. – Am Tag nach der Konfirmation arbeitete er morgens. Aber kurz vor dem Mittagsmahl ging er in seinen Stallraum und packte aus seinen Kleidern und übrigen Habseligkeiten ein Bündel; die Nikkeluhr, die er als Konfirmationsgeschenk von dem, der seinen Pflegevater vorstellen sollte, bekommen hatte, ließ er an der Wand hängen. Dann ging er hinein und aß. Er aß gründlich, schließlich mußte diese Mahlzeit lange ausreichen. Dann stand er auf, ehe die anderen es noch getan hatten, und drehte sich zum Tisch um, an dem jetzt wie Feldsteine die beiden Menschen saßen, die seine Jugend verbittert hatten.

»Besten Dank!« sagte er und kehrte ihnen den Rücken. Auf dem Vorplatz nahm er sein Bündel, das er dort abgestellt hatte. Dann ging er aus dem Hoftor, und es geschah zum letzten Mal. – So verließ er den Hof und diese Gegend auf immer und begab sich in die Stadt, wo er Glück hatte und Arbeit in der Textilfabrik bekam, er wurde Lehrling in der Walkerei.

Und es vergingen einige Jahre. Welche Einsamkeit! So, wie die Einsamkeit ist, wenn man mit den Wurzeln seinem Boden entrissen und von allem abgeschnitten ist, man weiß, es kommt nur noch Arbeit und Essen und Schlafen – damit man wieder zur Arbeit gehen kann –, dies immer wieder, bis das Leben eines Tages plötzlich zu Ende geht, dort wo der Abhang liegt, den er und alle eines Tages hinuntergestoßen werden. – Alles ist fort, dorniges schwarzes Dickicht Einsamkeit: man steht im Gebüsch vor der erleuchteten Tanzhalle im Volkspark (»Sommerlust« getauft, es leuchtet wie ein verrücktes Schiff im schaukelnden, schwarzen, nassen Herbstabenddunkel) – man wagt sich nicht hin. Man wagt sich nicht hin, obwohl man weiß, dort ist das Leben, dort ist Gesellschaft. Und man muß sich hinwagen. Man muß auffordern. Man muß auffordern, man muß sich trauen zu reden und sich vorzustellen, man muß sich trauen anzufassen und zu berühren, sonst ist es mit einmal fort, sind alle Lichter schon gelöscht, und die Musik geht nach Hause, alle Lichter erloschen, und es ist still, und das Fest ist schon vorüber, obwohl er eben erst gekommen ist – obwohl er eben auf der Grenze stand, sich zu trauen. – So vergingen einige Jahre. Fünf lange, lange Jahre vergingen. Schwarze Einsamkeit, erloschene Lichter. Über das schwarze Meer hinweg kamen die Stimmen der Toten jetzt nur noch wie Vogelklagen – Wolken, Wolken, reisten sie unhörbar in die Finsternis hinein.

An einem solchen Abend jedoch auf der Grenze zur Nacht, kurz vor Toresschluß, geschah ein Wunder. – Und mit einem Male war all die Härte zerbrochen, all das Tote wurde zerstreut wie Knochen, das Leben brach durch wie ein Körper, ein Fluß, alles atmete, alles war frisch, neugeboren. Wie ist so etwas möglich? Wie ist das möglich?

Doch, so kann es kommen, wenn man sich endlich zum Auffordern entschlossen hat. So kann es kommen, wenn man sich plötzlich zu einer Entscheidung sammelt und plötzlich den Schritt hinaus ins Blaue, geradewegs hinaus ins Schwindelerregende, nimmt und auffordert. Es war Neujahr, schneeloser Winter, steinhart rauhreifüberzogen leuchtete der Boden. Alles war Silber und Glanz – weit weg am Horizont über dem schwarzen Wald schwebte ein stark leuchtender Silbersee. Denn es war Vollmond über Land und See: Im Weltall schwebte der Augapfel des Mondes, umgeben vom Glanz des Mondhofes – was prophezeite der Mondhof? war es gut, war es schlecht?

Sie war Näherin, sie glich einem Vogel, einer Drossel vielleicht, dünne Beine, schmale Nase, Singstimme. Wie war so etwas möglich?

Es kam eine unfaßbare Zeit. Wie ein Garten lag sie für sich da und leuchtete durch sein dunkles Leben. Bis zum März, als alles zu Ende war. Oder auf immer weiterging. Wie man es sehen will.

Es war ein Kachelofen. Hoch und weiß ragte er auf.

Leuchtend stand er im Dunkel. Zwischen den Wänden des Zimmers steil abfallend das Dunkel, kein Grund, keine Ufer. Er schwamm schwerfällig aufwärts, kam aber nirgendwo hin. Das Dunkel war, das Schweigen war, und es wurde tiefer. Hoch und weiß der Kachelofen. Die Stunden vergingen. In der Wirklichkeit war die Zeit jedoch schon gesprengt worden. Durch das Dunkel sanken die Häutchen, die Splitter, die Spiegelungen. In der Wirklichkeit herrschte schon eine andere Zeit, der Mund der Dunkelheit.

Im Lauf der Nacht mußte er aus irgendeinem Grund ab und zu aufgewacht sein. Jedenfalls wurde die schwerschmerzende Betäubung bisweilen fast durchsichtig – dann sah er alles um sich herum. Er fühlte auch, was geschah. Doch er war wie gelähmt, konnte nicht schreien, kein Laut kam. Auch der Blick vermochte sich nicht zu bewegen, er konnte nur sehen. Augenblicke kamen, die nur Sehen waren. Hoch über ihm, droben in der Dunkelheit, leuchtete der Kachelofen. Über ihn zogen still Reflexe des Nachtlichtes draußen. Um ihn herum teilte sich das Meer des Todes. Weiß, hoch: das Leuchtfeuer des Todes.

Wieder war er wach und sah: die Morgendämmerung war gekommen, in grünblauem Licht schwamm der weiße Kachelofen, nun war er eine Gestalt, ein mächtiges weißes Standbild. Das Zimmer war eiskalt, totenstill. Es war so still, wie es noch nie still gewesen war.

Als er wieder aufwachte, fehlte die Zimmerdecke. Er lag da und sah genau in einen schwarzblauen Himmel, rauhes, scharfes Sonnenlicht schien und tanzte überall. Fenster und Türen wehten und schlugen. Alles war aufgebrochen, geschändet. Er lag draußen auf der Straße, eisig matschiger Boden, die Wasserpfützen standen unter Eis. Stimmen, Schritte, Schreie – ein anschwellendes Krankenwagengeheul näherte sich. – Dann wurde alles eingesperrt und geschlossen, die weißen Krankenwagentüren verschlangen die Welt auf lange Zeit.

Erst weit später (als er, nach Monaten, aus dem Krankenhaus entlassen wurde, wenn auch mit lebenslanger Atemnot und mit Schwindelgefühlen) ging ihm auf, daß er sie doch ein letztes Mal gesehen hatte. Ein Erdgesicht. Sie hatten zusammen auf der Straße gelegen. Ihr Haar lag in der Eispfütze. Der Mund stand offen und sonderbarerweise auch die Augen, ein dunkler Schattenblick schrie ins All.

Wie verhielt es sich nun mit diesem Kohlenmonoxid-Vergiftungsunglück im März 1931, in Kristianstad Östra Smalgatan 14, Zimmer mit Küche, Erdgeschoß, Hofseite, Wohnungsinhaberin die neunzehnjährige Näherin Elna Svensson, gebürtig aus Hörby? Der Stromableser hatte früh am Vormittag die Wohnungstüre unverschlossen vorgefunden und war eingetreten. Der Mann konnte gerettet werden, aber für das Mädchen, das neben ihm im Bett lag, ließ sich nichts mehr tun, sie war schon kalt. Bei der Obduktion wurde festgestellt, daß sie mit einem sechs Wochen alten Embryo schwanger war. Der Überlebende erinnerte sich an nichts. Die Ofenklappe dürfte zu früh geschlossen worden sein, das war alles. (Tatsächlich erinnerte er sich an eine Sache, eine einzige, sehr deutlich: irgendwann während des Abends ein fremder schiefer Blick, der auswich, wie eine Maus in ihr Loch schlüpfte. Ebenso sicher, wie er wußte, daß er existierte, wußte er da, in der Wirklichkeit war es so, wie es ihm die ganze Zeit bekannt gewesen war. In der Wirklichkeit war er wieder einsam, so, wie er es immer gewesen war. Er wußte auch, als er gerade die Klappe zugeschoben hatte, hatte er zu sich selbst gesagt: »Soll es werden, wie es mag« – doch das sagt man schließlich immer, das bedeutet nicht mehr als auf Holz klopfen. Wie auch immer schlief sie da bereits tief – darum war es wirklich seltsam, daß auf der anderen Seite des Abgrundes ihre Augen geöffnet gewesen waren.)

Das Datum jenes Tages war, sozusagen, sein zweiter Geburtstag.

Aber wozu?

Zwar bekam er, als er aus dem Krankenhaus entlassen wurde, seine alte Arbeit in der Wollfabrik wieder. Aber die war jetzt nur eine Qual: Schwindel, Atemnot. An einem der ersten Tage fiel er in Ohnmacht – stürzte wie ein abgesägter Baum. Bei dieser Gelegenheit sagte niemand etwas. Beim zweiten Mal aber begann der Vorarbeiter zu murren. Die ganze Zeit bewegte sich der Fußboden unter seinen Füßen. Und er begriff auch selbst, daß er hier bei den Maschinen und den Dämpfen und dem Lärm und dem Schmutz nicht weitermachen konnte. – Zwar bekam er Arztatteste und wurde von der Stadtverwaltung eigens für Gelegenheitsarbeiten an der frischen Luft eingestellt – dies aber wie gesagt auf Zeit, einen schnell verflogenen Herbst lang rechte er Laub in den Parks, der Lohn war gering. Er schlug sich einige Jahre lang durch, immer noch schwach, in jener Zeit lernte er, wie sich der Branntwein im Lebenskampf nutzen läßt, im Kampf gegen das Dunkel. (Denn hinter allen Ecken, in allen Toren, am Ende aller Straßen stand das Dunkel.) Weil er nicht viel Arbeit bekam, insbesondere die Winter waren schwarz und leer, ging er viel durch die Stadt, schloß Bekanntschaften. Was sich eines Tages auszahlte, er erfuhr von einer Hausknechtstelle mit zugehöriger Wohnung. Und genau hier war er jetzt, seit mehreren Jahren nun.

Wozu?

Nachts – mitten in der Nacht, mitten in der Dunkelheit, es spielte keine Rolle, wie die Jahre vergingen und vergingen, wachte er auf, weinte, schluchzend und still. Er suchte und suchte sie im Bett. Aber sie war ja nicht mehr da.

Und durch alle Türen, Fenster, Türspalten, Kellerlöcher, Bodenluken, vor allem durch unerwartete Maueröffnungen, drang grinsend das Dunkel ein. Häuser, Höfe, Mauern, Stadt mit Kirche und Gefängnis schwammen wie Schalen in der Nacht des Todesdunkels.

Wozu?

Schuld. – Immer klarer.

Es war schließlich vor vielen Jahren geschehen, eine in gewisser Hinsicht unzählbare Zahl von Jahren – ein schwarzes Loch aus Nicht-Zeit. Dort unten in diesem schwarzen Loch lebte er.

Das Schwarze wurde nur von der Hitze des Feuerscheins durchbrochen – der großen Luke des Heizkessels im Krankenhaus, wo er seit etwas mehr als einem Jahr tagsüber arbeitete, keine Arbeit eigentlich für einen, der im Blut noch immer Schatten des Kohlenmonoxidschwindels hatte. Schwarze Löcher, Schweigen. Die steinschwere Hitze, die schwarze Luke. Und wurde sie aufgerissen: dahinter das Feuer – das riesige schweigende Feuer. – Schweigen. Eine antwortete nie.

Denn er lebte in Anrufung seiner Toten. Im Silberbad des Branntweins stiegen ihre Gesichter aus dem Dunkel auf, wurden deutlich. Die Augen des Hundes hatten den blutigen Todesschimmer.

Aber eine antwortete nie. Wie jenes Schweigen sein kann.

Und er suchte überall nach Hilfe, starrte Leute, die ihm entgegenkamen flehentlich an – versuchte sich auf alle Weise mit den Kindern zu versöhnen. Wie leuchtend und hoch auch der Tag über dem Schnee stehen mochte, in seinem Inneren lebte er im Dunkel, stumm, Schrecken, überall der Wolf. Als befinde er sich jetzt selbst im Totenreich. Irrte herum, fand aber niemanden, keine Stimmen mehr, seit langem waren auch ihre Echos verschwunden. Er war jetzt völlig einsam. Irrte, irrte, weinte, bat um Vergebung. Dunkel bedeckte die Erde.

»Nacht führt uns fort vom Leben der Erde, und der Schlaf kommt, und seit langem besuchen uns Tote im Schlaf. Sternennacht strahlt auf mich und die, die mir vergeben. Die Nacht ist die Welt, die kommen wird. Dorthin gingen vor mir mein Vater und meine Mutter.«

Dazu also war der Branntwein nötig.

Und genau in diesem Silber (wo manchmal auch die leblosen Dinge sprachen, niemals aber jene Tote, nein, niemals) bemerkte er zum ersten Mal das Mädchen. Stolpernd fiel er hinter ihr her – komm! – Wem glich dieses dicke, dunkle Kind, das sich erschrocken an die Wand des Torganges preßte? – Die Wegweiserin?

Und der Hausknecht folgte dem Mädchen also, verfolgte sie mit seinen Freundlichkeiten. Ein Kind wie eine rollende Sonne, Grübchen und Lächeln, Boden und Haus begannen von selbst zu leuchten, es wurde so warm und hell. Sie nahm ihn bei der Hand.

Aber es war eine Sonne auf geheimen Wegen. Plötzlich ging sie in einer schwarzen Wuhne unter.

Und nun also stand er vor Mojan und bettelte für das Mädchen, Gefallen um Gefallen:

»Schlag sie nicht!«

Aber nach dem Ausflug, der so schlecht endete (oder besser: auf die einzige Weise und in der einzigen Wahrheit, in der er enden konnte), war der ganze Hof über das Mädchen ernstlich verärgert. Im Innersten des Hofs reifte eine Entscheidung, sowohl bei denen, die dabei gewesen waren, als auch bei jenen, die zu Hause geblieben waren. Das Mädchen war zu weit gegangen. Sie hatte eine Grenze überschritten. Sie hatte etwas zerstört. So etwas durfte man nicht tun. Die Grenzen und die richtigen Verhältnisse mußten wieder hergestellt werden. Rache war unerläßlich.

Mit anderen Worten: sie würde es auslöffeln müssen!

Wie der Hof zu solchen Beschlüssen kam, bleibt im dunkeln. Im übrigen handelte es sich nicht um Beschlüsse, sondern um Bodensenkungen. Plötzlich eine Bewegung, wo bis dahin felsenfest gepreßte Erde war.

Seit Anbeginn der Zeiten beschäftigt sich der Hof viel mit dem Essen – mit Essen und Gegessenwerden. Der Hof beschäftigt sich stark mit den Grenzen – was geht, was geht nicht, was ist die Nahrung des Menschenmundes, was die der anderen Reiche? Mitten auf dem Hof steht einer, der Todesangst hat, *jener zu sein, der.* Ebenfalls mitten im Hof steht breitbeinig ein anderer und pinkelt auf das, was entstehen soll; – das breite derbe schwarze

Lachen, sie ist sorglos und wittert keinen Unrat, bislang übrigens auch kein anderer. Glücklich noch und ungeteilt singt der Hof jetzt das Lied von der
  Krötensuppe

– Kröte, Spinne, Fliegenrotz
dreimal pinkeln
rühr um! rühr um!

Die Kinder auf dem Hof packen Kot in kleine schöne Zeitungspapierpakete und überreichen sie sich gegenseitig, kratzfüßig bitteschön gnädige Frau – alle haben die gleiche Angst vor der Frau:

– schöner Mann tot – Schluß! Aus!
– rein in den Topf/ins Schwarze rein
der Aal steigt auf den Baum
Mojan wiegt, das Kindlein weint
der Jäger schießt den Frosch tot
Kröte in der Suppe
Frosch im Brei
Feuer auf dem Seil
Topf im Feuer
die Suppe kocht
du bist
  raus
runter mit diir!
runter mit diir!
  koch Schaum
  Schaum kocht

Die Kinder rühren in dem geheimnisvollen Brei, der aus irgendeinem Grunde lebendig ist – der aus irgendeinem Grunde lebendiger ist als sie selbst, selbst wenn er fast völlig aus von ihnen Ausgetriebenem, Ausgedrücktem, Ausgeronnenen besteht. (Abgetriebenem!) Oder dem, was die Erde selbst aus sich ausgestoßen hat, aus Fäulnis. Dunkel glatt schwer liegt der Brei dort und birgt ein geheimes Leben in sich. Schmieriges schweres stilles Leben, unbeweglich verklumpt noch, dem man aber anmerkt, daß es sich jeden Augenblick erheben kann, heftig werden kann, eine Explosion aus Sonne und Schmutz, über den dunklen schweren glatten Klumpen sickern sonnengeäderte Rinnsale. All das Feuchte lebt von den Kindern unabhängig, hat ein eigenes besorgniserregendes Leben, man weiß nicht, was in ihm geschehen kann.

Einer muß – raus!

Einer muß den schwarzen Brei essen. Er steht nicht umsonst da. Er ist voller Leben. Er muß von jemandem Besitz ergreifen, muß werden wie er. Einer muß essen. Genau dies geschieht dem Hof, seit Anbeginn der Zeiten geschieht es wie ein schweigender Erdrutsch: einer muß dieses Schwarze essen und *der sein, der.*

Anführer war das Mädchen, sie bemerkte, wenn sie nur nicht fühlte, wenn sie sich von sich selbst trennte – konnte sie mühelos die Stärkste sein. Konnte man auf das Fühlen verzichten, konnte man alles überstehen.

Der schwarze Brei wurde von ihr gekocht, sie war es, die wußte, wie man ihn richtig schwarz macht.

Das Schwarze sollte man erkennen können.

Und zum Essen sollte der Schwächste ausgesucht werden. Du bist am kleinsten und brauchst am meisten, sagte das Mädchen und lächelte wie ein Wolf, denn es hatte ja auch seine Wolfsseite.

Der Hof aber hatte seine Entscheidung gefällt.

Und sie wandten sich alle gegen sie, das hatte sie nicht erwartet, jetzt umringten sie sie, wie sie sich auch wehrte, sie unterlag. Bis auf den Grund mußte sie ausessen. Hinein in den Grund, hinein in das Schwarze.

Da aber machte sie ihre Entdeckung. Wieder entdeckte sie, wenn man nur auf das Fühlen verzichtet, kann man alles überstehen. Darum beschloß sie, Hanswurst zu werden, dann kann man alles tun und trotzdem lachen – sie blieb liegen, wie sie lag, das Haar voll Schmutz, das Gesicht schwarzverschmiert und den Mund voll schwarzer Schmiere und saurem Gekrabbele, sie krähte und lachte, und reckte Arme und Beine in die Höhe –

– uuu – und spuckte geradewegs aus. Wenn sie mochten, sollten sie doch auf ihre Haare trampeln, das gehörte zu allem dazu, sie trampelten auch – sie weinte und lachte, weil sie weinte.

Dann aber fiel ihr ein, lieber dieses besondere Spiel zu spielen, bei dem man sich in der Ecke zwischen den Mülltonnen und dem Schuppen verstecken mußte – von diesem Spiel erfuhren die Erwachsenen nichts. Auch da war sie der Hanswurst, schwarzes Gesicht, nackter Hintern. Ein Spiel, das sie selbst erfunden hatte, einmal hinschauen ein Fünförebonbon.

Für einen jedoch, der den schwarzen Brei hat essen müssen, ist das Weiterkommen nicht immer so leicht – au irgendeine Weise mußte es trotzdem gehen, einen Ausweg mußte man sich einfallen lassen.

Doch es kann geschehen, daß der Mut sinkt, daß we früher bei allem der Erste war, zögerlich und saumselig wird, daß wer früher vor nichts Angst hatte, mit einem Male ängstlich wird, weinerlich, wortkarg.

Und jetzt nur noch für sich singt.

Und vor seiner nach wie vor klaren jubelnden Singstimme Angst hat wie vor einem Fremden. Ein fremder Vogel singt, und er singt weit drinnen im Schwarzen. Da Schwarze singt! und läßt sich nicht unterbrechen!

Angst! Angst!

All dies geschah Mitte August, bald war die Zeit gekommen, und die Schule würde wieder beginnen.

Die Schule war ein grauschwarzer Traum. Grauschwarz wie etwas Verbranntes in der Asche – in der Asche lief man herum, ohne hinauszukommen, Korridor um Korridor. Ein Klumpen im Magen, auch die Beine ein Klumpen, zusammengeschmolzen von zweien zu einem, stets war einer hinter einem her, ob einer oder viele, ließ sich nicht sagen: eine weitläufige Macht jedenfalls, irgend jemand, der die Macht zur völligen Vernichtung hatte.

Einige Nächte nach dem schwarzen Brei hatte das Mädchen aber einen Traum ganz anderer Art: sie rannte durch das Schulgebäude, sie lief, wie eine Flamme über Mauern springt, Korridor um Korridor, bekleidet mit einem Kleid aus rotestem Gold, das Brennende-Glänzende trug sie.

Feuer! Gold!

Es glänzte und leuchtete. Das Kleid brannte und verbrannte. Es zündete die Welt an.

Feuer! Feuer! Feuer! Überall!

Mitten in der Nacht wurde Mojan davon geweckt, daß das Mädchen kam und zu ihr ins Bett wollte. Schwarz glänzten die Augen. Mojan machte widerwillig Platz. Dann glücklich im Bett, das Gesicht am Hals der Mutter, das eine Bein auf ihren Schenkeln, mit den Armen an ihr festgeklammert, nicht fallen! nicht fallen! flüsterte das Mädchen eifrig von einem Kleid. Mojan schlief schon wieder. Das Mädchen aber flüsterte weiter, ohne sich darum zu kümmern, ob ihre Zuhörerin wach war oder nicht. Die Mutter schlief unruhig, zuckte und wand sich im Schlaf. Doch das Mädchen erzählte weiter, sich selbst, der Welt. Im Traum glänzte das Feuer.

Und sobald sie am Morgen aufwachten, begann das Mädchen um ein neues Kleid zum Schulbeginn zu quengeln. Das Seltsame war, daß die Mutter sich ebenso klar daran erinnerte, wie das Kleid aussah, als habe sie es selbst geträumt. Und tatsächlich hatte sie sich schon zum Nähen entschlossen.

Das war nicht problemlos. Mojan nähte fast nie, sie hatte keine Zeit. Das Mädchen wurde mit Hilfe der Gutscheine der Armenfürsorge, Weihnachtspaketen des Kinderschutzbundes und dem einen oder anderen Paket, das der Treppenputzerin aus einem Kücheneingang gereicht wurde, gekleidet – Mojan änderte dann ungefüg die Kleider, so gut es ging. Im großen und ganzen aber hatte sie keine Übung. Und nun also sollte sie ein feines Kleid nähen. Das Mädchen redete von nichts anderem. Und in gewisser Weise teilte die Mutter ihren Enthusiasmus. Die Hoffnung Mojans erwachte wieder, sie bekam sogar Schwingen. Jeden Abend gaben sie sich gemeinsam diesem Traum hin, eine wundervolle Gewohnheit.

Dann aber mußte es ja in Angriff genommen werden.

Und jetzt stellte sich heraus, daß alles Grenzen hat.

Feuer, Gold – das ist das eine. So etwas aber gibt es nicht in Kleiderform. Man muß auf andere Weise vorgehen.

Mojan hatten während ihres Lebens in der Stadt Lappen gesammelt. Rot und Gold? So wurde das Kleid in der Wirklichkeit tatsächlich vielfarbig. Es wurde orange, blau, schwarz, rot, auch ein Goldfaden war im Schwarzen. Das Mädchen hüpfte vor Freude auf und ab, als sie anprobierte, ausnahmsweise waren sie sich völlig einig. Was Mojan anging, ihre Empfindungen gegenüber dieser Arbeit waren: auf Biegen und Brechen. Die Freude des Mädchens aber war so groß. Tausendschön glänzte. Mojan nahm sich von der Arbeit frei, dann gingen sie zusammen zum Schulappell.

Niemals aber hätte sie geglaubt, daß es solch einen Bruch geben würde.

Denn sie waren noch nicht weit gekommen, als man das erste Kichern hörte. – Mojan wurde heiß im Gesicht, weich in den Knien. Wie weit hatten sie es noch? Straßen ohne Ende. Sie straffte sich, preßte die Lippen zusammen, sah ängstlich hinunter auf das Mädchen – glücklich sah das Mädchen noch immer geradeaus, fuhr mit dem Finger ein wenig über den Rock, ging still und bedächtig in sich versunken. – Aber das Kichern ging weiter. Ein endloser Weg noch. Die Straßen voller Kinder und Mütter, die ebenfalls unterwegs zum Appell waren. Und sie hatten längst noch nicht den halben Weg zurückgelegt, als Mojan bis ins Rückenmark begriffen hatte – und an dem immer langsameren steifen Gang des Mädchens sah sie, daß auch sie begriffen hatte –, wie sich ihr Traum bei Tageslicht auf der Straße ausnahm.

Und das Mädchen kam stumm und erloschen von der

Schule nach Hause. Saß in einer Ecke, sah die ganze Zeit in eine andere Richtung. Unten aus dem Hof ein Schwarm von Kinderstimmen. Mojan stand mit hängenden Armen da, wußte nicht, was tun. Jetzt stand das Mädchen auf und rannte zur Tür. Ihre Schritte verschwanden, klapp, klapp, die Treppe hinunter! – Nach einiger Zeit beugte die Mutter sich aus dem Fenster, um zu sehen, was aus dem Mädchen geworden war. Was sah sie? Sie starrte, starrte nur. Was sah sie dort unten im Hof, wenn nicht das Mädchen, umgeben von einer immer größer werdenden Horde Kinder, einem zahlreicher, dunkler werdenden Schwarm Raubvögel, Aasvögel: es rannte und scharwenzelte vor der jubelnden Kindergruppe hin und her und wippte mit dem Kleid und vollführte häßliche Bewegungen. Es verneigte sich und zeigte das Hinterteil. Der Hof brüllte. Das Kleid leuchtete.

Mit einem Mal sah Mojan das Mädchen nicht mehr. Dort unten bewegte sich hüpfend ein breitrückiger Käfer oder ein anderes plumpes, dunkles, ungeschlachtes Getier (auf das man tritt, und es bleibt nur ein feuchter Fleck, ein flüchtiger Fleck feucht-klebrigen, bitteren Unrats, der verschwindet wie eine Blase). Irgend etwas Fremdes, weder Tier noch Mensch, ging dort unten hin und her, kreischend und piepsend wie ein mit bunten Menschenkleidern herausgeputztes Tier im Zirkus. – Was hatte sie mit einem Zirkustier zu schaffen? – Binnen eines einzigen Augenblicks war das ganze Leben verwandelt. Das unbekannte Tier hüpfte dort unten herum. Dieses häßliche fremde Tier sollte sie zum Abendessen hereinrufen und am Küchentisch sitzen lassen, und es würde das Essen aufessen, das das Mädchen hätte bekommen sollen. Das

Mädchen war geplatzt wie eine Seifenblase. Dieses große fremde schmatzende Tier würde dort sitzen und sich breitmachen.

Es war jetzt die Zeit des Zweiten Weltkrieges. Der Kriegsausbruch am 1. September 1939 war am schönsten Tag aller schönen Tage nach dem selten heißen Sommer von 39 gekommen, die Insel schwebte draußen im See wie die Vorspiegelung des leibhaftigen Paradieses in einem Silberdunst aus Wärme auf den Wasserspiegeln und dem tiefgrünen Schilfreich.

Im braunen Radio sprach die Stimme aus Wolken und Himmel.

Kurz darauf kam der erste Traum.

All die Toten hörte er im Traum, ihren letzten Schrei, das dunkle Meer, summend von den Stimmen aller Völker. Es stieg, es stieg. Es wollte ihn mit sich hinausreißen, hinaus –

– das Wasser des Todes, das unter allem liegt und alles trägt, die Finsternis, aus der die Seelen auferstehen und in die sie zurückkehren, dort unten liegt dieses gewaltige blinde Element, duftet stark mit wilden Blütengesichtern, wimmert im Traum –

– das schwarze Wasser, das sich in unzähligen Wasseradern oberirdisch und unterirdisch einen Weg ins Freie sucht, durch die Körper der Pflanzen, durch die Wurzel-Büschel des Schilfs, durch die Wurzeln der Erlen und die sonnenglänzenden Wasserpflanzen, die starken Blattfedern der verblühten Wasserlilien, das feuchte Geäder in den Krötenkörpern, den kleinen grünen Fröschen, den Nattern, den Raublibellen, den Glimmerschmetterlingen, durch Wiesenwollblumen, Knebeldaunen, Seggen mit Silberspeichel hinaus, hinaus zum Wasser des großen Todes, zu den glitzernden drohenden großen Elementarwesen, zum Reiniger, zum Reiniger, zum Verwandler –

Die Trauermantel-Schmetterlinge des Kreuzigungsbaumes Espe fliegen, wenn sie den Herbst ankündigen.

Und in seinem jetzt durchsichtigen Schlaf sah er, wie etwas kam – wie die Welt nun nur Flammen und Schreie werden würde. Er sah, wie Hausgiebel schwarz und weich wurden in der Hitze, bis sie langsam nachgaben und mit einem saugenden Dröhnen fielen. Körper flatterten wie Lumpen durch die Luft, verbrannt stürzten Spatzen und Tauben zu Boden, der Feuersturm sog die Menschenhaufen in rasendem Tempo durch die Straßen und hinaus auf die verfaulenden Herbstebenen, stillstehende Überschwemmungsgebiete, wo die Gesichter der Toten durch den Wasserspiegel aufsahen zur Sternenwelt. Dann hüllte der Winter sie in eine Eishaut, einen Eisschleier. Die läutende dröhnende Kirchenglocke

ich rede ohne Zunge
ich rufe ohne Lunge
ich bin ein Herz
ich rufe aller Welt Freude/Schmerz

Feuer! Feuer, Feuer! Feuer auf der Erde!

Dann stürzte die Glocke hinab in das Feuermeer und schmolz. Hier lag jetzt eine gestürzte schwarzgeschmolzene Mutter. Nun gab es keine Mutter mehr. Durch die Straßen heulte das Feuer, die Häuser stürzten und stürzten unablässig, die ganze Welt befand sich ununterbrochen in rasender Verwandlung, im Feuerschein glommen die Fenster wie Augen, wurden hineingesogen und verschwanden. Es lag eine solche Befreiung in dem Feuer und darin, daß alles verschwand.

»Du mit dem schwarzgebrannten dem schwarzgeblendeten Gesicht, ergreife deine tödlich verletzten Vogelkinder und wirf sie in deinen Mantel, schütze sie unter deinem Gewölbe in Gottes klarem Dunkel.«

Jetzt kommt die Zeit, in der die Spatzen zur Erde fallen werden.

Häßlich und lächerlich ist das arme Menschentier.

In seinem schweren branntweinroten Schädel denkt es: Schuld.

Er suchte sie im Bett und suchte sie.

Doch er fand sie nicht, sie war nicht mehr da.

Die Einsamkeit war ein schwarzer Würgegriff. Das Zimmer roch schlecht. Es roch wie das Zimmer eines Mörders. Er wagte nicht, das Licht anzuzünden. Vor dem Fenster der Wolf. Wie tief in das Knochenmark kann doch die Angst dringen, bis der Mensch nur noch leuchtendes Tier aus Angst ist.

Eines Tages in der Angst jedoch sah der Hausknecht das Mädchen. So also kam er, um die Mutter zu freien, Kind und Zuflucht suchte er.

So kam es, daß seit dieser Morgendämmerung, als er das ausgerissene Kind wieder zu ihr brachte, sich einmal hier, einmal dort im Leben Mojans der Hausknecht einstellte, in den unerwartetsten Augenblicken. Wie aus dem Nichts tauchten seine bettelnden empfindlichen blauen Augen auf – bei allem wollte er helfen, zu Diensten sein.

Sie aber gehörte der Maschine.

Und jener, der nachts im Traum zu ihr kam, hatte die Kräfte der Maschine. Aber das Gesicht der Schönheit.

Ein König mit Krone auf dem Kopf erschien. Mit ihm lebte sie im Moor. Die Maschine stampfte und lärmte, sie hatte kein eigenes Leben. Und wenn nach nur einem Augenblick der Morgen wieder kam, lag, ausgelaugt und verwüstet schon, der Tag vor ihr. – Zu dem Mädchen wurde sie immer strenger, einmal müsse die Erziehung ja beginnen, sagte sie sich. Und puffte und prügelte, in der Hoffnung, es sei noch nicht alles verloren, das Material lasse sich noch formen.

Doch das Material war unbrauchbar. Weich war es. Zu

weich aber. Man schlug darauf. Es schluchzte. Gesicht, Blick, weiche Arme und Beine: Lehmklumpen. Man berührte sie, knetete aus Herzenslust, nach einiger Zeit aber hatte das Weiche mit einer unwiderstehlichen, fast bedrohlichen Kraft, als sei nichts geschehen, wieder seine ursprüngliche Weichheit angenommen. Das Mädchen hielt die Hand an die Wange und verdaute die Ohrfeige, das heißt, es dachte schon an anderes. Unfähig zu hassen – wie ein Stein in einem sonnenglänzenden Moor verschwand alles in ihrem Inneren, ein Platschen, Glitzerringe und verschwunden! wohin dann die Dinge dort unten kamen, konnte wirklich niemand wissen.

Und in der Dunkelheit! in der Dunkelheit war Er hinter ihr her!

Und das Dunkel trug sie mit sich hinaus in den Tag. Auf der Straße, an der Maschine, wenn sie beim Rechtsbeistand putzte – überall hin. Es war ein geheimer dunkler Platz. Dort trug sie die Kleider einer Königin. Dort tanzte sie und wußte sich zu benehmen. – Sie stand dort im Lärm und im Schmutz. – Und das Schlimmste, heiß wie eine Braut verlangte sie nach dem Schrecken im Dunkeln. Frau Schreck! Frau Schreck! sang der Vogel auf dem Weidenbaum vor dem Fabrikfenster und sang, lauter als die Maschinen jubelte das für das normale Ohr unhörbare Lied des schwarzen Vogels.

Kam sie aber nach einem solchen Maschinentag abends nach Hause (schwarz, schwarz fließt der Fluß fort und dahin, das Meer hebt sich und senkt sich dort draußen, wo der Horizont endet). Ging sie mit schmerzenden Füßen über den Hof zum Treppenturm des Hinterhauses – kam es immer häufiger vor, daß ein notorisch lächerlicher Mensch auftauchte und fragte, ob er etwas helfen könne. – Und nie in ihrem Leben war sie so erstaunt wie an jenem späten Abend, als sie nach Kohlen hinuntergegangen war und auf der Kellertreppe jemand hinter ihr herkam und sie fragte, ob er ihr nicht den Kohleneimer tragen solle. Da sah sie genau in seine Augen. Dies trug sich im blassen Treppenhauslicht vor Kellerkäfigen aus Latten zu. Der Lächerliche sah sie an und lächelte ein offenes, sanftes, vielleicht etwas wirres Lächeln, wie ein lauer warmer Atemzug, etwas feucht, wie ein zahnloser Säugling lächelt. Unheimlich war das an einem großen erwachsenen Klumpen – wie etwas, das entzweigegangen war. – Vor Rührung heiser brachte eine feuchte, gebrochene Stimme aus der Tiefe des Halses hervor:

»Ich hab das Fräulein gern.«

Im Verlauf des Spätherbstes (an welchem Monat und Tag das Kartenbild ausgestaltet und fertig war und in sichtbare Gestalt übergehen konnte, ist unmöglich zu sagen) legte Mojan sich einen Stern, um ihren Weg zu erfahren.

Das Mädchen saß im Schatten, außerhalb des Lichtkegels der Lampe, und sah zu. Draußen stand flammend die Nacht voller Sterne, die Welten bewegten sich mit unhörbaren Gesang. Mojan saß am Küchenfenster mit dem Kartenspiel. Kopf und Brust lagen im Schatten, der Blick war gesenkt, die Augenlider beleuchtet. Sie saß mit dem Rücken zum Fenster. Draußen flammte lodernd das Weltall. Scharf fiel der Schein der Küchenlampe auf Hände und Karten. Die Hände waren derb und vom Waschen rissig.

Die Karten weiß, schwarz und rot. Das Universum flammte. Draußen in der Dunkelheit bewegten sich unbekannte Welten. Die Hände waren groß, lange braune Finger mit aufgeschwollenen knotigen Fingergliedern, große rissige Nägel. Die Hände spürten in sich ein suchendes Feuer. Es brannte in den Handflächen, es flammte durch die Handfurchen – von der Handwurzel durch die tiefe, längslaufende Kerbe, vom pulsierenden Aderbaum (starke blaue Adern, die sich mit jedem Lebensschlag erhoben) durch die kräftigen klippenglatten Muskelkissen der Handfläche bis zur Wurzel des Mittelfingers. Flammen entlang den Fingeroberseiten, Finger um Finger; durch den geformten Daumen; durch den wandernden, suchenden Zeigefinger; durch den starken Stamm des Mittelfingers; durch den Ringfinger, der keinen Ring trug – schließlich durch den tanzenden kleinen Finger, das kleine Kind, den Spieler, der dennoch viel mehr Kraft in sich hatte, als man glaubte und sich stark beugen und alle Fäden halten konnte, wenn die anderen Finger beschäftigt waren. Zu den Fingerspitzen, zu ihren wandernden, tastenden Hautaugen. Die Hände bewegten sich. Sie begannen einen Stern auszulegen, aus den Karten wahrzusagen. Jetzt ketteten sich die Hände drinnen im Dunkel aneinander. Jetzt bewegten sich Blöcke der Finsternis aufeinander zu. Jetzt geschah es. Die wunderbar derben Hände bewegten sich über den Tisch. Die Welt war in Bewegung. Sie legte einen Stern.

Sie legte den Stern. Und immer lag der Dunkle oben. Sie legte ihn, bis er dort lag. Sie legte ihn, damit er dort lag.

Jeder aber hat seinen eigenen Traum vom guten Menschen.

Auch Mojan hatte einen solchen Traum. Und während die Hände die Karten legten, murmelte sie in sich hinein das Gebet um Hilfe gegen den Willen der Karten: der gute Mensch. Komm und hilf. Guter Mensch. Hilf.

Und Abend für Abend stand der, der dem guten Menschen glich, dort und sah sie an wie ein erschöpftes Tier, das Hilfe und Freistatt sucht.

So ließ sie ihn eines Abends ein – warum nicht? Zu verlieren hatte sie nichts mehr.

Doch es geschah Unerwartetes.

Von dort, wo nichts war, stieg eine Insel, stieg Land auf. Schlafende Pflanzen, träumende Wasser. (Wasserflächen, stumme Wasserflächen, doch zitternd von unsichtbarem Leben, lebendig wie Pupillen. Das Leben unter der Oberfläche war ein Geschöpf, eine unüberschaubare pulsierende Gestalt.)

Dort gab es Licht, gab es Wärme. Die schweren dicken Körper erhellten einander die Winternacht. Die Augen waren Lampen in der Dunkelheit. Körper und Haut und Knochen waren bis in den kleinsten Winkel zu spüren. Das verschwommene rote Gesicht des Hausknechts strahlte und wärmte ihr Inneres wie ein Herz. – Das war Freistatt. – Wie einfach alles war. Nun war alles Böse vorüber. Nun würden sie nur zusammensein.

Freistatt für die Bedrückten! Dort soll der Mensch des Menschen Licht und Brot und Paradies sein!

Es war eine Insel. Von ihr drang starkes Licht in den Alltag, ja bis in die Fabrik hinein: wie die versteckte Sonne, von der man nur den Schein sah. Strahlt und spielt, in den Strahlen sieht man wirbelnde Welten aus Staub, unbekannten Insekten, völlig neue Welten. Und dann: eine unbekannte Welt nach der anderen wird entlarvt, es nimmt kein Ende, die Welten öffnen sich und öffnen sich, man mag reisen, wie weit man will, es nimmt kein Ende. Und zugleich fällt das simple Licht zu Hause zwischen den Fensterblumen hindurch, Licht durch wasserreiche Blätter und fleischige Blumen, auf samtige Blumenhaut. Und sogar das Licht zwischen den Maschinen, zwischen der tanzenden Staubwelt wird im Feld der Strahlenbündel zu Licht, nur Licht.

Freistatt für die Bedrückten! Dort schwamm die Insel im Licht.

Die Insel schwamm im Frühjahrslicht. Grau, alles war grau, es war eine graue Geschichte. Der Frühjahrsregen strömte – Schneematsch, trüber, fruchtbarer Regen. Es war ein Lied der Grauheit, der Regen summte, die Ziegelwände glänzten vor Nässe, die Regenrinnen sangen. Stellenweise brach wasserkranke Sonne durch den Dunst, beschlagene Lichtschatten bewegten sich in den Regenschleiern hin und her. Im Wasser, das aus den Regenrohren schoß und in die Pfützen platschte, brach sich das Licht in glitzernde Wassertropfen – das Paradies! Noch war die Ebene nur Schnee und schwarze Erde. Über der Erde jedoch ein Bogen zitternder grauer Erwartung.

Immer mehr Licht, immer näher.

Und als die Sonne im März ihre andere Bahn nahm und jetzt nur stieg; stieg, so daß man nicht wissen konnte, ob dieses Steigen in aller Unendlichkeit weitergehen würde – ob jetzt nicht endlich die allerletzte Spirale erreicht sei und der Wendepunkt für immer vorbei, so daß die Sonne nur weiterging und weiterging, alles sollte nur die endlose Reise des Lichtes sein. Da stand sie in der eisigen sonnigen Morgendämmerung über dem Ausguß, die klare Morgendämmerung, der schwarze rissige Ausguß, und übergab sich, als wollten sich die Eingeweide aus ihrem Inneren lösen. – Dort draußen stieg die Sonne, das unüberschaubare Licht. Höher, höher.

In diesem steigenden Licht keimte das Leben. Dem Körper war Gnade gewährt. Ein neues Leben, ein ganz anderes Leben. Alles konnte neu werden, ganz anders.

So war es: eine Insel, ein Zufluchtsort.

So verging der Winter, so kam die Tagundnachtgleiche, so kam schließlich das Frühjahr.

Und eines Nachts, Anfang Mai, wachte das Mädchen davon auf, daß es im Zimmer ganz hell war: Vollmond. Aber die Nacht war dunstig, weshalb man den Frühlingsmond nur wie eine matte Scheibe sah, der Nebel erleuchtete weißlich bebend die Nacht. Hinter dem Fensterkreuz erkannte man den Himmel wie einen einzigen, sanft treibenden Lichtkörper. Durch das Fenster, es stand einen Spalt offen, drang von den Seen ein starker Geruch nach Moor und Wasser. Und auch etwas anderes: ein sonderbarer Laut. Ein einziger ununterbrochener, stark zitternder Laut. Die ganze Nacht war davon erfüllt. Im Kopf des Mädchens zitterte es, in ihrem Körper, bis hinein ins Mark war alles eine einzige sonderbare Bewegung, ein Ton wie ein Lied. Sie war eingeschlossen in ihm und konnte sich nicht befreien – sie war ein Teil von ihm. Die Haut zitterte, die Lippen wurden feucht. Der Laut befühlte und berührte sie überall. Es waren die Frösche, die an den Seeufern und im Sumpfland rund um die Stadt schrien, zu jener Zeit taten sie dies wie in jedem Frühjahr. – Das Mädchen lag da und sah den bleichen Himmelskörper im Nebel vor dem Fenster. Das Sofa ihr gegenüber war besetzt von einem großen dunklen Haufen, schwere Atemzüge hoben und senkten ihn. Es war Mojan: das Gesicht dem Mädchen und dem Fenster zugewandt schlief sie. Plötzlich aber sah das Mädchen, daß Mojans Augen nicht völlig geschlossen waren, auch wenn die Atemzüge die einer Schlafenden waren. Durch das Halbdunkel begegneten sie dem Blick des Mädchens, ganz anders als tagsüber – glänzend, sonderbar, auf andere Art wach, stark. Dann flüsterte ein fremder Körper aus dem Halbdunkel, sie konnte ihn weder mit dem dunklen Körper-Haufen noch mit den Augen in Verbindung bringen, er kam sozusagen direkt aus diesem leuchtenden Dunkellicht:

»Ich werd Andersson heiraten müssen.« – Andersson war der Hausknecht.

Es war also ein Kind unterwegs.

Doch sie sprachen nicht über das, was zu erwarten war. Mußte gesprochen werden, geschah es mit ausweichenden Worten in unverständlichen Anspielungen. – Denn über so etwas konnte man ja eigentlich nicht sprechen. Schließlich war es ein Geheimnis, darum lebte es versteckt im Inneren dieses großen schweren Körpers. Ein Geheimnis, das sie gemeinsam besaßen, als hätte man dasselbe Blut, beide wurden davon jäh zur selben Zeit warm und rot. Es war nur für sie beide da. Mit dem Mädchen sprach man nicht darüber – überhaupt wurde mit ihr nicht viel gesprochen, die beiden Erwachsenen hatten mit sich zu tun.

Und dann also mußte die Angelegenheit legalisiert werden.

Jeder auf seine Weise hilfesuchend verbanden die beiden

so ihre Schicksale. Am Pfingstsamstagnachmittag fand der Akt in der Sakristei der Heiligen Dreifaltigkeitskirche statt. Einen Strauß hielt Mojan in der Hand, er war auf dem Gaswerksgrundstück gepflückt worden, dort wuchs Flieder in verwilderter Üppigkeit. So bekam Mojan zu guter Letzt doch noch einen Ehering. Das Mädchen war dabei und war so etwas wie eine Brautjungfer. Und alle waren sie so froh und erhofften so viel von der Zukunft, jetzt sollte alles Dunkle begraben sein. – Dann zog der Hausknecht offiziell ein, die Torwohnung vermietete er. Das Mädchen mußte jetzt allein in der Küche schlafen, Mojan und der Hausknecht belegten die Ottomane im Zimmer. – Und in manchen Augenblicken zeigte sich wirklich das Paradies hinter den Dingen und schien so nahe zu sein, daß man es greifen konnte. Der Zufluchtsort, der leuchtende Bereich, den es in allem gibt. Immer gibt, selten erreicht werden kann. Sich in ihnen befand, jedoch getrennt von ihnen. Tisch, Stuhl, Tasse und Glas konnten plötzlich von innen leuchten. Alles war zum Bersten erfüllt von nacktem, zitterndem Sommerlicht. In der Balsamine brannte das Blut. Alles wurde so warm.

Und als Mojan nun richtig verheiratet war, erwachte das hinterste Landesende in ihr. Ob die beiden Menschen am Meer noch lebten? Sie hätte ja nach Hause fahren und sich und den Ehemann zeigen können. Sie dachte viel daran und machte Pläne.

Aber so viel Zeit war vergangen.

Und sie wußte ja nicht einmal, ob sie noch lebten.

Und alles scheiterte schließlich an dem Mädchen. – Die konnte sich doch nicht vorzeigen, nein, das konnte sie nicht. – Nicht, wo sie so aussah. – Nicht, wo sie so *ähnlich* war. – (Das nächste Kind würde man zeigen können, das nächste Kind wäre ehelich und richtig.)

Und es kam also zu keiner Reise.

Und es war Sommer, hell waren die Nächte.

Doch in den hellen Nächten ist eine Unruhe.

In den hellen Nächten ist etwas Unheimliches, es schmeckt nach Tod, ein Flüstern.

Bei Nacht kam es vor, daß Mojan schlaflos dalag und hinaussah in dieses seltsame weiße Licht – welches Schicksal lastete wohl auf diesem schwachen Wesen in ihrem Inneren? Die Fötusbewegungen erreichten sie schwach wie Suchsignale aus einer anderen, einer ganz anderen Welt. So weit entfernt. So schwach gegen die aufsteigende schwarze Macht, würde es zurechtkommen? – Mitten in der Nacht mochte dann der Hausknecht aufwachen (oder nicht aufwachen, die Augen starrten blind ins Halbdunkel), mit den Händen nach dem Bauch suchen und dem Schoß tasten, nach dem lebendigen Zufluchtsort. Aber als könne er nicht hinkommen, war dort etwas dazwischen, als könne er zu nichts mehr durchdringen. Es war im zweiten Kriegsjahr, vor den Kellerfenstern der Häuser hatte er Sandsäcke aufstapeln müssen, sie glichen großen blinden Körpern. Der Hausknecht, der nach der Kohlenmonoxidvergiftung aus gesundheitlichen Gründen vom Militär befreit war, besuchte einen freiwilligen Kurs des Landsturms und lernte schießen – peng! peng! Im Nachtlicht sah er eine tote Frau und ein totes Kind, er hatte sie getötet. Die Nacht war schneeweiß und durchsichtig, noch nicht einmal die Birke bewegte ein Blatt. Er preßte sich an sie und klammerte sich fest. Ganz Wolfsblick war die klare Nacht. Er keuchte. Sie hatte ihm Hafen und Zuflucht geben wollen. Doch sie erreichte ihn nicht mehr, sie hielt ihn im Arm, aber kam nicht in sein Inneres. Weit drinnen im Blinden stapfte er durch ein Feld bleischweren Schnees, tief aus dem Nachtschweigen kamen, wie vom Grund der Welt, windschnell dahinjagend weiße Schatten, lautlos berührten ihn Zähne. Er jammerte und winselte. Mit den Nervenbahnen der Handflächen und Fingerspitzen suchten ihre Hände auf ihm nach Spuren, nach Narben, nach Gefühlspunkten, nach den Einfahrtswegen – er aber war abwesend und gefühllos, sie konnte ihn nicht erreichen, er konnte sie nicht erreichen. – Da bewegte sich plötzlich zwischen ihnen, dicht eingeschlossen in ihren verschlungenen, verschwitzten, verschreckten Körpern – das Kind. Wie ein einziges Wesen spürten sie, daß es sich in ihnen beiden drehte. Weit hinaus in die Glieder beider ging die Bewegung des unbekannten Geschöpfes wie eine warme, langsam strahlende Blutwelle. Sie kam von der Insel, die das Paradies war.

Ja, das Paradies war in ihrem Inneren, aber von ihnen geschieden.

Denn es stand geschrieben, daß sie geschieden und vertrieben würden.

Warum wendet man plötzlich dem Licht den Rücken?

Weil das Dunkel diese Macht besitzt. Im Dunkel kommt der Dunkle.

In der Nacht bohrte der Hausknecht das Gesicht in den warmen, pochenden, schon stark gespannten Bauch, er lauschte, ob nicht jemand seine Schuld von ihm nehmen und alles neu machen wollte. – Mojan aber war mit sich beschäftigt, sie starrte an ihm vorbei hinaus in das Nachtlicht, hart waren ihre Augen, fern der Blick.

Denn jetzt erhob sich der dunkle Feind, stärker denn je. Als rufe das Ungeborene in ihr nach ihm. Hatte auch dieses Kind seine Nachtseite? Sie leistete Widerstand mit allem, was sie wert war, viel war es nicht, er holte sie immer mehr ein. Schon jetzt waren der Knecht und das Kind in ihr Schatten.

Und der Dunkle kam!

Sie sah einen gefangenen besiegten König. Sie sah einen Käfig wie für ein Zirkustier. Dort saß der Dunkle, geschlagen, geschwollen, gefesselt.

Aber wie sein Gesicht glühte! der kommende Sonnenaufgang!

Jetzt hatte er sie genommen. Jetzt gehörte sie ihm. Alles sonst waren Schatten.

Hinter ihr rief die Schattenwelt, hilflose Münder. Die Schattenwelt, die Schattenwelt. Hinter ihr die Lockrufe der Toten, die Schuld, die war das große Meer aus Seelen. Unter allem, was lebte, lockte und sog die Gezeitenwelle der großen Heimkehr

und das Dunkel zieht
und der Wolf ist da.

Und jener gute Mensch, der Helfer, war also nicht nur gut, nicht nur Helfer.

Alles schien dennoch unendlich lange gedauert zu haben, in der Ordnung des Paradieses fast eine Lebenszeit. Doch die Ewigkeit des Paradieses ist eine Sekunde des gewöhnlichen Wolfslebens, eine Sekunde öffnet sich, und in ihr ist das Universum und alle Zeit. Dann kehren Wolf und die lange Todeszeit zurück.

Und in eigentlich sehr kurzer Zeit – das Zusammenleben hatte vielleicht einen Monat gedauert – geschah es eines späten Abends, daß Mojan an der Küchentür nicht ein Klopfen, sondern ein Kratzen wie von Tatzen hörte. Sie öffnete. Im Treppenhaus fand sie dann, an die Wand gestützt, einen so betrunkenen und sich selbst entrückten Körper wie einen gottvergessenen, von der Unterwelt geschaffenen Automatengeist, nur mit ungewöhnlich hellen, fast elektrisch strahlenden Augen. Sie mußte ihn halb führen, halb schleppen, durch die Küche in das Zimmer, am Blick des Mädchens vorbei. Im Zimmer angekommen, fiel er mit einem Krach auf die Ottomane und schlief ein. Mit der Lampe beleuchtete Mojan diesen zusammengebrochenen schlafenden Körper, er stöhnte wie ein Schwerverletzter. Mit einem Male war es, als gäbe es das Kind in ihr nicht mehr. Sie spürte es nicht länger. – Es war Sommer, alles blühte und lächelte. Doch der Fötus in ihr war nicht zu fühlen. Oder wollte sie ihn vielleicht nicht fühlen? Es war nicht mehr zu spüren, daß er lebte. Ein Klumpen. Schwer und dumpf der Kopf. Sie lag schlaflos da und starrte in die weiße Nacht, alles war beschlagen vom Tod.

Denn die Stadt, in die Mojan vor so vielen Jahren eingewandert war, war immer ihr Feind geblieben.

Von weitem, durch die Koppeln hinter dem schweigenden blanken breiten Fluß, über die Ebene, niedrige Wolken, graue Feuchtigkeit, spiegelndes Licht, niedrig treibendes Hochsommerall, erinnerte die Stadt an einen Abfallhügel. Das Gefängnis, die Fabriken. Niedrige Wolken. Undeutlich waren halb verfallene Ziegelhauskörper zu sehen. Holunderdickicht, üppige schwarze Nesseln. Die Abläufe düngten die Entengrütze in den Kanälen. Die Stadt war ständig im Begriff zu verfallen, zu verfaulen. Ständig wird sie aufgebaut, ständig werden Risse verputzt, ständig Fassaden repariert, ständig zerfällt sie wieder. Die Schale verwittert und fällt, bereits aufgegebene Fabrikgebäude ragen ausgehöhlt gegen den Himmel auf, in den Kellern stillstehende Lachen des Überschwemmungswassers, tote Spiegelaugen, leere Reflexe gleiten auf den Mauern, Schale auf Schale tritt hervor, Schein und Spiegelung. Was keimt in der Teilung, was wird verborgen. Wer wird geboren werden. Die Fäulnis-Schale bedeckt die Wurzel.

Von der Ebene sieht man in weiter Ferne das Meer, schwere feuchte Wolken, feuchtes Spiegellicht, feuchte Grasbüschel, dunkle, sich spiegelnde Gehölze, Zäune, im

Wasser treibendes All schwerdunkel treibendes Licht, Häuser zerfallen beben Zerfall die Stadt ein Körper finstere Feuchtigkeit still wie ein Keller im Schatten zwischen den breiten Schenkeln dunkler vertieft feucht im Glatten Glänzenden Gefalteten hinein hinab zum groben Haarloch dem wärmebebenden Keller – der Quelle.

Doch die Stadt, in der sie nun so viele Jahre gelebt und gearbeitet hatte, war ein Feind. Sie war allem ein Feind, auch sich selbst, sie war ein in Zerstörung geteilter Körper, der sich in Selbstauflösung befand. Aus dem Sumpfland ringsumher stieg Fieber auf – im Spätsommer und im Herbst Moordämpfe, Fieberdämpfe. Noch nicht einmal das Dreitagefieber, das vom Stich dieser besonderen Mücke kommt, war völlig ausgerottet. Das Wasserleitungswasser war verunreinigt und durfte nicht getrunken werden, Trinkwasser mußte von einer besonderen Pumpe im Hof geholt werden. – Und um welche Bakterien es sich auch gehandelt haben mag, gerade in jenem Sommer, als sie schwanger war, wurde sie noch gegen Ende Juli von heftigen Fieberattacken befallen, sie hielten nicht länger an als einen Tag oder zwei, ließen sie aber völlig ausgelaugt zurück. Anschließend schien es, als sei der Körper eigentlich unfähig, den wachsenden Fötus zu tragen, er hing und baumelte schwer in dem kraftlosen Bauchsack. – Sie aber arbeitete ja weiter an ihrer Maschine, das mußte sie schließlich, weitermachen und weitermachen, schließlich hing alles doch an ihr, so empfand sie es. Denn über das Kind und wie es werden würde, oder über den Vater des Kindes und wie es mit ihm weitergehen würde, wer mit der Zeit aus ihm herauskommen würde, über all dies wußte man doch nichts, das war nichts, worauf man sich verlassen konnte. – Darum klammerte Mojan sich an ihre Maschine, ihren wirklichen Freund zu guter Letzt.

Aber der werdende Vater, der Hausknecht, sah bei seinen verschiedenen Tätigkeiten – in der Morgendämmerung auf dem Hof, tagsüber im Krankenhaus (wo er jetzt im Sommer, wenn weniger geheizt wurde, andere Aufgaben hatte, darunter einige widerliche, Ausgußleeren, abscheulich schmutzige, blutige Putzarbeiten, Leichenreste in Eimern) – dic ganzen Nächte die ganzen Tage wie das Kind, das der Bauch jener fremden Frau in sich trug, das die Welt in sich trug, die ganzen Tage die ganzen Nächte kämpften sich durch zu einer Vollendung, umgeben von Todesträumen, würde das gelingen?

(Und in dem Traum in der Sommernacht sang ein schwarzer Vogel, sang und sang, als wolle er bersten, damit die Herzen der Menschen bersten sollten, von Geburt sang er.)

Und es wurde ganz anders, als sie es sich vorgestellt hatten, völlig anders.

Die Niederkunft kam, als niemand sie erwartet hatte. In einer regnerischen Nacht, es war erst September und mehr als einen Monat zu früh, erwachte das Mädchen von einem fremden Laut, ja, davon, daß eine fremde Anwesenheit das ganze Haus erfüllte. Aus dem Zimmer kamen Stimmen, ein Lichtspalt unter der Tür. Sie stand auf und öffnete vorsichtig die Zimmertür. – Und dort bekam sie es zu sehen!

Im Bett saß Mojan halb aufgerichtet, das Laken über die noch immer gespreizten Beine gezogen. Blut überall. Mojans Gesicht war grau wie Holz. Die Hebamme (Wie war sie dorthin gekommen? Wie lange hatte das Mädchen eigentlich geschlafen?) hielt ein blaues kleines Geschöpf in die Höhe, das schwach mit Armen und Beinen fuchtelte wie ein Katzenjunges. Aus seinem Inneren kam ein klagender Laut wie bei einem kleinen Tier, das an einer Tür kratzte. Es war ein Mädchen. Der Hausknecht saß bebend auf einem Stuhl, bebte und zitterte. Aus einer Schale auf dem danebenstehenden Tisch schöpfte die Hebamme Wasser in die Hand. Das Licht der Lampe zitterte im Wasser. Von überall her kam das Wasser angejagt und angesickert, aus dem All und aus der Erde, naß auf den Lippen,

Rinnsale von überallher. Jetzt glänzte das Wasser auf der Stirn des Kindes, aus dem Wasser stieg eine neue Welt.

»Im Namen des Vaters und des Sohnes und des Heiligen Geistes – Vera!«

Und schon war der Krankenwagen da. Für das Notgetaufte, das oben im Krankenhaus in den Brutkasten sollte – für Mojan, die nicht zu bluten aufhörte. In der Nacht hatte es geregnet, und der Hof war schwarz vor Nässe. Jetzt kam die Morgendämmerung mit feuchten Wolken, in den schweigenden Fensterscheiben glänzte die Sonne, die gerade aufgehen wollte. Mojan wurde auf einer Bahre hinuntergetragen, hinterher kam die Hebamme mit dem in mehrere Decken gepackten Kind. – Man sah es der roten Krankenhausdecke nicht an, wie schnell sie schwer und starr von Blut wurde. Im Licht der Morgendämmerung floß sie drinnen im Krankenwagen aus und wurde zu einem Bild aus Eis. Sie lag auf dem Grund eines ganz und gar zugefrorenen Sees, über ihr stand ein Berg undurchdringlich erstarrten Lichtes. – Dann wurde es dunkel. – Sie trugen sie in den Operationssaal, und sie überlebte. – Währenddessen wurde die Neugetaufte in den Brutkasten gelegt, dort lag sie jetzt in völliger Einsamkeit in dem hart elektrisch leuchtenden Glassarg, mit glänzenden Augen im scharfen ätzenden Licht, und zappelte mit Armen und Beinen. – Doch der Vater und die Halbschwester durften nicht hereinkommen, die Abteilung der zu früh Geborenen war der Welt verschlossen. – Am Abend durften sie Mojan besuchen – die, als sie das Mädchen sah (den Hausknecht sah sie überhaupt nicht an, als kenne sie ihn nicht, habe ihn nie gesehen), zurück stierte wie ein Gespenst. Dann kam über die schneeweißen Lippen:

»DIE darf sie nicht anfassen!
DIE darf sie nicht anfassen!«

Denn Mojan schaute in ein Land aus Eis. Eine Gestalt aus Eis mit schwerem Kopf. Bleisonne durchstrahlte sie. Ein Meer von gewaltiger Tiefe. Sie saß mit auf dem Eis mit einem Kind, dem sie Leben schenken mußte. Das kleine nackte Kind begann jammernd zu saugen, konnte dann aber nicht mehr, der Kopf fiel zur Seite. Jetzt schlief sie, die Mutter sah die Träume durch den durchsichtigen Kopf.

Ströme trieben Eisberge auf einen Abgrund zu.

Folgte eine lange Zeit, in der sie wie ein Eisblock das Kind mit Eismilch nährte. Es war blaugrün. Durch das Kind rann durchsichtiger Todessaft.

Denn es war im Todesreich, wo Mojan in einem hohen weißen Gitterbett mit dem Eiskind saß, in das sie Tag für Tag bleiches Leben goß – ob willentlich oder unwillentlich wußte sie nicht mehr. Das Herbstlicht vor dem Krankenhausfenster erstarrte, es wurde grau und echolos, von den großen Ulmen lösten sich die Blätter und sanken still durch den Oktobertag zu Boden – denn jetzt war schon Oktober. In diesem Jahr hatte es überhaupt keinen Spätsommer gegeben, alles war nur Schweigen schon und milde Kälte. So als habe es Frühjahr und Sommer nie gegeben. Als habe es nichts gegeben – als habe sie für hier im Schweigen gelebt, ohne Echo der Welt dort draußen. Außerhalb der Zeit. Wieviel Zeit verfloß, vielleicht konnte man immer so leben, vielleicht war das die Ewigkeit? – Eines Tages entdeckte sie an dem Kind etwas, das sie vorher nicht gesehen hatte: ein Feuermal auf der Brust, ganz klein, aber deutlich – doch war es so klein, daß die Krankenschwester den Kopf schüttelte, als sie darauf deutete, nach ihr bedeutete das nichts. Sie aber sah es. Sie konnte sich nicht entsinnen, einen Brand gesehen zu haben, während sie das Kind erwartete, so etwas kann man aber nie wissen.

An diesem Tag versiegte jedenfalls die Milch. Wie sie auch pumpte, nicht einen Tropfen mehr wollte der ausgelaugte Körper von sich geben. Jetzt wurde sie von einem solchen Entsetzen vor sich selbst ergriffen, daß sie nicht wußte, was sie tun sollte. Sie mußte nach Hause! Jetzt konnte nur der gute Mensch helfen! Und sie verlangte, sie selbst und das Kind sollten auf eigenes Risiko entlassen werden. – Die zu früh Geborene sollte jede dritte Stunde mit der Flasche gefüttert werden. Doch sobald Mojan nach Hause kam, legte sie das kleine Mädchen von sich, in die Schublade, die als Kinderbett vorbereitet worden war, die Kleine schrie selten, hatte nur die Augen offen – was sie im übrigen fast ständig hatte, sie schrie fast nie, schien dennoch aber selten zu schlafen. Mojan legte sich auf die Ottomane – nur einen Augenblick – und versank in einen traumlosen Schlaf, in gewisser Weise unheilschwanger, und es war fast unmöglich, sie daraus zu wecken. Spät am Nachmittag stand das Mädchen da und zog und zerrte erfolglos an der Mutter, vor den Fenstern wurde die Herbstdämmerung dichter – neben dem Mädchen stand der Hausknecht mit einem Ausdruck verschwommener Erregtheit auf seinem roten Gesicht und wiegte auf den Armen heftig das kleine stille übelriechende Kind.

So wiegte Mojan sich dann endlich in die Höhe.

Doch sie erwachte in einer anderen Welt. Irgend etwas war geschehen. Sie erinnerte sich nicht mehr. Sie erinnerte sich mit einem äußeren Gedächtnis wie an eine Photographie. Was aber wirklich geschehen war, daran entsann sie sich nicht. Wie ein Moor hatte der Schlaf es verschlungen. Weit draußen in der Dunkelheit sah sie etwas versinken, versinken, das an ein Kind mit blauen hocherhobenen Armen erinnerte. Aber es war so weit entfernt, so weit draußen. Hier, wo sie war, war alles fremd – was war das für ein Kind? was war das für ein Mann? wie war sie hier gelandet?

Undeutlich, aber stark bildete sie sich ein, dies alles sei der Fehler des großen dunklen Mädchens.

Es schrie in ihr: »Hilfe! Hilfe! DIE darf sie nicht berühren!«

Aber sie war ohnmächtig gegen den Schlaf, der sie hinabsog in seinen zähen Morast. Und es half nichts: sobald die Große von der Schule nach Hause kam, war es an ihr, sich der kleinen Schwester anzunehmen, ihr Milchpampe zu machen, sie zu füttern, sie zu wiegen, ihr vorzusingen. – Singen, ja. Denn vor ihr hatte das Mädchen keine Angst, vor der ganz Kleinen traute sie sich zu singen. Wenn sie dem Kind vorsang, wuchs der Gesang von selbst aus ihrem Inneren, er breitete Regenbogen-Libellen-Flügel aus und trug sie, von selbst sang er aus ihr. Aber das Kleine antwortete sozusagen nicht, sie blieb stumm, die großen Augen waren stumm und dunkel, sie fixierte nicht den Blick. Noch hatte sie die zu frühe Geburt nicht aufgeholt, sie war ein schwaches, durchsichtiges Kind, das sich nicht bewegte oder unnötig irgendwelche ermüdenden Geräusche von sich gab, schlecht roch sie außerdem von dem ständig schlechten Magen, weder Herz noch Magen waren sehr widerstandsfähig. – An jenem Tag jedoch, als der erste Schnee zu fallen begann, zog zumindest ein winziges, flüchtiges Lächeln über das kleine Gesicht, ein nach innen gekehrter Schatten eines Lächelns, das sofort verschwand und nicht zurückkehrte (oder hatte sich das Mädchen geirrt, weil sie das so gern sehen wollte?)

Nach wie vor: Mojan schlief, sie schlief. Und das Mädchen, sie sang, sie sang.

Doch spät am Abend, wenn der Hausknecht von seinen letzten Verrichtungen nach Hause kam, war er an der Reihe. Dann schlief auch das dunkle Mädchen. Jetzt nahm er wie heimlich – vorsichtig, vorsichtig – das kleine Mädchen auf den Arm, das im allgemeinen schlief. Ging dann mit bärenhaften, doch so lautlosen Schritten wie möglich auf und ab, er flüsterte und wiegte und erzählte mit so tonloser Stimme wie möglich. Und sah in das Gesicht der Kleinen, sah in ihm wie durch ein dünnes Gewebe ein ganzes Leben, eine gewaltige strömende Flut. Eine solche Freude hatte er noch nie gehabt.

Nun war es aber so, daß Mojan nach sechs Wochen wieder in der Fabrik anfangen mußte, wollte sie ihre alte Stelle behalten – sonst würden es ganz andere, schlechtere und schwerere Arbeiten sein, das Walken nach dem Pressen, das, was eigentlich Männerarbeit war. So kam sie wieder an ihre Maschine: stand dort wie ein Schatten, doch nur hier fühlte sie sich richtig heimisch. Jede Woche erhielt sie ihren Lohn, das war sicher wie der Sonntag. Auf die Maschine konnte sie sich verlassen, solange sie daneben stand, betrog sie nicht. Und sie bekam Nachtschicht (die Fabrik hatte während des Krieges große Staatsaufträge und begann mit Nachtarbeit, was es früher nicht gegeben hatte). So brauchten sie die Kleine nicht wegzugeben, irgend jemand war schließlich immer zu Hause, am Tage Mojan, in der Nacht betrachteten tote Augen das Kind, schein-lebendige Hände hielten es und streichelten es, seltsame Liebkosungen.

Für den Vater gab es auf diese Weise während der langen Abende und frühen Nachtstunden viel Zeit, mit der Kleinen allein zu sein – er nahm sie dem Mädchen ab, ging ins Zimmer und schloß hinter sich die Tür, dort ging er dann auf und ab, wiegte und flüsterte. – Denn für den Hausknecht war dieses Gehen und Das-Kleine-Tragen ein Schutz. Dann kam der Wolf nicht. Darum ging und ging er also. Meile um Meile ging er durch das Zimmer mit dem schwachen kleinen Kind im Arm. Die Vergebung nahm zu. Er ging und ging. Schließlich wurde alles durchsichtig, die Nacht verschwand. – Dann aber kam Mojan von der Schicht nach Hause, sie aß ein wenig, sie gingen zu Bett. Sie schlief bereits. Wieder schlief sie. Ständig schlief sie. Auf welcher Seite befand sie sich eigentlich, man mochte es sich wirklich fragen.

Und das Mädchen ging zur Schule, wie alle zur Schule gehen müssen, um in die geregelte Ordnung der Menschen hineinzukommen und ein Teil zu werden. Sie ging jetzt in die fünfte Klasse. Der Anfang war nicht schlecht gewesen. Nun aber ging es schlechter und schlechter. Nach der Geschichte mit dem Kleid – die sie nie vergessen sollte – ging das meiste schief. Sie wurden in allem schlecht und ungeschickt. Obwohl sie die Aufgaben so fleißig machte, wie sie konnte, und lernte, wurde es immer mehr so, als wolle nichts in sie hinein. Sie wuchs – viel zu früh. Und Tag für Tag spürte sie, daß sie anders war als alle anderen und sich im falschen Verhältnis zu allen anderen befand.

Die Schule – etwas, von dem man schlecht träumte, Träume, in denen man von jemandem verfolgt wurde, der einen einfangen wollte, einen schon gepackt hatte.

Die Schule war ein großes Ziegelhaus. Es hatte hohe dunkle Treppen, hohe kachelverkleidete Flurwände. Die Flure endeten an großen Fenstern. Durch die Fenster strömte kaltes Licht auf den Fußboden. Auch in den Klassenzimmern war es viel zu hell. So große Fenster, so viel Licht. Nirgends konnte man sich verstecken. Alles war zu sehen, alle sahen alles. Denn die Schule in dieser besonderen Gesellschaft war eine Welt, in der alles nach Regeln ablief, mit dem Ziel, eines Tages einen Zustand zu erreichen, an dem alles überschau- und vorhersehbar wurde: wo alles, was ein menschliches Wesen enthält, vor dem Blick des Inspektors in völliger Übersichtlichkeit ausgebreitet liegt, wo kein Widerstand, keine Verdunklung die Fahrt des forschenden Blicks von Glasklarheit zu Glasklarheit stört. Wie die Kaserne, wie die Fabrik, wie das Gefängnis war sie ein Labyrinth, so gestaltet, daß es der Seele körperliche Form zu verleihen vermochte: deutlich und undurchlässig, einmal darin, mußte man dort bleiben, es gab (abgesehen von einem möglicherweise von Anfang an zugemauertem und vergessenem blinden Tor im scheuerwasserriechenden Gebäude) keinen Ausgang.

Die Schule war Steingänge, Steingänge. Im Keller waren die Toiletten. Dort geschah viel von dem, was in der Schule geschah.

Und in dem allzu hellen Licht wurde jedes Kind geschätzt – nach oben! – oder abgeschätzt – nach unten! Dann wußten die Kinder, was sie waren, einige wußten, daß sie überhaupt nichts waren, alles war fertig und beschlossen, ehe es überhaupt begonnen hatte. Wer durchfiel, fiel durch. – Schließlich war dies so, weil sie waren, wie sie waren, nichts war dagegen zu tun. Finstere Lehrer schindeten sich durch lange schwere Leben mit der Unterweisung überflüssiger Individuen in den völlig nutzlosen Künsten des Lesens und des Lernens. Waren die Lebenstüchtigen nach der vierten Klasse abgegangen zum Gymnasium, was blieb? Morast und Abfall, Morast und Abfall, allerhöchstens Dung!

Und die schlimmste der Eigenschaften war der Dialekt, in jener Stadt eine bösartige Abart des Ostschonischen.

Durch den Dialekt kam es zur eigentlichen Unterscheidung zwischen vielversprechendem, verwendbarem und minderwertigem, tatsächlich schon aussortiertem Material. Wer beim Dialekt blieb, der blieb beim Minderwertigen, je tiefer in diesen lächerlichen Lauten (ouuu, -ii, e-eii, i-iie-), um so tiefer im Ausgesonderten. – Mojan kam schließlich von ganz draußen im Lande und sprach einen dicken, urzeitlichen, nahezu unverständlichen Dialekt – doch dort ganz draußen auf dem Land sprach man diese Sprache mit Selbstsicherheit, und es ging Mojan überhaupt nicht in den Kopf, daß an ihrer Art zu reden irgend etwas nicht in Ordnung sein sollte, wenn die Leute lachten, konnte sie sich darüber hinwegsetzen, sie wußte, wer sie war.

Nicht so das Mädchen – sie wußte nicht, wer sie war. Sie hatte es gewußt – früher. Sie hatte es sogar sehr genau gewußt. Seit einiger Zeit jedoch wußte sie es weniger und weniger. Sie sang nie mehr. Und mit der Schule, diese Rolle hatte die Schule in all dem: wenn sie den Mund öffnete, kroch es hervor wie dicke Kröten – eine träge dicke furchtbare Sprache, häßlicher als alles. Und die Lehrerin, mit eisig-nadelspitzer Hauptstadtstimme – korrigierte und korrigierte.

Und über die Schule herrschte der Geruch nach Urin, Scheuermittel, Schweiß – der Geruch von Angst. Durch die Flure quoll das vielarmige lebensgefährliche Monster aus Kindern, Jungen und Mädchen. Es brauste hinein und es brauste hinaus. Die Glocke läutete, hinein, die Glocke läutete, hinaus. Dazwischen waren die langen tiefen zähen Tümpel und Klüfte des Schweigens.

Vor der Schule erstreckte sich der Schulhof, eine Wüstenwanderung aus scharfem Kies, solchem, der scharf glitzert wie Augen, der in einer dunkelroten aufgekratzten Kniewunde haftet, wenn einer gestolpert ist und liegenbleibt – traut sich nicht weiter, über den Schulhof herrscht jetzt nur die Todesstille, die die immer zu spät Kommende verurteilt (deshalb hat sie ihren ausgesuchten Platz, an dem sie in Sicherheit ist und den sie nicht verläßt, bis sie die schlimmsten Feinde im Tor verschwinden sieht).

An der einen Seite des Schulhofs befand sich eine Mauer, ebenfalls aus Ziegeln, die an die Schule stieß. In dieser Ecke stand ein Mädchen, das fast nie mitmachen durfte, sie hatte schwarzes Haar und sah auch sonst anders aus.

Die Schulkinder jagten, lachten, schrien, warfen den Langsamen Kies in die Augen, stellten einem aus der Sonderklasse ein Bein, hüpften vor Begeisterung, wenn er hinfiel, kreischten vor Begeisterung, wenn er weinte. Im Rudel, auf dem Schulhof, waren die Schulkinder blitzschnell, stark, gewandt, klare Raubtieraugen glänzten, helle hohe scharfe Stimmen gellten, im Rudel verurteilten und vollzogen die Kinder das Urteil in ein und demselben Atemzug, im Rudel duldeten die Kinder keine Schwäche, keine Ungeschicklichkeit, kein Zögern.

Die Mädchen sprangen Seil und hüpften Himmel und Hölle. Die Jungen: unvermittelt begann es drüben in einer Schulhofecke zu brausen und zu sausen, aus allen Richtungen kamen Kinder wie ein Bienenschwarm, ein anhaltendes schwirrendes lautes Heulen schwoll an und immer weiter an – ganz drinnen, unten auf dem Boden, unter der kreischenden Kinderhorde, einer kribbelnden dichter werdenden Masse von Bienen glich sie, rollten zwei Jungen durch Sand und Kies, verflochten zu einem tobenden Knäuel, schlugen sich gegenseitig die Köpfe auf den Boden, rieben das Gesicht des anderen mit Kies ein, überall, wo sie hinkamen, zogen sich an den Ohren, rissen sich an Haarbüscheln, suchten nach dem Hals. Bisweilen gab ein Weinender auf – fliehend, auf alle Zeit gebrandmarkt als: Feigling. Bisweilen schritt von oben ein Lehrer ein, dann blieb das Verhältnis zwischen den Raufbolden unentschieden, sie wurden auseinandergezerrt und blieben sich ebenbürtig, in der nächsten Pause konnte die Rauferei von vorn beginnen, in der nächsten wieder, in der nächsten wieder, sie ging weiter, wie das Leben weiterging, das war eben so. Denn immer in den Pausen konnte dies geschehen, es schenkte dem Leben Spannung: daß das wogende Stimmengebraus plötzlich anschwoll und sich zu einer einzigen starken Stimme sammelte, plötzlich verdichtete sich das Gewimmel, es verdichtete sich immer mehr und wurde zum Knoten – dort raufte man sich, dort schlug der eine den anderen. Warum raufte man sich? – Es war so, es mußte so sein. Es war einfach so. Währenddessen hüteten die Mädchen das Geheimnis von Himmel und Erde – sie ritzten auf den Boden eine Leiter zwischen Himmel und Erde, die Leiter hatte Flügel und flog durch das Universum, sie warfen einen Stein, der fiel in ein Kästchen, das Leben begann, das unsichere Hüpfen, das Klettern. – Doch bevor die Geschichte von Junge und Mädchen hinzukam, kam die vom Stärksten und Schwächsten, sie war das Entscheidende. Junge oder Mädchen, zuerst aber die gleichen Bedingungen: man mußte Dinge können. Klettern können, hüpfen können, den Ball werfen und fangen können, hoch und weit werfen können. Konnte man so etwas, dann war man jemand, der zählte, dann wurde auch alles andere gebilligt, dann war man ein Richtiger. – Aber hier in der Schule konnte das Mädchen nichts, sie brachte die Füße durcheinander, war hier in der Schule träge und lahm geworden, anfangs beim Sprechen, später in allem anderen – und dann, wenn alles mißlang, bekam sie einen viel zu flehentlichen Ausdruck ins Gesicht, als bitte sie für alles um Entschuldigung, eine gänzlich nackte, eingestandene Schwäche, alle waren unangenehm berührt, das war die Todsünde.

Und warum gibt es stets einen oder einige, die außerhalb stehen? – Es ist einfach so, so ist es einfach.

Und dieses Mädchen stand also ganz drinnen in der Ecke zwischen der Mauer und der Schule, neben der Regenrinne – das war eben so, das war ihr Platz. Denn diese Ecke zwischen den beiden schwarzgrauen Mauern war der einzige Ort auf dem ganzen Schulhof, der annähernd einem Versteck ähnelte – der Schulhof im übrigen war doch völlig offen, eine riesige Wüste, völlig nackt unter dem herabstürzenden rohen Licht, das nicht das kleinste Zucken in Gesicht, Mund, Augenlid ungesehen ließ. Und nicht eine Ecke in Fluren oder Treppen, darauf achtete der Hausmeister – raus an die frische Luft! – Schutzlos, schutzlos! Weichschalig! So wie eine Kröte oder ein Frosch oder irgendein anderer hilfloser Lurch, auch wenn es auf der trockensten Erde landet, sich dennoch mit dem von Nässe träumenden Durst und dem kräftigen Feuchtigkeitsgefühl hartnäckig vortastet, hinfindet zur allerschwächsten Witterung von Feuchtigkeit, von Nässe – sucht der Gejagte in der Tiefe seiner selbst nach irgend etwas, das an eine dunkle Ecke erinnert, an etwas, wo er sich verstecken kann.

In jenem Jahr wurde es zeitig Winter. Schon im Dezember begaben sich die Seen zur Ruhe. Saumselige Schwäne lagen am Eisrand und sangen vom Lande Ägypten. Der Wind pfiff, die riesigen dunklen Spiegel des Eises gaben dahinjagende Wolken wieder, trockene Schneekörner tanzten und wirbelten über das Eis, treibende Seelen. Alles wurde hart, grau. Der Schulhof glashart, steifgefroren, bekiest, böse. Alles fror, scharfschmerzend, böse. – Und der Körper, der nur wuchs und wuchs, schmerzte und explodierte.

Vogel Federlos
saß auf Baum blattlos
Da kam Frau Mundlos
und fraß Vogel Federlos

In dem Mädchen erwachten sehr früh sonderbare Gefühle.

Sie hatte nun plötzlich angefangen zu wachsen. Als empöre sich der Körper gegen die Schwächedrohung, die von der kleinen Geschwisterkreatur zu Hause ausging. Das Mädchen hatte schon einen dunklen Flaumschatten über dem Mund wie Schwarzhaarige und Ausländer. – Der Körper wuchs. Er wurde schwer und empfindlich, schwitzte und brannte. Alles war zu klein, zu eng, schabte, spannte, erstickte. Am Tag versuchte sie sich gleichsam zu verstecken. (Das lag auch an dem schneidenden Wind von draußen, von der Ebene, der durch die Straßen zog, um jede Ecke, in den kleinsten Winkel, der alles aufsuchte, nicht die kleinste Hautfalte unberührt ließ.) Sie versuchte, so klein und unauffällig zu sein, wie sie konnte. Sie versuchte, sich völlig unsichtbar zu machen. Sie wollte in die Erde versinken und unter der Erde sein. Ein aufgelöstes, um Verzeihung bittendes Lächeln kam und ging auf ihrem Gesicht, ein Lächeln, dessen sie sich nicht bewußt war, es lächelte wie eine Maschine.

»Zigeunerin! Zigeunerin!« sangen die Kinder. »Zigeunerin! Pfui!«

Dann aber plötzlich!

Plötzlich! Inmitten all diesem Niederdrückenden konnte der Körper sich dann von ganz allein aufrichten, er gehorchte ihr einfach nicht mehr. Er gehorchte sich selbst. Die Brust bewegte sich, die Schenkel wogten, der Mund öffnete sich, unruhig ringelte sich das kräftige schwarze Haar. Nichts gehorchte, Mund und Schenkel entglitten ihrem Griff. Der Körper kroch zusammen und wurde zur Katze, zur Schlange, zur starken Pflanze mit dicken saftigen Blättern. Abseits von aller Verständlichkeit lebte er sein schweres, warmes, wechselfeuchtes Leben, wohin wollte er? Er befand sich abseits von allem. Er war ein anderer, ein fremder.

Ja, eine graue, rauhe Stadt. Die verschneite Ebene darumherum, gefrorene Seen. Schwäne foren im Eis fest. Die Kälte brennt, die Winterkleider schaben, alles ist hungrig.

Und hier nun steht das Mädchen in der Ecke des Schulhofes, sie steht an jenem Platz, der ihr zukommt, mit dem Rücken zur Wand, kein Ausweg.

– Hi ho ho, Zigeunerschlampe! was sucht die Fettliese hier!

An einem solchen Tag, mit dem Rücken zur Wand!

An einem solchen Tag mit Eis und hartgefrorenem Kies, Himmel Schulhaus Schnee Mauern dicht bedrängend, schleppen der Stärkste des Hofs und seine beiden Adjutanten sie hinunter in die Jungentoilette. Dort herrschen Stimmenlärm, eine Mauer neugieriger Augen. Der Gestank von den gelbgestreiften Kacheln ist unerträglich. Sie kommen immer näher. Alles ist ein ohrenbetäubender Lärm. Näher. Weiter an die Wand kann sie nicht. Starr sieht sie dem Stärksten in die Augen. Stiert, stiert. Die Schande ist vollkommen: dieses Warme, Nasse rinnt ihr heiß am einen Bein entlang, hinunter in den Stiefel, dort wird es platschend naß.

Aber kann man darauf verzichten, etwas zu fühlen, wird man mit allem fertig.

Und sie bemerkt, daß die Lippen von ganz allein murmeln. Sie bewegen sich ohne ihren Willen. Sie murmeln, sie murmeln. Die Worte hat sie nie gekannt, sie weiß nicht, welche Worte es sind.

Plötzlich aber fällt ihr auf, daß der Blick des Stärksten farblos wird. Jetzt ist er in einem Dunst. Der Dunst wird immer heller. Sie ist weit fort. Sie fliegt. Jetzt weiß sie, sie kann etwas, das hilft. Sie ist die Stärkste. Sie kann zaubern – sie kann fliegen.

In jener Zeit begann das Mädchen wieder von seinem richtigen Vater zu träumen. Aus dem dunklen Reich rief er. – Und eines Abends, als der Hausknecht von der Arbeit nach Hause kam, war niemand da. Das Bett des Säuglings war leer. Er lief die Treppen in einem Satz hinunter, so hatte er sich noch nie bewegt, ein Fliegender war erwacht. Auf den Hof – niemand dort. Das Tor, die Straße. – Aber er mußte nicht sonderlich weit gehen, nur einige Eingänge entfernt stand sie. Sie hielt die Kleine fest an ihre Brust gedrückt, immerhin hatte sie sie gut in einer Decke verpackt. Sie hatte einen spähenden, erwartungsvollen Ausdruck im Gesicht. Doch die Augen waren undeutbar. – Der Stiefvater begriff schon, daß er sie hätte schlagen müssen. Aber das brachte er nicht fertig. Er war zu erschrocken. – Und sie sah ihn an, und plötzlich verzerrte sich ihr Gesicht, und der Mund öffnete sich, und auf die gleiche Weise wie das schwache Weinen des Säuglings kam das Weinen, tränenlos, nur ein offener Mund, hicksend klammerte sie sich an ihn.

Und jetzt mitten in der Winternacht kam das Blut, das herbe dunkle dicke Blut. Damit kam die Zeitrechnung, in schweren Tropfen, in dunklen Kreisen: die Zeit und der Tod kamen. Die Rückkehr, der Grund aus dickem dunklem Blut.

Aus diesem dunklen Blut sind die Menschenkinder gemacht. Weit draußen in der Nacht hörte sie eine rufende Kinderstimme – einsam, einsam!

Welcher Winter hielt doch die Erde jetzt in eiserner Umklammerung. Eisenhand, Todeshand! Bodenlos war der Winter. Zwischen den Hausdächern erkannte man die zugeschneite Ebene, die gefrorenen Seen. Dunkelschaudernd kauerte sich die Stadt zusammen. In den Seeoberflächen spiegelte sich bewegungslos der Himmel, auch er bis auf den Grund gefroren. Verhungert hingen Vögel im Dickicht, gefesselt, erschöpft brach das Wild an den Futterplätzen zusammen – noch gab es Menschen, die ihm Futter hinlegten. Was für ein Winter! Man fror, wenn man aufstand, man fror, wenn man zu Bett ging, es gab wenig Brennstoff, die Kohlen reichten nicht aus, um den Ofen die ganze Nacht zu heizen – früh in der Nacht erlosch er, dann war die Kälte uneingeschränkt Herrscher.

Draußen in der Welt war Krieg.

Und das kleine Kind des Hausknechts, blaubleich war sie und blaubleich blieb sie im weißen Licht der zugefrorenen Fensterscheiben. Ein Menschenkind, doch von besonders bemerkenswerter Art – als sei sie nie richtig über den Rand des Menschenseins gekommen, als halte sie sich noch immer auf, wo das Leben der Menschen aus einer anderen Daseinsform entsteht, näher den Sternen, den Pflanzen, dem Morast, den treibenden Samen in den Seen, dem Flußgrund mit den kriechenden Schlammtieren, jener anderen Art des Daseins, wie die Welt es auch kennt: den Gesetzen der Formlosigkeit, der Teilung, der Wiedergeburt, hier gibt es keine Gesichter, nur Kräfte. Und sie war abwesend. Sie schrie fast nie, es war, als könnte sie die Laute nicht hervorbringen, nicht mehr als ein kleines Zischen wurde daraus. Sie hätte dennoch zum Schreien Grund haben können, denn wie man sich auch bemühte, sie zu waschen und einzucremen (bei allem, was Reinlichkeit betraf, war Mojan tadellos), verursachten die Windeln ihr trotzdem Wunden, die nicht heilen wollten, das Blut in ihr war nicht frisch, es wollte sie nicht heilen. Es schien, als sei sie mitten in einem Kampf zur Welt gekommen, der noch nicht beendet war, in ihm hatte sie ihre Kräfte gelassen, zu ihm ging ihr Blut – das Blut, das zugleich Verbindung war, an irgendeinem unbekannten Ort in der Welt verzweigte sich ihr Blutkreislauf, durch den das Blut dann zurückströmte in sie, war das überhaupt ihr Blut, wessen Blut war es, das so schwer durch den durchsichtigen kleinen Körper lief? – Sie lächelte nicht mehr, nicht mit dem Mädchen, noch mit jemand anderem, als sei sie müde geworden. Der Blick fing sich in einem Dunst weit drinnen in ihrem eigenen Inneren. Die Augen waren fast immer offen. Aber der Blick fixierte nicht. Der Hausknecht und das Mädchen taten, was sie konnten, sie spielten mit den Fingern endlose Schattenspiele vor dem Licht an die Wand – in den Augen des Kindes aber ständig nur dieser sinkende abwesende gewaltige Nebel. Kein Alter, keine Geschichte hatte dieses Wesen, das dort im Meeresdunst nur war, ohne sich erkennen zu geben, ein sonderbarer kleiner Fisch, der dort draußen im Urmeer schwamm und schwamm.

Dann aber an einem späten und dunklen Schneeabend, als der Vater wie üblich mit seinem Kind auf dem Arm umherging und ihm das Gesicht streichelte – geschah etwas mit der Kleinen. Eine plötzliche Veränderung oder fast Verwandlung ereignete sich. Es schien, als fielen im uralten Nebel der allzu riesigen Augen Häutchen ab. Das Land hob sich. Fester Boden und Zeit entstanden aus dem gleitenden glänzenden Meer. Ein Mensch kam aus dem Meer. Das Blut stieg ihr in die Wangen, sie nahm Farbe an, einen kurzen Augenblick schien sie richtig und stark wie ein normales Kind zu leben. Der Blick hielt sich an seinem fest und erforschte ihn. – Dies dauerte einen kurzen Augenblick. Dann ließ der Blick mit einmal los, ertrank, war fort, als habe es ihn nie gegeben. Wieder herrschte nur der matte zeitlose Meeresdunst.

Das große Mädchen kam durch die Küchentür (wieder war sie spät draußen gewesen, wo trieb sie sich immer herum?), zog ihre verschneiten Oberkleider und Stiefel aus und setzte sich schweigend an den Küchentisch. Er fühlte, wie sie ihn ansah – sie sah ihn unverwandt an. Ihre Augen waren so dunkel. Diese Augen hatte er einmal im Feuer gesehen. Als alles verbrannte, waren die Augen übrig geblieben. Wie Sonnen wanderten sie über die verwüstete Erde. Er wickelte den Säugling ein, legte ihn in die Schublade und setzte sich neben das Mädchen auf das Küchensofa. Die Kleine in der Schublade bewegte vergnügt ihre kleinen blauen Hände, als seien sie bemüht, sich an dem zu beteiligen, was sie selbst nicht vermochte.

Den beiden Kindern erzählte der Hausknecht nun:

»– ich hatte einmal einen Bruder. Wenn ihr wüßtet, wie schön er war. Als ich ganz klein war, kannte ich ihn nicht.

Zwar hatten sie mir gesagt, ich hätte einen Bruder, ich bekam ihn aber nie zu sehen. Anscheinend kam er immer, wenn ich schlief, entweder spät abends oder frühmorgens. Wenn ich aufwachte, hieß es, er sei dagewesen und habe mich besucht. Aber ich durfte ihn nie sehen. So vergingen die Jahre. Alles war hart und bitter, ich durfte nicht zu Hause wohnen, ich schlief auf einem Kohlenhaufen, alles war Schmutz, Prügel und Elend.

Da ging ich einmal in einen Wald. Je weiter hinein ich kam, um so undurchdringlicher wurde er. Er war voller Morastlöcher, ich verirrte mich und wurde naß. Da plötzlich sah ich, wie sich weit vorn im Unterholz jemand bewegte. Ich arbeitete mich vor, Schlingpflanzen und Dornen flogen mir ins Gesicht, ich schwitzte entsetzlich, brüllte und fluchte. Die ganze Zeit war der andere vor mir im Unterholz: ich wußte ja, da lief mein Bruder, ich dachte, diesmal *würde* ich ihn kennenlernen. Auch wenn alles entsetzlich schwierig war, dort im Wald war es so schön, ich hätte weinen mögen, aber ich war schließlich erwachsen, da darf man nicht heulen. Aber ich bekam ihn nicht zu fassen, ich konnte nicht verstehen, daß ich ihn nie auch nur einmal sehen durfte, wo wir doch jetzt so nah beieinander waren – könnt ihr unschuldigen Kinder, die durch Gottes Augen sehen, das verstehen?

Ich durfte ihn nicht kennenlernen. Nur einmal im Leben bin ich ihm begegnet.

Das war damals, als es passierte. In jener Nacht stand er neben dem Kachelofen.

– Warum hast du sie geholt? flüsterte ich, noch nicht einmal ein Flüstern war es, denn die Lippen waren so gelähmt wie der Rest meines Körpers.

– Weil sie mir gehört, sagte er, neben dem Kachelofen stehend. Wenn ihr wüßtet, wie schön er war.

Ich suchte immer nach ihm. Es war so schwer und so hoffnungslos im Wald. Wie wenn man im Krieg ist. Ich schlängelte mich auf dem Bauch durch das Moorland wie eine Schlange. Im Krieg aber kommen alle plötzlich in ein anderes Land, in das Schwarzland – das ist ein anderes Land. Wohnt er dort, könnt ihr mir sagen, ob er dort vielleicht wohnt?«

Der Hausknecht entgegnete dem Blick aus den Mooraugen des Mädchens, und diesen Augen erzählte er auch seine anderen Gedanken:

»Jesus Christus wird kommen und uns retten!

Alles ist schwarz, weil die Sterne, einer nach dem anderen, vor meinen Augen erloschen sind. Nicht an sich sind sie erloschen. Sie wurden in meinen Augen gelöscht.

Ich kann jetzt nur ganz nahe Dinge sehen. Schmetterlinge kann ich im Frühjahr sehen. Larven und Puppen. Wie sie aus der Puppenhülle kriechen, vorsichtig die feuchten zerknitterten Flügel vom sanft schwarzleuchtenden Körper lösen. Vorsichtig bewegt sich der Schmetterling auf der Wand, der von der Frühlingssonne leicht erwärmten Wand. Die Flügel tasten so weich, spannen sich behutsam auf. Ein Nesselfalter, braun, dunkelrot, schwarz – dunkles Gold über dem Ganzen. Ja. So wie wir von den Toten in Gold gehüllt auferstehen.«

Weiter sagte der Hausknecht jetzt zu dem dunklen Mädchen (die Kleine schien bisweilen den Blick sammeln zu wollen, um sie zu sehen: aber jetzt nicht mehr: jetzt war sie zurückgesunken in ihr Meer, der Schatten der Lampe tanzte über ihr):

»Wo ist er geboren? Ich glaube hinter den Sternen. Aber wir sind ja selbst Sterne, Sternenfleisch, Sternenblut, der uns schuf, wurde mitten in uns geboren.«

Am nächsten Tag jedoch bekam die Kleine Schluckauf. Er wollte nicht aufhören. Der Doktor mußte kommen und sie abhorchen. Aber er konnte nichts sagen. Allmählich ging es vorüber. Für diesmal.

Der Eisenwinter wurde tiefer, wurde starr und klar. Der Mond war ein erfrorenes böses Fischauge. Weiß und wie tot lag die Stadt da. Der Eismond, der Todesmond hoch droben im schwarzen All, sah hinab auf den Säugling in der Schublade. Jetzt war die Kleine im Blickfeld des Mondes.

Die Gemeindeschwester kam, der Arzt vom Gesundheitsamt kam. Dann gingen sie wieder, und der Wolf blieb zurück.

Die Kleine schien zu schmelzen und sich in eine andere Materie zu verwandeln. Während dieser ganzen Zeit sagte Mojan kaum ein Wort. Kam sie von der Nachtschicht nach Hause, setzte sie sich nur hin und starrte dieses kleine verwandelte Ding an. Über der zerbrechlichen Schädelschale, die im Vergleich zu dem abgemagerten kleinen Insektenkörper riesengroß war, lag das Adernetz sichtbar wie eine Karte. Der Puls schlug mit einer Kraft, die jeden Augenblick die dünne kleine Schale zu sprengen schien, die zu Tode geängstigte Lebenskraft raste mit fliegenden Hufen durch ihr Inneres, das stumme schwarze Pferd des Todes, das rote wilde Pferd des Sonnenaufgangs. – Fliegende Hufe, rasende Kraft. – Aber das Kind selbst wurde nur immer stiller, immer widerstandsloser. Die Luft in der Wohnung wurde durch das ständige Erbrechen stikkig. Mit riesigem Entsetzen sah Mojan, was geschah. Doch sie war in sich selbst geteilt, alles in ihr wurde lahm. – Mitten in allem, mitten in dem, was tatsächlich schon ein beginnender Todeskampf war, geschah es, daß Gesicht und Körper des Kindes sich gleichsam öffneten, sie lächelte, sie lächelte mehrere Male in allem, ein kleiner grauer Wind, ein kleiner lächelnder Schatten – im Lächeln wurde ihr Gesicht auf einmal klar, man sah deutliche Augenbrauen, scharfe Nasenflügel, viele Ausdrücke um die klaren Lippen des kleinen Mundes, als sammele sich nun ihr Leben, das sie nicht leben würde, und zeige sich einige wenige, schwer lächelnde Augenblicke lang. – Bisweilen sah das kleine Gesicht in der Schublade aus wie ein altes Prophetengesicht. – Während der ganzen letzten Zeit durfte das Mädchen von der Schule zu Hause bleiben, um ihnen bei der kleinen Kranken zu helfen. – Mojan saß meist stieräugig da, schlief nie, ging in die Fabrik, kam zurück, ging nicht zu Bett, stierte. Die Schuld ist ein Brunnen. Die Schuld ist anderes Land. – Tagsüber half ihr also das Mädchen. Am Abend kam der Hausknecht hinzu. Die Gemeindeschwester kam täglich und gab eine Spritze. Später am Abend trat dann der Mond am Himmel auf. Er beleuchtete harten Schnee und starre Erde. Alles Wasser war tot – wie strahlendes Silber glänzten die bis auf den Grund gefrorenen Seen, wie unbewegliche Silberbänder die Wasserläufe überall draußen in der Ebene. So tief unter dem Eis, fast unten am Grund, verlief jetzt die Strömung im Fluß. Der Stadtarzt kam, holte sein Stethoskop hervor und lauschte. Die Gemeindeschwester stand daneben. Niemand sagte etwas. Alles im Haus roch nach Kampfer, Wände, Möbel, Laken schwitzten diesen dichten zähen bitteren Geruch aus. – Jeder mit seiner dunklen Tasche gingen die beiden ihrer Wege.

In den allzu glänzenden Kugeln der Säuglingsaugen spiegelte die Welt sich als das Paradies.

Aus der Brust des Hausknechts drang etwas, das an ein Brüllen erinnerte. Er muhte wie eine Kuh, die sich in einem Sumpf verirrt hat.

Die Stimme rief

> ein Mann wohnte im Lande Us
> zwischen den Mülltonnen und dem Abfall wohnte ein Mann
> er hatte Schuld
> er trug seine Schuld
> Warum lachten dann alle über ihn?
> Warum bekam der Ankläger sein kleines Kind in seine furchtbare Hand?
> Endete die Schuld nie, was hatte das kleine Kind getan?
> Der Wolf erhob sich auf die Hinterbeine und zeigte die Zähne
> das klare kluge schöne kalte Auge
> zischende Zähne

Der Hausknecht betete jetzt über dem Körper des noch lebenden Kindes:

> Warum holt der Winter das Eis das kleine Kind
> erstickt so schlimm wird so kalt
> Warum muß die Kälte sie holen

so klein so warm
Warum löscht die Erde das Auge des Kindes
so stumm so jung so klar
Warum löscht die Erde die Jungen
Warum erstickt die Erde ihre kleinen Kinder
mit schwarzem Blut?

Das Mädchen saß am Tisch. Der Hausknecht nahm die Kleine auf den Arm. Wie kalt sie war. Das Mädchen nahm sie und legte die Arme so warm und fest, wie sie konnte, um den kleinen Körper, der von den heftigen, an Herzschläge erinnernden Schluckaufanfällen geschüttelt wurde. Der Hausknecht zog den Stuhl dicht heran. Dann erzählte er den beiden Kindern – von denen das eine nichts verstehen konnte und bald nichts hören mehr würde – noch ein Märchen aus dem Wald:

»Es war früher Morgen – aber es ist noch nicht geschehen, es liegt in einer Zeit, die kommt. Ich habe mich verirrt, ich bin dort, wo der Wald am dichtesten ist. Dort sitze ich fest und bin die ganze Nacht um mich selbst herumgegangen. Die Sonne ist gerade aufgegangen, der Wald dampft und tropft vor Tau, genau hinein in Nadelbaumastwerk, Spinnennetze blitzen rote Strahlen, die alles noch mehr verwirren und verheddern. Vorne zwischen den Bäumen sehe ich nur Berg und Tal, nur Wald und Wald, nicht ein Lebenszeichen, nirgendwo nur die Spur einer menschlichen Behausung. So kämpfe ich mich durch das Dichte, Stickige, Verschwitzte – lange. Der Tag neigt sich dem Ende zu. – Es ist, als käme ich nicht vom Fleck. – Plötzlich aber mitten in einem Nest in der Dunkelheit ruht der blaue Pelikan. Tief unter ihm, so tief, daß ich es eigentlich nicht sehen kann, sind Wasser, Dunst, Wellen. Er öffnet die Quelle in seiner Brust, es ist Blut. Er ist blau.«

In der letzten Stunde der Schicht sah Mojan ein Tor. Es war ein hohes Eisentor mit mehreren Riegeln, so staubig, daß es unter einer uralten Decke von Staub und Fadenfilz mit der Mauer verschmolz. Bestimmt war dieses Tor jahrzehntelang von niemandem berührt worden. Hoch und schwarz verschwand es oben in der Finsternis aus dem Lichtkegel der Lampen zwischen den Eisenträgern. Zwar hörte sie, wie jemand von draußen, vom See rief. Aber das Tor war zu hoch. Es war für sie. In ihrem Inneren war es versperrt worden.

Man hatte nach ihr geschickt, sie lief zum Vorarbeiter, sie bekam unmittelbar die Erlaubnis zum Nachhausegehen. Schlitternd eilte sie durch die dunklen Straßen, durch die Eisstraßen. Die ganze Zeit meinte sie jemanden vom See her zu hören.

Zu Hause saß das Mädchen auf dem Stuhl mit dem Kind im Arm, wiegte und sang, sie hatte jetzt viele Stunden lang gewiegt und gesungen.

Der Hausknecht kniete, weinte und betete.

Doch die Augen des kleinen Mädchens glichen Mondgestein.

Und als Mojan schließlich hinkam, durchnäßt von Schweiß und fast aus sich selbst herausgetrieben von dem wilden Laufmarsch, war alles schon vorüber. – So stand

Mojan dort vor der Schublade. Sie konnte nicht weinen. Sie stand vor dem verschlossenen Tor. Unaufhörlich wischte sie sich die Nase mit dem Ärmel des Kittels. Konnte aber nicht weinen. Das Weinen gab es nicht. – Das Mädchen kroch unter den Arm des Hausknechts, sie hielten einander fest im Arm. Über ihnen stand die Nacht. Das kleine graue Kind lag in der Schublade und war jetzt nur ein kleines, still verkrümmtes Abbild seiner selbst.

Da schrie der Hausknecht dem Mädchen zu:

»Mach was!

Mach was!«

Und er riß die Kleine aus dem Bett und wollte sie dem Mädchen geben.

Aber das Mädchen zuckte schreckgelähmt zurück – dies war ja nicht das Kind Vera, es war doch nur ein kleiner, toter Körper.

Da nahm der Knecht selbst das tote Kind und öffnete sein Hemd und preßte sie fest gegen seine Brust unter dem Hemd. Er wiegte sie und rief nach ihr. Hin und her ging er. Wiegte und sang, wiegte und rief nach ihr.

Aber sie konnte ja nicht antworten. Wärme und Bewegung kehrten in den stillen kleinen Körper nicht zurück.

Mojan und das Mädchen standen da. Plötzlich waren sie gleich. Als bestünden sie mit einmal aus exakt demselben schwarzen undurchdringlichen Material.

Er rief so, daß er schrie.

Da ging Mojan zu ihm und nahm ihm sacht, nicht unfreundlich, nur abwesend, die kleine Tote ab und legte sie vorsichtig wieder in ihr Bett. Sie holte Waschschüssel, Waschlappen und Handtuch, um das Kind von allen Resten der Ausscheidungen zu reinigen. Das Mädchen half ihr. Jede Bewegung war, als hebe sie große Gewichte. Finger und Hände bewegten sich durch etwas Undurchdringliches. Die Nacht lag da wie ein Stein. Mojan holte das Spitzenhemd hervor, das nie verwendet werden konnte, weil das Mädchen ständig so krank gewesen war, es hatte nie Sinn gehabt, sie fein anzuziehen, alles war doch nur Kampf gewesen, keine Ruhe, erst jetzt kamen Feiertag und Ruhe, die niemand sich gewünscht hatte.

Der Hausknecht saß mit Bibel und Brille am Küchentisch. Er murmelte das Stück von Lazarus:

»Jesus antwortete:

Habe ich nicht gesagt, wenn du glaubst, wirst du Gottes Herrlichkeit erblicken dürfen?«

Nun lag die Kleine so fein in Spitzen und Mütze dort. Die Augen ließen sich nicht schließen – und kann man denn Fleisch zwingen, das sehen *will?* Schwarz und gebrochen sahen die Augen nach oben. Eissterne leuchteten. Der Erdball wanderte. Der Hausknecht wußte, irgendwo in ihm schlummerte die Kraft, Leben vom Tode aufzuwecken. Aber er war von ihr getrennt, er erreichte sie nicht, sie schlief unter Stein, sie schlief unter Milliarden Jahre dickem Eis, seine Stimme erreichte sie nicht, seine Stimme ging unter im Steinschweigen, im bodenlosen Eisschweigen.

Er las, er las.

Aber seine Stimme verging. Sie befand sich in einer Grotte. Schwarze Bäume, sonderbare Tiere ringsherum.

– Und wie in einer Grotte wurden Glieder und Augen plötzlich schwer. Schwarze Bäume. Mojan saß wie eine graue Klippe auf dem Stuhl. Mit einem Male schnarchte sie, ein langes gequältes Schnüffeln. Da schlief das Mädchen schon, auf dem Boden liegend. Das dunkle Gesicht lächelte im Schlaf. Schlaf wie Stein, wie die undurchdringliche Materie. Aber der Hausknecht las. Seine Stimme las. Wo er sich selbst befand, wußte er nicht. Erlöst ihn und laßt ihn ziehen. In das Schweigen, in die Nacht

über die gefrorene Ebene, die kein Ende fand, flog ein schwarzer Vogel. Doch er hatte keine Stimme mehr, kein Lied. Aus seiner Kehle kam nur ein völlig unbeschreibbarer Laut weder menschlich noch tierisch oder irgendwie beschreibbar oder wiedererkennbar. Zu hören nur ganz unten – etwas das herausgebrochen herausgewrungen herausgerissen war aus einer Materie ganz ohne Form. Auf schwarzen suchenden Flügeln schwebte über dem starren Körper der Erde weder Raubvogel noch Aasvogel – ein dritter Namenloser

(lange später hörte man unter dem Grabstein die Stimme
des toten Kindes:
»du der du mich über den Tod hältst
Flügel des Raben«)

Am nächsten Tag war der Hausknecht im Dämmer. Seine Augen hatten eine Farbe wie der Mondnebel angenommen. Sie waren blicklos. Der Branntwein war es nicht, an jenem Tag trank er nicht. Er ging nicht zur Arbeit, er bewegte sich überhaupt nirgendwo hin, auch zu Hause nicht. Mojan hatte von der Fabrik frei bekommen, wie eine Rasende fuhr sie herum, scheuerte und wusch alles, Stühle, Fenster, ohne eigentlichen Zusammenhang. Mitten in all dem saß er – saß einfach.

Dann wurde Tannenreisig gehackt und auf den Boden gestreut, auf die Treppe und auf einem breiten Rand von der Tür und auf das Trottoir. Am Tag vor dem Begräbnis setzte Tauwetter ein, ein schwerer lauer Wind kam dahergeblasen, vielleicht war der Winter endlich vorbei – ein Wolfswinter war es wirklich gewesen. Durch die Laken, die man vor die Fenster gehängt hatte, fiel ein schweres dunkles Licht, das dem Bodensatz im Seewasser ähnelte, wenn die Lichtstrahlen bis hinab auf den Grund dringen, unbekanntes Leben, unbekannte Samen bewegen sich und treiben im Unterwasserstrom des Lichtwassers. Der Block kam und betrachtete die Kleine, die weiß und feingekleidet in ihrem weißen Sarg lag. Ein dunkler Menschenstrom den ganzen Tag, rasch schwamm der Boden vor Matsch, den die vielen Füße mit dem Schneemodder hereintrugen, den ganzen Tag war Kaffee aufgesetzt. – Dunkelblaue Augen, der Blick der Unsterblichkeit. – Ja, es war ein Tag, an dem alles weich wurde: die Straßen verschwanden im Nebel der Ebene, die Stadt lag auf einer schweigenden Insel in hellem grauem Nebel, Geräusche von Schritten hallten und verschwanden.

Doch am Tag des Begräbnisses erwachten sie wieder bei Schneelicht wie in einem Leichentuch. Dicht fiel naß wirbelnder Schnee, im Schnee sollte man sie begraben. Es war ein Armenbegräbnis: der Hausknecht trug selbst den kleinen Sarg zum Friedhof. Mojan schleppte sich neben ihm dahin, so gut sie konnte, in geliehenem schwarzem Mantel und Schleier. Das Mädchen trug drei weiße Nelken, die ihr jemand im Haus geschenkt hatte. Auch die Arbeitskollegen in der Wollfabrik kamen mit Blumen. Viele aus dem Block begleiteten sie. Dicht und feucht fielen die Schneeflocken, schmolzen in der Nässe aber unmittelbar. Was man in Schnee sät. Schwer fiel der Lehm auf den Sarg. Eine Mauer aus Menschen umstand ihn, stützte ihn. Im Schneenebel

las man

die Auferstehung und das Leben

las. Noch war über allem eine tiefe Schneedecke, über allen Gräbern. Hinter der Kirchhofmauer sah man den See. Schwarze, nasse Bäume und das Licht des Sees. Im Nebel schwebte wie ein Trugbild die Kirche auf der anderen Seeseite – oder kam sie von noch weiter, war sie aufgestiegen aus dem Meer? Mit stillen starren Händen standen die hohen schwarzen Wesen der Bäume. Der Hausknecht wühlte mit dem Fuß im aufgeworfenen Lehmhaufen. Hätte er doch eintauchen in die Erde und schwimmen können. Alles aber war rettungslos dicht und schwarz. Die Stimme sagte

die Auferstehung und das Leben

Aber weit fort im Nebel draußen auf dem See. Weit fort. Sagte sie.

in der Höhle Licht – sagte sie.

Da sah das Mädchen unter dem Kirchenfelsen eine Grotte. In ihr befand sich ein Mann wie ein Verfaulender. Er wohnte zwischen den Gräbern. Sein Gesicht war aus Lehm, als stehe es im Begriff zu schmelzen. Seine Augen glänzten wie ängstliche Tieraugen. Seine Füße bestanden aus Moor. Er kratzte mit den Nägeln im Moor. Er bewegte die Arme, als sprenge er Ketten. Er stöhnte, er war nicht zu fesseln. Er war Lehm Entsetzen Schrei. Die Zähne leuchteten im Moor. Er schrie um Hilfe, zugleich schlug er den Helfenden nieder. In der Grottenmündung über dem Lehm, der sich bewegte wie Glieder, erkannte man ein wasserfließendes dampfendes verdunstendes blendend starkes Mittagslicht

Weit draußen im Nebel auf dem See sagte die Sonne

– die Auferstehung und das Leben – sagte sie.

Dann kam die Schneeschmelze.

Nach dem Begräbnis der Kleinen gab es nun auf dem Kirchhof an der Mauer zum See einen kleinen braunen Erdhügel, länglich war er wie ein Brot.

In ihm stieg der Hausknecht ins Unterirdische.

Dort fährt er auf einem Kanal. Das Wasser sickert, man hört vielfältige Wasserstimmen. Christus watet durch das Moorland. Abgerissene Äste, Seegrasbüschel, Schilf, tote Fische, feuchte, von Vogelskeletten abgerissene Federbüschel zieht er hinter sich her wie in einem Netz. Watet und watet. Sacht gurgelt das Wasser. Der Nebel liegt über dem Sumpfland, die Welt ist verschwunden. Alles ist geräuschlos, nur das Gurgeln des Wassers und die Schritte im Wasser, die sich nähern, die sich nähern.

Er stolpert, er streckt die Arme aus. Er erreicht niemanden. Stumm bewegt sich der Nebel.

Nun hört man in der Stille einen Ruf. Weder Vogel noch Mensch.

Einmal von rechts, einmal von links – einmal langgezogen, einmal trügerisch schwindend. – Weit drinnen im Nebel ruft die Stimme, es läßt sich nicht feststellen, wem sie gehört. Eine rufende Seele, wo ist sie? wo ist sie? nie sagt sie doch ihren Namen

Und nach dem Tod des Kindes änderten sich die Gefühle des Stiefvaters für das Mädchen – das nach der Hochzeit ja von ihm adoptiert worden war und infolgedessen in gewisser Hinsicht als seine Tochter gelten konnte. Als wohnte ein großer Schädling in der Wohnung: seinen gesamten Verdienst forderte Mojan: es wurde zum Essen benötigt, alles wurde für das Essen benötigt: dieses fremde schwarze Tier war immer hungrig, da saß es und verschlang die Nahrung, die die tote Kleine so sehr gebraucht hätte.

Denn das Mädchen aß und aß, sie wuchs, und sie wuchs. Früh und roh erwachte in ihr das Geschlecht – zu früh: zu schnell: zu stark. Die Erwachsenen betrachteten dieses wilde Tier mit Entsetzen. Unbegreiflich glitzerten die Augen des Tieres – waren es Tränen? war es Hohn? – Mußte sie in die Sonderklasse? (fragten die Lehrer sich) – aber sie erledigte ihre Aufgaben pflichtbewußt und beherrschte sie, wenn auch alles mit großer Mühe aufgesagt wurde. Und plötzlich sang sie. Sie sang wieder! Sang, sie sang – unbegreiflich! – Und wie das Lied machte der Körper sich auf eigene Faust auf den Weg, er nahm in alle Richtungen zu, nach oben und besonders nach außen, als sei er in Galopp verfallen. Der Körper lebte sein eigenes heißes feuchtes duftendes Leben, er war stark, äußerst empfindlich, alles barst. Wie sie auch vorgeben mochte, sie sei nicht sie, sie sei eine andere und lebe irgendwo ganz anders – er wuchs nur immer weiter, alles wurde zu eng, zu erstickend. Schwarz ringelte sich das Haar, jede Haarsträhne knisterte vor dunkelblauem Eigenleben. (Zigeuner! Zigeuner!) Unter den Kleidern war die blaßbraune, ins Dunkle spielende Haut so weich, daß es brannte, berührte sie sie zufällig mit der Hand. Der Körper war nicht sie selbst, das war ein anderer, mit dem sie nun plötzlich verwachsen war. Feuchte, brennende Empfindungen bewegten sich in ihm, die mit ihr selbst nichts zu tun hatten, es waren die Empfindungen dieses fremden Geschöpfes. Und nachts träumte sie, einer käme, dessen Gesicht sie nicht erkannte, er packe sie und sperre sie ein, sie wachte auf und schrie. Der Stiefvater lauschte im Halbschlaf auf dieses fremde Wimmern. Plötzlich sah er das Mädchen nicht mehr, sie war für ihn völlig verschwunden. Alles hatte doppelte Bedeutung, doppelte Gestalt – mehrfach, vielfältig. Alles löste sich auf, als habe es das Mädchen nie gegeben. Dort war ein dunkler Glanz und ein Licht. War das Moorbodenfinsternis? war es Wasserglitzern, in dem man bodenlos, rettungslos versank? – Irrlicht, das über die Schwärze tanzte? – einmal trügerisch, einmal aufleuchtend und ins Dickicht verschwindend, verrät schlafendes Gewässer, plötzlich flammende Spiegel, dann wieder gelöscht, still daliegend und blind, eine glimmende Lichtwelt mit Zinnen und Türmen ragt auf und stürzt im nächsten Augenblick ein.

Und als er schließlich kam, der, dessen Gesicht sie niemals richtig gesehen hatte, erkannte sie ihn sofort.

Es war früh an einem Frühlingstag mit graugrünem Nebel. Schneeflecke leuchteten noch, die schwarze Erde leuchtete herb und frisch. Im Nebel sang eine Schwarzdrossel, Gesang tropfte, Töne fielen und fielen im Nebel. Als sie von der Schule nach Hause kam, stand er unter der Birke auf dem Hof. Von der Birke tropfte es still. Still, kristallklar. »Jetzt bin ich frei«, sagte er. – Frei wovon? – Er hatte blauschwarze Bartstoppeln, kein Hemd unter dem blankgewetzten schwarzen Rock, nackt und weiß leuchtete die Brust. Die Lippen waren rot und glänzend. Im Nebel sang die Schwarzdrossel, sang und sang. »Schau her!« sagte er und holte etwas hervor, das in Zeitungspapier eingeschlagen war. Seine Hände waren schmutzig, mit rissigen schwarzen Nägeln. Eingewickelt in das Papier war eine Puppe in rotem Kleid, sie hatte ein zerdrücktes Gesicht, sie sah aus, als sei sie in einer Mülltonne gefunden worden, immerhin aber war es eine Puppe. Die Schwarzdrossel sang und sang im grünen Nebel. Und in dem Mädchen war es, als verginge das Herz vor Mitleid, eine solche Freude und ein solches Mitleid hatte sie nie zuvor empfunden. – Jetzt nahm der Mann das Mädchen an der Hand und führte sie hinter den Fahrradständer, auf das Brachland. Im Nebel war nichts zu erkennen von den Bäumen, sie waren nur undeutliche schwarze Gestalten, vielleicht hörte man einen Schrei, aber das kann ein Vogelruf gewesen sein – alles wurde verwischt vom Nebel, in den lautlos tropfenden Frühlingsnebel kam ein Salzduft vom Meer, das Meer und der Nebel ein Reich für sich

– über den wogenden lockenden Sumpf die schwarzen nassen glatten Stämme der Erlen im grünen salzigen Nebel die Sumpfwälder, die schwarzen Tümpel

Und das dunkle Mädchen begann Blut zu gebären, Blut, Blut, Blut auf die Erde »Blut muß fließen, Blut muß fließen, fließen in Strömen«

Dann verschwand er, sie blieb allein zurück. – Und dafür gab es wirklich keine Worte.

So schritt der Frühling voran – nach der äußeren Zeit, nach der inneren Zeit.

Und auch wenn die Sonne immer höher stieg; und auch wenn die Bäume Knospen bekamen; auch wenn die Knospen ausschlugen und die ganze Stadt unter lauer Sonne wogte, in süßen Wolken neugeborenen Grüns; auch wenn die Birnbäume weiß leuchteten in der feuchtigkeitsgrauen Dämmerung; auch wenn die Nachtigall die Schwarzdrossel ablöste und unsichtbar in der Verborgenheit des Buschdickichts ihre Stimme erklingen ließ; auch wenn der Sommer schon voll ausgebreitet und lächelnd da war – lebte der Hausknecht im Dunkeln.

»Warum läßt du die Sperlinge zu Boden fallen?«

Und das dunkle Mädchen – neuerdings reizte ihn alles, was sie tat, alles an ihr ließ ihn mit machtlos stechendem Zorn die Hände ringen. Wie konnte es sein, daß dieses Tier leben durfte, während die Kleine hatte sterben müssen?

Erinnerte das an Haß?

Denn es war, als ob ein Wesen sich in seinem Inneren niedergelassen und Wohnung genommen hätte. Es schlug blitzschnell Wurzeln. In ihm war ein unsichtbarer anderer, ebenso wenig totzuschlagen wie sein eigener Schatten. Er konnte unter dieser Übermacht kaum atmen. In dieser Gewalt sah er das Mädchen jetzt manchmal mit einem roten und trüben Auge wie ein Fisch in Not.

Und an einem warmen Junisonntag saß er also am Küchentisch. Es war heiß und still. Sonntagsnachmittagsstill – kein Geräusch aus dem Hof, kein Laut draußen in der ganzen Stadt. Die Frau, die ihm all dies eingebracht hatte, ruhte sich aus, schlief und schnarchte auf dem Bett im Zimmer – der Sonntagnachmittag war die Zeit, in der sie sich erholte. Er trank einen tiefen Schluck, sah ihre mit den Jahren gröber gewordenen Nasenlöcher zittern. Plötzlich stand das Mädchen hinter der gelben Küchentür – wo sie nun auftauchte, wenn sie am besten weggeblieben wäre. Überall war Sonne, das Licht in der Küche war heiß und zitterte branntweinklar wie die Sonne in der Flasche. Sie stand da wie ein schwarzer Schatten. Das schwarze Haar wirbelte und wand sich mit eigenem Leben über das braune Gesicht. Dicke fettleuchtende braune Arme. Der starke Geruch, der von ihr ausging, durchdrang alle anderen Gerüche in der Küche. Er spürte, wie ihm heftige Übelkeit im Hals emporstieg. Erhob sich und merkte, daß er keineswegs fest auf den Beinen stand, alles war ein einziger süßer Sonnennebel – er hatte zwar langsam, aber lange getrunken, seit Mittag tatsächlich, er war jetzt ganz unten beim letzten Teil der Literflasche angelangt. – Er machte einige Schritte auf das Mädchen zu, als treibe er in der Luft, und schlug dann zu. Er traf auf etwas Weiches, es war ihre Wange, er hatte die Handfläche voll Nase und Wange und hörte, wie sie nach Luft schnappte – kein anderes Geräusch –, nur die Luft wich aus ihr. Dann war es still.

Völlig still.

Und sie war auch nicht mehr da. Leer leuchtete die gelbe Küchentür. Er hörte, wie eilig stolpernde Kinderschritte die Treppe hinunter verschwanden – trapp! trapp! trapp! Das Tor fiel zu. Dann herrschte wieder die gleiche totenstille Sonntagnachmittagssonne. Durch das brennende treibende schimmernde Sonnenlicht sah er das dicke betrübte braune Kindergesicht.

Und er legte seinen großen betrunkenen Kopf auf das grüne Wachstuch und weinte.

»Warum läßt du die Sperlinge zu Boden fallen?«

So saß er also da. Er bewegte den Zeigefinger auf dem Wachstuch hin und her. Das Tuch leuchtete so grün. Die Luft war heiß und stickig. Doch er besaß nicht die Kraft aufzustehen und das Fenster zu öffnen. Bisweilen weinte er, bisweilen murmelte er. Die Fliegen surrten. Nur das empfand er an diesem ganzen langen Sonntagnachmittag. Mit ihnen war er eingesperrt. Sich aus sich selbst befreien kann man selten.

Plötzlich dann stand Mojan auf der Schwelle. Die Sonne begann unterzugehen. Ihm war übel, und er lag schwer auf der Tischplatte. Mojan sah auf ihn herab. Ohne etwas zu sagen, ging sie dann hinüber zur Spülbank und fing an, Kartoffeln für das Abendessen zu schälen.

Erst als das Essen fertig war, viel später, fragte sie – das Mädchen? Er aber konnte nur schwer mit den Schultern zucken, er begriff eigentlich nicht, wonach sie fragte, er war versunken in dem Nebel aus Übelkeit.

Weiß nicht – weiß nicht.

Er wollte nichts essen. Weiß nicht. Während Mojan aß

wie eine Maschine, hie und da kam aus ihr ein Schimpfwort über das Mädchen. – Das Essen wuchs in seinem Mund. Und jetzt, mitten in einem Bissen, stand er auf und schob den Teller weg, stand schwankend einen Augenblick da, dann gelang es ihm aber, hinauszugehen in das Zimmer, wo er augenblicklich in schweren Schlaf verfiel.

Er wußte nicht, wie lange er geschlafen hatte. Als er aufwachte, war es dunkel. Oder nicht dunkel – unbewegliche Juninacht, ein Dämmerzustand. Unmöglich zu sagen, wo in der Nacht man sich befand. Neben ihm schlief Mojan schwer. Jetzt ging ihm auf, daß es draußen in der Küche völlig still war. Niemand atmete dort.

Das Mädchen!

Der Wecker zeigte drei Uhr. Mit einem Schlag war er hellwach. Er hatte starke Kopfschmerzen, alles war ausgetrocknet, verzerrt, furchtbar. Am schlimmsten aber war, wie deutlich er sich an das Geschehene erinnerte. – Verzeih! – versuchte er zu flüstern, aber nur die Lippen bewegten sich, und diese kaum, die Kehle weigerte sich absolut, den Tönen zu dienen.

Er schüttelte Mojan.

Sie aber wachte nicht auf, als *wolle* sie nicht aufwachen.

Und plötzlich erkannte er, daß sie sehr wohl wach war. Die Augen waren zwei schwarze Löcher.

Aber sie wollte ganz einfach nicht.

Darum mußte er jetzt allein hinausgehen, um zu suchen. Wo?

Wohin? In ein Labyrinth ging er. – Und dort ging er. – Eine Glocke von hallenden Schritten um ihn herum. Ständig meinte er, das Echo der Schritte gehe ihm voraus, entkomme aber. – Vielleicht hörte er auch in weiter Entfernung etwas, das an einen Ruf erinnerte. – Doch es wurde von den Schritten übertönt. Straßauf, straßab, kreuz und quer durch die Stadt. Auch entlang des Flusses und des Sees ging er. Aber er verfing sich im Dickicht, verirrte sich und sah ein, dies hatte keinen Sinn, das war unübersehbar für einen Menschen allein, jedenfalls für einen Erwachsenen.

Leer, grün, hallend lag die Stadt da. Tief, feucht, leerhallend die Straßen, die jetzt hineinliefen in das Dämmerlicht. Jetzt mußte er doch nach Hause, er mußte den Müllmännern das Tor öffnen. – Als er kam, war Mojan schon aufgestanden. Aber sie sagte kein Wort und antwortete nicht auf Anrede. Wortlos trank sie ihren Kaffee, während sie wie normal an allen normalen Tagen Essensbehälter und Thermos vorbereitete, einen für ihn und einen für sich. – Genau wie an allen normalen Tagen. Dies aber war kein normaler Tag. – Doch nichts unterschied ihr Gesicht von dem der normalen Tage, abgesehen, daß es womöglich ein wenig glatter, leicht geschwollen war. Und auf Anrede gab sie also keine Antwort – ging nur fort. Die Arbeit durfte doch nicht versäumt werden, gnädigerweise hatte sie wieder Tagschicht bekommen, erschien sie jetzt nicht, bekäme sie sie nie wieder.

Und in seinem noch immer benebelten Kopf dachte er schwach, das kommt bestimmt in Ordnung, bestimmt kommt das Mädchen. – Dann legte er sich hin und schlief ein. Er hingegen verspätete sich, im Unterschied zu Mojan, außerordentlich stark – und noch immer hatte sich kein Mädchen gezeigt, als er gegen 11 Uhr erwachte und entdeckte, daß er mehrere Stunden verschlafen hatte.

Und es kam nicht in Ordnung. – Als er nachmittags nach Hause kam, war noch immer niemand dort. Und als Mojan kam, stand er da und sagte, nun müsse er zur Polizei gehen. – Dagegen wehrte sie sich – das kommt in Ordnung, das kommt in Ordnung. – Und drehte sich um und beschäftigte sich mit etwas anderem. Ihr Gesicht war glatt und friedlich, seltsam war das, er hatte schließlich viel in seinem Leben erlebt, dies aber war bestimmt das Seltsamste.

So ging er also selbst. Es war jetzt schon spät am Tag.

Und es gab ein großes Aufgebot und eine offizielle Suchaktion. – Die Leute starrten ihn an wie einen Kindsmörder. Eine Zwölfjährige nicht zu Hause halten können!

Mojan ging nicht hinaus, nachdem sie der Polizei einmal gesagt hatte, was sie wußte, daß sie nichts wußte, öffnete sie die Türe nicht mehr, sie war in der Küche, sie tat nichts. – Allein begleitete er die Suchkette vor und zurück durch das saugende Sumpfland. Wieder und wieder wurde das Seengebiet durchsucht, die Witterung der Hunde konzentrierte sich hartnäckig auf das Gebiet zwischen dem Deich und dem See, doch das überall befindliche Wasser, die Kanäle, die Gräben, das noch bis weit in den Sommer dort stehende Überschwemmungswasser, unterbrachen die Spuren ständig. – Eine unendliche Nacht – unendlich. In der die Lampen der Polizisten wieder und wieder das stumme Juninachtdunkel durchbrachen. Zweige brachen unter Stiefeln, Rufe ertönten. Lichtkegel glitten über schlafende Wasserflächen in Dikkichtgewölbe. Der Stiefvater konnte nicht mehr sehen, er saß auf dem Deich, das Gesicht in den Händen verborgen. In einer Weise schlief er, auf eine andere Weise sah er nur:

das Bild innerhalb jedes Suchlichtkreises, und das Sehen jedes Augenpaars spielte sich in seinem Kopf ab, der jetzt erfüllt wurde von einer ganzen nächtlichen Welt, ihm bis dahin unbekannt geblieben. Sacht füllte sich jede Windung und jeder Winkel in seinem Gedächtnis mit einem plätschernden Geräusch, ähnlich dem am Ufer, wenn das Wasser steigt. Unerschütterlich steigt. Hinter seinen Augenlidern lebte jetzt mit unerschütterlich starkem Leben das Wasser, die Wurzeln, die Grasbüschel, die nächtlich unbeweglichen Schilffelder, der dunkle Horizont, an dem ein schmaler leuchtender Streifen die ferne große Gegenwart der Ostsee anzeigte, braune Graswirbel in dem schwarzen Wasser, tote, gleichsam aufeinandergetürmte Grasreste, die Lichtreflexe in den Augen der Wasserratte. Mit unerbittlichem Leben füllte sich die Leere über dem weiten, dunkellila Gewässer seine Hirnschale, sie brauste jetzt unerschöpflich in seinem Inneren. Die Lichtkegel, die hinaus- und hineingriffen in die unbeweglichen Heerscharen unbeweglicher Schilfstengel. Das Licht im Auge des Schwans, der auf seinem Nest lag. Der erschrockene Schrei der plötzlich geweckten Kiebitze kreiste wütend über dem Schilffeld. – In dem klaren Juninachthimmel wanderten unendliche Sternbilder. Unendlich. Unendlich. Warum fallen die Sperlinge zur Erde? – Genau in der Dämmerung hörte man dann einen Ruf, die Kette hatte das Mädchen gefunden, sie lag schlafend in einem Erlenstumpf verkrochen, sie waren viele Male daran vorübergegangen, wie konnte es geschehen, daß man sie nicht gesehen hatte? Der Ruf holte die Polizisten herbei. Das Mädchen schlief tief, sie wachte fast nicht auf davon, daß man sie zum Polizeiauto brachte, man führte sie, als gehe sie im Schlaf. Auch die Treppen hinauf führte man sie wie eine, die nicht anwesend ist. Der Stiefvater brachte ihr warme Milch an den Mund. Sie schluckte und wurde noch bekleidet in ihr Bett in der Küche gelegt. Vielleicht glich sie viel eher irgendeiner Art von Kriechtier. Doch je länger der Stiefvater und die Mutter dastanden und sie betrachteten, um so deutlicher wurde, daß der Kopf auf dem Kissen am ehesten einem Vogel glich, einem schweren unförmigen Vogel, breit zwischen den dunklen matten Augen. Moorvogel, verletzt. Und mit einmal war es, als habe sie an Stelle des einen Armes einen Flügel, moorig verletzt.

Die Schuld ist ein schwarzer Wald. Die Schuld ist ein Schattenland, Schatten jagt Schatten. Die Schuld ist ein Eheband, das nie gelöst wird, die Schuld ist eine Nacht, die vereint, wo alles Schwerkraft ist, die vereint, vereint. Schatten sucht Schatten. Körper und Seele. Mitten in ihr kann die Stimme des lebenden Schwarzen durchdringen. Durchdringen.

Der Hausmeister der Neun und der Elf blieb ein lächerlicher Mann, den die Kinder hänselten, ihm mißlang im Leben fast alles, viel hatte er tun wollen, er hatte einen Traum gehabt, doch die Beschaffenheit der Welt stand dem im Wege und zerstörte alles. Um diese Zeit trat in seinem Inneren etwas mit großer Deutlichkeit hervor: die große Kriegsfront.

Er las täglich die Lokalzeitung, den Läns-Demokraten. Dort las er vom stattfindenden Krieg, von den verschiedenen Fronten. – In einem Wald. Kugeln pfeifen, Granaten krepieren. Durch Splitter und Rauch hindurch erkennt man die Kugel der Sonne. Er rettet alle. Dann zersplittert der Traum, er erwacht auf der zerschossenen nackten Erde und weint, er ist nur betrunken, das ist alles.

Häßlich und lächerlich ist das arme Menschentier, es sitzt im Schaukelstuhl am Zimmerfenster und sieht hinaus in das Sternenall und sehnt sich.

In seinem schweren branntweinroten Schädel denkt das Tier an Krieg. Das Blut zieht, der Tod zieht. Doch er ruft: Herr, hilf! Eine Idee hat er. Daß er eines Tages alle retten darf. Dann wird das Todesreich von der Sonne erfüllt werden.

Man war jetzt im Sommer 1941 angekommen, überall in der Welt war Krieg, Heere marschierten, Länder brannten, heulende Flugzeuge stürzten sich auf Städte und Dörfer, durch die Bombenexplosionen transportierten lange Güterzüge zum Tode Verurteilte zu ihren Vernichtungsstätten. Der Krieg strebte und arbeitete auf seinen Höhepunkt, dem totalen Ende zu. Gegen Sommerende fühlte der Hausknecht, daß etwas geschehen mußte. Er begann, Ideen zu entwickeln. Er dachte an sein Leben und die historische Gegenwart, er versuchte eine Aufgabe für sich zu finden, was nicht leicht war. Er strich um das jetzt geschlossene Freiwilligenbüro herum und betrachtete die vergilbten, aufgeworfenen Plakate vom Winterkrieg. Jetzt begann er Vorübergehende anzuhalten.

»Man muß Finnland retten«, sagte er eindringlich und sah einem Mann mit Hut in die Augen. – Dieser aber wollte seinen Blick keineswegs entgegnen, sondern knurrte, der Krieg sei doch vorbei, die eine Medaille bekommen sollten, hätten ihre Medaillen bekommen – jetzt fände ein anderer Krieg statt. Der Mann kehrte dem Hausknecht den Rücken und eilte weiter.

Jetzt redete der Hausknecht zur Straße ganz allgemein:

»Man muß dem Schwachen helfen!

Rettet Finnland!

Wir müssen Finnland helfen!«

Dann sagte er:

»Der Schwache muß uns retten!«

Von einem Vorübergehenden, der ihn kannte, kam:

»Geh nach Hause und schlaf deinen Rausch aus!«

Der Hausknecht indes hielt weiter Reden. Das Fundament seines Lebens redete und vibrierte wie ein Instrument. Als redete die ganze Welt, als sängen die Sterne und riefe die Erde:

»Rettet sie! Rettet sie!«

Danach erhielt der Hausknecht seinen Schlaf zurück. Mojan lag da und hörte die Stunden vergehen: ruhige Atemzüge vom Körper neben ihr, nicht das geringste Schnarchen. Der ganze Körper befand sich im Frieden. Er schlief so tief, und wenn er erwachte, wußte er nie, wo er gewesen war.

Und eines Tages, während er Kohlen schaufelte und Kohlen schaufelte, sah er, als sich die schwere schwarze Klappe öffnete, ganz deutlich, wie der Engel des Lebens dort drinnen im Feuerkegel umherging, als sei nichts gewesen.

Und in seinem Inneren sah er: die Zeit, die den Krieg weitertrug, wie sie mit der Sense über die Ebenen ging –

– wie während dieser Herbstzeit und Erntezeit blutige Vögel langsam vom Himmel sanken, Wolken fallender Vögel verfinsterten den Himmel, wie vom einen Ende der Erde bis zum anderen das Gewölbe des Himmelskreises sich in eine keuchende Nacht aus Jammern verwandelte, durch diese sinkende Masse sterbender Vogelkörper sah man nur Lichtstreifen, aufgerissen mit Bajonettspitzen, keuchende Löcher in der Himmelstiefe, die gelassen leuchtenden: alles auf dem Erdenkreis war schuldloser Kampf, Jammern, Agonie, langsam sinkende wimmernde Todesebene.

Im Winter Erstarren. Wie Eis über einem Bauchschuß, einer Schußwunde. Wie das Eis über einem schwarzen Brunnen.

Zu Neujahr kündigte der Hausknecht seine Stelle im Krankenhaus. Dann blieb er zu Hause. Er kam seinen Hausmeisterpflichten nach. Ansonsten aber saß er nur da, etwas schwer in sich selbst gekehrt, denkend und wiederkäuend. Mojan hätte jetzt, wenn überhaupt je, Grund zum Lärmen gehabt. Aber sie sagte nichts, denn es war, als gehe alles auf eine sonderbare Weise zu Ende. Und eines Morgens im März, als nachts noch immer Eis auf den Wasserpfützen stand, Straßen und Wege aber sauber und trocken dalagen und die Sonne aufging und die Sonne rot über der großen Landstraße hing, die aus der Stadt aus nach Osten führte – erhob sich der Hausknecht vom Tisch, nahm ein kleines, heimlich gepacktes Bündel zur Hand und sagte vielen Dank und adieu und auf Wiedersehen. Dann trat er seine Wanderung an – anfangs nahm er die Landstraße nach Blekinge, die Sonnenaufgangsstraße.

Er ging einen langen Weg, er machte eine Wanderung ins Unbekannte. Er walzte und trottete in Kälte und Regen, Lehm, Frühlingshagel. Ein unbekanntes Chaos ging in ihm um, ging mit ihm um. Nachts schlief er wie ein Vogel unter Zweigen, in der Nässe, in dem feuchten klaren Duft sprießender Pflanzen. Unbekannte Wege ging er. – Auf einer seiner längsten Wanderungen kam er an einen dunklen Nadelwald, der steil einen Berg hinaufging, mehrere Berge und Täler. Stellenweise traten anstelle der Fichten hohe alte Buchenwälder. Hoch oben kam er dann zu einem verlassenen Grubenschacht: einer schwarzen Granitgrube, ein in klare stille schwarze Wassertiefe verwandeltes Auge sah zu ihm aus dem hellen Buchenwaldgrün auf, jetzt im Mai hell wie Wolken über den alten Stämmen. Das dunkle Auge sah. Das Dunkel sah – von überall und auch aus dem Grund seiner selbst sah es ihn. Starkes Licht ringsumher.

Jetzt war alles fertig, nur der Sommer blieb. Die sandigen staubigen Wege fühlten seine Füße. Die Wege führten ihn, gleichgültig wohin, alles war schließlich, wie es ist – nirgends konnte er aus dem Existierenden herausfallen, alles existierte und existierte. So grün war das Land, so grün war der Sommer. Vom Morgen bis zum Abend tanzte die Sonne über seinem Kopf. Haar und Bart durften wachsen, wie sie wollten, er hatte ein neues Leben begonnen. – Im August war er zurück. Er sah aus wie ein Wilder. Zu ihrem Geburtstag bekam das Mädchen ein Geschenk von ihm, ein kleines schwarzes Gebetbuch. Es war früh am Morgen, sie tranken Kaffee und aßen eine Torte, die Mojan gebacken hatte. Dann ging Mojan zur Wollfabrik, ihr Gesicht war schön wie ein dunkler Stein, absolut fremd unter dem leuchtenden Haar (sie hatte im letzten Jahr begonnen, es mit Wasserstoffsuperoxid zu bleichen, damit es seine Silberweiße behielte wie in ihrer Jugend). Der Knecht für sein Teil ging hinaus in die Stadt, über die Eisenbahnbrücke auf Näsby zu, in Richtung Exerzierplatz und Kasernen, dort drüben leuchteten die großen Seen und die grünenden Moorgebiete. Ein so schöner Tag war dieser Tag mitten im August, noch war der Sumpf grün, wenn auch der brave Silberrauch der Rispen darüber lag, weit draußen verschwand alles im Hitzedunst, in Silber. Im Dunst leuchtete der Seespiegel heller als der Tag um ihn herum, der See warf die Sonne selbst zurück, die in diesem weißen Dunst versteckt war. Schießen mit scharfer Munition war angesetzt. Überall standen Warnschilder, auch im Radio war es bekanntgegeben worden. Weit drüben sah man die Kasernen, die Pferdeställe. Das Moor war so grün und so tief. An diesem Tag ging er hinaus auf die Schießbahn, um den Krieg zu guter Letzt aufzuhalten.

Dort sprang er hinter dem Deich hervor.

Hinter dem Deich wogte das grüne Schilf und die Wiesen des Sumpflandes.

Er schwenkte nun die Arme vor dem Zielbild.

»Hört auf mit dem Schießen!«

»Hört auf mit dem Schießen!«

Aber keinem gelang das. Einen Augenblick stand er schwankend auf dem Deich und dann stürzte er. Das Blut strömte und strömte wie ein Strom. Leute kamen angerannt, die Übung war unterbrochen, man legte ihn ins Gras, Sanitäter mit einer Trage kamen. Stimmengebraus. Doch die Stimmen entfernten sich. Er lag im Gras. Dort lag er und sah hinauf in den reinen Himmel. Die Sonne leuchtete auf das Schilf, das Moor sang. So tief war der Himmel. Dann verlor er das Bewußtsein. So flog seine reine Seele zum Himmel – die Sonne leuchtete auf das Schilf, das Moor sang, das war die Geschichte des Hausknechts.

Gott schuf Finsternis und Licht. Gott schuf Himmel und Erde. Er schuf auch die fremden Zwischengegenden.

Es war ein Mädchen.

Es war ein dunkles Mädchen, von dem man eigentlich nicht behaupten konnte, daß es einen Vater hatte – das wußten alle.

Die Gesellschaft war folgendermaßen: die geboren waren, oben zu sein – waren oben. Die anderen lagen darunter. Die bestimmen sollten, bestimmten. Über die anderen wurde bestimmt: sie wurden benutzt: sie benutzten im übrigen selbst jeden, den sie am Nacken packen konnten.

Es war ein Mädchen. Es war eine Gesellschaft, die im Innersten aus Richtern bestand und aus denen, die verurteilt werden sollten.

Wer richtet, setzt dem, der verurteilt werden soll, die Grenzen – den Zwinger, in dem der Verurteilte sich bewegen, in dem er atmen darf.

Die Richter und die Behörde saßen ganz oben. Wer verurteilt wurde, stand weit darunter.

Dort unten war der Unrat: die eigentlich Unbrauchbaren, die, von denen eigentlich niemand wußte, was man mit ihnen anfangen sollte, die dort unten zurechtkommen mußten, so gut wie sie konnten.

Das blinde Goldgesicht über dem Eingang zum Gericht, darüber stand geschrieben: mit den Gesetzen, mit den Waffen.

Aber einige sind so, daß sie, was auch geschehen mag, niemals daran glauben – was auch geschehen mag, sie glauben von allen nur Gutes. Manche Naturen erwarten von allen nur Gutes und überschätzen die ganze Welt maßlos, unheilbar ist ihr dankbares Lächeln – unheilbar, daß der Blick wie nackt erscheint, schutzlos.

In dieser Gesellschaft war das Mädchen eine von den untersten. Zigeuner! Zigeuner! Das kräftige schwarze Haar. Sie und andere ihrer Art galten eigentlich noch zu dieser Zeit als Tiere. Besaß sie eine Seele? – Sie wohnte bei ihrer Mutter, die seit einigen Jahren Witwe war, aber noch immer in der Wollfabrik an derselben Maschine stand, noch immer Tagschicht, was gut war. Tagsüber arbeitete auch das Mädchen, fünfzehnjährig jetzt, aber an einem völlig anderen Ort als die Mutter – in der Knochenmehlfabrik, weiter nördlich, hinter dem Wasserturm. – In der Knochenmühle? Es mag sonderbar erscheinen, eine so widerliche und übel beleumundete Arbeit. Vermutlich auf Grund des Geruchs, dieses besonders ekelhaft anhaftenden verfaulten Geruchs, der über dem ganzen Gebiet lag, hing an dem Namen Knochenmehl etwas von der Art, wie es einst dem Schinder angehaftet hatte, diesem völlig Unberührbaren. Ohne weiteres konnte man nicht jedem beliebigen erzählen, daß man ausgerechnet dort seinen Arbeitsplatz hatte. – Doch das Mädchen, das vor noch nicht allzu langer Zeit die Aufbaustufe verlassen hatte, war stolz darauf, daß sie endlich eine Arbeit hatte und bezahlt wurde wie eine Erwachsene – jedesmal wenn sie ihren Wochenlohn erhielt, trug sie ihn zu Mojan wie eine flehentliche Bestechung, vielleicht könnte Mojan sich diesmal doch erweichen lassen und würde so wie vor langer Zeit.

Denn die Mutter sprach mit ihr eigentlich überhaupt nicht mehr. Her damit! Geh dorthin! das war im großen und ganzen alles. Es war fertig, es war geschlossen. Alles Böse im Leben, alles Falsche im Leben betrachtete die Mutter als Fehler des Mädchens. Auch Teuerung und schlechteren Akkord – in irgendeiner Weise reichten die Wurzeln immer bis zu dem Mädchen.

Und die Summe des Elends, die Bestätigung, wie sie also jetzt untrüglich geworden war, war das Schändliche, daß das Mädchen keine andere Arbeit hatte finden können als die Knochenmühle, alles andere war verschlossen gewesen.

Den ganzen Tag dachte Mojan daran und käute es wieder. (Nachts herrschte ein anderer Traum.) So schloß sich um sie diese böse Denkmaschine. Ein zorniges Schweigen wurde vorherrschend.

Und aus diesem Grunde (aber auch aus anderen, unüberschaubareren) schob das Mädchen es, solange sie konnte, auf, nach der Arbeit nach Hause zu gehen. Bis weit in die Nacht konnte sie verschwunden sein. Wenn sie sich dann schließlich einstellte, wandte sie das Gesicht ab. Mojans Gesicht war eine von Jahren und Arbeit verwüstete, aber noch immer schöne Maske, unbeweglich, auch wenn sie schlug. Und das konnte sie tun, soviel sie mochte, dieses große Mädchen leistete keinen Widerstand, am darauffolgenden Abend jedenfalls war sie wieder verschwunden, als sei nichts geschehen. Sie trieb sich draußen herum und suchte nach einem, der nicht zurückkam. Es waren auch sonderbare Dinge, nach denen sie suchte: Sachen, die man als Stücke und Flecken sah, im Schein des scharfen Straßenlaternenlichtes, das weit in die Torgänge hineinreichte. So zog sie abends straßauf, straßab – suchend, suchend. Manchmal stand sie einfach in einem Torgang und fror. Auf diese Weise sah sie die Stadt bei jedem Wetter, bei jeder Beleuchtung. – Und die Stadt, die Welt der nächtlichen Herumtreiber, sah sie – hatte seit langem ihr Urteil bereit, auf welchen Platz in der Welt sie gehörte.

So hatte es begonnen:

als die Aufbaustufe im Jahr zuvor zu Ende ging – was sollte das Mädchen machen? Oder besser gesagt: was sollte Mojan mit dem Mädchen machen?

Aber sie hatte ja bereits seit langem dafür gesorgt. Schon am gleichen Tag, als die Schule zu Ende war, nahm sie das Mädchen mit zum Personalchef in die Wollfabrik.

Es war einer jener großen Augenblicke.

Doch der Personalchef warf nur einen Blick auf das dunkle Mädchen und hatte eine Sekunde lang genau jenen Ausdruck im Gesicht, wie ihn Personen männlichen Geschlechts bei abendlichen Begegnungen auf der Straße annehmen konnten. Anschließend eine ausweichende, unnahbare Miene. » – später –«

– Nein, daß das Mädchen nicht flink war, nicht behende (abgesehen von gewissen speziellen Dingen), stand ihr deutlich ins Gesicht geschrieben. Ebenso wie es in ihrem Gesicht stand, daß sie vor allem Lebensangst hatte, vor den großen Maschinen – Angst, hängen zu bleiben und hineingezogen zu werden. All dies sah man ihr an, wie sie jetzt vor dem Schreibtisch des Personalchefs stand wie eine in gewisser Hinsicht Angeklagte. Nicht die Maschine! Nicht die Maschine!

Und dann gingen sie nach Hause und begannen zu

warten, Mojan mit großer Zuversicht – die Wollfabrik war schließlich ihre Welt, dort hatte sie ihre Macht (sie war jetzt sogar Beisitzerin im Vorstand des Personalrates). – Das Mädchen aber bat nachts den toten Stiefvater um Hilfe, er kam häufig als Stütze und Hilfe zu ihr, er streichelte ihr das Haar und die Wangen und flüsterte ihr Neuigkeiten aus jener Welt zu, in der er jetzt lebte, brachte Grüße von der kleinen Schwester. – Sie betete voll Entsetzen: Nicht die Maschine! Nicht die Maschine!

Und so lang konnte er ihr helfen, daß sie den ganzen Frühling warten durften, ohne daß ein Platz in der Wollfabrik frei wurde. Mojan hatte einen verlorenen Gesichtsausdruck. Und eines Tages war sie gezwungen, zu sich selbst zu sagen: So kann es nicht weitergehen. Irgendwo mußte das Mädchen unterkommen. Und so gingen sie zur Arbeitsvermittlung.

Und eine Zeit verging, in der das Mädchen Zuweisung auf Zuweisung erhielt. Stets aber traf sie auf die gleichen leeren Gesichter: die Stelle war entweder besetzt oder versprochen. Es war etwas gegen sie. Und zuletzt landete sie also beim einzigen, was sich anbot, der Stelle, die als außerhalb von allem und allen galt.

Und Mojan bekam etwas Verlorenes ins Gesicht, das jedesmal hervortrat, wenn sie das Mädchen sah, und das dann nach und nach von etwas anderem ersetzt wurde: als werde das Gesicht gradweise vereist.

Und das Mädchen, das ja bei sich wußte, daß sie ohnehin verurteilt war, hatte ihre Ansprüche auf Null gesenkt, sie war zufrieden.

Zwar gab es auch hier, hier auch, eine Maschine. Aber die machte keine Angst, sie war nur ein langsam gleitendes Transportband. Und die Aufgabe des Mädchens war nicht schwer. Sie befestigte einen Papiersack, zog an einem Hebel, eine Mündung öffnete sich, und das fertige Düngemittel raste mit einem Donnern in den Sack hinunter, das Donnern hörte auf, als die festgesetzte Menge zu Ende war – dann zog sie an einem weiteren Hebel und das Band rollte weiter zum Kontrolltisch. Außerdem kam häufig jemand und löste sie ab, sie mußte statt dessen Besorgungen machen, nein, es war noch nicht einmal für jemanden, der gerade die Aufbaustufe abgeschlossen hatte, eine schwere Arbeit.

Zweifellos aber war es der Geruch.

In der Knochenmühle Arbeit zu bekommen war leicht gewesen, sie brauchten immer Leute, weil keiner dort sein wollte, darum hatte sie die Stelle bekommen. – Der Geruch – wer dort arbeitete, wusch sich und wusch sich. Doch der Geruch saß unerschütterlich fest in der Nase, daraus ließ er sich nicht wegwaschen. Ihn trug man bei sich, wohin man auch ging und wo man stand, man aß, schlief und träumte in ihm. Falls es nicht sogar so war, daß man am Geruch erkannt werden konnte. Man meinte, die Leute in der Stadt wendeten die Gesichter ab – daß ein Übelkeitszucken auch auf das nächste und liebste Gesicht trat, wenn ein Knochenmühler in die Nähe kam.

Aber das Mädchen wußte dies noch nicht. Sie freute sich so über den Lohn und darüber, groß zu sein und selbst zu verdienen. Und über den weißen Arbeitsmantel und die Mütze. Vom Geruch dachte sie, daran gewöhnt man sich bestimmt.

Und der Weg von der Stadt hinaus zum Schlachthof ging durch das Moor, wo alles duftete und ihr jubelnd vorsang. Es war gegen Ende des Monats Mai, als sie dort zu arbeiten begann, so schön hatte sie das grüne Moorbodenland niemals blühen und glänzen sehen. Froh ging sie den staubigen Weg zwischen Schilf und Kanalgräben hindurch. So viele Vögel lärmten im Schilf: Brachvögel, Rödbenor, verschiedene Kleinvögel. Die Lerchen flogen immer wieder auf und standen tirilierend wie Verrückte über dem Meer aus jungem Schilf. Und eines Tages sah sie tief drinnen im Grün etwas Starkes, Wildes, Weißes, das sich im dunklen Sumpfwasser spiegelte, es war der Singschwan, der dort drinnen im grünen Dunkel auf seinem Nest lag. – Ja, wie wunderbar sang und lebte und blühte es.

Aber es war der Geruch.

Es war ein ihr bis dahin unbekannter Teil der Stadt, mit dem sie jetzt Bekanntschaft schloß. Der Bezirk der Genossenschaftsschlachtereien – Schlachterei, Wurstfabrik, Knochenmehlfabrik – lag weit entfernt geschlossen an der nördlichen Stadtgrenze. Unbebauter morastiger Boden trennte ihn von der Stadt, ganz in der Nähe verlief der Fluß, etwas weiter entfernt erstreckte sich der Nordsee, flach und meilenweit. Von den Gebäuden selbst, dem Schlachthaus mit den weißgestrichenen Eisentoren, der Wurstfabrik, dem Betonbau der Knochenmehlfabrik, sah man im Sommer erst etwas, wenn man ganz dicht davor stand – der Weg zwischen den Gräben, die tief waren wie Kanäle, verlief in dieser Jahreszeit zwischen menschenhohen wogenden Schilfwänden. Man sah nichts, aber der Gestank und die Fliegen kamen einem in heißen blinden Windstößen entgegen, lange ehe man begriff, von wo sie kamen. Vom Güterbahnhof der Eisenbahn liefen Anschlußgleise zum Schlachthaus – aber dennoch fuhren unaufhörlich verschlossene und verriegelte, in weiße Staubwolken gehüllte Lastautos und Viehtransporter, durch die robusten Plankengitter leuchteten die verdrehten Augenäpfel zusammengepferchter Tiere.

Auf dem Schlachthof war Leben und Bewegung – Lastautos bremsten, Güterwagen knirschten, zusammengetriebene Tiere drängten sich brüllend, wiehernd, grunzend, schreiend. – Auf seine Weise zweifellos: Leben und Bewegung. – Aber dennoch ein Platz, an dem alles auf die gleiche Weise versperrt und verriegelt, stumm, bedrohlich, verschlossen war. Türen wurden zugeschlagen, Ladeluken wurden auf- und wieder zugeschlossen. In den verschlossenen Ställen hinter dem Schlachthaus war fern und erstickt das Muhen und Brüllen der Tiere zu hören. Sie lebten noch, aber in Wirklichkeit waren sie ja schon tot. Draußen standen die Sommersimse so grün, und der Himmel war so blau, bisweilen wurde die Sonne weiß, ein schwarzer Gewitterbuckel schoß hoch, und die Stille vertiefte sich. Plötzlich konnte ein kreischendes Wiehern alles wie ein Messer durchschneiden, alles abschneiden. Dann kehrte alleinherrschend die Stille auf dem Gebiet wieder. Der grauweiße Kies, das staubige, zertrampelte Gras, der unerschütterliche Gestank. Die Minuten fielen in der Stille zu Boden. Der süßliche Qualm von Kochdämpfen aus dem Schornstein der Wurstfabrik, der faulige Geruch des Knochenmehls, dessen fetter Staub in den Maschinen, den Wänden, der Decke, den Bändern, in den zugewachsenen Ventilen festsaß, wohin man auch griff, es klebte. Auch die Fliegen an einem so stillen Sommertag mit einer Gewitterfront klebten fest, sie saßen in Mundwinkeln und an Nasenflügeln und weigerten sich, wegzufliegen, wie sehr man auch nach ihnen schlug, als könnten sie in ihrer berauschten Mattigkeit keinen lebendigen Körper mehr von toten, abgezogenen Tierkörpern unterscheiden.

Hinter allen Lauten lag über diesem Ort eine unbegreifliche Stille.

In dieser Stille hörte das Mädchen in einem Traum einen schweren Schlag und ein Seufzen –

überall standen Bottiche und Eimer mit schäumendem Blut, siedendem, noch immer lebendem Blut. Das Blut spiegelte den Himmel, die Sonne und die Wolken. Aus den Schlachtkabinen brachte man die gehäuteten, noch schlaffen und warmen Tierkörper. Die gehäuteten Köpfe ruhten auf dem Kachelboden. Blutige, eingesunkene Augen spiegelten in Splittern und einsinkenden Stücken das Sonnenlicht.

Doch das Mädchen war wie gesagt in der Knochenmühle, einem womöglich noch eigenartigeren Ort als dem Schlachthaus, bei dem Dünger, zu dem der Tod wird.

Im Sommer führte der Weg durch das Paradies, zwar spürte sie den Geruch, den aber übersprang sie, sie war wie einer der Vögel, sie war, als schwebte sie auf dem Schwanennest – sie sang, sie sang, hier hörte sie niemand, und sie konnte singen, wie sie wollte.

Im September aber wurde es feucht und kalt. Das Schilf verblaßte, raschelte. Jetzt empfand sie den Geschmack im Mund. Einen fauligen leeren Geschmack. Sie trug ihn überall mit sich.

Das Schilf war leer, die Vögel waren geflohen, die

Schwäne waren geflüchtet. Nach Ägypten! Lebwohl! Lebwohl!

Eines Nachts erwachte sie starr, gleichsam festgegossen um ein Weinen: sie hatte von einem Toten gegessen.

Jetzt schlich sie sich durch Seitenstraßen. Mußte sie auf einer der Hauptstraßen, hielt sie sich dicht an den Hauswänden. Man mußte ihr die Eigentümlichkeit ansehen, dachte sie. Sie dachte, sie wolle nicht in der Knochenmühle bleiben, nicht einen einzigen Tag mehr. Solange sie dort war, würde sie niemals einen Freund bekommen. Wer wollte eine wie sie zur Freundin haben?

(Das Traurige aber war, daß das Mädchen dort in der Knochenmühle tatsächlich einen Verehrer bekommen hatte, einen, der nur davon träumte, sie zur Freundin zu haben. Doch er kam nicht dazu. Es war ein Schüchterner. Er war so schüchtern, daß sie seine Eigenschaft als Verehrer überhaupt nie ahnte. Nur bisweilen fühlte sie sich von einer stillen Wärme gleichsam umgeben, so daß alles plötzlich still war, warm und sanft. Alles wurde so warm und so klar.

Doch woher es kam, erfuhr sie nie.

Dann kündigte er in der Knochenmühle und verschwand. So verfehlten sie sich für immer. Und einen anderen Verehrer bekam sie nicht.)

So ging der Herbst weiter. So wurde es Winter. Nach wie vor unbeweglich. Alles unbeweglich.

Um sieben Uhr morgens lief das Band in der Knochenmühle mit einem kratzigen Räuspern an. Was heißt, daß jetzt im Winter die Arbeiter in tiefer Dunkelheit dort hinaus gingen. Neben dem Weg waren Schneewälle. Dahinter setzte das reine Nichts ein, starre Schilfufer, leere Ebenen. Eine gefrorene, vom Wintersturm schwarzpolierte Seefläche war dort draußen in der Dunkelheit schwach zu erkennen. Uralt und unbeweglich leuchteten die Sterne dort oben in ihrer Welt.

Eines Morgens aber schickte man sie auf eine Besorgung. Die Dämmerung stieg gerade durch die hoch sitzenden Fenster der Fabrikhalle. Sie zog einen Transportkarren mit Kartons auf dem unebenen Eisweg. Am Horizont brannte es fast. Da sah sie eine Gestalt – aber in weiter Ferne –, die durch das Wasser wanderte. Es war in weiter Ferne, es war draußen am Meer, vor dem großen, gefrorenen Binnensee, der über den schlammigen Unterlauf des halb zugewachsenen Flusses mit der Ostsee verbunden war. Ungeboren, unsäglich, triefend vor Licht entstieg die Gestalt dem Meerwasser. Erste Schritte auf dem Ufer. Das Meer ging in stillen Dünungen, überall erfüllt von völlig durchsichtigen, glasdünnen Eisschollen oder eher Häutchen, wie im Augenblick, ehe das Meer sich zur Ruhe begibt. Nicht eine Spur entstand in dem mehlfeinen weißgrauen windgeflammten Sand. Das Licht fiel in immer längeren Flammen. Das Brennende spiegelte sich in der gefrorenen Seefläche. In der Ferne sah man die Stadt wie geschwärzte, im Schnee verteilte Steine, verfallene Monumente. Über den Hausdächern stand das große stille klare Feuer. Jetzt bemerkte sie, daß jemand neben ihr ging. Sie sah auf und begegnete seinem Blick.

Jetzt rann die Sonne über den Eissee und das Schilf.

Das war etwas völlig Neues. Anders als alles andere. Es war tief in ihr, so tief, daß sie sich nie bewußt gewesen war, es gäbe dort etwas. Eine unbegreifliche Zärtlichkeit tropfte von Zweigen und Baumstämmen und vom aufgeplatzten, verdrehten Baumkörper der alten Weide. Sie fühlte, wie ihr Gesicht lächelte und brannte. Die Welt wurde jetzt von Feuer erleuchtet. Alles war deutlich zu sehen, jedes Sandkorn und jeder erfrorene Grashalm in einem Meer an klarem, frischem Feuerlicht, das vom Himmelsgipfel bis zum Grund des Eises reichte. Vor der Küste stand auch das Meer in Brand, war gänzlich unbegreiflich, aber auch völlig natürlich. Jetzt sah sie in sein Gesicht, und ihre Hände erhoben sich, um sein Antlitz zu berühren. Was in dieser roten Dämmerung bei Sonnenaufgang geschah, war soviel wie ein ganzes Leben. Es war eine nicht endende Zeit. Sie konnte kein Ende haben.

– doch wieder stand sie allein auf dem brennenden Eisweg. Fern erhoben sich die Holzstapel am Gattertor zwischen den Schuppen des Güterbahnhofs. Dorthin wollte sie. Die Holzstapel warfen dunkelblaue Schatten.

Rot leuchtete der Schnee. Alles war wie immer. Wieder zog sie ihren Karren, riesig schmerzten die Finger in der Kälte. Wieder klebte und stank das Knochenmehl, um sie herum stand der ganze lange Arbeitstag still – er dauerte und dauerte, unbeweglich umgab er sie wie Mojans Auge, klar, fremd, alles-bestimmend.

Dies war der Tag.

Dann kommt die Nacht, dann kommt die Dunkelheit und das Dunkelheits-Geschöpf, dann kommt noch ein Leben.

Denn im Fleisch des Tagesmenschen dringt der Nachtmensch auf seine Geburt, wenn die Dunkelheit anbricht, verwandeln sich Haut und Gesicht, wenn die Dunkelheit da ist, tritt er hervor.

Nachmittags nach der Arbeit ging das Mädchen selten nach Hause. Sie mußte hinaus, suchen. Dann ging sie in der Stadt umher. Die verschneiten Holzstapel, der unebene Eisweg. In der Schneedämmerung erschien alles auf eine ungewohnte Weise fremd und größer. Das Hotelschild am Bahnhof leuchtete blau. Soldatengruppen, die sich herumtrieben (es war ja eine Militär- und Garnisonsstadt), riefen und pfiffen ihr nach. Sie bekam Angst und ging schneller. – Jetzt machte man oben in den Fenstern Licht, Licht glitzerte in Kronleuchtern. Unten auf der Straße aber war die Entfernung zwischen den Straßenlaternen groß, dunkle Figuren kamen vorüber, meist uniformiert. Jungen in Gymnasiastenmützen lachten und zeigten auf sie. Sie ging zwischen den Schneewehen umher und suchte. – Sie suchte, suchte. – Wieder waren die Straßen leer. Die Kronleuchter erloschen, die Fenster wurden wieder dunkel und stumm. Nur das Hotelschild leuchtete blau. Im übrigen schlief die Stadt. Jetzt war der Körper vor Kälte fast nicht mehr wahrzunehmen. Er ging, er ging von allein. – Mojan schrie und tobte, als sie nach Hause kam – Hure! Hure!

Am Tag das Knochenmehl. Am Abend die Eiswälle.

Sie meinte ihn überall zu sehen.

Und sie suchte ihn überall.

Doch sie fand ihn nicht.

Spiegelungen, Spiegelungen. Jetzt brannte der Sonnenuntergang im März.

Denn irgendwann geht der Winter doch zu Ende.

Und jetzt beginnt der Schnee zu schmelzen, und dieses Jahr wird es Frühling werden. – Was ist der Frühling? Eine Bewegung im Unbeweglichen, anfangs unmerklich, dann immer stärker, ein Flüstern nimmt zu, ein Murmeln steigert sich zum Brausen, plötzlich ist alles Verschiebung, Veränderung, Stimmen, die dort draußen im See liegenden Schwäne rufen, man geht bis zu den Knöcheln in eisiger Schneematschnässe, der Himmel und die Bäume spiegeln sich in treibendem Eisgang, man weiß nicht, was Himmel ist und was Erde, alles ist unerfüllt, Luftspiegelung.

Und ein Abend kommt, der nur aus Spiegelungen besteht.

An einem solchen Vorfrühlingsabend fällt der Sonnenuntergang Schicht um Schicht durch den noch frostigen Dunst, Spiegelung um Spiegelung, selten brennende, rote Spiegelungen.

Und mit Luftspiegelungen verhält es sich ja so, daß sie sind und nicht sind, doch das rote Licht in ihnen dringt ein in die Seele.

Eis-Schwäne schwimmen im Fluß. Schwanenflügel erheben sich brausend.

Und eines Abends also, eines Sonnenuntergangsabends, sprach das Mädchen einen an, der *ähnlich* war. Es war im Park (oben in der Stadt leuchtete schon das Hotelschild). Sie zitterte nervös und starrte ihn an wie eine Bettlerin. Ein scharfer Tiergeruch ging von ihr aus. Die rote Sonne strahlte durch die Zweige der großen Bäume. Die rote Sonne wurde in seinen Augen reflektiert. Natürlich sah das so ähnlich aus. Ja, natürlich sah das so ähnlich.

Aber die Augen waren ängstlich und unbeweglich. Ein Gefangener, ein Verhexter. Sie wollte helfen, ihn befreien.

Und die ganze Nacht und am nächsten Tag in der Knochenmühle hatte sie keinen anderen Gedanken im Kopf, als ihn wiederzufinden und ihm helfen zu müssen. – Als der Tag zu Ende war, ging sie in den Park. Die Schwäne erhoben sich und flogen. Dort stand sie, bis es dunkel war. Doch es kam keiner.

Und das Mädchen ging in alle die feinen Hauseingänge, straßauf, straßab.

Aber nirgends, nirgends.

Dann kam ihr der Gedanke, sie müsse das Unwahrscheinliche tun – sie stellte sich vor das Gymnasium. Und siehe! dort kam er.

Dunkelrot ging er vorüber, ohne sie anzusehen. Dann war dieser Prinz fort und tot.

Wieder stand sie in der Schneeschmelze im Park im tropfenden Regendunst. Die Schwäne glitten auf dem Wasser. Die hohen Baumkronen verzweigten sich zu Wurzeln, die den Himmel bedeckten. Feuchte Wurzeln wuchsen in die Wolken. Dort stand sie, bis es dunkel war. In der Dunkelheit waren die Lichter der Stadt zu sehen, eine falsche Lichtinsel zwischen den Bäumen. Sie wagte sich nicht hinauf, sie stand hier unten in dieser feuchten Wildnis. – Schwellende feuchte gebärende schwarze Erde/Ebene rundumher. Die Dunkelheit roch nach Meersalz wie ein offener Schoß.

Mit dem Mädchen war es so, daß von ihr eine Witterung ausging, ein eigentümlich aufdringlicher Geruch, den alle empfanden, wodurch ihr Geschlecht ebenso deutlich wahrzunehmen war, als sei es sichtbar entblößt. – Und an jenem Tag, an dem sie sich zum ersten Mal mitten in die Stadt hineinwagte und dort ein dummes, blindes, strahlendes Lächeln lächelte, vor den Schaukästen des Cosmorama-Kinos (wo sonderbare vergilbte graue Bilder sie in Spiegelungen umgaben), kam sie wirklich ins Unglück. An jenem Abend wurde sie zu einem Fest eingeladen – einer Art Fest.

Denn das Geschlecht ist das Kind in Leib und Leben des Menschen: essend, tobend, formend.

Der Schrei um Hilfe, hart ist er und schlicht wie der Schrei der Neugeborenen.

Und es gibt ja ein Alter im Leben, ein Kindesalter, das vor aller Erwachsenheit liegt und in dem das Geschlecht ohne Gesicht ist, es will keine Gesichter sehen – es will nicht sehen, es will sein. Die Anziehungskraft von Erde und Mond ist ausgesetzt: die Gezeiten eilen. So war es mit dem Mädchen, so war es auch beim ihr entgegengesetzten Geschlecht.

Doch beim entgegengesetzten Geschlecht kam auch anderes hinzu, dort herrschte ein wirrer Hunger nach dem

Überleben des Stärkeren. Das Mädchen folgte ihrem Gesetz, es sollte mit der Zeit seine besondere Vollendung erfahren. Die ihre. Auf diese Weise sollte sie im Leben viele Schläge bekommen.

Und das Mädchen war in der Stadt gesehen worden. Irgendwann konnte beispielsweise jener, der sie nicht länger grüßte, jeden Tag sicher sein, auf sie zu stoßen, auf ihr träumendes, strahlendes Lächeln, als wandle sie, vom eigenen, eigenen Lächeln betäubt, im Schlaf. – In einem Schlaf, in einem Traum. Aus ihren Mooraugen strömte ein nahezu unerträglicher Glanz. Sie mußte ungeheure Mühe darauf verwandt haben, ihn aufzuspüren, zwar versuchte er, sich zu verbergen, er flüsterte Freunden zu: Versteckt mich! wenn sie in der Ferne auftauchte, unter ihnen war daraus schon ein so selbstverständlicher, altbekannter Scherz geworden, daß die geringste Andeutung genügte, damit während der Schulstunde sich die gesamte Klasse plötzlich in unterdrückten Lachkrämpfen wand – ja, es dürfte eine unaufhörliche Mühe gewesen sein, wieder und wieder die Spur aufzunehmen, fast schien es, als tue sie nach der Arbeit nichts anderes (alle wußten sie nun ja, wo sie arbeitete), als in der Stadt herumzuwandern und zu – schnüffeln, ein unerschütterlich sicherer, aber dennoch in gewisser Weise blinder Jagdhund.

Und es gab wie gesagt ein Fest. Freilich ein sehr anspruchsloses, an sich konnte nur jemand, der noch nie etwas erlebt hatte, glauben, es werde etwas Festähnliches geben. Außerdem stürmte und regnete es. Außerdem würde man im Freien sein. Nein, ein Fest konnte man das bestimmt nicht nennen – nur das Mädchen war so fröhlich, einer war auf sie zugekommen und hatte auf eine Manteltasche geklopft und hatte gesagt: Ich hab was, jetzt würde unten im Park getrunken werden.

Und es war eine dunkle abgelegene Ecke des Parks. Die erleuchteten Fenster oben in der Stadt wirkten wie ein Strand aus weiter Entfernung von draußen auf See. Im wogenden, nassen Dunkel bewegten sich die Büsche wie große Tiere. Unendlich weit entfernt glitten die Lichter der Stadt dahin, tief und tiefer drang das Mädchen ein in die Feuchtigkeit, die Büsche schlugen ihr ins Gesicht.

Sie aber suchte ja den Verhexten, welche Rolle spielte es, welches Gesicht er hatte, das Gesicht sah man ja nicht.

Und dort kam er ihr ja entgegen. Das Gesicht war im Dunkel nicht zu sehen. Der Regen pfiff, der Wind drückte, das Bootshaus knarrte, das alte Holzbadehaus knirschte. Dennoch sah man draußen auf dem Fluß Lichtfunken, mochten es nun Reflexe der Laternen oben am Theater sein, oder stiegen sie aus der treibenden Tiefe des raschen Wassers selbst auf. Im fernen Widerschein der dahineilenden Wasserfunken sah sie die Augen eines Menschen. Ein starkes fremdes Licht: das Gesicht sah sie nicht. – Er pfiff eine kleine Melodie. – Jetzt kamen die beiden anderen sozusagen zufällig aus den Büschen. Sie grüßten vergnügt. Sie nahmen die beiden in ihre Mitte. Dann kam die Flasche aus dem Mantel des einen: sie ging von Mund zu Mund: sie bekam einen Schluck, kicherte und schnappte nach Luft. Dann bekam sie noch einen Schluck – schluck! schluck! Einer von ihnen hielt lachend die Flasche.

Dann zogen sie alle zusammen unter Freude und Lust in das Bootshaus, zu dem einer der zuletzt Hinzugekommenen den Schlüssel hatte – er schloß sorgfältig hinter sich zu. Aber der Sturm und der Regen machten eine derartige Sicherheitsmaßnahme eigentlich völlig überflüssig: so wie der Wind pfiff, wie das Wasser platschte und plätscherte, so wie das alte Holzgebäude auf seinen Pfählen knackte und wimmerte, konnten Geräusche unmöglich ins Freie dringen. – Womöglich wenn jemand schrie. – Aber hier war es ja so dunkel und von allem so fern. Und jeder Laut würde sich unerbittlich mit den eigenen großen Lauten der Natur vermischen – dem Weben, dem Windgebraus, dem Wassergebraus, dem Lärm der Baumkronen und dem wimmernden Schaben der Äste aneinander.

Wer sich in dieses Spiel begibt.

Besonders eine, die so ist – wie alle wissen–, daß sie dieses Spiel verträgt. Wie alle wissen: für solches Spiel ist sie gemacht, dort ist ihr Platz auf der Welt, ihre Art und Natur. Alle haben ihren Platz, man muß seinen Platz kennen. – Sie waren Kinder, in der Nähe des Geschlechts wurden sie wie Kinder. Sie spielten sonderbare Spiele. Sonderbare Dinge stiegen in ihnen auf. Unter anderem dies: die äußerste Macht zu sein. Sich zu bemächtigen. Das bebende Weiche unter der Kraft der Macht: die Erde, der Körper, die Welt – die ganze Welt. – Auch der Branntwein war es. Oder vielleicht war es der Branntwein nicht. Aber, als habe sie einen Zaubertrank getrunken. Eine große Verwirrung, eine riesige Verwirrung – was war oben und unten, was war schwarz und was war weiß, alles floß ineinander, zu einem brennendheißen Strom wurde es, er schimmerte, er schimmerte. Die Schatten sonderbarer Gesichter waren im Licht des blitzschnell fließenden Wassers zu sehen. Welche Kraft hatte sie doch. Das Haar ringelte sich. Das Gesicht glühte. Die nächtlichen Bäume lärmten, der Fluß strömte brausend unter ihnen dahin, schwarzes Wasser lichtfunkelnd zwischen den undichten Planken des Bootshauses. Sie trug sie alle.

Einige Zeit danach stand die Tür des Bootshauses also weit offen und schlug hin und her – der mit dem Schlüssel hatte vergessen, hinter sich abzuschließen, offenbar war ganz plötzlich Panik ausgebrochen, der Ort hastig verlassen worden. Vielleicht hatte einer gemeint, Schritte zu hören – der Parkwächter, die Polizei? –, und war in großer Verwirrung desertiert. Vielleicht hatte das zu allem bereite Opfer plötzlich genug gehabt und um Hilfe zu rufen begonnen. Vielleicht hatte sie einem, der sich entfernte, wild hinterhergerufen. Wie auch immer, die Tür stand offen, schlug hin und her, hin und her. Kein menschliches Wesen war dort noch zu sehen. Holz, Fluß, altes verrottetes Holz, glucksendes Wasser waren allein mit sich.

Erst nach einer weiteren langen Zeit – einer Stunde? einem Jahrtausend? auf jeden Fall außerhalb der Zeit – begann es sich in einer Ecke zu regen. Als komme ein Tier gekrochen. Etwas Formloses tastete sich auf Händen und Knien heran, stieß im Dunkel gegen Wände, wollte sich erheben, stolperte aber und wäre beinahe ins Wasser gefallen, das schwarz und glänzend zwischen den Pfählen platschte. Hier draußen war Wind und undurchdringliches Dunkel. Als sie schließlich durch den Park ging, sah man die lärmenden, wirbelnden, von den Straßenlaternen oben in der Stadt halbbeleuchteten Baumkronen, dort oben zwischen den Bäumen lag die Lichtinsel der Stadt, alles lag noch dort, Böse und Gute gab es noch wie immer.

Eigentlich erinnerte sie sich nicht, was geschehen war. Obwohl sie es an und für sich wußte. In Wirklichkeit aber erinnerte sie sich an nichts. – Was ist die Wirklichkeit? Sich dessen zu entsinnen war zuviel.

In den Straßen war es still. Der Frühlingssturm tobte über die Dächer. Nur vereinzelte Nachwanderer. – Nur sie sah sie plötzlich. Einsame Wanderer, Männergestalten mit ins Gesicht gezogenem Hut, die Gesichter sah man nie. Sie standen wie Pfeiler. Sie steckten den Weg ab. Sie hatten keine Gesichter. – Zu Hause begrüßte Mojan sie im Nachthemd mit einer knallenden Ohrfeige: und noch eine! und noch eine! – Sie war nämlich von einer Schnapswolke umgeben wie ein ganzes Rekrutenfest. Mojan schlug die Tür hinter ihr mit einem Knall zu, das Mädchen fiel fast bewußtlos ins Bett.

(Doch auch zu diesem erbärmlichen Fleischhaufen kam der gute Schlaf. Und unter den Flügeln des Schlafs ein Bild:

Augen.

Flügel, die wie Augen waren. Dunkel, klar. Sie sahen.)

Und alles geschah nun in einem Traum des Dunkels. Denn es zeigte sich – als die blauen Flecken dann vergangen waren –, daß das Ereignis im Bootshaus das Mädchen sozusagen auf ein Gleis geführt hatte, sie begann an etwas zu denken, sie wußte jetzt, daß sie wirklich zaubern konnte. Und nach einiger Zeit stand sie wieder dort, nicht unter der Linde, aber in einem Tor in der Nähe des Ausgangs zum Park. Es kam einer, er war anders, aber gleich. Es kam noch einer, er war anders, aber ebenso gleich, sie waren austauschbar. Und mit einem solchen Ausgetauschten und Vertauschten ging sie hinunter in den Park zum Bootshaus, wo sie mittlerweile gelernt hatte, das alte Schloß ganz geschickt aufzubrechen. Dort drinnen waren sie eine Weile zusammen – keine besonders lange Weile. Dann kamen sie zusammen aus dem Bootshaus, er sah sich ängstlich um. Sie trennten sich. Sie würden sich wiedertreffen. Das aber taten sie nicht. – Nein, sie fand ihn nicht, sie fand kein wiedererkennbares Gesicht – einen Verhexten fand sie, wieder und wieder, welche Rolle spielten die Gesichter, es war ja dunkel, die Dunkelheit war die Macht. Sie begriff noch selbst, daß sie sozusagen den Verstand verloren hatte, so etwas konnte man nicht machen. Es ließ sich aber nicht widerstehen, wieder und wieder tat sie es, je fremder der Geruch im Dunkeln war, um so stärker wirkte der Zauber. Unglaubliche Dinge können da geschehen. Um ein Haar sind die Grenzen zwischen Welt und Mensch aufgehoben. Nur das dünnste Häutchen gibt es noch. In ihm bewegt man sich wie ein rasender Embryo. Fast kann man auf dem Wasser gehen. – Nur, daß man nicht geboren ist, noch nicht. – Muß, muß geboren werden. – Und unten im Park hielt sie sich jetzt auf, dort roch es, wie es riechen mußte, das war ihr Aufenthalt, hier unten wohnte das Dunkel, sie fühlte, das Dunkel war ihre Heimat, die Haut war zu Wurzeln geworden, sie aß Nacht und Nahrung. (Obwohl ein älterer Mann mit schmieriger Haut, der sie mitnahm ins Hotel mit dem blauen Schild – TEMPERENCE – das war etwas anderes, eine andere Welt, an ihn hätte sie hinterher am liebsten nie mehr gedacht.)

Im Verlauf des Frühjahrs und des Sommers kam es zu einer gewissen Zahl solcher Treffen. Am Samstagmorgen zog sie ihr rotes gutes Kleid an, wenn sie zur Arbeit ging, hinterher kam sie ganz einfach nicht nach Hause. Mit dem Sommer wurde alles einfacher, das Laubwerk wurde dichter und die Büsche ganz hinten im Park schlossen sich zu einem Gestrüpp: halb ertrunken im Laubdunkel die vertauschten Gesichter, auf irgendeine Weise starr und dann trotzdem plötzlich gebrochen im Krampf, ruckartige Kinderlaute murmelnd. Unbekannte Treffen, schwarze Treffen, sie begannen in einem Tor, sie endeten im Dunkeln in etwas, das ebenfalls einem Tor ähnelte, aber eher noch einem Brunnen, einem von jenen, in denen die Meeresaale aufsteigen, wenn sie lange unterirdische Wasserwege zurückgelegt hatten. – Als helfe sie ihnen heraus aus dem Dunkel, heraus aus dem Brunnen.

Und es war außerhalb der Zeit.

Und was ihr den Lauf der Zeit anzeigte, hatte auch aufgehört: alles war ein einziger Augenblick ohne Ausgang, ohne Zeit, wie ein Kinderschoß.

Und zum Sommer hin wurde der Verdacht in ihr also sehr deutlich. (In Wirklichkeit hatte es ihn dort lange gegeben, von jenem Augenblick selbst an, in Wirklichkeit wußte sie ja genau, was jener Augenblick gewesen war.) Je weiter der Sommer fortschritt, um so mehr breitete er sich aus. Um so mehr brachte er alles unter seine Gewalt, so daß zuletzt alles nur ein einziger schwarzer Traum war, der nicht endete, weil es Tageslicht und Sonnenlicht gab: ein schwarzer entsetzlicher Traum mitten in der Sonne: sie übergab sich: er erfüllte sie, sie selbst gab es nicht mehr, ihn gab es.

Jedenfalls zog sie aber nach wie vor das rote Kleid an und schlich sich fort. Dann im Juli war es unübersehbar, es hatte zu spannen begonnen. Mojan sah an ihr vorbei, als wolle sie sie nicht sehen. – Eines Tages aber, eines Vormittags mitten in einem schneidenden Sonnenstreifen mitten in der Knochenmühle, wurde das Mädchen wie von einem Blitzeinschlag getroffen: Was? Was? würde Mojan sagen ? – Denn für das, was sie in sich trug, würde sich ein Vater ja überhaupt nicht angeben lassen.

So schritt ein warmer Sommer schwer voran.

Und im August, an einem Morgen, als sie gerade aufwachte, sah sie einen Mann in Not. Sie sah ihn vor sich an der Wand. So blieb er den ganzen Tag vor ihr. Quer durch die Maschinen hindurch sah sie ihn über dem Band schweben.

Am folgenden Tag war Sonntag. Es war warm und schön. Sie ging hinaus in den Moorwald. Dort lag sie in einem Gestrüpp, verkrochen zwischen den Wurzeln einer Erle, sie umschlangen sie wie zwei knotige dunkle Beine, Schenkel, die unten in dem hellen laubgefleckten Boden verschwanden, als gehörten sie zu einem Körper, der auf dem Weg war, sich selbst in die Erde zu begraben; es gab keinen Unterschied mehr zwischen ihr und der laubigen, warmen Erde, die Zweige, die hineinwollten in die Erde, die Wurzeln, die in den Himmel hinaufwollten. Es war mitten im August, fast ihr Geburtstag, ein warmer Tag nach einem warmen Sommer, der jetzt seinem Ende entgegenging – und völlig still in dem heißen Sonnenlicht über dem See, keine Vögel. Das einzige, was sie hörte, war das Geräusch ihres eigenen Herzens, es klopfte und ging so stark, als sei es viel größer als sie selbst, es schlug und sang so laut und fest, daß Himmel und Erde von ihm erfüllt schienen, und alles dazwischen, keinen Ort unter dem Himmel gab es, den es nicht erreichte, sie konnte es nicht zum Schweigen bringen. Aber sie wollte, daß es schwieg. Sie wollte, daß es aufhörte zu tönen und zu klingen und zu gehen. Sie lag jetzt hier und wollte sterben, denn für nichts gab es eine Lösung. – Die Sonnenstrahlen flossen quer durch das Laub, sie trafen sich, kreuzten sich, trennten sich – in den Sonnenstrahlen und dem Sonnengewebe wurden alle Einwohner der Moorluft sichtbar, Lichtwolken von Fliegen und Mücken. Sie entdeckte jetzt, daß es in Wirklichkeit hier drinnen im Wald keineswegs dunkel war. Das Lied der Mückenwolken ging ohne Unterlaß weiter, ein einziger eintöniger, rieselnder feilender, rinnender Faden spann und rann und hörte nicht auf – auch der Rest des Waldes war beteiligt, hatte man eine Zeitlang gelauscht, nahm man wahr, daß irgend jemand an einem beinahe reißenden Faden spann und spann, der indessen nicht endete, nein, nicht endete, nein, niemals endete. Nur weiterlief. Lebte und lebte. Die Mücken stachen. Mücken klatschten dem Mädchen gegen Stirn, Mund, Arme, es gab blutige Mückenflecken. Wie das surrte! Und wie es auch surrte und summte von den Spinnweben, überall voll klebrigen Fliegen und weichen grauen Nachtfaltern, ein unaufhörlich todessirrendes Glitzern. Sie kratzte an ihren Stichen und sog ihr Blut. Sie lag im Bauch jener hellen, surrenden, feuchten Erde. – Stunden oder Augenblick? Sie sank und sank hinab durch einen sich verdunkelnden klärenden Brunnen, kein Ende nahm es, still öffnete sich die Haut unter dem kühlen Schweißtau, stumm öffneten sich die Lippen, der ganze Körper – öffnete sich. Quer durch ihre Gedanken, die die ganze Zeit einen leeren bösen Käfig schüttelten – öffnete sich der Körper. – Der Körper hörte: ein Sausen und ein Surren, ein Winseln und ein Zischen, ein Fressen und ein Nagen, ein Mahlen und ein Feilen, die Mücken tanzen, die Würmer fressen und wandern, das grobe Gewebe, das feine Gewebe aus Wurzeln streckt sich und birst, die ganze Erdmasse gibt einen sacht mahlenden, murmelnden, perlenden Lebenslaut von Pflanzenteilen von sich, die zu Erde werden, Samen wird zu Erde, Erde wird Keimblatt, Erde wird zu Stämmen, die der Sonne entgegenwachsen, Erde wird zu Wurzeln und Körpern, die Körper werden zu anderen Körpern, Körper werden zu Erde, überall und in allem atmet die Erde, atmet und verwandelt sich die helle, lebende, warme, surrende Erde. Sie lag in der warmen, singenden Erde. Alles Leben rührte sich, krabbelte, kroch, glänzte, in einem Gewebe aus Leben existierte sie, bewegte sie sich, dann bewegte es sich, alles Leben atmete ineinander, und wo Lungen und Herz einander aßen, lebte alles und existierte ineinander. Sie konnte nicht sterben. Auch wenn sie es noch so sehr versuchte, nein, sie konnte nicht sterben.

Das Mädchen saß im Wald. Der niedrige Moorwald flüsterte und raschelte. Überall zwischen den Wurzeln leuchtete Wasser wie Augen. Das Mädchen sah ein Gesicht. Aus weiter Ferne warf der See, der die Sonne spiegelte, ein so tiefes und großes Licht wie der Himmel durch die verwobenen Zweige. Das Mädchen saß in seiner Wurzelgrotte, eingeflochten in die Erde, die Wurzeln gingen hinab in die Erde und hinauf in den Himmel. Die Wasseransammlungen glänzten mit sprechenden schwarzen Blicken. Im Sonnenkranz vor ihr hing ein Gesicht.

Augenblick für Augenblick verging.

Die Schatten wurden länger. Das Licht wurde rot. Als sie aufstand, sah sie durch die Bäume den Sonnenuntergang und die Stadt in seinem Licht. Die Stadt verbrannte. Bald würde sie vernichtet sein.

In der anderen Richtung öffnete sich das gewaltige schweigende Auge des Sees.

Aus dem See ging nun der Vollmond auf, dunkel und rot, flammend geädert, ein Ei mit dunklen Blutwurzeln. Die Sonne war untergegangen, aber das Licht der Sonne wurde jetzt von der neuen unbekannten Himmelsgestalt zurückgeworfen. Ein neues Leben würde kommen.

Und am folgenden Morgen, der also ein Montag war, gingen das Mädchen und Mojan wie üblich zur Arbeit, sie machten nicht viele Worte, schon lange war es wie eine Gewohnheit zwischen sie gekommen, nicht viele Worte zu machen, überhaupt keine fast, von plötzlichen heftigen Beschimpfungen abgesehen. – Wie war das so gekommen? fragte Mojan sich die ganze Zeit. – Doch gerade in jenem Sommer gab es hier etwas, das Mojan nicht sehen und an das sie nicht denken wollte. – Und als sie sich wie immer am Haustor trennten, um jede in ihrer Richtung zu ihrem Arbeitsplatz zu gehen, wartete das Mädchen, bis Mojan hinter der Straßenecke verschwunden war, dann drehte sie sich um und lief zurück. – Zu Hause angekommen, packte sie einen kleinen Koffer, übrigens den einzigen des Haushalts. Aus der Dose auf dem Küchenschrank, in dem Mojan ihr gemeinsames Geld verwahrte, nahm sie fündundzwanzig Kronen. Auf ein Papier schrieb sie:

»Liebe Mama, verzeih mir, such mich nicht.«

In der Tür sah sie sich um. Sie weinte nicht. Zumindest aber in gewisser Weise blind, tastete sie sich die Treppe hinunter, die Tasche in der Hand, hinaus auf die Straße, hinaus in die Welt, fort, fort, wohin in der Welt sollte sie gehen?

Wie das Mädchen lebte und überlebte, daran denkt man am besten nicht.

Eines Tages jedoch kam sie nach Stockholm, stand an der südlichen Stadtgrenze der Hauptstadt. Zinnen, Felsberge, Türme mit jäh abfallenden Schluchten dazwischen, standen dunkelblau im harten Septemberlicht. – In jener Nacht schlief sie auf dem Boden unter der Skanstullsbron, sie dachte, es wird bestimmt besser, an irgendeinem Tag mußte es doch besser werden. – Aber wurde es besser? Eine harte, brutale Stadt war das, in der sie gelandet war, nachts das kalte Lampenlicht an den Bushaltestellen über den erloschenen grauen, bisweilen entsetzlich verfallenen Gesichtern der dahineilenden Menschen, eine Stadt, in der man untergehen konnte, von keinem gesehen. – Nach einiger Zeit fand sie in der Zentralmolkerei Arbeit als Flaschenspülerin. Aber das war schwer. Und zu dieser Zeit hatte sie gelernt, daß wirklich die einfachste Art, seinen Lebensunterhalt zu verdienen, darin bestand, die Beine breit zu machen. Nun aber war der Bauch ernstlich im Weg. Zwar gab es welche, die dies nicht kümmerte, den meisten aber widerstrebte es – sie sahen auf ihren Bauch, bekamen einen erschrockenen Ausdruck ins Gesicht und gingen rasch weiter. Eigentlich waren es jetzt nur noch die ganz Kläglichen, die nichts dagegen hatten, sie bezahlten, soviel sie konnten, sie mußte sich dafür bedanken. – Unter dieser Art Menschen sollte sie auch leben, es war unten am Årstastrand zwischen den Booten, hier wohnten viele Heimatlose und Sonderlinge – wenn es nun wohnen heißen kann. – Und hier landete auch sie. Eine richtige Wohnung fand sie nie. Nach kurzer Zeit im Asyl der Heilsarmee (wo man schon von Anfang an bedrohliche Fragen stellte, davon sprach, sie müsse nach Hause zurückgehen) fand sie für sich ein aufgesetztes Boot unterhalb von Tanto. Es war jetzt Oktober, schön, aber nachts mit Frost. Dort wohnte sie unter einer Persenning und hielt Hof unter den Unglücklichen, von denen bekam sie manchmal nur einen Schnaps als Bezahlung, nur einen Schnaps, aber der wärmte. – Es war Oktober, so schön, gelbes Laub fiel und trieb auf dem Wasser, floß mit der Strömung zum Meer.

Und dort lag sie. Sie ging nicht mehr zur Molkerei. Sie war jetzt ganz draußen, lebte von der Hand in den Mund, von Tag zu Tag.

Die Abende kamen, die Nächte kamen. – Die Sterne blickten herab.

Sie lag auf dem Rücken im Boot, den Körper unter dem Überzug, das Gesicht aber im Freien, so daß die Augen aufsahen zu den Sternbildern, die am riesigen schwarzen Nachthimmel leuchteten und funkelten. Weit offen folgten die braunen Augen den leuchtenden wandernden Himmelszeichen. Auch die Lippen standen auf, der Atem wurde eine weiße Wolke. Der Oktober ging seinem Ende entgegen, die Nächte waren nun wirklich kalt, am Morgen würde der Rauhreif auf der Persenning schimmern, doch ihr starker sechzehnjähriger Körper hielt die Wärme. Die Kronen der hohen Stranderlen standen atemlos still, die Zweige strebten empor zu der wandernden Sternenwelt – über der schlafenden dunklen Haupstadt leuchten die unauslotbaren Wege der Sternenkarte. Die uralten Sterne wanderten außerhalb der Zeit oder leuchteten in eine andere Zeit. Sie aber lag da und hielt die Hand unter dem Rock auf dem nackten gespannten Bauch, etwas Fremdes beulte und bewegte sich unter der Haut, unbekannte neue Körperteile knufften sie in die Handfläche. Die uralten Sterne sprachen und sangen. Unbekannt und stark bewegte das fremde Wesen sich in ihr. Dort tief in jenem warmen feuchten Bett in ihr rührte sich das unfertige Wesen mit geschlossenen Augen – dort weit draußen im Weltall, weit draußen in einer anderen Zeit, bewegten sich auf die gleiche Weise die Himmelskörper auf ihren keuchenden, glänzenden Bahnen. Die braunen Augen des Mädchens sahen hinauf zu den Sternbildern, unsichtbares Brausen in den Baumspitzen, die Sterne redeten und sangen, das Mädchen sang leise mit.

So kam ein seltsames, fast baumähnliches Leben, mit den Sternen, zuerst regenbespült, dann morgens von knisterndem Eis bedeckt; sie überlebte wie ein Baum, schmutzig wie eine Wurzel. Sie hatte keinen Verstand, keine Gefühle, das Essen nahm sie, wo sie es fand – sie stand außerhalb von allem, war gleichsam in eine andere Ordnung gekommen. Höher? Niedriger? – Anders.

So schritt die Zeit Tag um Tag zu auf das, was sie erfüllen sollte.

Und es wurde Advent. Eis glitzerte in den Klippenspalten. Schwer und furchtbar war es jetzt, manchmal war sie hungrig wie eine Katze oder ein Fuchs – sie hätte die Zähne in alles mögliche schlagen können, bisweilen in das zähe, feuchte, gefrorene Gras, sich mit Erde einreiben können, Erde essen können.

Und eines Tages war Weihnachtsabend – ja, richtig, Weihnachtsabend.

Sie ging durch einen Park. Es war Nebel, Schneeregen.

Feucht tropfende, zerrissene schwarze Klippenwände erhoben sich aus dem gelbgrauen nassen Gras. Da ging ein Stich wie ein Messerstich quer durch Rücken und Leib. Sie fiel ins Gras – genau wie ein Messerstich. Einige Frauen waren dort und sammelten Zweige für das Weihnachtsfeuer – sie sahen sich überall um, Zweige zählten als Holz und waren seit den Kriegsjahren auf ernsthafte Weise das Eigentum der Öffentlichkeit, zwar war jetzt Nachkriegszeit, aber dennoch noch immer Krisenzeit, Holz war teuer. Plötzlich dann stand eine solche Frau über dem Mädchen, betastete ihren großen Bauch – das Mädchen wimmerte kläglich. »Aber Kleine!« Und nach einer kurzen Besprechung legten sie ihre Zweige weg und brachten sie ins Krankenhaus. – Dorthin war es nicht so weit. Aber eine lange Wanderung – in gleichmäßigen Abständen sank sie zusammen, stützte sich an eine Hauswand oder einen Baum, ein winselndes Jammern drang aus ihrem Innern. Die Frauen stützten sie, hielten ihr den Kopf, sprachen zärtlich, beinahe kindlich zu ihr. So schleppte sie sich den Weg Stück für Stück voran, zu guter Letzt aber waren sie endlich oben im Krankenhaus.

Das Krankenhaus war ein hohes schwarzes Gebäude auf Felsgrund. Im Innern war es wie eine überfüllte Herberge: Menschen lagen überall in den Korridoren auf Tragen, von der Decke beleuchtete ein blaues Licht alle Gesichter.

Hier brachte nun das Mädchen in der folgenden Nacht einen Jungen zur Welt. Mitten im einsamsten Dunkel, mitten in der schwärzesten Mittwinternacht wurde er geboren. Man sollte nicht glauben, daß ein Kind solch eine Schwangerschaft, wie es sie hinter sich hatte, überstehen konnte und sich trotzdem entwickelte, man sollte denken, daß das, was schließlich dennoch hervorkam, in irgendeiner Weise geschädigt oder verkrüppelt oder zumindest geschwächt wäre – doch ein äußerst lebhaftes Kind wurde geboren, blaurot vor Leben wand es sich in den Händen der Hebamme. Als das Mädchen den ersten wütenden Schrei hörte, sah sie in eine starke Lampe, in ein so blendendes Licht, daß sich ihr Blick verdunkelte. Die Hebamme drückte auf ihren Bauch, um die Nachgeburt herauszuholen, sie trat aus wie ein Stück blanken dunklen unglaublich weichen Felsens. Man hielt ihr den Jungen hin. Er hatte Augen, die blendeten wie starke Lampen, stärker als alles Licht.

Und dann hatte sie den kleinen gierigen Jungen in ihren Armen, er atmete heftig, rasch und warm wie ein Tierjunges, der dunkelrote kleine Schädel enthielt die gewundenen Wegskizzen zu einer komplizierten Wanderung. Seine kleinen Hände öffneten und schlossen sich, sie wollten schon greifen und greifen. Sofort gab sie ihm ihre Finger, begann mit ihm zu spielen und zu sprechen. Mit einem Male entstand eine lebendige Welt, jemand sucht, jemand antwortet, jemand will greifen und begreifen, jemand gibt und gibt, die Welt ist Suchen und Antwort, die Welt ist Ruf und Antwort, es war die Welt, die ganz einfach entstand, dort hatte das Leben seine Wohnung, Ruf und Antwort. Ja, dort zwischen der Mutter und dem Kind gab es nie Schweigen, dort anwortete ständig einer dem anderen, die ganze Zeit wob sich ein stilles Wimmern oder Murmeln zwischen den beiden zusammenhängenden Geschöpfen, wie einmal das Brausen des Blutes zwischen dem Mutterkörper und dem Embryo. Und jedes

Teil seines Körpers war ein Wort an sie, jeder Teil ihres Körpers rief und flüsterte ihm zu, wenn er schlief, murmelte und flüsterte es die ganze Zeit von ihm zu ihrer Seele. Nun hing alles zusammen, sie, der Junge, die ganze Welt hatten dasselbe Blut und waren untrennbar. Sie dachte, nie im Leben könnten sie einsam sein, nicht sie, nicht er.

Dann aber kam ein Weißgekleideter und fragte nach dem Vater, hartnäckig und schließlich bedrohlich – drohend schließlich, der Junge werde in öffentliche Verwahrung genommen. Sie aber konnte doch nichts antworten, sie wußte ja nichts.

Sie könnten nie allein sein. Sie aber im Leben zu trennen war leichter, als man hätte denken können.

Und als wir das Mädchen das nächste Mal sehen, hat man sie ganz legal in öffentliche Verwahrung übernommen, und sie wird schreiend in eine Polizeiambulanz geschleppt, man sieht, wie sich ihr dunkler Kopf dort drinnen unbeweglich auf der weißgestrichenen Scheibe abzeichnet. Einige Neugierige stehen glotzend da. Ein Polizist kommt mit dem kleinen, schmutzigen, stinkenden Kinderbündel auf dem Arm hinterher.

Es war nämlich so, daß das Mädchen darauf bestanden hatte, mit dem Neugeborenen in dem Boot unter der Persenning zu wohnen. Als sie aus dem Krankenhaus gekommen war, hatte man sie, wie es in solchen Fällen üblich war, im Mütterwohnheim untergebracht. Dort aber wollte sie nicht sein, sie wollte überhaupt nicht dort sein. Sie wollte zum Boot auf Tanto. Obwohl es noch mitten im Winter war – es lag ja noch tiefer Schnee –, riß sie bereits nach zwei Tagen von diesem sauberen und warmen Ort aus. Dieses Mal fing man sie fast unmittelbar ein. Dann wurde sie scharf überwacht. Heftig grübelnd mit einem schwer forschenden Blick auf dem dunklen Gesicht, saß sie auf ihrem Bett und wiegte mit tiefen, regelmäßigen Bewegungen das Kind hin und her. Sie gestattete keinem, sie auch nur eine Minute von ihm zu trennen. Sie machte Pläne, sie träumte von einem Leben für sie beide. – Und als sie das nächste Mal ausriß, war das besser geplant, sie begab sich zu ihrem Boot, das wirklich ein geheimer Ort war. – So waren sie und der Junge tatsächlich spurlos verschwunden. – Und auch keine Suchanzeige von der Heimatgemeinde traf ein. Als habe die Welt sie verschlungen und sei sie nun in ihr verschwunden. In dem Boot erwachte sie morgens in der grauen Spätwinterdämmerung und sah die Spatzen noch benommen im Baum über sich sitzen, das warme Brustgefieder zitterte, in einem schwarzen runden Vogelauge spiegelte sich die von Blut durchwobene Welt. Eine Katze ging quer über den Platz zwischen den Booten zum Wasser hinunter, sie ließ ihren Weg in undeutbaren Spuren im nassen Schnee hinter sich. Der Junge lag warm an ihr – auch naß, aber sie kam zurecht, so gut sie konnte, sie meinte, es gehe gut, sie spülte die Windeln im Årstaviken und hängte sie zum Trocknen zwischen den Bäumen auf. (Im feuchten Tauwetter wurden sie streng genommen niemals trocken wie auch keine anderen Kleider – es war nicht leicht, in gewisser Weise konnte man sagen, alles war eine einzige Qual: doch so empfand das Mädchen es nicht: sobald der Junge wach war, sang sie und trillerte ihm vor wie ein Vogel, damit er lernte, wie sich die Vögel äußerten.) Sie bettelte sich durch – zu dieser Zeit tat sie nichts anderes für ihren Unterhalt als dies. Sie fand, es gehe ausgezeichnet. Es schien, als füge sich alles ausgezeichnet, war sie hungrig, kam stets Essen, fehlten dem Jungen wirklich Kleider, gab es dann stets irgend jemanden, der einen Lumpen übrig hatte. In gewisser Weise lebte sie mit dem Jungen, als sei er noch in ihrem Bauch, so eng zusammen waren sie immer. So klein er war, es war, als könne er sich bereits festkrallen an ihr, selbst wenn sie versucht hätte, ihn abzuschütteln, geklammert an sie, wäre er sitzengeblieben. Kälte und Nässe spielten kein große Rolle: er lebte in ihrer Wärme, auf ihr und von ihr.

Als es aber Anfang April sonnig wurde und mehr und mehr Leute häufiger hinauskamen, um nach ihren Booten zu sehen – da wurde es allgemein bekannt, daß sich dort auf einem Boot ein Mädchen mit einem Säugling aufhielt. Eines Tages ging bei der Polizei des Stadtteils Söder eine Anzeige bezüglich der Verwahrlosung eines Säuglings ein. Und eines Morgens hoben uniformierte Männer die Persenning an und sahen hinab auf sie, wie sie dort zusammen in ihrem dampfenden Durcheinander lagen, ein großer Zwilling und ein kleiner. – So wurden sie dann auseinandergerissen. Das Mädchen kam in Arrest, den Jungen hatten sie ihr bereits abgenommen. Die Milch drückte, sie weinte, bis sie fast bewußtlos war – so mußte der Junge also geholt werden, sie hatte schließlich kein eigentliches Verbrechen begangen, auch wenn sie unter das Landstreichereigesetz fiel. Außerdem konnte der Junge, wenn man es nun genau nahm, auf keine andere Weise ernährt werden, das begriff schließlich sogar der Oberkonstabel. Das Mädchen wurde also mit ihrem Kind wieder vereint, und man brachte sie in die Krankenabteilung des Långholmen-Gefängnisses, dann ließ man sie etwas später frei, ohne eine andere Maßnahme als die, daß sie wieder ihrem Heimatort überstellt werden sollte – von wo keine Vermißtenanzeige gekommen war. Mojan hatte sie nie als verschwunden gemeldet, hatte nur in der Knochenmühle Bescheid gesagt, das Mädchen hätte anderswo Arbeit gefunden, was keinen wunderte, so war es dort immer. Das Mädchen hatte wohl oder übel zu guter Letzt der Polizei den Namen der Mutter angegeben. – Und als nach einiger Zeit eine Gelegenheit kam, mußte sie mit einem Gefangenentransport hinunter nach Skåne. Es war ein besonderer Transport: zwei Konstabler mit einem Gefangenen in Ketten, einem Ausbrecher, der in die ursprüngliche Strafanstalt zurückgebracht werden sollte. Die Gesellschaft reiste die ganze Strecke in einem verschlossenen Abteil. Das Mädchen erfuhr nie, wofür der Gefangene eigentlich verurteilt war, ob es ein Schwerverbrecher oder ein normaler kleiner Dieb war; auf der ganzen langen Reise sagte der Mann in Handschellen zu niemandem auch nur ein Wort, davon abgesehen, daß er einmal grunzend darum bat, zur Toilette gebracht zu werden. Er hatte ein graues schweres Gesicht, ein schwerer Blick starrte unablässig vor sich hin. Als das Mädchen die Bluse aufknöpfte, um den Jungen zu stillen, verschob sich dieser Blick schwer und heftete sich träge an das bißchen Brust, das sichtbar wurde – sie hatte freilich ein Tuch darübergelegt –, und ließ nicht los. Als der Junge fertiggestillt war und sie die Bluse zuknöpfte, kehrte der Blick des Gefangenen wieder zurück in sich: so saß er dort, ein Stein mit schwerem, sonderbar fließendem Steinblick. – Als sie ankamen, wartete der Polizeiwagen auf den Gefangenen und seine Wächter – das Mädchen mit dem Kind galt als ausgeschrieben und wurde freigelassen, damit sie auf eigene Faust nach Hause gehen konnte zur Mutter (unter deren Obhut die beiden Unmündigen nun leben sollten).

Und jetzt stand sie, den Jungen in einem Deckenbündel auf dem Arm, vor der Tür der Mutter.

Es war ein früher Abend im Mai, die Sonne fiel rot durch das niedrige Fenster und erfüllte das Treppenhaus dort oben mit warmem Licht, das von unten kam und aus sich selbst leuchtete, wodurch das Mädchen mit dem Säugling auf dem Arm in einem Strahlenkranz stand, als sie jetzt ihre Tasche abstellte (Kleider von der Fürsorge) und klopfte. Lange Zeit hörte man nichts. Doch das Schweigen war gespannt, als halte jemand dort drinnen den Atem an. Dann langsame, schwere Schritte. Einen Augenblick zögerten sie – einen Augenblick war alles im Haus wieder völlig still –, dann wurde dort drinnen der Schlüssel gedreht, die Türe öffnete sich, und Mojan stand auf der Schwelle. Sie war zerzaust, schien aus einem Schlummer mit schweren, wirren Träumen erwacht zu sein – sah plötzlich alt aus, als sei sie zu weit in die Zukunft gereist, zu viele Jahre und dann heftig aus ihrer Bahn geworfen worden. Unsicher sah sie auf das Kind mit der Decke, sah das Mädchen an – dann wieder das Kind. Ein kleines schlafendes Gesicht, dunkel, breit. Wem sah es doch ähnlich? O ja, und wie es ihm ähnlich sah!

Der Feind war wieder da.

Mit ihm das Liebe-Dunkel-Licht-Labyrinth.

Es war wie ein Wirbel –

ein hoher großer Wirbel aus brennendem Licht. Irgendwann im Leben war dies schon in ihre Nähe geraten – irgendwann. Aber darum herum, davor, danach war Wildnis, der schwarze Weltall-Eissog, in dem alles vergeht.

Noch einmal darf man nicht versagen – dachte sie.

Dann öffnete sie die Tür weit und zog sie beide an sich, hüllte sie ein mit sich, hielt sie an sich. Die Küche wurde von Licht erfüllt, hier oben im obersten Stockwerk verschwand die Sonne ja zuletzt. Das Mädchen stand mitten in der Küche ihrer Kindheit. Mojan wandte ihr ein Gesicht zu, das beinahe eingerissen war, jedenfalls längs geteilt wie von einem Riß zwischen starkem Licht und Schatten. Oder war dies ein Spiel des ungewöhnlich blendenden Sonnenuntergangslichtes?

Aber nein, es war nicht der Sonnenuntergang.

Vielmehr war es so, daß der Sonnenuntergang ausstrahlte von dem, was in Mojan vorging, die Sonne, die sie mit einmal sah.

Denn als sie nun zum erstenmal das Kind auf dem Arm des Mädchens sah, entstand in ihr eine eigenartige Rührung, ein sonderbar durchdringendes Gefühl für dieses Kind. Es war ein häßliches, breites kleines Kind – aber in bestimmter Beleuchtung, bei bestimmtem Mienenspiel und bestimmten Bewegungen vermittelte es den Eindruck von Schönheit, es wurde zu einer einzigen Bewegung, der ganze Junge glühte gleichsam, alles stand unter Hitze, Glanz und Schönheit um ihn. Der Mund und die Kehle brachten dann Laute hervor, die nicht wirkten wie Schreien oder Lallen, sondern wie sonderbare Anreden.

Er wollte haben und nehmen, er stemmte sich hoch und lachte und rief, er wollte berühren und berührt werden. Kam dann nicht unmittelbar Antwort (er wartete nicht, er hatte keine Geduld), erlosch er, wurde derb und grau, aus den Lauten wurde ein normales Säuglingsgeschrei, zäh, nörgelnd und scharf – da aber wußte man dies schon von ihm, man wußte, was dieses ziemlich oft schreiende, heftige, schwierige Kind in sich hatte, wie verschiedene versteckte Lichtquellen plötzlich hervorgerufen werden und in ihm aufblenden konnten, plötzlich war das blitzende Wunder da und einfach vorhanden. Weshalb in der ersten Zeit, als das Mädchen und ihr Kind zu Hause bei Mojan lebten, alle drei im Paradies waren. Ganz einfach: im Paradies. Jeden Tag eilte Mojan wie auf Flügeln von der Fabrik nach Hause. Ja: das Paradies muß nicht verwickelt sein.

Denn der Mutter/der Großmutter schien es, als habe das wegziehende Leben angehalten, habe sich umgedreht, habe ihr zugewinkt und ihr noch eine Gelegenheit gegeben. Völlig unerwartet befand sie sich in der Zeit der Vergebung. Sah Mädchen und Kind, Tisch, Küche, die Ottomane, Herd, die Birke vor dem Fenster in ihrem frischausgeschlagenen Schimmerschleier, die weiße angeschlagene Milchtasse auf dem Stuhl am Bett und sah, wie sich alles bewegte und atmete im zitternden mitfühlenden Tageslicht, das zugleich Licht ist und Haut, das eigene tiefste Innere und gleichzeitig alles andere, alle anderen, kein Unterschied mehr, es läßt sich unmöglich unterscheiden, was man selbst ist und was die anderen, alles ist dieselbe Haut, derselbe Atem. Und sie hatte den Jungen auf dem Schoß und untersuchte ihn Stück um Stück, ließ den Zeigefinger an Nase, Kinn, Lippen entlanggleiten. Die Fingerspitzen suchten Stück für Stück die Erinnerung, der sie sich erinnern wollte – Lippe, Wange, Nase, Augenlid. Wie warm unter den Fingerspitzen. Sie suchten wie auf einer Karte. Hautwege, Hautrinnsale, stille Hautgrübchen, alles hatte seine besondere Bedeutung. Plötzlich dann aber öffnete das Kind die Augen: ein Abgrund, scharfes Licht. Der Mund bebte, alle Hautfalten des Gesichts zuckten und zitterten, eine heftige Anstrengung – dann kam das Geschrei, kurz, heftig, ein ungeformtes Wort, eine unerhörte Mühe, er wollte etwas mitteilen, er wollte gerade ihr etwas sagen. A! Aa! Aaaa-a! So war die Verbindung hergestellt und konnte nicht mehr vereitelt werden, nicht in alle Ewigkeit. – Beschädigt konnte sie werden, verletzt, mißhandelt. Auch geleugnet konnte sie werden. Dreimal – siebenundsiebzigmal. Aber vernichtet werden – nein, niemals!

Nun war es doch so, daß Mojan sich auf irgendeine Weise immer vorgestellt hatte, das mit dem Mädchen sei vorbei. Das Mädchen war der Verstoß gegen die Ordnung, das Vergehen, der falschbehauene Stein. Dann aber wäre es vorüber, dann würde alles zurückkehren zur richtigen Ordnung. Hinter dem Mädchen hatte die Mutter immer geglaubt, auf irgendeine Weise das alte Land zu sehen, und daß dort alles unverändert so war, wie es gewesen war: das alte Land: die richtige Welt: die alte zusammenhängende Ordnung, so wie sie gewesen war, so wie sie bleiben sollte.

Jetzt erkannte sie, daß es dies nicht mehr gab. Es gab nichts, zu dem man zurückkehren konnte. Es war entzwei. Alles war fort.

Und hier lag jetzt die Gestalt der leibhaftigen Unordnung und atmete und piepste, dunkel und warm. Sie sah jetzt (wie wenn das Licht des Leuchtfeuers mit seinem schneidenden Kegel vom Meer über die Küste fährt, über die Ebene, den Fluß, die Seen, die Stadt): daß sie sich während all der Jahre ihrer Verbannung in diese Stadt vorgestellt hatte, sie werde eines Tages zurückkehren können. Jetzt aber sah sie, dies war nicht möglich. Alles war entzwei. – In einem einzigen Augenblick erkannte sie das und wie es sich in ihr vollzog.

Würde sie so zerteilt leben können?

Hätte es nur eines nicht gegeben – etwas, das sich rasch genug, unbegreiflich rasch genug, einstellte.

Denn das Mädchen konnte abends – es gab jetzt jene schönen, tiefen, warmdampfenden Sommerabende – plötzlich einfach verschwunden sein. Nach vielen Stunden kam sie dann zurück, spät, mit glänzenden Augen und war zärtlich und vergnügt und sang dem Jungen so schön vor, daß Mojan einen Kloß im Hals hatte. Auch vor Entsetzen. Denn sie hatte ihren Kopf beim Jugendamt verpfändet, daß das Mädchen fortan ein ordentliches Leben führen werde, Arbeit werde für sie besorgt, sie werde arbeiten und sich selbst und das Kind versorgen.

Und sie versuchte, das dem Mädchen zu erklären. Doch es war, als spreche man zu einer Wand. Hinter dem dunklen Gesicht wohnte eine Welt für sich. Die ließ sich nicht erreichen. Das Gesicht sah Mojan an und lächelte gelassen, geradezu selig – ganz für sich, unerreichbar. Was Mojan auch sagte, es drang nicht durch zu diesem fremden Wesen. Wie abgesondert und taub war sie.

Und arbeiten wollte sie auch nicht. Unmöglich, sie mit

zur Arbeitsvermittlung zu nehmen oder auch nur über diese Angelegenheit zu sprechen. Sie saß, wo sie saß – auf dem Küchensofa mit dem Jungen, dort redete und murmelte sie die ganze Zeit mit ihm, es schien, als erzähle sie ihm Märchen, endlose, unbegreifliche Tiraden. Er schien zu lauschen – er hatte sein kleines Ohr an ihrem Mund, zärtlich wie eine Katze. – Und keiner der beiden begriff, welche Bedrohung über ihnen schwebte. Mojan gelang es nicht, sich verständlich zu machen, nichts konnte sie verständlich machen, der einen nicht und dem anderen nicht, das Seltsame war, daß es zwischen ihnen eigentlich keinen Unterschied gab, ebensogut konnte man mit dem Säugling reden wie mit der Erwachsenen (oder jedenfalls jetzt fast Siebzehnjährigen), denn man stieß auf dasselbe unbegreiflich lächelnde nicht-antwortende Wesen, dort begann die völlig fremde Welt dort endeten alle Regeln: der Moorboden begann, wohin war man geraten?

Und in der Dämmerung also wurde das Mädchen unruhig. Es war wie die Unruhe eines Tieres. Eine von Menschen nicht wahrnehmbare Witterung rief. Sie fing an zu wandern. Sie begann zwischen Küche und Zimmer hin- und herzustreichen – rastlos, so daß Mojan, die dann voll und ganz die Betreuung des Jungen übernommen hatte, die größte Lust hatte zu schreien: wenn es dann sein muß! – raus mit dir, damit es überstanden ist! – Das Mädchen strich umher. Rieb sich an den Wänden wie ein Nachttier. Das Haar lockte sich und verströmte einen starken Geruch. Sie fühlte, wie es um sie her rief. Draußen in den Wolken rief es. Stimmen, Berührungen. Haut und Schoß zitterten. Sie mußte hinaus. Dann nannte sie die eine oder andere Besorgung – anfangs spielte Mojan das Spiel mit, doch nach kurzer Zeit antwortete sie nicht mehr. – Das Mädchen verschwand. – Dann kam sie wieder, bisweilen nach nicht mehr als einer Stunde, andere Male erst in der Morgendämmerung. Einmal mit einem blauen Auge, sie war bleich und schmutzig, setzte sich schwer auf das Küchensofa, nahm den Jungen, suchte Schutz – er war doch ihr Weg zurück in das Normale, so lange sie ihn hatte, konnte sie aus der Wildnis, aus der schwindelnden Schwärze in ihrem Innern, zurückfinden nach Hause.

So kam der erste Weihnachtsabend des Jungen. Kerzen hatte er so gerne, zündete man eine an, lachte er, daß er krähte. Am Weihnachtsabend mit dem kleinen Christbaum und den Kerzen lachte er ununterbrochen, die Augen standen voller Lichterflammen, so sehr lachte er, daß es beinahe schien, als fliege er.

Das Mädchen aber erreichte das Licht nicht. Als könnte sie mittlerweile eigentlich nicht sehen und begreife nicht, was sie tat. Als habe man sie einmal geblendet und sie könnte danach nur schwarz sehen. Nachts träumte sie, sie atme im Wasser. Dunkel glänzte das Wasser um sie herum. Sie war ein schwerer, schwarzer, schleimiger Klumpen. Schwer und schwach. Sie spreizte ihre Hände. Zwischen den Fingern hatte sie wunde Schwimmhäute. Die Schwimmhäute der Füße waren blutig. Sie hatte einen weiten Weg zwischen Wurzeln und Zweigen zurückgelegt. Schwarz sah sie die Sonne. Jetzt packte sie die Angst, sie erwachte und vergewisserte sich an den Atemzügen des Jungen, daß er da war, daß er lebte – außerhalb von ihm zerfiel alles.

Doch am folgenden Tag mußte sie wieder hinaus. Sie mußte einfach, das war ihr Gesetz.

Dann schrie er, wild und rasend. Mojan, die mit ihm allein war, wußte nicht, was sie tun sollte, wie ein wildes kleines Tier, das mit den Fäusten hämmerte und vor Geschrei zitterte, kochend vor Tränen und Haß. Mojan sah ihm in die Augen; sie waren glasklar, wie es die Augen von Kindern häufig werden, wenn sie gleichsam ausgelaugt sind durch langanhaltendes, heißes Weinen – dort sah sie in eine zukünftige gewalttätige Welt. Sie sah in den Augen dieses kleinen Kindes sein Schicksal – wie könnte er gerettet werden? Und nun begann Mojan mit einmal zu zanken und zu toben, das Mädchen müsse sich Arbeit suchen, zwei erwachsene Münder könnten nicht auf ihre Kosten leben, schrie die Mutter, es reiche mit dem Jungen, ihn wolle sie ja übernehmen, schrie die Großmutter, aber eine verfressene dicke Erwachsene, die alles Essen verschlingt, niemals, schrie die Mutter, schwarz vor Zorn unter dem stumpfen, weißblondierten Haar.

Denn es war so, daß in Mojan unablässig die böse Macht mit der guten stritt, die Macht des Todes arbeitete ständig daran, die Macht des Lebens niederzukämpfen. Dann bekam Mojan plötzlich einen ganz anderen Gesichtsausdruck. Und als das Mädchen dies sah, begriff sie, daß unter den Sommerblättern nach wie vor der alte Baum mit seinen Knorren steckte, mit seiner schwarzen Krankheit – unter der Haut des Sommers kann noch immer der tote Winter vorhanden sein, beliebig lange, beliebig tief.

Und jetzt erkannte Mojan mit einmal – erkannte es

einfach so –, daß an dem Jungen etwas war, ebenso verkehrt wie bei dem Mädchen mit seiner Mutter. Ebenso wie bei dem Mädchen wirkte sein Blick auf Mojan nicht einmal nicht wie ein Blick, sondern nur wie eine glitzernde Masse, ein sinkendes wirres Glitzern – ein Sinken, Sinken.

Ja, all das Verkehrte, dieses Verkehrte und der Zustand der Schiefheit hatte nun sehr lange gedauert, allzu lange. Ohne daß man es bemerkt hatte, war das Jahr vergangen – noch immer hatte sich das Mädchen keine Arbeit gesucht, man konnte nicht behaupten, daß sie den Jungen betreute, aber dennoch. Das Jahr war vergangen. Wieder stieg das Blühen des Sommers aus dem Moorboden empor, wieder trieben die Pappeldaunen in Schleiern auf dem See – der Junge war kein Krabbelkind mehr, er hatte schon mit blitzschnellen, wenn auch wackligen Schritten durch die Küche begonnen, das Mädchen kniete daneben und verfolgte mit bewundernden Blicken seine Absichten – nicht eine Sekunde war er still, unaufhörlich unruhig dabei, sich zu bewegen, sich zu bewegen, näherzukommen, zu fühlen, zu erforschen, nicht eine Sekunde Pause, bis er plötzlich ganz unerwartet zu Boden fiel und vor reiner Erschöpfung schlief wie ein Stein.

Jetzt entschied Mojan sich also, eines schönen Tages entschied sie sich.

Es ist seltsam, wie man sich für so etwas entscheidet. Es kommt von irgendwo. Leicht wie ein Windhauch, leicht als bewege man die Lippen. Keine schweren Entscheidungen, nein, staubleichte, sorglose – eine Leichtigkeit, die fällt wie eine glänzende ätzende Klebrigkeit, ein zehrender schneidender Steinstaub, so leicht, so leicht auf dem Kopf des Lebens und den Atmungsorganen. Die nun plötzlich Blut auszuscheiden beginnen. Sterbendes, aufsteigendes, stockendes Blut. Plötzlich ist alles zum Stillstand gekommen, plötzlich weiß man nicht, wohin man sich wenden soll. – Als arbeite das Leben jetzt nur erstickt und halb. – So entschied sich Mojan. Um ihrer aller willen. – So ging sie zum Jugendfürsorger zu einem Gespräch unter vier Augen. Es ist sonderbar, was man tun kann, welche mühevoll dem eigenen Herzen abgezwungenen und abgerungenen Dinge man sich selbst gestattet, welch schiefe Erklärungen.

Und unfaßbar für Mojan war, an wem sie sich rächte. Sie wußte, sie rächte sich an jemandem. Aber sie wußte nicht an wem, nicht warum. Irgend jemand lenkte ihre Schritte. Irgend jemand ließ ihre Stimme allzu süß klingen, als sie mit dem Jugendfürsorger sprach, als sie dem ganzen Jugendamt ihr Anliegen vortrug.

Die unmittelbare Folge hiervon stellte sich nicht auf einmal ein. Doch das Mädchen fühlte, daß man sie beobachtete. Stand sie am Tivolipark oder an Samstagen vor der »Sommerlust« (gerade hier machte sie nun meist ihre Eroberungen), hatte sie das Gefühl, daß der Tanzbodenwächter oder der Polizist, der durch die unbekannten Tiefen des Parks patrouillierte – sie *sah*. – So ging es lange. Sie wartete gleichsam auf etwas, das passieren mußte. – Und zu guter Letzt, an einem Samstagabend, spät, beim letzten Tanz auf »Sommerlust«, fiel die Macht über sie her. Sie war inmitten einer fröhlichen Runde, auch wenn sie niemanden von ihnen kannte, sie kannte ja niemals irgend jemanden, alles, was sie tat, war ohne Gesicht, keine Freunde, keine Bekannten hatte sie je, sie stand an der gleichen Stelle wie diese schwer Betrunkenen, das war alles. Da kam das Polizeiauto, man nahm eine Razzia vor, einige Mädchen wurden mitgenommen, sie war unter ihnen, sie wurde nach der Vernehmung nicht freigelassen, sondern festgehalten. – Als die Zellentür in jener Nacht hinter ihr versperrt wurde, begann sie zu schreien. Sie schrie den Namen des Jungen, sie schrie Mama. Aber die Tür blieb unangetastet. Sie hämmerte an die Tür und schrie. Aber alles blieb in derselben tiefen Nacht-Stille, unbeweglich, unberührbar. Als habe man sie in einem Grab gefangen und darauf liege die Erde, ein Fels aus Schweigen lag darauf, hier konnte keiner sie hören, auf immer war sie getrennt von ihrem Jungen und der ganzen Welt. Sie stieß ein Geheul aus, das so tief aus ihrem Inneren kam, und es schien, als schrien auch die Wände selbst, in einer Art Schwindel gelang es ihr, Stuhl und Pritsche und Matratze miteinander in den Tanz treten zu lassen, als sie aufhörte, lagen Splitter und Fetzen auf dem Boden, zuoberst lag sie und wand sich hin und her und übergab sich. Jetzt endlich öffnete sich die Tür und der Stadtarzt, der auch Polizeiarzt war, trat mit erhobener Spritze ein.

Und es gab einen Prozeß und eine Strafe, öffentliche Erziehung: Schutzheim wegen Landstreicherei (die Hauptstadtepisode übersah man nicht mehr) und Unzucht.

Und den Jungen durfte sie nicht wiedersehen. Das wurde für besser gehalten. Sie hatte es verwirkt. – So brachte man sie aufs Land, an einen vergitterten Ort, wo sie nähen, weben, waschen lernen sollte. – Es war 1947 im Frühjahr, sie ging in ihr achtzehntes Jahr.

So weit stimmte alles mit Mojans Regeln und Ordnung, mit dem Zwingergefängnis, das in ihrem großen Kopf war (sie hatte tatsächlich einen ungewöhnlichen Kopfumfang, viel zu groß für das, was man für eine Spulmaschine nötig hielt).

Plötzlich aber stimmte nichts. Alles zerbrach.

Es war ja so, daß Mojan ganz selbstverständlich mit der Vormundschaft für den Jungen gerechnet hatte.

Eines Tages aber kam ein Papier. Es enthielt das schriftliche Urteil über das Mädchen, es enthielt auch etwas über den Jungen, nämlich, daß er in Obhut genommen und von hierfür eingesetzten Behörden untergebracht werden sollte.

Sie traute ihren Augen nicht. Sie las es vorwärts und rückwärts. – Doch da stand ganz einfach, was da stand.

Da ging sie schon am selben Tag auf die Behörde, drängte sich hinein. Die Augen wurden fast weiß. Sie gab einen Schrei von sich, der nur als halbersticktes Fisteln herauskam. Jemand eilte mit einem Glas Wasser herbei. Was aber nutzte das? Die Worte drängten sich in ihrem Mund, die Rede eines ganzen Lebens. Doch sie kam nicht heraus. Und je mehr sie stotterte, um so mehr stierte zuerst der eine Beamte, dann der andere geradewegs ins Blaue. Es war, wie es war, es existierte ein Beschluß.

Der Junge sollte also in ein Kinderheim.

Denn was Mojan nicht einkalkuliert hatte, war, daß die Sozialbehörde sie auf ihre Weise sah.

Daß diese Sicht der Sozialbehörde nicht mit ihrer eigenen übereinstimmte, ist das mindeste, was man sagen kann. Ein Abgrund. Eine Schlucht. Ein solcher Abgrund an sich – wie sie unvermittelt begriff, als sie da stand und spürte, wie ihre Knie gegeneinander schlugen –, daß sie das wirklich nicht zusammenbringen konnte. Alles hängt doch davon ab, wie man es auslegt. – Und sie stand also da, immer grauer im Gesicht, mit immer stärker klappernden Knien. War es so? – Nein, so konnte es unmöglich sein. – Aber es war so. – Und auf unbegreifliche Weise hatte sie dies zugleich auch gewollt, wollte – wollte nicht, wollte – wollte nicht, wollte.

Und der Morgen, an dem sie kamen, zwei Beamte und die Fürsorgeschwester, war ein grauer Morgen – wäßrig, ausgelaugt, allen Lebens gleichsam entleert. Sie war eine gefügige Staatsbürgerin, sie hatte den Jungen angezogen, jetzt übergab sie ihn einfach zusammen mit seinen zu einem Bündel geschnürten Kleidern und kleinen Spielsachen. Zuerst war er still, begann dann aber plötzlich zu schreien wie ein Verrückter – wie bei lauter fremden Leuten nicht anders zu erwarten –, dieser harte, durchdringende Schrei war das letzte, was sie von ihm hörte, die Treppe hinunter, über den Hof, dann plötzlich vom Schweigen verschlungen, vermutlich war das Tor zugefallen und hatte es abgeschnitten. – Es ließ sich nicht begreifen, etwas in ihrem Inneren konnte einfach nicht verstehen. Als sei das Leben zerbrochen und aufgebrochen, und dort drinnen zeigte sich ein Loch, nichts anderes – nichts anderes gab es oder hatte es je gegeben.

In der nächsten Nacht ein Traum. Er handelte vom Meer. Der spärlichen unbewegten Landschaft am Meer. Fischereihafen und Hof wie Schatten. Weinen unmöglich.

Niemals hat ein Mensch gerufen, ein Vogel gesungen. Die Tränen sind zu Kristallen im Sand vertrocknet. Die auf immer tote Sonne ist untergegangen, braunes Licht über der Steinpier, über der rauchenden Sandweite vor dem Meer. Bis auf den Grund des Meeres leuchtete das Licht, tot ist es und wird niemals mehr zurückkehren.

Dann kam das Mädchen nach Hause und war auf Bewährung entlassen worden. Aber sofort rannte sie zur »Sommerlust«. Dann wurde sie abgeholt und wieder ins Heim geschickt.

Nach einer Weile aber begann die Vorsteherin sie anzustarren und Fragen zu stellen.

Anschließend kam der Arzt und stellte Fragen. Er stellte lange und eindringliche Fragen. Das Mädchen aber hätte ja nie darauf anworten können, mit wem, wann, wo, jetzt weniger denn je. Am deutlichsten entsann sie sich des Vogels der sang – kristallklar, kristallklar. Sie antwortete infolgedessen: im Schlaf – im Schlaf ist es gewesen. – Der Arzt stellte die Existenz eines Embryos in der ungefähr zehnten Woche fest und konstatierte ansonsten »mittelschwere Zurückgebliebenheit«. Der betreffende Embryo wurde schon in der folgenden Woche im Krankenhaus abgetrieben, wo man im übrigen mit dem Mädchen verfuhr gemäß dem Gesetz von »1941 betreffend S. an einer Person, von der anzunehmen ist, daß sie durch Vererbung Nervenkrankheiten oder Schwachsinnigkeit auf Nachkommen überträgt. S. kann auch ausgeführt werden, wenn sich jemand auf Grund von Nervenkrankheit, Schwachsinnigkeit oder einer anderen psychischen Störung als erkennbar ungeeignet erweist, die Betreuung von Kindern zu übernehmen.« – Dies an einem Dezembermorgen, so früh, daß es noch Nacht war, im blauen Nachtlicht des fensterlosen Korridors kam die Trage mit ihrer vor Entsetzen völlig starren und unbeweglichen Last schnell dahergerollt, der Körper fast nur ein Gegenstand, der Blick starr zur Decke, die Bahre wurde in den Operationssaal geschoben, der Körper wurde auf den Tisch gehoben und festgebunden, die Beine wurden gespreizt und ganz hoch gebunden, gerade als die Äthermaske sich langsam auf sie senkte und der Äthergeruch wie ein Meer immer stärker wurde, sah sie völlig klar im Detail etwas Unheimliches: eine riesige, zugleich entsetzlich komplizierte und völlig glatte weiße Maschine senkte sich auf sie hinab, sie kam sozusagen überall in ihr Inneres, sie riß gleichsam alles aus ihr heraus, überall gaben tote mißhandelte Wurzeln nach, sie entleerte sie, nun rann alles aus ihr heraus, stoßweise quoll es, schwer und warm, kälter werdend dann, klebrig und wund aus ihrem Innern, jetzt rann sie aus sich selbst heraus und überall in ihr und um sie herum leuchtete die Maschine mit ihrem reinen weißen Emailglanz, sie war über ihr und in ihr, sie war auch sie selbst geworden, ihr Körper war kalt und rein und leer wie die Maschine, die trotzdem arbeitete, und arbeitete wie ein sonderbares riesiges Tier. Ein furchtbares Licht leuchtete auf sie und in sie hinein, jetzt war sie leer, leerer, als sie geboren wurde, so leer, wie sie zustande gekommen war. – Nach der Operation hatte sie eine Narbe auf dem Bauch, sie blieb ihr fürs Leben. Unschädlich gemacht, schickte man sie hinaus ins Leben – nun konnte man sie freilassen, schließlich würde es jetzt keine Folgen mehr geben. – Und nach einer kurzen

Zeit entließ man sie auch aus dem Heim und gab sie der Mutter zurück, unter deren Verantwortung sie fortan leben sollte. – Die Operation war eine Operation, die sie vom Rest der Welt abgeschnitten hatte. Sie war jetzt einsam, völlig abgesondert. Es schrie, schrie in ihr: Einsam! Einsam! Die ganze Zeit ging sie umher und suchte nach dem Jungen, dies sollte sie künftig tun, unerträglich, es mit anzusehen.

So wäre das Mädchen jetzt gezähmt, sie würde ein neues Leben beginnen dürfen. Sogar in der Knochenmühle würde sie wieder arbeiten können, wenn auch unter gewisser Beobachtung.

Und sie fing auch an. Aber nicht einmal dort war noch einer freundlich zu ihr.

Und nach einiger Zeit entdeckte sie, daß sie keinen Lohn bekam. Oder bekam sie Lohn, dann wurde er Mojan vermutlich direkt ausgehändigt. Jedenfalls sah sie ihn nie, keine einzige Öre bekam sie, alles verschwand in Mojans heimlicher Börse – nicht mehr in der Dose, sondern an einem geheimen Ort, den das Mädchen nicht kannte.

Und sie brauchte doch Geld. Denn sie hatte sich ausgedacht, daß sie Geld sparen würde, um den Jungen aus dem Kinderheim freikaufen zu können – er befand sich zwar nicht mehr dort, sondern bei Pflegeeltern, wenn auch eingemietet und nicht zur Adoption freigegeben, unterstand also nach wie vor der Entscheidungsgewalt des Amtes, mit ihm mußte man sprechen. – Ein Jahr war es jetzt her, seit man ihn von ihr getrennt hatte, eigentlich hatte sie alles vergessen, sie konnte ihn nicht mehr vor sich sehen. Nicht vergessen hatte sie ihn aber, wenn sie nachts träumte – fast jede Nacht träumte sie von ihm, er hatte Gesichter, er konnte sogar verschiedene Menschen sein, Kind und Erwachsener, aber immer war er es, es war völlig deutlich zu fühlen, wer er war, im Unterschied zu allen anderen Großen und Kleinen. – Jedesmal wachte sie verzweifelt weinend auf. – Wenn sie dann aber richtig erwacht war, konnte sie nicht verstehen, worüber sich eigentlich diese andere nächtliche Person so bekümmert hatte. Sie konnte überhaupt nicht zu diesem Gefühl zurückfinden. Ruhig und feucht stand sie auf, war im Land des Vergessens, dachte jetzt an nichts anderes mehr als an Essen und an die gräßliche Maschine, die zu bedienen sie gezwungen war.

Jetzt begann sie ernsthaft zu suchen, um herauszufinden, wo sich Mojans geheimes Geldversteck befand.

Und sie fand es auch. Einen Umschlag, mit zwei Reißzwecken auf der Unterseite des Küchensofas befestigt. Bisweilen war er dick, manchmal dünn. Doch stets gab es da eine Reserve, Mojan war eine vorsichtige Natur.

Man war beim Herbst 48 angekommen – und noch weinte die, die in der Nacht träumte, noch immer wachte das normale Mädchen morgens erschöpft und zerrissen vom unbändigen Weinen des Nachtmenschen auf. Unglaublich, welch unerschöpfliche Tränenquelle es in Menschen geben kann. Nachts – strömte und strömte sie nur. Sie war nur unfaßliche Trauer. – Tagsüber jedoch konnte sie überhaupt nicht verstehen, wie dies so sein konnte.

Indessen reifte in ihr ein Entschluß.

Und eines Tages verließ sie den Arbeitsplatz – genau wie damals, nun aber mit einer besser ersonnenen Ausrede, sie bat um Erlaubnis, nach Hause laufen und wegen eines abgebrochenen Zahns eine Schmerztablette holen zu dürfen (der Zahn konnte vorgeführt werden, ihre Zähne waren in schlechtem Zustand). Ein Kollege übernahm ihren Platz, für eine Weile ging das. – So lief sie nach Hause. – Sie stopfte Geld und Kleider in eine Tüte. – Dann rannte sie zum Bahnhof. – Dort kaufte sie eine Fahrkarte und verbrachte eine lange schreckgelähmte Zeit, bis der Mittagszug nach Eslöv–Lund–Malmö abfuhr. – So kam sie nachmittags auf dem Hauptbahnhof von Malmö an, es war im Dezember 1948, dort verschwinden nun für eine Zeitlang ihre Spuren, Winter und Nacht traten ein. Winter und Nacht.

– Einige Jahre, eine unbestimmte Zahl von Jahren (denn die Zeit war von ihr gewichen, von einem deutlichen Punkt, einem scharfen Schnitt an hatte die Zeit sie verlassen und existierte in gewisser Hinsicht zumindest im Augenblick nicht mehr für sie) – wurde das Mädchen in Malmö gesehen. Dort lief sie umher und suchte. Überall fragte sie. Fragte und fragte. Schließlich war sie bekannt als: die, die nach ihrm Jung fragt. – Sie arbeitete anfangs bei Mazetti an der Bergsgatan, einer Riesenfabrik wie eine Stadt, sie nahm ein ganzes Viertel ein. Dort roch es nach Schokolade. Das hört sich gut an, ist es aber nicht gut. Von wegen Gerüchen! Die Knochenmühle war eine Sache. Aber es ist schlimmer mit dem, was das Paradies verheißt, aber so konstruiert ist, daß es zur Qual wird, diese unausrottbare undurchdringbare Süße, wenn sie durch Haut und Fleisch dringt, so daß alles süß-giftig, vergiftet wird. Auf diese Weise erinnert das Band bei Mazetti doch an ihr besonderes Leben, das völlig andere Leben, das sich in der zweiten Hälfte eines Tages abspielte – auch dies *erinnerte* und war vergiftet zugleich.

Gerade hier aber machte sie das, was wirklich Verdienst wurde, großer Verdienst geradezu, sie zahlte ihn auf ihr Postsparbuch ein, das ihr Schatz und Kern im Leben wurde. Denn sie hatte einen Plan, den sie verfolgte.

Jeden Morgen aber stand sie, wie ein schlafender Stock zwar, in weißem Kittel und mit dem weißen Zipfel über dem Haar, um Punkt sieben Uhr bei Mazetti am Band. Punkt sieben Uhr lief es an, sie sortierte, es rann und rann, und alles verschwand. Sie fummelte. Sie hatte ständig Angst, Fehler zu machen. Tag und Nacht, sie schaffte nicht beides, das war die ganze Wahrheit. Sie fummelte und stolperte beim Zählen, stolperte mit den Fingern – einmal wurde sie ohnmächtig. – Dann kam es einmal vor, daß sie verschlief. Jetzt wußte sie, das durfte nicht noch einmal geschehen, unter keinen Umständen. – Gerade darum passierte es. – Und dann war sie entlassen und in jeder Hinsicht auf der Straße.

Sie suchte, sie suchte. Das heißt: man läuft von *ähnlich* zu *ähnlich*. Jeder kleinen Kindergestalt in *diesem* Alter. Aber sie konnte ja überhaupt nicht wissen, wie er jetzt aussah, die Zeit war sonderbar geworden, sie flog und sie stand still, eigentlich zuckte sie zusammen, wenn sie ein kleines Kind in jenem Alter sah, in dem er gewesen war, als alles passierte. Wie es in ihr zerrte, wie es in ihr schrie. Als gehe alles mit einem Male entzwei und stehe blutend weit offen.

Es war kein leichtes Leben, das jetzt begann. Sie suchte nach neuer Arbeit für tagsüber, bekam aber keine, auf der Arbeitsvermittlung behandelte man sie merkwürdig. Vielleicht hatte man einen Kringel an ihren Namen gemacht, sie war schließlich einige Male von der Polizei aufgeschrieben worden, selbst wenn man sie wieder freigelassen hatte. Was jedoch mit den aufgeschriebenen Namen geschah, konnte man nie wissen, die Angst davor, wo Aufgeschriebene landen würden, gab es jedenfalls immer. Oder vielleicht war es auch so, daß man von außen sah, welch andere Art des Lebens sie sich zu führen angewöhnt hatte, schließlich war sie gewohnt, ihre Lippen rot anzumalen und rote Wangenrosen auf der weißen Gesichtsschminke zu machen, nach starkem Parfüm roch sie auch. Jedenfalls bekam sie keine Arbeit, sie zeigte sich dort eigentlich auch nicht so regelmäßig, der Gedanke, so wie früher tagsüber zu arbeiten, war mehr, als sie vermochte. – Daraus wurde nichts. Und es wurde nichts daraus.

Suchte und suchte. Wie ein Jagdhund mit heraushängender Zunge. Nie nimmt es ein Ende.

Immer das täuschende Echo einer vermeintlichen kleinen Stimme – aus den Hausmauern im Freien, aus Regen und Wind, aus den Hotelzimmerwänden, ja vor allem aus Zimmerwänden im Hausinnern, als komme die Stimme von irgendwo weit drinnen in den Häusern, obwohl gleichzeitig draußen aus der Natur, zugleich schwand das Echo, als sei es eigentlich tief in ihr selbst, vielleicht nur sie selbst. Dann weinte sie.

Aber sie faßte Mut. Auf der Karte der Treffpunkte – Möllevångstorget, Adelgatan und Östergatan rund um die Caroli-Kirche, die Västergatan und die kleinen Straßen unten am Hafen, Hotel Nordan, Hotel Vega, Hotel Temperance – war sie eine von den Lustigen. »Ich war gut im Bett, hat auch der Oberkonstabel gesagt.« Sie machte gutgelaunt weiter, sie dachte an ihrn Jung, sie hatte ihren

Plan. Wenn es ganz schwer und sonderbar wurde, dachte sie an ihren Jungen, dann wurde wieder alles richtig gut, und sie konnte das Sonderbare guten Muts bewältigen.

Denn es war eine merkwürdige Welt – zur Hälfte entsprach sie ihr ja, war sie.

Um damit zu beginnen, es ist eiskalt. Es stürmt. Der Sturm nimmt zu. Dunkelheit vom Meer. Schwarz, feuchtglänzend, eisüberzogen die Hauswände. Auf den Trottoirs und an diese Wände gelehnt klappern die Mädchen vor Kälte. Die Autolichter gleiten und gleiten hinein in die Dunkelheit, in den Scheinwerferkegeln wird es eingefangen – Körper – Dunkelheit – Körper – Dunkelheit. Verschiedene Körper. Der Schnee wirbelt. Dort steht sie auf geschwollenen Beinen in eis-spitzen Lackschuhen. Die Hausmauern ragen auf wie schwarze Felswände. Ihr Plan. Die Punkte auf der Karte leuchten von der schwarzen Sonne. Die Nebenstraßen unten am Hafen, Hotel Nordan, Hotel Vega, die Adelgatan, die Östergatan um die Caroli-Kirche. Die Hausmauern eisige schwarze Felshänge – als habe sich die Erde aufgetan und sie sei von allem Lebendigen allein zurückgeblieben. Im Schein der Straßenlaterne wirbelt der Schnee, Schneeregen draußen über dem Meer, wo der Öresund sich zur riesigen, nächtlichen, in der Nacht grenzenlosen Ostsee öffnet. Mädchen, Männer in Hüten, Polizisten im Schein der Autolichter, das Licht fährt über die Gestalten, die aus der Entfernung schwarzen Eissäulen gleichen. Jetzt kann sie den Jungen nicht mehr hören. Auch in ihr selbst schwindet seine Stimme, hinaus in den schwarzen Sturm weiter und weiter fort. Einsamer kann niemand sein.

Und beißt einer an, ist auch dies einsam. Als schwinde alles, eine andere Welt. Einsam und bedroht und gefährlich. Es ist eine mächtige Welt, dort.

In diesem anderen Leben, dem merkwürdigen anderen Land, dem Land dort unten, dort ist alles auf den Kopf gestellt: Der Schoß ist Gesichter, die Gesichter sind Kot. Ein Loch ist ein Auge, ein Loch ist ein Mund. Das Gesicht spricht mit stummem, schlichtem Schmatzen. Es ist stumm, simpel, roh, feucht. Schwarze Kneifmale, manchmal bekommt sie bei der Diskussion über die Bezahlung auch ein blaues Auge. Ständig aber hängen die blinden feuchten Gesichter aneinander wie eine ununterbrochene Reihe von Geburten. – Ja, richtig: sie gebiert ununterbrochen. – Sie sieht auch immer Bilder. Die unterschiedlichsten Männer, die ihre Kleider auf den Hotelzimmerstuhl hängen, sieht sie überhaupt nicht (auch wenn sie aus der Tiefe ihrer freundlichen Seele ihnen häufig, nachdem sie das Geld gezählt hat, einen kleinen Abschiedsklaps auf die Wange gibt, so wie man ihn Kindern gibt, das alles ist ja nicht ihre Schuld, nichts ist irgend jemandes Schuld, das Menschengesetz ist einfach so, daß Menschen sich auf diese sonderbar auf den Kopf gestellte Weise in solch seltsamen stickigen Zimmern treffen, wie sie die kleinen Hotels im alten Malmöer Stadtteil Väster für diese speziellen Zwecke reserviert haben). – Sie sieht Bilder. Ununterbrochen liegt sie in den Wehen, es nimmt kein Ende. – Doch wenn sie spät in der Nacht (die Rücklichter des letzten Nachtbusses verschwinden gerade vor ihr im Schneeregen) durch die Adelgatan humpelt, wie brennt und schmerzt alles, sie hinkt in diesen erbärmlichen dünnen Glitzerkleidern und mit Füßen wie Eisklumpen in diesen unmöglichen Schuhen durch den feuchten Schnee, dann ist sie völlig einsam, es ist totenstill, und sie kann die Stimme des Jungen überhaupt nicht mehr hören, wo ist er hin? Die Stimme ist völlig verschwunden, und es ist still wie auf dem Grund der Ostsee. Leere Straßen, schwarz wie der Meeresgrund.

Ja, der Schnee wirbelt und wirbelt nur, es ist spätnachts, der Verkehr ist schon lange verstummt, die Lichter des letzten Nachtbusses sind verschwunden, kein menschliches Wesen und überhaupt nichts Menschliches gibt es hier noch, der eisige, unterkühlte Schneeregen wirbelt alles immer weiter, außerhalb des Menschenjahres, Scheinwerferlicht auf seit Jahrmillionen verlassene Trottoirs, jähe Abgründe in Querstraßen, dort beginnen die schwarzen Meerestiefen. Hier ist sie, die unsterbliche Seele. Die Häuser ragen auf wie unbehauene Felswände. Ein wunderliches Außerhalb-Wesen wie eine Menschenkröte kriecht durch die entleerten Straßen. Durch die Schneenässe zeigt sich ihr Gesicht wie ein Klumpen nassen Lehms, glanzschmiergrau, formlos, nur der Mund zitterte, nur die Augen waren zwei Löcher (wie in einer Art Übergang Tier–Mensch, Leben–Tod, Geboren–Ungeboren – das suchende Moortier). – Sie steht dort nun an der Caroli-Kirche, ein lächerlicher Lehmklumpen, der Lippenstift zu einem zerfließenden Hanswurst-Mund verschmiert, wie ein Daumen Farbe mitten im Lehmgesicht. Die stille und verschlossene Rundkirche von Caroli gleicht einem unzugänglichen schwarzen Berg, der zugleich stellenweise durchsichtig ist, durch den Schnee hindurch fällt das Licht der Straßenlaternen stumm und menschenfern durch die großen Fenster ins Innere. Die Mädchen auf der Straße meinten, sie sähen, wie die Seelen der Toten vom Kirchhof heraufkamen, dann preßten sie sich aneinander. Auch das Mädchen sah jetzt unter den schwarzen Sockelsteinen der Kirche einen lebenden Toten – den Mann in Not, den wütenden, der zwischen den Gräbern hauste. Doch das Geräusch, welches aus dem schweren erloschenen Stein drang, war Kindergeschrei, aus dem schwarzen Haus-Fels-Mauern schrie überall die Stimme des Kindes, alles in ihrem Inneren antwortete und jubelte. – Lehmklumpen. – Sie aber hat eine große Hoffnung. – Der Lehmklumpen singt Sternenlieder.

Doch die Geburten wurden immer grimmiger und grimmiger, unerträglich schwer. Die Eisnebel und falschen Lichter der blendenden Schaufenster, nirgends ließ man sie hinein, abgesehen von diesen seltsamen Hotels, rundumher ist die Nacht ohne Grund. (Einmal aber kam ein Mann mit Augen wie starken Lampen, als sie ins Zimmer kamen, legte er Money hin, sie zählte, er sagte: Du siehst müde aus. Schlaf. Ich bleib hier sitzen.)

Und plötzlich eines Abends sah sie zum Himmel hinauf und sah, es war Frühling. Die Farbe des Himmels war schwach, dünn und feucht, die Sterne waren zu sehenden Blicken geworden. Jetzt kam die Zeit zurück. Wo mochte der Junge nun sein? Wie alt konnte er sein? Ja, jetzt war Frühling und die Birke dort zu Hause mußte im Grün stehen. Die Kinder sangen. Blutiger Körper und Gesicht werden aus dem weißen Stamm der Birke geboren,

der blutige mit einer glänzenden feuchten Schleimhaut überzogene Körper treibt-schwimmt neugeboren im grauen All über dem verdrehten Stamm der Birke und ihren Zweigen,

das Mädchen sieht den schwebenden, lichttriefenden Körper Gottes in einem Kranz aus Blutstropfen, die Arme wie Flügel, wie Schwimmflossen.

Also war die Zeit zurückgekommen, also nahm das Mädchen (das eigentlich keineswegs ein Mädchen war, sondern ein insgesamt stabiles Geschöpf in grellen Kleidern und Glitzerschuhen) eines Tages den Morgenzug zurück in die Heimatstadt. Sie war auf der Post gewesen und hatte abgehoben, das gesamte ersparte Geld trug sie bar mit sich in der mit kräftigen blauen Pailletten verzierten Handtasche. Glücklich angekommen, ging sie zu dem Beamten, dem die Jugendfürsorge unterstand. Vor Triumph strahlend sagte jetzt diese erwachsene, auf irgend eine vage Weise aber verfallene junge Frau (jung: sie hatte freilich so viel hinter sich, sie sah älter aus, als sie war, aufgedunsen und eigenartig), jetzt könne sie bezahlen, jetzt habe sie so viel, daß sie den Jungen zurückkaufen könne, nun verlange sie ihr Recht.

Der Beamte, er hatte all ihre Unterlagen herausgesucht und hatte sie vor sich auf dem Schreibtisch ausgebreitet, hörte sie unter tiefem Schweigen an.

Dann ging die Amtsperson und holte noch einige, damit sie Zeugen dieser sonderbaren Angelegenheit würden.

Drei Mann hörten dem Mädchen unter tiefem Schweigen zu. Und starrten auf die Geldscheine, die sie auf den Tisch gelegt hatte.

Dann begann einer von ihnen zu erklären. Erklärte und erklärte. Kann man aber einer wie dem Mädchen etwas erklären?

Sie erklärten. Und sie glotzten auf ihre Glitzerkleider und spitzen Schuhe.

Und spät am Abend jenes Tages – aber es war ja Frühling und lange hell – klopfte es bei Mojan an die Tür, die, gerade von der Extraarbeit, der Büroreinigung, nach Hause gekommen war, sich verdrossen von ihrem Salzhering erhob. Nach dem zweiten Verschwinden des Mädchens (überhaupt nach allem, was es mit dem Mädchen gegeben hatte) war sie nicht wenig menschenscheu und bärbeißig geworden. Und das Mädchen hatte schließlich nie von sich hören lassen, nein, war einfach verschwunden und hatte es Mojan überlassen, sich, soweit sie konnte, vorzustellen, was aus ihr geworden sein mochte. – Mojan stellte sich auch verschiedenes vor. Aber sie sagte sich: ein Kind im Grab, das andere hat alles, alles im Stich gelassen – ich habe keine Kinder. Und dies war wie eine Erleichterung. Diese Erleichterung aber war böse, so böse war sie, daß man nur einen Augenblick bei ihr verweilen konnte, dann mußte man sie sich wegdenken. Doch allein dieses Wegdenken, wieviel Zeit und Kraft raubte das. Darum war sie jetzt müde und erschöpft von allem, außer der Arbeit. Jetzt ging es ja nur noch darum, sich selbst zu ernähren, einen einzigen, einsamen Menschen, eine Extraarbeit hätte sie eigentlich überhaupt nicht gebraucht – aber all die Abende allein zu sein, war zu furchtbar, also übernahm sie abends so viele Putzstellen, wie sie bekommen konnte (und infolgedessen hatte auch sie jetzt ein

Sparbuch mit gespartem Geld darauf). – Und sie stand jetzt von ihrem späten Essen auf, widerwillig brummend und nicht ohne einen gewissen Schrecken (ein Räuber? Jemand, der einsame Frauen überfällt?) und rief hinter der verschlossenen Tür: Wer ist da?

Überhaupt keine Antwort. Nur wieder dieses leichte Klopfen, ein schwaches Kratzen wie von einer Tierpfote.

Da öffnete sie.

Und jetzt war es ihr klar, warum niemand geantwortet hatte. Denn diejenige, die draußen stand, hatte keine Sprache im Mund – war buchstäblich sprachlos – Mojan starrte lange. – Doch der Blick des Mädchens begegnete dem ihren nicht, er glitt die ganze Zeit zur Seite, hie und da glommen unter den Wimpern die Augäpfel auf wie bei einem Schlafenden, wenn plötzlich die Augen sich öffnen und im Traum etwas zu sehen scheinen, das gleichzeitig draußen im Zimmer, in der Wirklichkeit ist.

Es war nur etwas Dunkles, Aufgelöstes, das dort stand. So fern war nun das Lied.

Aber Mojan mußte sie doch hereinholen, ein schrill nach Parfüm duftendes zitterndes Ding mit tränensteifen Wangen, Schmutzränder vom Weinen im Gesicht. – So etwas kann man tun, ohne irgendwelche Gefühle zu haben, das Steinherz ruhte gelassen in ihrer Brust, während sie das Mädchen an den Küchentisch setzte, einen Teller holte, sie nötigte, sich zu nehmen, dann wies sie sie auf das Küchensofa, wo sie wie immer liegen konnte. All dies läßt sich tun, ohne irgendwelche Gefühle. (Und es ist so, daß alle eine eigenartige Lust zum Töten haben, mit den Fingern packen und zerdrücken.)

So sollte also das Mädchen bei Mojan einziehen und dort wohnen wie früher, letzten Endes war sie ja auch ihre Mutter.

Wer aber war die, die wieder bei der Mutter einzog und jetzt dort wohnen und leben sollte?

Wenn sie schlief, schlief sie in Wirklichkeit nicht. Sie hörte den kleinen Jungen nach ihr rufen. Aber das war in so weiter Ferne. Woher kam der Ruf?

Ihr geschah nichts anderes, als daß sie lauschte, mehr und mehr auf den Ruf lauschte.

So schritt der Sommer fort. Das Mädchen tat überhaupt nichts. Als Mojan zu guter Letzt davon zu reden begann, daß das Mädchen sich vielleicht Arbeit suchen solle, so könne es schließlich nicht weitergehen – schien es, als höre sie überhaupt nichts. Sie ging nicht weg. Wenn Mojan von der Fabrik nach Hause kam, saß sie nur schweigend im Fensterwinkel auf dem Küchensofa und schaute hinaus. Der Blick war verschleiert. Immer deutlicher hörte sie den Jungen rufen. Früher war es nur nachts gewesen. Jetzt aber war zu allen Stunden des Tages und der Nacht dieser kleine klagende Ruf zu hören.

Das Mädchen saß auf dem Küchensofa und sah aus dem Fenster. Sie schaute über die Dächer, dahinter waren die Seen zu erkennen. – Die Seen spiegelten den Himmel. Zwischen die Seen hatte man eine Stadt gebaut. – Dann der riesige Schilf- und Moorgürtel. Das Moorland, das schwammige, schaukelnde, schwarze Land: es sog rostige Abflußrohre auf, in den Abflüssen genau hinein in den Morast unter den Schimmelflächen blubberten grauschäumende Abflußgräben zerfielen Schläuche verrostete

Maschinenteile Stacheldrahtrollen – so still brausten über das Schwarzland weitläufige Wiesen, trockneten starres raspelndes Schilf. Die Morastebene blubberte und wogte.

Dort unten wohnte der Moorkönig. Die Arme des Moorkönigs zogen und sogen.

Groß und rot ging im Herbst der Mond über das Moorland. Das Licht des Mondes gehörte der Sonne, es ist das Licht des Todes, man sah Länder und Berge wie die Äderung des Eises, wenn man es gegen das Licht hält, Adern, Lebenswege in die Gebiete des Todes, schenkten dem Widerschein der verschwundenen Sonne ein dunkel brennendes Leben. – Das Mädchen saß, wo sie saß, offensichtlich war all ihre Handlungsfähigkeit verschwunden, dorthin, wo sich der Junge befand. – Ein- oder zweimal zog sie sich fein an und ging zur »Sommerlust« – Mojan hatte zwar Einwände, jedoch eher lahm, jetzt konnte ja auch nichts mehr Folgen haben. – Und auch dem Mädchen war es jetzt nur noch ein schwaches Zucken, ein schwaches Echo, eher ein Versuch, das Rufende zu übertönen – bei der »Sommerlust« angekommen, ging sie nicht bis hin, sie blieb ein Stück entfernt stehen und betrachtete die Schlange der Wartenden vor dem Eingang, dann zog sie langsam wieder heimwärts. Sie kam so früh nach Hause, daß Mojan eigentlich vorgezogen hätte, sie käme spät, um ihr wie üblich den Kopf waschen zu können – damit es so gewesen wäre wie üblich. Alles war einfach fremd: das Mädchen eine andere, ganz andere – das ganze Leben *anders*.

Um die Mitte des Herbstes, als das Laub gefallen war, das Mädchen jedoch noch immer keine Anzeichen verriet, zum Leben zurückkehren zu wollen, tat Mojan etwas, an das sie lange gedacht hatte. Sie ging zu dem für die Kindesfürsorge verantwortlichen Beamten. Wenn sie wirklich erklärte, dachte sie. Vielleicht könne sie dem Mädchen eine frohe Weihnachtsüberraschung bereiten, dachte sie. – Aber es gelang ihr ebensowenig wie einige Jahre zuvor. Der Beamte holte die Papiere hervor. Er stapelte die Unterlagen auf dem Schreibtisch. Rosa waren die Aktendeckel. Der Beamte antwortete ihr, was er dem Mädchen geantwortet hatte: unmöglich. Der Junge sei jetzt in Pflege bei guten Menschen, zu denen er Vater und Mutter sage, er wisse von nichts, man könne ihn jetzt nicht verlegen, jetzt sei alles zu spät. – Mojan stellte während des Herbstes mehrere Anträge, reichte Bittschriften ein. Doch alles war vergebens.

In dieser Zeit begann die Angst, sie zu bearbeiten, wie mit einer Peitsche. Mehrere Male in der Nacht konnte sie sie wecken.

Und es gab eine einsame Weihnacht. Zwei Kerzen in roten Ständern spiegelten sich in den schwarzen Tieraugen des Mädchens, ihre Finger öffneten lahm das Päckchen mit buntem Stoff, den Mojan ihr gekauft hatte. Es war doch der Geburtstag des Jungen, er war am Weihnachtsabend geboren. Die beiden Frauen feierten, ohne etwas über diese Erinnerung zu sagen: ein unbekanntes Gesicht – nun wußte keiner von ihnen überhaupt noch, wie er aussah. – Plötzlich entdeckte Mojan an sich selbst, daß ihr Gesicht völlig naß war, warme Tränen strömten ihr über das Gesicht, ohne es zu wissen, saß sie da und weinte wie ein Meer.

Für das Mädchen aber kam das zu spät.

Das Mädchen war nun, wo sie war.

Zeitlos. Sie sah nicht das Gesicht des Jungen vor sich, sie fühlte es. Er war, der er war, jetzt und immer. Für sie gab es keine Zeit mehr, sie hatte schon mit einer Art Ewigkeit begonnen.

Das Mädchen träumte. Der Moorköng zog und sog. Sie aber verwandelte sich zuerst in eine Taube, die aus dem Fenster flog, dann in einen Schwan, der über den Waldrand und auf den See hinausflog und verschwand.

Eine lange eherne Zeit kam, in der sich nichts ereignete, hart und endlos war sie wie der steifgefrorene Januar nach Weihnachten. – Eines Tages aber, als Mojan von der Arbeit nach Hause kam, hatte das Mädchen etwas Unerwartetes unternommen: sie war fortgewesen: und nicht nur einfach fort, sie war obendrein bei der Arbeitsvermittlung gewesen: sie hatte Arbeit bekommen, eine gute Arbeit, wie sie meinte, Bedienung in einem kleinen Bierausschank in der Stadt, westlich in den Schmalstraßen. Für besonders gut hielt Mojan dies nicht, zu dieser Zeit stimmte es noch, daß die Schmalstraßen so waren, wie sie nun einmal waren. Aber die Hauptsache war schließlich trotz allem, daß das Mädchen bereit war, auf irgendeine Weise ihr Brot zu verdienen. Mojan hielt also ihren Mund, ermunterte sie in jeder Weise, achtete darauf, daß das schwarze Serviererinnenkleid und insbesondere die weiße Schürze sauber waren. – Und dem Mädchen schien die Stelle wirklich zu gefallen, man sah sie meist auf einem Stuhl in dem dunklen, tagsüber wenig besuchten Lokal hinter den hohen gewölbten Fenstern sitzen: Wenn es dann erforderlich war, erhob sie sich und bediente langsam und freundlich irgendeinen Kunden, am Tage waren dies meist alte Männer, die Arbeitsleben und normales Leben hinter sich gelassen hatten. Sie schien sich mit dem Leben ausgesöhnt zu haben. So sah man also in den nächsten Monaten hinter den großen schmutzigen Fensterscheiben des Ausschanks das schwere gelbe Gesicht, die harten schwarzen Locken des Mädchens. Das Gesicht veränderte sich und schimmerte: es wohnten viele Personen in ihm. Als sehe man unter Wasser ein dunkles lebendiges Herz. Sie war schön und schüchtern, gleichsam frisch geboren und frisch gewaschen. Wie ein großes Kind versuchte sie, sich tagsüber auf eine verlegene Art mit den wenigen Gästen zu unterhalten. Nicht zwecks Verführung, nein, man sah sie ernsthaft darüber reden, wie es ihnen ging, wie alles für sie so gekommen war. Als Antwort auf das, was sie erzählten, nickte sie langsam – ja-a, ja-a. Die Gäste waren erstaunt, aber ihr gegenüber mitfühlend, wie man es zu einem auf irgendeine Weise seltsamen Kind ist. – Sie versuchte auf den Rand des Lebens emporzukommen, sie versuchte es wirklich.

Auf diese Weise vergingen zwei Monate. Zuerst sah man vor den großen Fenstern nur Schneeregen – dann verwandelte er sich in Nebel, tropfendes Eis, Eisschollen im Fluß. Dann: das Eis schmolz und verschwand. Klar floß jetzt nur das dunkle Wasser. Bald war Ostern, jene Jahreszeit, in der die Ewigkeit beginnt.

Und eines Abends kam das Mädchen nicht nach Hause. – Sie war einen zu weiten Weg gegangen, sie kam nie mehr nach Hause.

»– die Mutter der Toten wohnt hinter dem Sumpf – wate mit bloßen Beinen durch den Sumpf, Füße und Beine werden vom Sumpfwasser braun, das Kleid feucht und braun und schmiegt sich am Körper an, der Ast ritzt, das Moor saugt und saugt, saugt einen langsam hinab, kein Grund, nur Sog, braunes, saures Wasser, braunes Erstikken, was sieht man, während man hinabgesogen wird – während der Tod nur zunimmt und wächst? –«

Sie befand sich auf dem Weg aus einem Brunnen nach oben. Sie pflügte ihren Weg durch Wasser und Wald.

Jetzt sah sie das Kind deutlich. Sie hätte nicht sagen können, wie er aussah. Aber sie sah ihn deutlich, er war es. Als versuche er ständig hinüberzukommen auf ihre Seite, konnte aber nicht. Er weinte entsetzlich und rang seine Hände.

Die namenlose Sonne. Ohne Alter, ohne Namen. Ewig steht sie über dem Wasser. Ewig leuchtet sie in der Finsternis.

Eines Tages aber stürzt die Sonne vom Himmel.

Und nachts schwang sich ein Schwan auf aus dem niederen Moorwald und flog auf sausenden Schwingen in die endlose Nacht, singend ging sie unter, während sie hinter dem, den sie nicht finden konnte, herflog.

Jetzt eilt das Mädchen durch den schwarzen Wald, in den Sumpfwald, in das knirschende, knackende, jammernde Frühlingsnachtdunkel. Sie ruft, ruft immer wieder den Namen, den Namen des Jungen. Der rohe Schmerz ist überall in ihrem Innern, blind und betäubt ist sie durch ihn. Laut ruft das Kind. Blind vor Tränen eilt sie schreiend zwischen den Ästen hindurch, die schlagen und schaukeln und reißen. Schwarz ist es. Sie stolpert und platscht in Morastlöcher, in Wasserpfützen. Scharfe Zweigbündel, Gestrüpp, Wurzeln. Überall glimmert und glitzert Wasser, wie Funkenreflexe spielt es überall im schwarzen Wasser, Funkenlicht, fahrende Feuerschatten. Sie streckt die Arme aus, einmal in die eine, dann in die andere Richtung, will Unterstützung einfangen, sucht nach Händen – wo ist er? wo ist er? Doch da sind nur feuchte Äste, glatte Stämme. Der Mantel ist naß, das Kleid am Saum feucht, die Schuhe sind durchnäßt und schwer, schlapsen und schmatzen, jeder Schritt wird zäher und immer schwerer und schwieriger. Sie weint. Hat nun aber so viel geweint, daß die Stimme den Ton verloren hat, nur luftloses Keuchen kommt und trockenes Schluchzen. Warm rinnt der Schweiß an den Wangen hinunter, warm der Rotz aus der Nase in den Mund hinein. Der Hals ist trocken, der Mund gurgelt den Namen des Jungen, den Namen des Jungen. Das Kind ruft im Dunkel wild um Hilfe.

»– es heißt, die Erde ist böse, nein, die Erde ist gut; sie läßt die Baumwurzel verfaulen und wird auch meine Knochen verfaulen lassen –«

»– Rauch steigt auf vom Rand des Moors. Wer hat dort Feuer gemacht? Es ist die Mutter der Toten, sie verbrennt das Trauerkleid –«

In der Nacht sieht dann die Mutter, wie sie durch den Kanal staken, vom See. Durch das Schilf kommt das Boot mit der Leiche. Ein Mann steht mit einer Fackel am Bug. Die Fackel spiegelt sich im schwarzen Wasser, bis hinab zu den Quellen, bis in die Eingeweide des Meeres. Das Schilf weicht zurück. Die Nacht ist endlos. Die Vögel, die Stelzvögel sind schon gekommen, die überwinternden Schwäne auf ihren Nestern erwachen, als das Boot mit seiner Last vorbeigleitet, der stakende Mann mit der Fakkel und die Tote.

Und einige Wochen später stand Mojan tatsächlich im Leichenhaus der Polizei, um die Ertrunkene zu identifizieren. In dem blauen Licht rollten sie die Bahre an. Der Körper lag unter einer schwarzen Plane. Sie hoben die Plane hoch. Damals war das ihre frohe Sonne, ihr Lebensjuwel, ihr Märchenkind gewesen. Nun war es ein blaugraues Gesicht, das Haar sah aus wie Gras, eine seltsame Schneckenart saß dort. So war es. So war es geworden.

(– und gerade in einer solchen Nacht, einer dunklen und stürmischen Frühlingsnacht einige Jahre später, riß der Junge von den guten und reinlichen Pflegeltern aus – er wurde nach kurzer Zeit eingefangen, doch als er zurückgebracht werden sollte, wollten die Pflegeltern ihn nicht mehr haben, es war zuviel, es war mit ihm immer zuviel gewesen, sie ertrugen es nicht)

Und dies nun war mit der Zeit, der Zeit, die das Gewebe des Todes im Körper und das Gewächs des Lebens ist.

Nach der Identifizierung veränderte sich plötzlich das Blut, das Mojans Schoß noch immer – sie war jetzt beinahe fünfzig Jahre – regelmäßig wie eine Uhr in heftigem Strom von sich gab. Mit einmal kam sehr wenig, es war schwarz, übelriechend, schmerzte und preßte sich hervor, als sei das wirkliche Blut dort im Innern des wunden geschwollenen Bauches gefangen – ausgeschlossen, eingesperrt. Als sei die Welt ausgesperrt.

Als verblasse alles.

Da begriff sie, daß etwas in ihrem Leben gefangen und eingeschlossen war. Daß es befreit werden mußte. Daß sie sich aufmachen und es befreien mußte.

Doch es folgten einige Jahre wie eine schwere Masse, unabsehbar, was in ihnen war. Das Blut war zum Stillstand gekommen. Arbeit, Arbeit, welchen Sinn, welchen Sinn hatte nun das Geld, das sich auf ihrem Postsparbuch häufte?

Dies ist mit der Zeit. Daß sie einem so leicht entgleitet, ihren eigenen Weg geht, ihr eigenes Leben annimmt. Einmal endlos wie das Universum, ein andermal kurz wie eine Sternschnuppe. Einmal vollzieht sich alles in einem Augenblick, die Welt entsteht, lebt, lauscht, verwelkt, wird zusammengefaltet wie eine Gewebe, ist nicht mehr vorhanden, all dies binnen einer Sekunde – tausend und Millionen Jahre haben Platz in einer Sekunde, Samen, Wurzel, Blüte, Tod stehen dort still und sind einfach da, man hat alles von Anbeginn an erlebt und bis zum Ende, dennoch ist nur ein kleiner kurzer Augenblick, der mindeste, der geringste vergangen. Ein andermal ist es genau umgekehrt: man fliegt über das Meer der Zeit, eingeschlossen in einen Augenblick, eine Tausendstel Sekunde – während man dort ist in einem Augenblick, einem Atemzug aus Schmerz und Seligkeit, sind tausend und

Millionen Jahre vergangen, man erwacht und nichts ist sich gleich, alles ist völlig fremd, man geht hinaus auf die Straße, sie ist nicht wiederzuerkennen, man sieht nur neue unbekannte Menschen, man sieht hinauf zum Himmel, dort ziehen die Vogelzüge nach Süden, doch es sind unbekannte Vögel, deren Laute und Lockrufe man noch nie gehört hat.

So war es jetzt für Mojan: der blitzschnelle Augenblick, in dem sie wohnte, lebte, eingeschlossen war, er hatte eine Wand, eine Haut, widerstandsfähig wie eine Samenschale.

Der Keimaugenblick der Buße.

Währenddesssen ging das Leben um sie herum weiter. Kinder wuchsen, beendeten die Schule, begannen zu arbeiten und waren plötzlich verheiratet und bekamen Kinder, Leute wurden älter, mußten aus dem Haus ins Krankenhaus und Altersheim ziehen, starben und wurden begraben, neue zogen ein. Eines Tags sah sie, daß das Haus völlig verändert war: sie war die einzige, die noch aus der Zeit des Hausknechts übrig war. Und auf dem Kirchhof schlief die Ertrunkene, viele Jahre war sie jetzt schon dort und hatte einen eigenen Stein neben dem Vater mit dem Kind. Einen kleinen schwarzen Stein, auf dem stand:

Arbeiterin
Lajla Andersson-Rosenkvist
1919–1954

Am Anfang ging Mojan jeden Tag dorthin.

Doch auch dies war nun schon lange her. Mit der Zeit werden auch Gräber vom Augenblick verschlungen –

dem Augenblick, der eine Angelegenheit für sich war, eine Welt, in der sie wohnte, wo sie die Tür hinter sich geschlossen hatte. Dem Augenblick, der wie eine fleischfressende Pflanze alles an sich zog, es für sich in Nahrung verwandelte, alles ging in ihm auf und verschwand in ihm. – Sie war also jetzt die einzige, die von den vielen Mietern übrig war, die Neuhinzugekommenen hielten sie für ein wenig wunderlich, da sie nie etwas sagte, nie Besuch bekam, den Leuten immer auswich, von der Arbeit nach Hause kam, die Türe hinter sich verschloß, das war alles – sprach sie einer an, antwortete sie freundlich, aber doch mit einer Miene, die klar ausdrückte, sie habe keine Zeit zu unnötigem Gerede, sie habe andere und wichtigere Dinge zu tun. – So vergingen mehrere Jahre – viele.

An einem Frühlingsnachmittag aber, als sie von der Wolle nach Hause kam, saß in der Fensternische des Treppenhauses ein Mann, dessen Gesicht sie zunächst weder erkannte noch wiedererkannte – das Sonnenlicht füllte die Fensteröffnung hinter ihr, er war nur schwer, dunkel, ohne Gesichtszüge. Sie sah ihn fragend an – doch langsam kam die Erinnerung zurück. Nun begann sein Gesicht zu leben, aus sehr weiter Ferne trat es hervor – aus einer seit langem vergangenen Zeit in ihrem Leben erhob er sich, stand mit hängenden Armen und sich verknotenden Händen da. Eine ganze Zeit stand auf, wurde umfangreicher in ihr, brach hervor. Das Meer begann zu brausen. Gerüche, Geräusche und Stimmen, Menschen, Tierrücken, Gesichter – vor allem zwei Gesichter.

Vor allem diese beiden Gesichter.

Sie stand unbeweglich da. Der Mann vor ihr räusperte sich. Ein Mann, den sie früher gekannt hatte, doch nicht sonderlich, kein Nahestehender. Nur einer, den sie ganz allgemein gekannt hatte. Jetzt kam er als Bote von zu Hause. Der vergangene Winter hatte diejenigen geerntet, mit denen sie einmal vereint gewesen war und die sie verlassen hatte – die letzten Jahre hatten sie im Altersheim von Borrie verbracht, der Hof war seit langem verkauft.

Der Bote kam jetzt, um ein Bankbuch, eine Uhr, eine Halskette zu überbringen, das war das Erbe. Und daß die Verstorbenen ausrichten ließen, sie hegten keinen Groll mehr – alles Geschehene sei vergessen.

Sie starrte ihn an. Es war ein beinahe unbekanntes Gesicht, außerdem von den vielen vergangenen Jahren verändert. Der Mann vom Lande lächelte unsicher. Sie glotzte. Hinter seinem unbekannten Gesicht sah sie ein anderes Gesicht und noch ein anderes, sie strahlten und lächelten sie nun an.

Sie öffnete die Tür und mit einer zögernden Bewegung bat sie den Mann einzutreten. Sie setzte Kaffee auf, er holte Brot heraus. Er saß dort am Tisch, die Abendsonne leuchtete in die Zuckerschale. Das Band der Zunge löste sich, er erzählte das eine und das andere von dort draußen, vom Lande. Sie verfolgte seine Worte und sein Mienenspiel wie eine Verhexte, doch sie hörte nichts und verstand nichts von dem, was er sagte – denn die ganze Zeit sah sie das Land und das Meer und hörte es, sie ging in die Küche, sie hörte die Ruder knarren, sie holte die Netze ein, sie kniete in schwarzer, feuchter Herbsterde. Weit entfernt stand das Meer in Brand. Welch sonderbarer Glanz. Wie hatte alles sein können.

Und nachdem der Bote vom Land dagewesen war, beschloß Mojan, das einzige zu tun, was ihr geblieben war, auf irgendeine Weise den Jungen zu finden, den einzigen Nächsten, den sie im Leben jetzt hatte.

Und nachdem sie sich einmal entschieden hatte, hatte sie einen Traum, daß ein unbekanntes Kind – Geschlecht ebenfalls unbekannt – kam und sie grüßte. Niemand wußte, wer der Vater oder die Mutter war. Es aber kam herein und wohnte, schnell verflogen, eine Nacht bei ihr.

Und es war einmal eine Frau, die wohnte allein in einem Haus, von allem weit entfernt. Es war am Meeresstrand, ein Fischerhaus, ein kleiner alter Hof. So weit das Auge sehen konnte, gab es Schnee, Schneeweiten. Jetzt begann es wieder zu schneien, alles wurde zu einem einzigen Wirbel, sie war allein auf der Welt, im Schnee. Sie saß dort an ihrem schwarzen Herd. Da hörte sie ein Klopfen an der Fensterscheibe. Dann noch eines. Nach einer Weile stand sie auf. Da sah sie vor der Scheibe ein Kind, das ihr Zeichen machte. Aber als sie aus Flur und Tür eilte, war das Kind schon verschwunden. In weiter Ferne erkannte sie durch das Schneetreiben etwas, das einer fernen, dunklen, kleinen Gestalt glich, die gegen das Schneetreiben in der dichter werdenden weißen Dämmerung ankämpfte, dann war es verschwunden, als sei es ertrunken.

Sie ging wieder hinein, machte Feuer im Herd, bereitete Essen, deckte den Tisch. Doch nie kam das Kind wieder.

Frühling, Sommer, Herbst kamen und gingen. Sie jedoch kümmerte sich nicht mehr darum, alles, was ihre Freude gewesen war, war vertrocknet und tot, lag dort wie Laub im Steinkrug.

Und wieder war es Winter, wieder stob der Schnee. Wieder bereitete sie eine Mahlzeit. Doch niemand kam.

Am Morgen des nächsten Tages hatte der Schneefall aufgehört. Alles war kristallklar und still. Weit entfernt stand glitzernd im Sonnenaufgang ein rauhreifüberzogener Baum, er trug ein Kleid aus Eis und Feuer. Jetzt löschte sie ihren Herd und kehrte ihn aus und trug die Asche in den Schnee hinaus. Dann packte sie Brot und Essen und einige Geschenke in ein Bündel, zog derbe Schuhe an die Füße und nahm einen Stab zur Hand – dann ging sie für immer in die Welt hinaus, um nach dem Kind zu suchen. Überall war Eis.

Und überall Eis, im ersten Winter, nachdem sie umgezogen war und unten in Malmö ihr neues Leben begonnen hatte.

Denn nach achtundzwanzig Jahren in der Wolle kündigte sie also und begab sich nach Malmö, der großen Stadt, dem Hafen und der Fabrikwüste. Jetzt im Winter war es eine Stadt aus schwarzem Eis – unheimliche, zugige, leere Straßen, durch sie war also das Mädchen gegangen. Gegangen und gegangen. – Und dort ging sie nun selbst, es war, als hallten die Schritte des Mädchens vor ihr ständig auf der anderen Seite dessen, was man eigentlich hörte, ständig um die Ecke, hallte und hallte, es war ein langer Weg zur Bushaltestelle im schneeigen Gegenwind, ständig war das Mädchen vor ihr oder auch an einem ganz anderen Ort, nur daß sie sie die ganze Zeit hörte, auch wenn dies nicht so war. Als sie die Bushaltestelle erreicht hatte, war sie völlig verschwunden und völlig fort, an der Haltestelle nur Leere, und die Schneeflocken wirbelten im hohen Bogenlampenlicht. Ihr Arbeitsplatz war in der Spinnerei und Strumpffabrik Malmö draußen am Trelleborgsvägen, dort sollte sie ihre ganze Zeit bis zur Rente bleiben, später bekam sie auch eine Wohnung dort draußen, am Per Albin Hanssons väg hinter dem Stadionvägen in der Nähe der Fabrik. – Anfangs wohnte sie jedoch im obersten Stock eines heute verschwundenen Hauses im Zentrum, dort läutete es schließlich eines Sonntagmorgens hart und scharf an der Tür. – Ein schwarzes Ziegelsteinlabyrinth voller Schritte, Rufe, schwindender Geräusche, Echos. Hofbrunnen. Einer. Und noch einer. Und noch einer. Die ganze Zeit dachte sie, wenn sie tief unten das Tor zuschlagen hörte: Vielleicht hier. Vielleicht im nächsten. Vielleicht im nächsten. – Und die Zeit wob weiter ihre flimmernden dahineilenden Fadengewebe, denn aus der Spinnmaschine kommt alles, der finstere bebende Raum mit den Spinnereien und den Maschinen, dort fliegt Staub, dort schimmern Fäden, heben sich und senken sich, man sitzt in Fäden, spinn, spinn. Und die Fäden in der Strumpffabrik, sie feilten und flimmerten und schnürten und keilten und sickerten und rannen, rannen weg, verschwanden, verschwanden. Schneller und schneller. Manchmal wurde ihr schwindlig, dann bekam sie Angst. Dann war es, als stehe sie am Abhang über dem Meer der Zeit, dort ging es steil bergab, wohin?

Gleichzeitig aber hatte sie sich ja etwas vorgenommen – was die eigentliche Ursache dafür war, daß sie aufgebrochen und umgezogen war. Sie hatte durch verschiedene Behörden nachzuforschen begonnen, wo der Junge geblieben war – er war ja nie adoptiert worden, konnte also nicht unter anderem Namen verschwunden sein.

Verwickelt genug war es dennoch.

Erst nach fast einem Jahr – als sie fast die Hoffnung aufgegeben hatte, beinahe nicht mehr an die Angelegenheit dachte, beinahe zu denken begonnen hatte, es sei vielleicht am besten so, wie es war, warum die Dinge wieder aufrühren? –, da läutete es eines Sonntagmorgens an der Küchentür. Sie saß bei Kaffee und Zeitung, sie hatte sich jetzt eine Brille zulegen müssen. Ein scharfes, schrilles Klingeln. Noch immer mit Lesebrille öffnete sie – wenn auch mit gewisser Vorsicht, zuerst nur einen kleinen Spalt, dies erinnerte sie an etwas. Der junge Mensch, der draußen stand, war gekleidet in ein blankgewetztes schwarzes Jackett, das ihm nicht paßte, auch das erinnerte sie an etwas, das vergangen war. Er hatte das breite Gesicht des Mädchens und die Augenform. Es war der Gesuchte.

»Ich erkenn' dich wieder. Du hast mir Bonbons geschenkt«, sagte er mit einem zögernden, verschwimmenden Lächeln.

Wie konnte er das? Es war unmöglich, er war zu klein gewesen. Und nie hatte sie ihm etwas Süßes gegeben, war sie einer Sache sicher, dann dieser, Süßigkeiten entsprachen nicht ihrer Natur und ihren felsenfesten Prinzipien.

Aber in jener Welt, in der er lebte, war es so.

Bestürzt sah sie ihn an. Er hatte ungewöhnlich leuchtende Augen. Ja, er entsprach dem Ursprung seiner Tage – die, der er ähnlich sah, trat hinter ihm hervor wie der Röntgenschatten hinter der hellen Körpermaterie. Aber an diesem hellen Licht, das er war, war etwas besonders Unruhiges, Flammendes, das der Toten nicht ähnlich war, es war gleichsam eine ganz andere Lebensader, Haut und Knochen und die Materie des Körpers waren vielleicht die gleichen, vielleicht sogar der gleiche Mensch, aber der Lebensstrom, der hindurchlief, war von völlig anderer Art, ein brennendes, zersplittertes Licht, Splitter zwischen starkem Licht und engem, dumpfem Dunkel, vielleicht war es die andersartige Lichtmasse, Licht-Kraft im Auge, die dies bewirkte, die Farbe war die gleiche, aber das Schneiden im Licht war anders, ganz anders. Starke, derbe Finger hatte er. Aber die Nägel waren abgekaut, die Fingerspitzen rotgeschwollen und entzündet – sie begriff, da hatte sie einen Unglücklichen vor sich.

Es verhielt sich so, daß der Junge, der hier vor ihr stand, einer war, der niemals dort hatte sein wollen, wo er war – ein Ausreißer. Er wollte haben, haben, nehmen, nehmen. Als er bei den ordnungsstrengen Pflegeeltern Antwort nicht erhielt, erstarrte das Gesicht einfach – wollte er durch die Wände, fort, fort. In einer Osternacht lief er fort, es war dunkel, stürmisch, noch war er nur ein Kind und wußte nicht, was er tat, außer daß die Welt dalag wie tot, sie mußte irgendwie dazugebracht werden, sich zu bewegen, zu geben, zu antworten! Draußen im Dunkel machte er sich auf den Weg. Für seinen Unterhalt brach er unterwegs einen Münzgasautomaten auf und wurde festgesetzt, dies galt als ernst, die Pflegeeltern wollten ihn nicht mehr haben. Er wurde der staatlichen Erziehung übergeben, jetzt lernte er, durch alle Wände hindurchzukommen, aufzubrechen, einzubrechen, er ertrug es weniger und weniger, eingesperrt zu sein.

Mojan setzt ihn nun an ihren Küchentisch und war um ihn herum und bemitleidete ihn und bediente ihn. Jetzt erkannte sie alles an ihm wieder. Auch ihre eigenen Gefühle erkannte sie wieder, sie beschwor das Gesicht, das sie hinter diesem ziemlich schmutzigen, groben jungen Gesicht sah. Wie es hinter den groben Zügen, den schweren Lippen von selbst leuchtete. Reine Augen, leuchtende Lider, ein offener und stummer Mund, man könnte sagen, aus Seligkeit oder wegen irgend etwas anderem, das aus dem gleichen Seelentrakt kam. Wie die Hände sich hoben. Und eine hastige Flucht von Erzählungen eilte über seine Lippen. Sie aber verstand von allem, was er erzählte, fast nichts, Ereignisstücke in einem unbegreiflichen Wirrwarr, ihr auf jeden Fall unverständlich, sie hörte auf die Kraft der Worte, das stürzende Brausen – die Erinnerungen, die Erinnerung.

Und dann hatte sie ihn.

Nach einiger Zeit etwas mehr, als sie es sich gewünscht hatte – um die Wahrheit zu sagen. Er brauchte sie in allem, das war deutlich. In Hohem, in Niedrigem. Ein wunderlicher, dunkler Junge kam und preßte Geld heraus. Ja, sie hatte ja ihr Postsparbuch, sie hatte auch das, was das Mädchen hinterlassen hatte, sie hatte es nie angefaßt. Auch von dem Bankbuch, das von draußen vom Lande gekommen war, hatte sie nie etwas genommen. Das aber verheimlichte sie. Nach einiger Zeit aber ging auch dies in Rauch auf, es ist sonderbar, mit welch schwindelerregender Geschwindigkeit Geld verrinnen kann, wenn es einmal angefangen hat. Und es schien auch so, als sei etwas in ihr zerbrochen, sie konnte keinen Widerstand mehr leisten – nichts konnte sie noch dagegen setzen. Der wiedergefundene Enkel zog ihr die Haut ab bis auf die blanken Knochen, so kann man es ausdrücken. Er klammerte sich an ihr fest wie ein Säugling, sie mußte für alles aufkommen. Und das tat sie auch, sie hatte doch solche Angst, daß er eines Tages einfach verschwunden wäre und nicht wiederkäme. – Das aber tat er ja ständig. Jetzt hatte sie wieder jemanden, dem sie Essen kochen, Kleider waschen konnte, dem sie Geld geben konnte – Geld, Geld. Dann verschwand er wieder hinaus in ein dunkles Leben, über das er nichts erzählen wollte – wie er auch nicht berichten wollte, wo er eigentlich wohnte.

Einmal aber sagte sie, das Geld reiche nicht. Da bekam er einen bösen Blick, schlug die Tür zu und verschwand. Sie lieh sich Geld auf der Arbeit – dann saß sie angstvoll da und wartete. Wenn er nun nie mehr kam?

Aber er kam und war froh wie ein Kind. An jenem Abend erzählte er ihr:

Er wolle eine neue Welt schaffen, er habe in der alten zu viel geschuftet.

Und um eine neue Welt zu schaffen, mußte man die alte verbrennen – so sah er die Sache.

Wie eingeritzt auf der Innenseite der Haut und auf der Rückseite der Augäpfel, als formte sie die Glasmasse der Pupillen und spiegele sie, sah er die Welt, die nach der völligen Zerstörung der alten kommen würde. Wie eine Läuselarve kroch sie aus der verbrannten. Sie kroch aus dem Auge. Sie öffnete sich. Ihre Eingeweide waren eine Stadt. Die Stadt breitete starke leuchtende Feuerschwingen aus.

Denn der Junge war in seinem Leben so viel eingesperrt gewesen, zuerst bei den Pflegeeltern und dann in der Erziehungsanstalt, daß er alles in dieser Welt als einschließende Mauer begriff, eine riesige labyrinthische Hausmasse oder Stadt, die nur aus hohen glatten Wänden bestand – sich selbst und die ganze Welt sah er als undurchdringliche Mauern, undurchsichtige Fenster (die weißverschlämmten und vergitterten der Anstalt), alles dicht, schwer, fest, unerschütterlich. Er sah dann vor sich, wie man verfahren mußte, damit diese zerbrechlich gemacht werden konnten, zerbröseln konnten, zerfallen konnten, zu bröckligen Ascheformen werden konnten – verschwanden.

Mojan hörte zu. Aber eigentlich konnte sie nicht mitkommen. Eine kriechende Angst, ein aufsteigendes eisiges Gefühl *Falsch* (falscher Weg, falsches Leben, falsche Welt) ließ nun jede Bewegung, jeden Satz, den sie zu sagen versuchte, schwach und unsicher werden, das war ein dunkler Wald, ein völlig undurchdringlicher dunkler Wald.

Der Junge hatte Stapel von Heftchenromanen bei sich, die er las, während er in ihrer Küche saß – wann er tagsüber kam, wußte sie nicht, kam sie von der Fabrik nach Hause, war er nun immer da, sie hatte ihm den Schlüssel gegeben, damit er kommen und gehen konnte, wie er wollte. Er saß dort am Küchentisch und las und murmelte – hob ihr einen erschöpften glänzenden Blick entgegen. Die Geschichten handelten von der Eroberung fremder Welten. Doch er las auch oft in dem alten Buch von den Geheimnissen, dem Wegweiser, der Leuchtenden Leiter, das sie einmal in einer anderen Welt auf dem Jahrmarkt von Kivik gekauft hatte, es war braun und fettfleckig, es zerfiel, zerbröselte, die einstürzenden Mauern, die verschwindenden Buchstaben las er.

Doch das Weltfeuer – wenn alles verzehrt war, verschwand dann auch das Feuer?

Der Junge schien zu glauben, er werde das Weltfeuer beherrschen. Ebenso wie der Mann aus Galiläa sagte er, er sei gekommen, um ein Feuer anzuzünden – »und wie gerne wollte ich doch, es brennt«.

Er stützte den Kopf in die Hände und sah in sich selbst hinein:

»Das is so schlecht so schlecht. Verbrenn den Dreck Verbrenn den Dreck«

»ich bin so schlecht so schlecht Verbrenn Verbrenn«

– o Sternennacht die mich verschmähte und verriet

– soll die Erde brennen soll das Haus der Welt brennen soll das Gefängnis brennen.

– Also sagte die Stimme zünd an ein Feuer, soll die Erde brennen, sollen die kranken Wunden gereinigt werden, soll das schlechte Holz die Wohnungen des Hasses und Bauten Strafmauern und Käfig verbrennen verbrennen

Und er sollte auch seinen Plan verwirklichen – das heißt einen Teil des Plans, einen kleinen Anfangsteil des großen Werkes, freilich den, der das Ganze einleiten sollte, von da sollte es weitergehen von Teil zu Teil, fest und lose, trocken und feucht, Erde und Meer, alles sollte schließlich eingeschlossen sein in den großen Funkentanz.

Und in einer stürmischen Herbstnacht also begann der Riatorpsgården zu brennen, eine staatliche Anstalt zur geschlossenen Erziehung gefährdeter männlicher Jugendlicher. Es war mitten in der Nacht, es hatte ziemlich lange schwelen können, bevor etwas entdeckt wurde. Das erste, was man sah, war eine deutlich leuchtende Rauchwolke, die plötzlich heftig und riesig aus dem Giebelfenster im dritten Stock des hohen Gebäudes schlug – gleichzeitig hatte es indessen ziemlich lange im hinteren Teil des Kellers gebrannt, als man entdeckte, daß es auf dem Dachboden brannte, war der Brand im Keller auf dem Weg nach oben, er hatte sich bereits in der Zwischendecke eingenistet. Das hohe Klinkerhaus mit seinen Reihen vergitterter Fenster lag in einem Wald – der Feuerschein fiel über die Kronen der entlaubten großen Buchen, die sich im Sturm bogen. Nun ging der Alarm los, panikartig begann man treppauf, treppab zu laufen, schreiend und brüllend, um die zu wecken, von denen angenommen werden mußte, daß sie in dem immer dichter werdenden Rauch der Schlafsäle schliefen – hysterisch zählte das Personal die Jungen, doch es war unmöglich in der lärmenden Menge, die sich auf den Treppen drängte, einen Überblick zu bekommen, wer oder wie viele. Wegen des Rauches war es unmöglich, zu den verschlossenen Türen vorzudringen, die im zweiten und dritten Stock zu den Feuertreppen an den Giebelseiten geöffnet werden sollten. Im Sturm brannte das Gebäude rasch lichterloh – es dauerte auch eine Zeit, bis die aus Ystad kommende Feuerwehr zur Stelle war. Draußen auf dem Hügel rannten schreiende Gestalten vor dem Feuer hin und her. Ja, brennen, brennen. Doch da der Junge, der nach einer unendlichen Zeit der Planung das Feuer gelegt hatte (er hatte sich schon mehrere Tage früher auf das Grundstück geschlichen und dort versteckt gehalten, während er in großer Ruhe seine Vorbereitungen traf) – da er ungeachtet seines großen Ziels nicht mehr war als ein Mensch, war das Feuer, das er sandte, auch nur ein gewöhnliches Feuer: es brannte, und es verbrannte, es schenkte kein Leben, es schenkte brüllenden Tod, schwarzgesengte Körper fielen und stürzten. – Dann gab es ein gemeinsames Begräbnis für die Opfer, mit Zeitungen und Radio vor Ort: alle – die Ortsbevölkerung, die Polizei, weinende Eltern – versprachen Tod und noch einmal Tod demjenigen, der dies verursacht hatte.

Der Junge (den die Leute wiedererkannten, er war ein alter Klient der Einrichtung) war zu jener Zeit in der Gegend gesehen worden. Er wurde gesucht, blieb aber verschwunden. Obwohl die gesamte Gegend, ja nahezu die gesamte Provinz und beide Regierungsbezirke auf den Füßen waren, gelang es ihm, sich ziemlich lange zu verbergen. Erst nach Weihnachten ergriff ihn die Polizei, und da eher aus Zufall, er geriet in eine allgemeine Razzia in einem Abbruchhaus, in dem er zufällig lag und schlief.

Und zu Mojan kam er eines Tages also einfach nicht, obwohl es so abgemacht war und sie mit dem Essen wartete, er kam einfach nicht.

Und er kam nicht.

Es verging ein Tag, es vergingen zwei. Mojan saß da, sie kochte neues Essen für zwei. Dann saß sie da und wartete, bis der Schlaf sie übermannte. Mitten in der Nacht wachte sie auf, kalt stand das Essen da, niemand war gekommen. Sie war nun ja gezwungen zu Bett zu gehen, um sieben Uhr sollte sie bei der Arbeit sein, wie alle anderen Tage im Leben. So saß sie jeden Abend dort und wartete mit dem Essen. Niemand kam. Sie brachte es nicht fertig, allein zu essen, das Essen mußte wieder in die Speisekammer gestellt werden, beliebig oft kann man das nicht tun.

Es war Schmerz, nichts anderes als Schmerz. Alles.

Sie meinte aus den Winkeln zu hören – saugendes Licht, Weinen. Als sammle das Dunkel sich dort ganz hinten und weinte.

Alles schleppte sich dahin, zäh wie der Alp, wenn er sich nachts an Rücken, Herz, Lungen festklammert und am Tage nicht loslassen will – hie und da schnappt man nach Luft. Wie ein Schluchzen. Herr, erbarme dich!

Und nichts geschieht. Überhaupt nichts geschieht. Sie

sagt sich, sie könnte vielleicht zur Polizei gehen – aber etwas sagt ihr auch, daß dies von allem gerade das war, was sie wirklich nicht tun sollte.

Es wurde Weihnachtsabend. Sie hatte Geschenke gekauft, ja. Die aber lagen tot da. Sie saß dort mit ihrem Lichterbaum, einem hölzernen Kerzenleuchter, den sie an Stelle eines Christbaums gekauft hatte. Viele Kerzen waren darauf, viele Seelen. Sie saß da und sah in die Kerzen. Sie sah zurück und zurück, Licht für Licht. Dort hatten sie gelebt. Nach vorne gab es nur ein Dunkel wie ein großes Meer. Und er, der letzte von ihnen, wo war er nun?

Eines Abends ganz kurz nach Weihnachten aber klopfte es an der Tür. Und dort stand er.

Und wie sah er aus. Wie er roch – stank. Offenbar war er viele Wochen lang nicht aus den Kleidern gekommen – vielleicht nicht, seit sie ihn zuletzt gesehen hatte? Wie ein Baumstamm war er bedeckt von Ablagerungen. Nach dem Äußeren mochte er nun beliebig alt sein, was man sah, waren altersloser Schmutz und Grind.

Mojan besaß eine große Zinkwanne. Jetzt wärmte sie Wasser. Dann mußte er sich ausziehen und setzen – die Wanne war so groß, daß ein nicht allzu großer Erwachsener Platz fand, wenn er die Beine eng an die Brust zog. Sie begann ihn einzuseifen, den dunklen Kopf, die Schultern, die Brust. Muskel nach Muskel trat glänzend in der Nässe hervor. Sie staunte darüber, wie der menschliche Körper sich mit der Zeit entwickelt, stark und unaufhaltsam steigt Schicht für Schicht aus seinem Keimblatt hervor. Dann mußte er aufstehen und sich das Geschlecht und die Beine selbst waschen. Viermal war frisches Wasser nötig – bei jeder Spülung sah sie, wie der Junge selbst immer deutlicher hervortrat, jung und rein, aus dem abfallartig klebrigen Schmutz. Jetzt stand er ganz munter dort, die Augen hatten Glanz und Ausdruck wieder gewonnen, er war in Handtücher gehüllt – jetzt mußte er essen!

Und es wurde ein Freudenabend.

Ganz kurz aber, nachdem er gegessen hatte, erhob er sich und begann die Kleider anzuziehen – sie hatte sie auf einen Haufen gelegt, sie dachte, nun bleibt er bestimmt, sie wollte sie waschen. Was machst du? fragte sie ihn. Er antwortete: Weggehen! – Ich muß weg! Sie versuchte ihn mit aller Kraft zum Bleiben zu überreden, es war doch schon sehr spät, fast mitten in der Nacht. Er jedoch ließ sich nicht erweichen, bekam plötzlich einen harten Ton – er mußte weg!

Und plötzlich war er dann wieder fort. Es war wie ein Traum. Hätte es die hervorgezogene Wanne und die nassen Lumpen auf dem noch immer feuchten Boden und die beiden schmutzigen Teller auf dem Küchentisch nicht gegeben – es wäre gewesen, als sei nichts gewesen.

Dann vergingen Wochen, und sie hörte nichts mehr von ihm. Es muß tatsächlich gerade in jener Nacht geschehen sein, wenn auch später in der Nacht, beinahe in der Morgendämmerung, als die Polizei zuschlug und plötzlich dieses ganze verlassene Haus voller Uniformierter war. Davon konnte die Großmutter ja nichts wissen. Wie vorher saß sie da und wartete – wo er jetzt wohl war?

Darüber jedenfalls kam dann Nachricht.

Jedoch erst nach langer Zeit. So langer Zeit, daß sie versuchte, sich zu zwingen, nicht mehr an die Angelegenheit zu denken. Fast nicht mehr dachte – freilich in der Weise, daß es schien, als sei der Gedanke überall, nur nicht in dem ausgesprochenen Gedanken. Der Gedanke war ein allgegenwärtiger Schmerz, so gegenwärtig, daß er keinerlei Grenzen mehr hatte, hinter denen er eingefangen werden konnte, man hatte sich schon lange daran gewöhnt, daß *es so ist.* – An einem Tag im Februar aber lag dort ein Brief von der Polizei mit der Mitteilung, wo der Enkel sich befand und wo sie in ihrer Eigenschaft als nächste Angehörige das Recht hatte, ihn zu besuchen. An einem furchterregenden Ort: der Rechtspsychiatrischen Klinik.

Vom Bus aus hatte sie einmal jenes bewachte Betongrab draußen in der Ebene gesehen und sich gefragt, was dies wohl für ein Gebäude sein mochte.

Es muß gesagt werden, es kostete sie ziemlich lange Zeit, lange Zeit, bis sie sich aufraffte, die Besuchserlaubnis zu nutzen.

Eines Tages aber war sie also dort. Glatteis an der Bushaltestelle, der Februarwinter strahlte ringsumher – rund um sie selbst, rund um die Gebäudeeinheit aus Betonmauern, massiven drahtverstärktem Fensterglas, Alarmdrähten, Telefonleitungen, Stromkabeln, hohen Gitterzäunen, Scheinwerfertürmen. In endloser Ferne stieg ein Rand aus schwarzem Meer über die sonnenfunkelnde Schnee-Ebene. Gefrorenes Schilf, gefrorene Gräber, starres, sich duckendes Gestrüpp und Weidenbäume. Ein Streifen Meer, Dunkelheit. Ja, so strahlte der Eiswinter um jenen hermetisch verschlossenen Betonbunker, in dem man bösartige Elemente verwahrte, bis man zu einem Ergebnis gekommen war. Rundherum erstreckte sich die Ebene in der Schneesonne. Alles weiß, hart, strahlend. Im Inneren des rechtspsychiatrischen Grabes aber herrschte ein abgeblendetes totenstummes Tageslicht, das Gebäude war wie ein blindes Auge mitten in der Ebene, verschlossen und verriegelt, völlig nach innen seiner eigenen Welt zugewandt.

Und im Inneren des Bunkers vollzogen sich merkwürdige Träume.

(– Denn was sich über alle, die dort saßen, sagen läßt – daß ihnen, in einem bestimmten Augenblick, bei jedem von ihnen unterschiedlich, die Wirklichkeit zu eng geworden war, darum sie zum Angriff gegen sie übergegangen waren, mit Feuer, Dynamit, Messer, Schüssen, mit dem Geschlecht selbst, mit Feuer und Brand: Angriff, um jene schreckliche abschließende Grenze einzureißen

»– Feuer, Feuer, Feuer! Feuer auf die Erde!«)

Das Eis strahlte auf Kanälen und Wegen. Alles war bis auf den Grund gefroren und tot.

Doch ein Kristallfeld war der Park ringsherum. Welch schönes Wetter. Die Sonne funkelte in Millionen Eisnadeln durch die Bäume, die Macht der Sonne wirkte unüberwindlich.

Dann ließ man sie vorbei an Schleusen, Wärtern, Leibesvisitation.

Und nun stand sie vor dem eigentlichen Kernpunkt.

Das Besuchszimmer war an sich wie ein normales Krankenhauszimmer, wenn auch mit Türen aus Panzerblech, weißgestrichen, heiß und stickig, tief im Inneren des Gebäudekörpers gelegen. Eine weiße Lichtkugel an der Decke, ein gleichmäßiges, schattenloses Licht. Nichts von der Welt erreichte dieses rauschende strandlose Schweigen. Das Zimmer schien völlig geräuschisoliert zu sein. Wurde man hier vergessen (und schloß sich die Tür hinter einem, war es, als sei man mit einem Mal von allen und allem vergessen) – nichts konnte man mehr wissen, weder, wo man sich befand, noch welche Tageszeit es war, nichts konnte man darüber wissen, wie draußen der Tag glänzte, wie strahlend klar er viele Meilen weit über der Ebene stand. Hier herrschte die Unbeweglichkeit über alles und alle und über jeden einzelnen allein, in der Unbeweglichkeit kämpfte jeder allein –

hier lebten sie im Grab, tobende Lehmmenschen, hier im Grab wurden Träume vom Feuer der Sonne geträumt, vom fernen Sonnenplaneten, seinerseits Planet einer größeren Sonne, jener unendlich fremden Sonne. Wie die Füße nackt auf den weichen Rücken des Feuers traten und Kühle schenkten. Wie die Insel im Weltall entstand. –

– Dann wurde er von einem Wächter hereingeführt. Die Finger fuhren herum und fummelten, die Augen blitzten. Ein schwerer Geruch nach uneingestandenem Tod umgab ihn. – »Setzen!« schrie der Wächter. Er aber weigerte sich zu setzen. »Runter!« schrie der Wächter. So wurde er dann an einen großen Tisch gezwungen, Mojan genau gegenüber, sofort begannen die Finger über den Tisch zu rennen und zu spielen. Die Augen leuchteten, der Mund begann zu rufen und zu sprechen, er gestikulierte mit Armen und Händen, er griff an, er griff an. Er befand sich mitten in einem Sturm, den man nicht sah – gekrümmt fechtend kämpfte er. Man sah die zappelnden Gesten, die Leuchtaugen, doch die unbekannte Kraft, die ihn antrieb, sah man nicht. – Sie hatte einen süßen, riesigen Kuchen mitgebracht, den sie gebacken hatte, er war unten bei der Visitation entsprechend untersucht worden. Den gab sie ihm nun, vor allem um dem rasenden Gerede ein Ende zu machen. Er stürzte sich auf ihn. Er aß gierig, er aß den ganzen Kuchen auf, während sie zusah, in den Mundwinkeln blieben Krümel hängen. Um die stark strahlenden Augen war er beinah grau geworden, gräulich glänzend, er sah nicht sauber aus, hier in der Weiße war er das einzige, was unrein war, der lehmdunkle, grauschmutzige Wurm. Der Kuchen war jetzt verzehrt, verschlungen, nur das Einwickelpapier war übrig. Plötzlich begann er zu weinen.

»Ich hab' das nicht gewollt. Ich bin das nicht gewesen.«

Die Tränen flossen. Aber sie flossen gleichsam unbeweglich, als weine nicht er, sondern ein ganz anderer. Einer, der vielleicht in seinem Inneren war. Oder vielleicht auch draußen. Sein Gesicht war kindlich. Das Lehmkind saß dort in einem dunklen qualvollen Traum. Ein scharfer, schreckensgelähmter Schweißgeruch kam von ihm. Die Tränen strömten, er umklammerte den Tisch mit beiden drallen Händen.

»Ich habs nicht gewollt.«

Sie stand auf und nahm ihn in die Arme. Der Wächter sah zur Decke. Sie hielt den Kopf des Jungen an ihre Brust. Ein runder, dunkler Kopf, seine Schwere und Form erkannte sie wieder. Es war jene Schwere und Form, die das Leben schenkt. Ein warmer Hauch von Feuchtigkeit und Tränen kam aus seinem Mund auf Mojans Bluse.

»Nicht gewollt.«

Er sah eine Stadt, klar, ohne Zittern, sie spiegelte sich in einem stillen tiefen Meer aus Blut.

Ja, er war krank. Er war wirklich krank. Eigentlich hätte er nach Växjö, nach St. Sigfrids kommen sollen, aber aus Platzmangel wurde nichts daraus. Statt dessen überwies man ihn in das Malmöer Ostkrankenhaus. Dort saß er eingesperrt. Die Großmutter brachte Kuchen und verschiedene Süßigkeiten dorthin, aber sie wußte nie, was aus ihnen wurde, ob er sie je erhielt – sie bekam keine Genehmigung, ihn zu besuchen. – Ein einziges Mal durfte sie ihn sehen, das war nach mehreren Monaten. Da war er wund an Händen und Handgelenken und im Gesicht. Er sah sie nicht an und antwortete auf keinerlei Anrede, starrte nur hartnäckig und feindlich auf die Wand neben ihr. Dann wurde er wieder abgeholt.

Er war ein schwieriger Patient, ja. Er wohnte in jenen verbrannten und gehäuteten Körpern. Sie wanden sich und schrien. Er wohnte zwischen den Gräbern, er war an die Grotte gefesselt und versuchte sich freizuschlagen. Er weinte und weinte, tobte, tobte, verzweifelt.

Minute um Minute verging ein Jahr. Eines Tages aber sah er an der Mündung der Grotte ein Licht. Er hob seine wunden Hände. Sie waren lebendig und ließen sich gebrauchen.

Eine lange Zeit, das war nach einem Jahr, wieder war Schnee und Februar, März.

Vogel Federlos
saß auf Baum Blattlos
Da kam Frau Mundlos
und aß Vogel Federlos

Und es schneite.

Und eines Tages gelang es ihm also auszubrechen.

Es war Mittagszeit, mit anderen Worten, gegen zwölf Uhr am Tag, als man entdeckte, daß er verschwunden war. Die Zelle leer, der Vogel ausgeflogen – wie auch immer dies hatte geschehen können, ein vollkommenes Wunder in dieser schwerbewachten Abteilung. Voller Panik wurde Alarm geschlagen, schließlich war ein gefährlicher Patient ausgebrochen, einer, der in St. Sigfrids im festen Pavillon hätte sein müssen. Unbegreiflich, wie er durch diese Reihe verschlossener Türen hindurchgekommen war. Man alarmierte die Reichspolizei. Er aber hatte ja schon mehrere Stunden Vorsprung, als man dem Personal zu Leibe rückte, erwies es sich, daß tatsächlich niemand beschwören konnte, ihn nach dem Wecken gesehen zu haben, er mußte gefrühstückt haben, doch niemand konnte sich erinnern, der Arzt war auch vorbeigekommen, aber er war an diesem Tage nur vorbeigegangen.

Und jetzt war dieser verbrannte Körper unterwegs, es gab Eis, Schnee und Sonne, alles war scharf und schneidend, starker Frost, die Kälte schmerzte. Jetzt hatte er den Weg in das neue Leben begonnen. – Denn es war so, daß der Entflohene eine Zuflucht hatte, wohin er unterwegs war, ein Lager und eine Festung, die er viel früher angelegt hatte, mit dem Gedanken an den Tag, an dem der letzte Kampf kommen würde. Eine Insel – eine sehr unbedeutende, ein Splitter im Meer, eine Sandbank draußen vor der Fabrik in Klagshamm, einer in den dreißiger Jahren niedergebrannten und nie wieder aufgebauten Zementfabrik, deren nackte schwarze Ruinenmasse einen erschreckte, so wie sie sich aus dem überwachsenen und sumpfigen Strandgebiet erhob. Dorthin kam nie jemand – dort hatte er sich einen Sommer lang aufgehalten, hatte vom Fischen gelebt, hatte die Insel niemals verlassen, die im Sommer unter dem hohen Schilf versteckt und vom Strand nicht zu unterscheiden war, er hatte dort ein Boot versteckt. Also ging er jetzt nach Süden. Zur Rechten sah er die unbarmherzige neue Stadt steinweiß funkelnd in der Wintersonne emporwachsen, Klippe um Klippe blendende, noch leere Häuser. Mit den totenstillen Blicken der blendenden neuen Stadt im Rücken ging er weiter nach Süden, er begegnete niemandem, er kannte den Weg sehr gut und wußte, wie man sich auch mitten auf offener Ebene verstecken konnte. – Doch er war schlecht gekleidet für das Vorhaben, er trug nur die Strickjacke über den Krankenhauskleidern und hatte keine richtigen Schuhe, nur die Holzpantoffeln aus dem Krankenhaus. Das Schlimmste aber war, daß er nichts hatte, um Feuer zu machen. Streichhölzer waren auf der Abteilung ja verboten: und es hatte keine Gelegenheit gegeben, als er sich geduckt an einem Pfleger nach dem anderen vorbei durch die sofort wieder verschlossenen Türschleusen schlich, sich irgendein Feuerzeug zuzulegen, zwar sah er, wie sich Streichholzschachteln und Feuerzeuge in den Taschen der Pfleger abzeichneten, alle wollten ja irgendwann für eine

Zigarettenpause hinaus. Die Flucht war ohnehin schwierig genug gewesen, gerade hieran hatte er nicht gedacht, es schien unmöglich, daß man nicht die Gelegenheit haben sollte, so etwas Simples wie eine Streichholzschachtel zu bekommen.

So aber war es nicht.

Der Weg war lang. Es herrschte starker Frost, es gab harten Harsch, manchmal brach er ein, und die Holzschuhe füllten sich mit Schnee. Der Weg war lang – nur große Kraft konnte jemanden bei solchem Frost so weit tragen. Blind vor Kraft der Bewegungen, sie erhielten sich selbst aufrecht, rannte der verbrannte gehäutete Körper auf der großen Landstraße Richtung Süden. Kam ein Auto, tauchte er ab in den Graben, bis es verschwunden war. Der Körper mied die Dörfer, rannte auf der Rückseite vorüber. Auf diese Weise kam er an mehreren Gemischtwarenhändlern vorbei. Jedesmal dachte er: »Jetzt – jetzt gehe ich hinein!« Was kann natürlicher sein, als eine Schachtel Streichhölzer zu kaufen? Doch er konnte sich nicht überwinden, immer gab es etwas, das nicht stimmte, entweder waren dort drinnen hinter den Schaufenstern zu viele Leute zu sehen, oder es waren zu wenige, er wäre aufgefallen. – So kam er denn gegen Abend an, noch immer ohne Streichhölzer oder eine andere Möglichkeit zum Feuermachen.

Noch fielen von der verschwundenen Sonne rote Schatten auf den Schnee. Leer zeichneten sich die schwarzverbrannten Mauern der Fabrik von Klagshamn vor dem Abendhimmel ab. Weit draußen lag gefroren das Meer. Als er zuletzt hiergewesen war, war Sommer gewesen. Damals war die Insel das Paradies. Jetzt lag sie nackt und hart draußen auf dem Eis, alles enthüllt und scharf entblößt, der kleinste Stein oder ein Stück Holz aus einem Wrack waren deutlich in der frostklaren Meerabendluft sichtbar. Jetzt erkannte er, auch wenn er ein Feuerzeug gehabt hätte, es wäre unmöglich gewesen, Feuer zu machen, ein Feuer dort draußen wäre wie eine Leuchtboje meilenweit sichtbar gewesen. Das Boot lag sonderbarerweise dort, wo es gelegen hatte – doch das Versteck war kein Versteck mehr, es lag von weitem völlig sichtbar eingefroren im Eis. – Ja, alles war nun Eis, er brauchte kein Boot. – Und er ging über das Eis dorthin, wo er wollte. – Dort draußen zu gehen und zu wissen, daß man kein Feuer machen kann, war, als gehe man in eine Welt, die es bereits nicht mehr gab.

Jetzt verloschen die letzten Sonnenreflexe. Dort war sein Platz. Er bestand aus einer kleinen, im Schnee dunklen Steinmauer, eigentlich ein Unterstand, wie ihn sich Seevogeljäger bauen, um dahinter zu schlafen, während sie auf den Sonnenuntergang und den Beginn der Jagd warteten – er hatte ihn selbst mit einem Dach aus Reisig und Schilf versehen. Unter Brettern und Steinen befand sich sein Lager, Angelhaken, ein paar Konservendosen, Dosenöffner. Er hatte ein paar alte Decken, in die er sich wickeln konnte. Seltsamerweise gab es da auch eine Streichholzschachtel, er aber traute sich doch nicht, auch nur ein Hölzchen zu probieren, er wußte ja, wie weit selbst ein so unbedeutender Feuerschein zu sehen war, wenn er unerwartet in der unbeweglichen Winternacht über Ebene und Meer aufflammt. – Ansonsten bestand sein Lager in der Festung aus Waffen – wunderlich zusammengetragener Büchsen verschiedener Art, sie stammten aus Hauseinbrüchen. Sogar ein Luftgewehr war dabei. Das Prachtstück der Sammlung war ein Elchstutzen. Alles war gut verstaut, eingeölt, nichts war von der Feuchtigkeit erreicht worden, nichts vom Rost. Munition war vorhanden. An und für sich hatte er mehr in seiner Sammlung haben wollen – wichtigere Sachen, zum Beispiel Granaten. Aber in die Lager der Armee hatte er nie eindringen können, er wußte, daß es sich dabei um einsam gelegene Schatzkammern handelte, die man ausspähen mußte, dazu aber war die Zusammenarbeit mit anderen nötig, mit einem, der ein Auto hatte, er kannte keinen, der da mitgearbeitet hätte, was ja seinen innersten Plan und seine innersten Gedanken ausmachte, er hatte nie anderes sein können als Einzelgänger.

Die Nacht wurde seltsam. Er hatte Essen, er wußte, er müßte essen. Doch es war zu kalt, um sich hierzu zu überwinden. Auch der Hunger fror ein. – Es verging eine unendliche Zeit. Ging und verging; stand dennoch still; mitten im Nichts war er, er war nichts. Mitten in der Nacht war die Kälte so groß, daß er das Gefühl hatte, er selbst sei aus blankem Eis, aus Stein, aus Stahl. Alles war schwarz. Aber die Insel, die Küstenlinie, das Eis glänzten schwach. In der Kälte blitzten die Sterne so nah und wild, daß ihm schien, er sitze in ihnen fest. So beherrschte er sie. Er war Herr über alles im Dunkeln, und die leuchtenden Dinge bewegten sich um ihn herum. Mit ihm, dem Schuldigen, konnte die schuldlose Welt sterben.

Dann kam der Weltenbrand, dann kam die große Zerstörung, dann kamen die Toten, die trotzdem nicht tot waren.

Er sah das Feuer. Das große Feuer, das letzte Feuer.

Er sah, wie ein neuer Planet geboren wurde.

So kam es, als der Morgen sich endlich wie ein roter Rand über dem Meer, weit dort draußen vor dem Eis zeigte und drinnen an Land die schwarzen Ruinen von Klagshamn zu glühen begannen, daß ihm war, als gebe es ihn nicht mehr. Mit äußerster Anstrengung begann er indessen mit den Vorbereitungen zur Verteidigung/zum Angriff, mit steifen, gefühllosen Fingern ölte er noch einmal alles ein, trocknete, setzte zusammen und lud. Die Sonne ging auf. Nun herrschte er über eine Eisinsel mitten im Eismeer, das sich im funkelnden Schneesonnendunst ausbreitete, was aber sollte er damit, er wollte schließlich das Feuer.

Weit draußen vor dem Eis war ein dunkler Rand blauschwarzes Meer – erschreckend.

Mitten am Tag, als die Sonne so hoch am Himmel stand wie im Februar (März freilich schon fast, aufwärtszeigende Sonnenkurve), sah er, wie einige dunkle Gestalten auf Skiern daherkamen. Sie hatten Hunde an der Leine, es waren Hunde, die Wölfen glichen. Hinter ihnen kamen auf der Straße mehrere Polizeiautos. Die Hunde bellten unaufhörlich, laut und monoton: das Jagdgebell der Wölfe, wenn sie die Spur aufgenommen haben – wenn die Witterung schärfer und schärfer wird. Die Autos hielten an der Fabrik an, aus ihnen sprangen noch weitere Uniformierte, plötzlich wimmelte die Gegend von ihnen.

Die Polizei rückte nun in einer Linie auf dem Eis in Richtung Insel vor. Kein Mensch war dort draußen zu sehen. Aber die Hunde keuchten und zerrten. Der kleine Unterstand zeichnete sich, offenbar verlassen, im blendenden Mittagslicht ab. Den, der dort lag, sah man nicht. Er hatte sich in der Grube hinter der Steinmauer zusammengekauert, wie ein Hasenjunges sich an die Erde preßt und eins wird mit ihr. Jetzt war er im Eismeer eingeschlossen, im Sonnendunst, in der ganzen Welt, alles war Gefängnis.

Plötzlich tauchten sie dann sichtbar und nahe auf der blauenden Schneedecke auf. Die Linien des Gefängnisses wurden sichtbar, sie kamen über das Eis auf die Insel zu. Von überall kamen schwarzblaue Gestalten mit Hunden, Wolfsrachen. Er sah das große Feuer vor sich. Er legte an auf den ersten Schäferhund, zielte, schoß und traf. Das Tier gab ein heulendes Gekläff von sich, sprang hoch in die Luft, fiel dann und lag unbeweglich im Schnee. Er richtete sich auf wie ein Betrunkener, stand einen Augenblick schwankend da und sah sich um. – Aber überall war das Verbrannte. – Überall waren die Verbrannten. Sie waren auf dem Boden, sie fielen vom Himmel. Er schwankte. Dann warf er das Gewehr weg und sprang gerade hinaus. Er rannte auf das Eis in Richtung Meer. Er rannte wie der Wind. Er rannte so, wie ein Feuer vor dem Wind flieht – hinaus auf das Eis, das, so zeigte es sich, nicht glatt war, sondern sich in körnigen, unregelmäßig gepackten Blöcken auftürmte. Er sprang und rannte. Draußen am Horizont war freies Wasser zu sehen.

Da kam ein Schuß.

Ein Warnschuß, der vielleicht auch als Schuß in die Beine gedacht war. Jedenfalls aber handelte es sich um einen scharfen Schuß. Er traf böse. Er stürzte. Nach einer Weile trat ihm rosa Schaum aus dem Mund. Jetzt schleppte er sich im Kreis, immer im Kreis herum wie ein angeschossenes Tier. Da standen bereits alle Uniformierten mit den Hunden über ihm, dicht um ihn herum. Wolfszähne, Wolfszähne war das letzte, was er sah, ehe die wogenden Finsterniswellen ihn ganz zu sich hinabzogen.

Man trug ihn an Land und brachte ihn im Eiltempo ins Zentrale Krankenhaus von Malmö. Wie das Gesetz es vorschrieb, saß ein Wächter vor dem Operationssaal und dann vor der Intensivstation. Sein Zustand blieb kritisch, und man benachrichtigte die Großmutter. Sie kam und saß in den Tagen, die er noch zu leben hatte, an seinem Bett, wo er dalag wie ein Vogelkörper, der sich verheddert hat und in Leitungen, Schläuchen, Drähten gefesselt ist. Es war unmöglich festzustellen, ob er sie bemerkte, das Gesicht bewegte sich nicht, der Blick war ein fließender glitzernder Fieberdunst. Diese surrenden Bahrenräder, ständig wurden neue Operierte gebracht. Es waren jene wimmelnden Angstwellen im Licht der blauen Nachtlampen. Der Respirator seufzte und pumpte und pumpte. Sie las ihm laut vor, doch sie wußte ja nicht, ob er sie hörte. Sie las das folgende:

»Und sie kamen über den See in die Gegend der Gerasener.

Und als er aus dem Boot trat, lief ihm alsbald entgegen aus den Gräbern ein mit einem unreinen Geist besessener Mensch.

Der seine Wohnung in den Gräbern hatte; und niemand konnte ihn binden, auch nicht mit Ketten.

Denn er war oft mit Fesseln und Ketten gebunden

gewesen und hatte die Ketten abgerissen und die Fesseln zerrieben; und niemand konnte ihn zähmen.

Und er war allzeit, Tag und Nacht, auf den Bergen und in den Gräbern und schrie und schlug sich mit Steinen.

Da er aber Jesus sah von ferne, lief er hinzu und fiel vor ihm nieder, schrie laut und sprach:

›Was habe ich mit dir zu tun, du Sohn Gottes, des Allerhöchsten? Ich beschwöre dich bei Gott, daß du mich nicht quälst.‹

Denn Jesus sprach zu ihm: ›Fahre aus, du unsauberer Geist von diesem Menschen!‹

Und er fragte ihn: ›Wie heißest du?‹ Und er antwortete und sprach: ›Legion heiße ich; denn unserer sind viele.‹

Und er bat ihn sehr, daß er sie nicht aus derselben Gegend triebe.

Und es war daselbst an den Bergen eine große Herde Säue auf der Weide.

Und die Teufel baten ihn und sprachen: ›Laß uns in die Säue fahren!‹

Und alsbald erlaubte es ihnen Jesus. Da fuhren die unreinen Geister aus und fuhren in die Säue, und die Herde stürzte sich von dem Abhang ins Meer (ihrer waren aber bei zweitausend) und ersoffen im Meer.

Und die Sauhirten flohen und verkündigten das in der Stadt und auf dem Lande. Und die Leute gingen hinaus zu sehen, was da geschehen war.

Und kamen zu Jesus und sahen den, der von den Teufeln besessen war, daß er saß und war bekleidet und vernünftig, und fürchteten sich.«

Und in der dritten Nacht, die sie bei ihm wachte, in der Intensivstation, die ganz oben in einem neuen Gebäude lag, von dem aus man tagsüber Aussicht hatte nach Süden, über die ganze Ebene – schlug das Wetter um, es taute, gab Tauschnee. Vor dem warmen Zimmer, in dem die halbnackten Körper sich bewegten, wanden, mit Maschinen belebt wurden, dröhnte die Nacht. Das Eis brach auf, das nasse Schneegestöber wirbelte. Kurz nach drei Uhr nachts starb der Junge. Gerade als die Großmutter feststellte, daß der Körper, der vom Respirator gehoben und gesenkt wurde, nicht mehr am Leben war, daß es nicht mehr war, als wenn ein Stück Treibgut gehoben und gesenkt und von den Wellen hierhin und dorthin geschleudert wird, gerade als das völlig unüberschattete klare Bewußtsein darüber, warum es wirklich *so* totenstill im Zimmer war, eisig in ihr Inneres rann – sah sie, daß am Fußende des Bettes, wenn auch ein Stück entfernt mitten in dem rauschenden nachtblauen Zimmer, in dem die weißen Schatten sich bewegten, der Mann in jenem knotigen Mantel stand, seine Hände und Füße waren aufgerissen und geöffnet.

Wie denn wird der Mensch mit Sternen und Weltall wiedervereint?

Vom Segelschiff aus begrub man den Toten nachts auf hoher See.

Weit entfernt am hintersten Landesende gab das alte Land seine Toten wieder frei, die gebrochenen Werkzeuge, dem Lebensbewahrer, Lebensverwandler Erde.

Aber der Junge wurde im Krematorium auf dem hintersten Friedhof Malmös beigesetzt. Drei rote Rosen von der Großmutter, drei weiße von der Fürsorge schmückten den Sarg. Anwesend war nur Mojan, sie stand allein mit dem Pfarrer in der hallenden Kapelle. Er war also in seinem jungen Leben ganz allein gewesen – ein Aussätziger? Unter dem Fußboden, wo der Sarg stand, brannte der Ofen, in dem die neue blendende Stadt ihre verworfenen Bestandteile in der Hochverbrennungshitze des fast entmaterialisierten Feuers, der gebündelten Energiestrahlung vernichtete. Jetzt brannte er. Im Moment der Verbrennung, wenn alles im Körper für einen Augenblick in das Gold des Alchemisten verwandelt wurde, richtete er sich auf und fuhr halb sitzend wie ein urzeitlicher König aus Gold ein in die unsichtbaren Wirbel der Energieherde. Die Aschengestalt erlosch und fiel zusammen. Das Personal mit Gesichtsschutz rechte die Asche zusammen – er hinterließ noch nicht einmal eine Plombe, frische junge Knochen und völlig gesunde Zähne. So brannte er und wurde verbrannt. Nun lebt er, wo?

(Nach der Beisetzung aber träumte Mojan, daß sie die ganze Zeit eine Leiche wusch und herrichtete – die ganze Zeit war es die eines jungen Mannes oder einer jungen Frau, eine beliebige Leiche, angsterfüllt rannte sie in den Korridor hinaus und fragte jeden, dem sie begegnete, nach der richtigen Leiche, sie aber sahen sie nur mit fremdem Gesichtsausdruck an, sie lebten in einer anderen Zeit, alles, was zu ihrer Zeit gehört hatte, war fort, deren Zeit war eine andere, deren Toten waren nicht ihre.)

So verging die Zeit. In den Menschenkörper ist die Zeit eingebaut, die Lebenszeit, die Sterbezeit. Von der Ebene, vom Meer im Süden aus hüllten Nebel den gewaltigen hintersten Friedhof von Malmö ein. Die Stadt hatte drei Friedhöfe, den vorderen, den mittleren, den hintersten – der hinterste war riesig, noch nicht voll belegt, schien in der Endlosigkeit zwischen den Bäumen zu verschwinden, ganz hinten, hinter der Mauer setzte die Ebene ein. Der Nebel tropfte. Die Bäume tropften. Die Bäume wurden zu einem murmelnden, schweren, dunklen Laubkörper. Die Bäume ließen ihre Blätter fallen, auf den Gängen ging man auf einer feuchten, dicken Laubmasse, auf den Steinen klebte Laub. Der Nebel war lautlos. So ging das Leben weiter, ohne jede Erinnerung; man könnte auch sagen, es sei ganz zu Erinnerung geworden, der Augenblick war Erinnerung, das war dasselbe. Alles war völlig still – die Stimmen des Lebens waren weit entfernt, weit entfernt, ein verworrenes schwaches Murmeln vor den Mauern. Am Weihnachtsabend zündete sie Kerzen auf dem Grab des Jungen auf dem hintersten Friedhof an. Die Flammen der Seelen brannten in jedem Kreis, jedem Feld, auf den Friedhöfen, bei den Krematorien.

Sie zündete Kerzen an.

Doch nur der Nebel wogte. Keine Stimme. Still. Still.

So verging die Zeit. Sie lebte völlig einsam, stand unmittelbar vor der Rente, hatte immer häufiger geschwollene Beine – sie hatte bald ihr Maß erfüllt, genug von bebenden Maschinen, vibrierenden Fußböden. Mit der Putzarbeit nach der Fabrik machte sie weiter, auch wenn sie jetzt keinen hatte, für den sie arbeiten konnte, niemanden, an den sie dachte und für den sie auf das Sparbuch einzahlte. Nur aus alter Gewohnheit. Eigentlich nur, um völlig zu ermüden vor dem Schlaf, der sich sonst kaum einstellte in der furchtbaren, leeren, schweigenden, einsamen Nacht. Schließlich hatte sie keinen einzigen Menschen. Überhaupt keine Bindungen mehr. Alles lag unter der Erde. Nur wie ein eingeschrumpfter geschwärzter Mutterkuchen zeigte das alte Land sich in der Erinnerung, nur ein Streifen verschwindenden Landes im Meer der Erinnerung, im Meerwasser des aufsteigenden Augenblicks. Der ständige Nebel, der in der großen Hafen- und Fabrikstadt durch die Straßen kroch, roch salzig wie auch der Nebel unter den Bäumen auf dem Friedhof, den Baumreihen zur nebligen Ebene hin. Lichter brannten im Nebel. Hätte sie sie doch erreichen können.

Und so verging die Zeit, so stand die Zeit still.

Und nach vielen Jahren sollte sie in ein völlig neues Viertel ziehen, in den achten Stock eines Hochhauses hinter dem Stadionvägen, draußen beim Geschäftshaus Mobilia, genau gegenüber dem Zirkusplatz. Das Haus, in dem sie drinnen in der Stadt gewohnt hatte, war abgerissen worden, nur ein kleiner Mörtelhaufen blieb noch von der Küche, in der sie der Junge besucht hatte. Das Haus, in dem sie wohnen sollte, gehörte zu denen, die einer riesigen Mauer gleichen. Dort saßen Menschen hinter den Fensterscheiben wie hinter Löchern in einer Mauer. Ein Haus, in dem die Wände widerhallen von unbekannten Schritten hin und her, Stimmen, Husten, Wasserspülen, reibenden, gleitenden Bewegungen. Fast nie sieht man jemanden. Man hört nur. Dort lebte sie völlig einsam. Eine spärliche Reihe Betontürme vor dem niedrigen grauen Horizont, weit draußen bildete das dunkelgraue kalte Wintermeer einen unbeweglichen Rand. Schnee stob über die Felder. Sie hatte jetzt in der Fabrik aufgehört, an manchen Tagen putzte sie abends aber immer noch Büros. Die stickigen, engen Busse mit diesem scharfen weißgrünen Licht, die Tür wird zugesogen wie das Ersticken eines Aufstoßens vor der stürmischen Nacht draußen. Im übrigen war ihr Tag damit erfüllt, daß sie hinunter zu Mobilia ging, um ihre Lebensmittel einzukaufen. Dort trieb sie im Menschenmeer umher, dort wimmelte es auch früh am Vormittag von Menschen, eine bunte seltsame Menschenmasse, wie man sie nie zuvor auf der Welt gesehen hat, sie umfaßte alle eigenartigen Nationalitäten, Sprachen, Gerüche, schwere glitzernde Zigeunerröcke. Plötzlich, ohne daß es ihr aufgefallen wäre, konnte Sommer sein: Der Zirkusplatz lag in grauem Sonnenrauch, die Lampen auf dem Stadionvägen glasten in die staubige kohlenoxidschwere stickige Sommerabenddiesigkeit hinein. An der langen grau brennenden Asphaltstraße lagen die Baugrundstücke mit leer aufsteigendem Staub. Dies war die neue Stadt, die noch immer im Entstehen begriffen war. Seit der Zeit des Jungen hatte sie einen weiten Weg zurückgelegt, unbekannte Gebiete der Ebene eroberte sie gerade, Reihe um Reihe noch leerer Betonhäuser wurde auf der Ebene ausgelegt. – Mitten drin aber öffnete sich eine Wunde: das alte Valencia, die alte Tanzhalle, verfaulte Bretter, zugenagelte Verandascheiben, zerbrochene Holzbahnplatten, in umschnürendem wucherndem Grün versunkene Reste von Schuppen und Kiosken: versinkende Spuren: doch so deutlich wie der Duft eines Körpers, wie eine heiße, feuchte Berührung mit Haut – fühlte sie, daß das Mädchen hier einmal gewesen war, sich bewegt hatte, gegangen war, gelacht hatte, Spuren hinterlassen hatte, ein brennendes, brennendes Trugbild stob umher wie Irisringe im Abgasstaub, floß wie Irisschimmer auf Öllachen. Überall im Dunst des Gestanks sahen Augen und Gesicht sie an. Mit pochendem Schädel ging sie nach Hause.

So vergeht die Zeit, so ist die Zeit.

Und es wurde immer stiller. Stiller vor allem, ja.

Es war nicht so, daß sie taub geworden wäre. Oder vielleicht ist auch das Taubwerden anders, als die Leute sagen.

Denn jeder Laut, der kam – wenn er kam, war schneidend scharf, drang überall in sie ein, als sei das Gehör eine nackte Saite und ihr ganzes Selbst auch etwas Nacktes, das durch und durch zitterte und bebte wie ein Resonanzboden für einen einzigen Laut, wenn er kam.

Aber es kam immer seltener etwas. Weniger und weniger. Als vollziehe sich eine Art Ausstoßung oder Absonderung. Immer weniger Stimmen, ein wirres verlöschendes Brausen. Es vermischte sich mit dem Schweigen, das von außen kam, weit von außen.

Auch ihr Mund war nun still geworden. Sie hatte ja immer noch ein wenig Putzarbeit, normalerweise das Büro der Papierfabrik, wenn sie jemanden zusätzlich brauchten. Öffnete sie aber den Mund, um etwas zu sagen, kam aus ihm etwas, das sich anhörte wie eine fremde Sprache. Trotzdem stammte sie ja nicht irgendwoher aus dem Ausland – anders als die meisten von denen, die die nächtlichen Büros putzten, sprach sie keine fremde Sprache. (Was gibt es für seltsame Menschen, dachte sie.) In

Meilen gerechnet war es auch nicht weit zu dem Ort, an dem sie geboren war, wo die Eltern unter ihrem Grabhügel lagen. – Trotzdem aber war es Lebenszeiten entfernt. Seit einem Lebensalter ist sie in der Verbannung hier in diesem starren weißen Gebiet, das mehr Ausland ist, als Ausland je werden kann. Weiter entfernt als irgendein Weltteil. Alles ist unterschiedlich und unbekannt. Nichts hat einen Namen. Oder fällt der Name, gleicht er nichts Menschlichem, nur einer zusammengekochten Silbensammlung, einer Geistersprache. – Das Schweigen nimmt zu, es nimmt zu –

– hier auf dem Stranddeich des Todes, außerhalb allen Lebens, alles, was sich zugetragen hat, ist nun hundert Jahre entfernt, zwischen ihr und den Lebenden befindet sich ein gewaltiger Damm, vielleicht schwarzes Wasser. Vielleicht ist das Meer gestiegen und hat alles Leben begraben, vielleicht lebt sie jetzt auf dem Meeresgrund. Zwischen den schneeweißen hohen Haustürmen steigt die schwarze Ostsee

(– ja, diese giftige weiße Wüste, die grauweiße Stadt der Apathie mit den riesigen Betontürmen vor dem Horizont. Abfall. Schrott. Müllvögel kreischen dort. Unbeweglich das finstere graue Wintermeer weit draußen. Dies war das Stadtviertel, wo alles Leben, das weiche Fleisch, die Pflanzen, die Tierwelt, alles weich Angelegte und Aufgebaute, untergehen muß. Und wessen Geistes elektrisch strahlende Welt soll herrschen? Die Stimmen der Winde in der großen Welt-Kluft. Nur Strahlen, Flüstern im Weltraum, Schreck, Glut. Die Zeit der Erde ist vorbei, die Zeit des Geistes kommt. –)

Und eines Nachts erwacht die alte Frau davon, daß sie aufrecht im Bett sitzt und lauscht, mit dem ganzen Körper und ihrem ganzen Ich lauscht sie. Es ist mitten in der Nacht, so tief in der Nacht, wie man kommen kann. Irgendwo draußen in dem großen Haus oder vielleicht draußen in der Nacht hat ein Kind gerufen.

Die Alte sitzt aufrecht im Bett. Noch ist es, als klinge der Ruf von überall zurück. Das Dunkel singt und hallt von überall wider. Nun herrscht das tiefe Schweigen nach etwas, das von sich hören ließ und verschwand.

Wo ist es hin?

Sie war jetzt hellwach. Im Zimmer war es halbdunkel: unten füllte sich das Zimmer mit dem Widerschein der Fahrbahnbeleuchtung aus dem fremden neuen Stadtteil. In dem indirekten Licht, sie zog nie die Gardinen vor, sie wollte aufwachen und sehen, wie die Dämmerung hereinkam, darauf wartete sie immer – sah sie im Spiegel an der gegenüberliegenden Wand einen nicht wiederzuerkennenden Menschen. Großes, grauweißes Gesicht, zerfurchte Wangen, weiße Haarbüschel. Es war so schnell gegangen. Schnee der schneeweißen Asche war auf sie gefallen. Ein unbekanntes Gesicht.

Sie kann beschwören, daß ein Kind gerufen hat.

(– So wie damals, als sie im Büro der Papierfabrik putzte,

es war spät in der Nacht und sie war fast fertig – da sah sie hinten am Korridorende, wo die Treppe begann, wo das Dunkel zum finsteren, nicht beleuchteten Unterstock einsetzte, etwas um die Ecke zur Treppe verschwinden. Gerade schnell genug, daß sie es nicht erkennen konnte. Doch sie wußte, es war ein Kind.)

Wohin war das Kind verschwunden?

Von unten, von der Straße her wurde die Dunkelheit von der schattenlosen Straßenbeleuchtung der Fahrbahnen durchschnitten, sie wurde jetzt zurückgeworfen über die harten schweigenden Hausfassaden.

Jetzt sitzt sie im Bett und weint.

Das weiße überschneite Gesicht ist ein Gewölbe ins Dunkel draußen. Himmel, Erde, unsichtbare Bewegungen, Bewegungen des Meerwassers und der Seen gibt es dort draußen im Undurchdringlichen. Durch das Fenster, wie durch ein großes durchsichtiges Auge, breitet sich die Stadt aus, die Wildnis aus blendenden stummen Fassaden. Sie ist in einem fremden Land. Jetzt ist alles zu spät. Die große Trennung ist verkündet worden und eingetreten. Sie findet nicht den Weg zurück. Sie geht und geht an den großen verlassenen Fahrbahnen entlang, es nimmt niemals ein Ende. Bisweilen ein Gesicht, von dem sich erweist, daß es kein Gesicht ist, nur ein weißer Schatten mit Höhlungen.

»Ist es ein Uhr am Tag oder in der Nacht?«

»Ist das Wasser Sonne oder Mond?«

»Herr Polizist, können Sie einem alten Menschen sagen, wo der See ist?

– Nein, der Wald. – Nein, der See.«

»Ist es ein Mädchen oder ein Junge?«

»Warum sieht er im Licht aus wie ein blauer Fisch im Eis?«

»Warum ist das Kind giftig, giftig?«

»Wo ist der See? Wo sind das Licht und der See?«

An den gewaltigen Esplanaden, den hart glänzenden Parkplätzen in der bei Nacht völlig leblosen Stadtlandschaft. Zwischen den hohen, von unten mit Scheinwerfern beleuchteten Türmen steht das schwarze Meer.

Dann kommt das Kind, das sein Gesicht nicht zeigen will und sie anhaucht. Sie betastet die Wangen, sie sind warm. Sie betastet den Körper, er ist warm, fest und weich. Die Hände bewegen sich lebendig auf ihr Gesicht und ihren Mund zu. Sie weiß, wer das ist. Aber nur fast – fast. Die ganze Zeit verschwindet das Gesicht, die ganze Zeit wendet es sich dem Dunkel zu.

– Doch das Dunkel ist eine Haut, hinter der sich die fernen Vogelstimmen eines neuen Lebens schwach ahnen lassen wie das Rieseln des Blutkreislaufes auf den unbekannten Wegen in der Nacht des Körpers.

Hat man die weiße tote Stadt hinter sich gelassen und ist man draußen in der Dunkelheit, draußen vor den jäh abfallenden Grundschächten, den verschlossenen Bauplätzen, den unbenutzten Durchlässen, den schlafenden Zementmischern, ist die Nacht so tief, daß man nur Schritt für Schritt gehen kann, der Fuß sucht seinen Halt und ist jedesmal gleich erstaunt, wenn er auf festen Boden trifft – jetzt hört man dennoch eine Art sprengenden Laut aus dem Inneren des Dunkels, tief unten im Boden vielleicht. Man beginnt auch Dinge in der Dunkelheit zu erkennen, einen Horizont, eine Straße, die wenigstens etwas heller ist als das Land rings herum. Sie atmen. Jedenfalls ist es letztlich Frühjahr, eine Veränderung regt sich.

So ist es, ja. Irgendwann hört der Winter immer auf. Irgendwann hört man die große stille Bewegung in der Stummheit.

Denn wenn die Sonne ihre Bahn gewendet hat, beginnt sie zu steigen. (Mag sein, daß sie einmal einfach weitersteigt und weitersteigt und nie zu steigen aufhört.)

Sie ruft die Quellen aus der toten Erde. Sie ruft nach dem Meer, aus dem alle lebenden Wesen auf der Erde gekommen sind. Sie ruft nach der Schwalbe, die auf dem Seeboden schläft. Sie ruft nach den Zugvögeln im Lande Ägypten. Sie ruft nach der Feuchtigkeit, dem Blut in den Baumstämmen und nach der Feuchtigkeit in allen Wurzeln. Jetzt ist Ostern. Der Baum, der einmal brannte und verbrannte, trägt Leben, mit dem er atmet und die Welt sieht. Jetzt durchdringt der Ruf des Kindes nach ihr alle Wege und alle Blutgefäße, die ganze Welt und alles in der Welt ruft.

Ja, sie ging und sie ging.

In der Dämmerung war sie draußen in Klagshamn am Meer. Die Ruinen der Fabrik von Klagshamn standen leer und schwarz, das Leben hatte gedauert, war vorangeeilt, war vergangen. Die von der Hitze gesprengte Schale blieb erhalten. Hier, jetzt war ein verlassenes Land, das graue dunkelnde Vorjahresgras lag wie alter Tang in Büscheln gewickelt, um verrostete Stacheldrahtrollen und während des Brandes angeschmolzene und verdrehte Eisenträger und Armiereisen. Alles war leer und entleert, verbrauchte Steine, verbrauchtes Baumaterial, Haufen gebrannten Mörtels. Überall in der Erde aber schliefen Hautflügler und Käfer in ihren Puppen. Auf der Erde und dem noch toten Gras lag das Licht der Dämmerung, die schwarze Erde vermischte sich immer mehr mit Licht, Lichtkorn um Lichtkorn entstand. In dem klaren Meereslicht sah man die Insel im Universum liegen. Aus einem alten Kanalrohr rann Wasser hinaus ins Meer, Durchsichtiges zu Durchsichtigem. Rotes Licht wurde jetzt in der glitzernden Wasserwand sichtbar. Da kam die wiederauferstandene junge Frau am Strand auf sie zu. Sie barg in sich all die Toten, wie der Stein unter dem Altar das Kind in seinem Bauch barg. Das Mädchen zeigte der Mutter die Insel. Um die Insel herum lagen die Singschwäne, die überwintert hatten. Sie sangen im Meer, dem Ende und Beginn des Seins, dem Atmen von allem. In diesem Augenblick stieg über dem Wasser die Sonne auf. Sie strahlte auf Land und Meer, alles erreichten die blitzenden Strahlen, überall trat die Sonne in Kampf mit den zukünftigen Städten.

STREIT DER LEIDEN

Gleichwohl ist das Leben der Kindheit und der Jugend ein Leben der Träume, denn das Innerste, das, was im tiefsten Sinne der Mensch ist, liegt im Schlummer. Das Kind ist ganz nach außen gekehrt, seine Innerlichkeit ist Empfänglichkeit für das Außen und insofern hellwach. Für einen Menschen aber heißt wach sein gerade in seiner Innerlichkeit ewig nach innen gekehrt sein, mithin träumt das Kind, es träumt in seinen Sinnen sich mit allen zusammen, so daß es beinahe sich selbst mit dem Sinneneindruck verwechselt. Im Vergleich mit dem Kind ist der Jüngling mehr nach innen gekehrt, jedoch in der Einbildung; er träumt, oder es ist ihm, als träume alles um ihn her. Wer jedoch im Sinne der Ewigkeit nach innen gekehrt ist, der gewahrt nur, was des Geistes ist, und ist daher im Verhältnis zu jenem Gewahren, das Fleisch und Blut zugehört, dem der Zeitlichkeit und der Einbildung wie einer, der schläft, ein Abwesender, ein Toter . . .

Søren Kierkegaard

Birgitta Trotzig ist 1929 geboren. 1951 veröffentlicht sie ihr erstes Buch *Aus dem Leben der Liebenden*, Novellen, deren Personal in der Kindheit und der frühen Jugend lebt, in jener unterschiedslosen Zeit der Blüte, in der es keine feste Grenze zwischen Raum und Körper zu geben scheint und wo deshalb eine Veränderung der Raumbeleuchtung zugleich eine Veränderung der Sinnesstimmung im Körper ist. Und eben das Fehlen dieser Grenze wird im Buch als Mangelzustand vorgestellt, als ein fast göttlich unschuldiges Verlangen nach Dämonie oder Schuld und zugleich als Ahnung des Wachseins im kierkegaardschen Sinne.

»Sie war mit Körper und Seele in Betäubung gesunken. Tag für Tag war ihr Wesen nur eine vereiste Hülle; ihr Inneres war Leere. Zuweilen aber schien es, als durchziehe ihre Seele eine Ahnung, diese Leere sei zu durchdringen, von grundauf, von einem Schaudern; und dieses tote Schweigen könne übergehen in unendliche Stille, im Augenblick, ehe fast unmerklich, aber mit einer verheerend stillen Macht, sie etwas in Besitz nimmt.«
(*Ur de älskandes liv, Aus dem Leben der Liebenden,* 1951.)

Dieses erste Buch, das sich also nicht nur einer Leere, einem Spleen verschreibt, in den sich womöglich jeder junge Mensch vertiefen kann, sondern auch die Abwesenheit berührt – die Abwesenheit von etwas, das noch nie dagewesen ist, die Ahnung eines Schauderns, wie gegenüber etwas Heiligem –, scheint das ganze Werk Brigitta Trotzigs zu präfigurieren.

Die Fülle der Kindheit, die sich in der Jugend umkehrt und in Leere verwandelt, ist wie jenes bekannte Fixierbild, auf dem man einmal den Krug und ein andermal den Leerraum sieht, in dem der Krug sich befunden hat.

Oder einen kleinen Schritt weiter: Man sieht den vollen Krug, es gibt ihn, gleichzeitig aber ist man sich bewußt, daß es ihn im nächsten Augenblick nicht gibt, wenn dort die Leere ist – usw. Ein Festhalten des Augenblicks, in dem der volle Krug zum Leerraum wird oder umgekehrt, ist nicht möglich.

Gerade in jenem Augenblick, im Übergang zwischen dem Vollen und dem Leeren, erscheint die Grenze als Abwesenheit, als Ort, an dem Innehalten nicht menschenmöglich ist – und dennoch verlangt das Leben danach, sich auf dieser Grenze, in dieser Abwesenheit zu vollziehen.

Birgitta Trotzig geht, ohne zu zaudern, auf diese unmenschlichen Umstände ein, um so mehr, als es sich hierbei auch um die der Kunst handelt. Über die Kunst schreibt sie:

»Sie ist die Gestaltung eines Grenzerlebnisses – die Gestaltung des *Verhältnisses* ›zu dem anderen‹ Objekt. Sie ist nicht die Gestaltung des Objektes selbst. Entfernt sie sich von dieser Begrenzung, stürzt sie.«
(*Ett landskap. Dagbok och fragment, Eine Landschaft. Tagebücher und Fragmente,* 1959.)

Doch sie stürzt nicht. Nicht bei Brigitta Trotzig. Ganz im Gegenteil, sie versetzt eine ihrer Liebenden mitten in ein solches Grenzerlebnis, eines Morgens in Paris, in den gewöhnlichen, alltäglichen Sonnenaufgang über der Seine.

»Mitten auf der Brücke, sah sie die Sonne langsam hinter der Île de la Cité aufgehen; die Hausdächer, der Fluß, ihr Gesicht und ihre Hände wurden übergossen von einem kupferfarbenen Schein. Ihr Herz schlug sehr schnell. Hier in der kupferfarbenen Morgendämmerung zwischen den beiden Ufern, deren Häusermassen sie verschlingen sollten, hatte sie ein Gefühl von Freiheit: ihre Seele war leer, eine Schale nur, die die Spiegelung des flammenden Flusses und des flammenden Alls barg.«
(*Ur de älskandes liv*)

Moorkönigs Tochter gehört zu den längeren Märchen des dänischen Dichters H. C. Andersen. Drei Prinzessinnen fliegen im Schwanenkleid aus dem Land Ägypten nach Norden zu einem wilden Moor in Jütland. In diesem Moor sollen sie für ihren Vater, der todkrank ist, eine heilende Pflanze holen. Eine der Prinzessinnen taucht nach der Moorpflanze. Sie hat ihr Schwanenkleid abgelegt, doch als sie zurückkehrt, haben ihre bösen Schwestern es in Stücke gerissen und sind fortgeflogen.

In ihrer Verlassenheit beginnt sie zu weinen, und als ihre Tränen auf den Stumpf eines Erlenbaums fallen, reckt er seine Arme aus dem Schlamm in die Höhe und zieht sie auf den Grund hinab. Der König des Moors, der Moorkönig, hat sie geholt.

Der Storch, der diese Geschichte erzählt, sieht später eine frischaufgeblühte Seerose, die draußen im Moor schwimmt, und mitten in dieser Blüte liegt ein kleines Mädchen, die Tochter der Prinzessin und des Moorkönigs.

Die Doppelheit im Ursprung dieser Tochter, aus gleichen Teilen Sumpf und Sonnenlicht, läßt sie in der Nacht zu einer häßlichen Kröte mit einem guten Herzen werden, am Tage zu einer hübschen Prinzessin mit dem bösen Wesen des Moorkönigs. Dieses Doppelwesens bedient sich Birgitta Trotzig bei ihrer Darstellung des Verhältnisses zwischen Nacht- und Tagseite des Menschen, zwischen Trieb und Alltagsleben – Schöpfung und Untergang in einem unendlichen Kampf, in der Natur insgesamt, und darum auch im menschlichen Körper.

Bei H. C. Andersen wird die Tochter des Moorkönigs von ihrer tierischen Seite durch einen christlichen Priester befreit, der sein Leben im Kampf gegen die bösen Mächte verliert. Weil er sich ihr später offenbart und ihr, als sie verheiratet werden soll, einen Blick in das Paradies verheißt, wird auch sie von der irdischen Welt erlöst und geht schließlich ein in die himmlische.

Das Märchen überwindet also nicht nur die erotische Sumpfwelt, es beschwört auch das Dämonische in der Alltagswelt und sucht Erlösung in einer anderen Form von Existenz. H.C. Andersen läßt das Licht über das Dunkel siegen – nicht in der Welt, sondern im Bild des Märchens von der Welt.

Die Welt Birgitta Trotzigs ist mindestens ebenso widerspruchsvoll wie die Welt H. C. Andersens – so widerspruchsvoll, wie die Welt es nun einmal ist. In ihrer Methode, die Doppelheit zu behandeln, bewegen sie sich beide jedoch in ihrer eigenen Richtung – H. C. Andersen aus der Geschichte heraus, Birgitta Trotzig in die Geschichte hinein –, gleichwohl kommen sie zum gleichen Ort, zum Wunder, zu einer rätselhaften Ganzheit aus allem und nichts.

H.C. Andersen überwindet alle Gegensätze. Als romantischer Idealist muß er alles gewinnen – alles aber muß gut sein und sich im Licht befinden. Indessen kann er, als Wissender der Romantik, nicht über das Böse in der Welt hinwegsehen. Und er kann auch nicht, wie in den älteren Märchen, den Frosch einfach naiv küssen, damit die Prinzessin gut und liebevoll wird. So kann er nicht idealistisch alles gewinnen, indem er es auf dieser Welt gewinnt. Doch er kann es außerhalb der Welt – im Göttlichen – gewinnen. Damit also ist es ein richtiges Märchen! Daß er, so wie es mit den göttlichen Bedingungen stets gewesen ist, alles verliert – ja dies ist vielleicht das eigentliche Märchen.

Birgitta Trotzig geht den entgegengesetzten Weg. Mit einer Reihe großer Romane hat sie sich ständig tiefer in den Morast des Menschenlebens hineinbegeben, in jene Trostlosigkeit, jene Abwesenheit, die die Abwesenheit Gottes ist, dem eine ihrer Figuren, eine Hiob-Gestalt, folgende Lobpreisung vorträgt:

»Du, der du mir fehlst. Du, der du in mir bist, in deiner Abwesenheit von mir: o Wirklichkeit meines Gebrechens. Meine Lippen fließen über von deiner Bitterkeit; meine Lippen werden zerrissen von deiner Süße; ich schmecke dich. Du bist, der in mir fehlt, du bist.«

(*De utsatta, Die Ausgestoßenen,* 1957.)

Indem sie ihre gedemütigten, ausgestoßenen, sprachlosen Personen immer tiefer eindringen läßt in ihre eigene Stofflichkeit und ihre unerbittliche Teilhabe an der Welt, erreicht sie schließlich ein Mysterium der Realitäten, das, als es nichts mehr zu verlieren gibt, von selbst ein göttliches Licht wirft.

»Im Atem der Sonne lebte alles. Wo er nicht war, war nichts. Dort wohnte der Tod. Der Tod war Schatten, der alle Dinge und Geschöpfe mitten im Sonnenlicht fällte. Der Tod war der Schatten der Sonne. Auf seine Weise enthielt darum der Tod das Leben der Sonne.«

(*Moorkönigs Tochter*)

Unter dieser Sonne kommt bei Birgitta Trotzig die Tochter des Moorkönigs zur Welt. Wie ein Lehmklumpen, wie eine Kröte, die an Land geht und Schatten wirft, wird das Göttliche geboren, wie das unschuldige Kind, das Mensch wird durch Krankheit, Demütigung, Armut und Tod.

Sie ist das Resultat einer Begegnung in einem sumpfigen Wald weit draußen im armen Österlen, zwischen einem Zigeuner und einem jungen, eingeschüchterten Mädchen, das wegen der Schande, die über sie kommt, in den zwanziger Jahren in die Stadt gehen muß, nach Kristianstad.

Hier wächst ihr Kind auf, ausgeliefert und schutzlos, ein Opfer, aufgrund seiner Doppelnatur ausgestattet mit einer verlockenden Kraft, die es befähigt, als Opfer, das den Clown spielt, zu überleben. Freilich nur eine Zeitlang. Eine Flut von Verhängnissen bricht über sie herein: Prostituiert, schwanger, zwangssterilisiert, ihres eigenen Kindes beraubt und nach ungleichem Kampf mit den Behörden von Trauer und Sehnsucht verzehrt, verschwindet sie zuletzt – wieder im Moor, wo sie ertrinkt, während »das Kind im Dunkel wild um Hilfe ruft«.

Das Kind, das einen Augenblick lang die erbärmlichen Erwachsenen in der »Zeit der Verzeihung« hatte leben lassen: »Ja, das Paradies muß nicht verwickelt sein.«

Das Kind, das auch die Tochter des Moorkönigs selbst gewesen war: »Das Mädchen war schon ein Himmelskörper auf seiner eigenen Kreisbahn – wurde es beschädigt, wurde das Weltall beschädigt.«

In diesem zufälligen Kind, und zugleich im Weltall als Kind, erleben wir einen Schimmer von Spiegelung des fleischgewordenen Gottes und desjenigen, was Birgitta Trotzig an anderer Stelle als »Sinn der Materie« bezeichnet hat: dieses Kind gebären zu Menschenleben und Menschentod. Christi Angesicht zu gebären.

Darum auch nennt Birgitta Trotzig »Moorkönigs Tochter« eine Kindergeschichte. So leidvoll, wie sie ist, bestimmt keine Geschichte für Kinder, doch eine Geschichte von Kindern – vom Menschen als Kind, von der Erde, und darum, jenseits von Gut und Böse, dem irdischen Element verbunden.

Eine Kindergeschichte also – vom Menschen in der Hand Gottes – weder der rechten noch der linken, sondern jenseits von Gut und Böse, auf der Grenze, an der sich Verdammnis und Auferstehung miteinander verbinden.

Eine Kindergeschichte, die ein packender Roman ist über Leiden und Wandlungen dreier Generationen, mit einem Widerhall der gesellschaftlichen Veränderungen von der harten Arbeit in den dreißiger Jahren bis zum beginnenden Wohlfahrtsstaat der Nachkriegszeit.

Keineswegs ein psychologischer Roman; aber feinere psychologische Studien als das Porträt der versteinert arbeitssüchtigen Mutter wird man nicht finden.

Auch kein sozialrealistischer Roman; doch stärkere soziale Empörung, wie sie sich beispielsweise hier gegenüber Gefängnisbehörden und Jugendamt äußert, sieht man kaum.

Und durchaus kein phantastischer Roman; doch phantastischere Bilder als jene, in denen diese einfachen Menschen die Sonne der Gnade erleben, lassen sich schwerlich finden.

Das Psychologische, das Soziale, das Phantastische, alles menschliche Moralisieren, Bekenntnis und Erkenntnis, Philosophieren treten in diesem Nicht-Entwicklungsroman in den Hintergrund.

Durch all die Negationen künstlerischer Verfahrensweisen trägt das Buch indirekt zu einer Kunstauffassung bei, die den Künstler in den Hintergrund treten und das Bild sprechen läßt. Auf welche Weise aber spricht das Bild? In einem Essay über die Kunst der Ikonen, *Die Welt der heiligen Zeichen,* schreibt Birgitta Trotzig:

»In der Bedeutung einer Kunst, die sich des Menschlichen, des Persönlichen, des Zufälligen völlig entkleidet, die den Ausdruck zur Weiterbeförderung des Zeichens völlig auslöscht, ist sie (die Kunst der Ikonen) der Prototyp einer ›art sacré‹. Einige der Meisterwerke russischer Ikonen dürften sogar das spezifisch Religiöse deutlicher und konzentrierter verkörpern als andere Kunst.

Die Ikonen, wie sie, aus ihrem Zusammenhang gerissen, an den Wänden eines Ausstellungsraums hängen, sind imprägniert von Gebeten, Verzweiflung, Ekstase Unzähliger. Und vielleicht ist es der Schatten dieses nun vernichteten Lebens, der ihnen ihre vieldeutige Ausdruckskraft schenkt.«

(*Utkast och förslag, Entwürfe und Vorschläge,* 1955)

Damit soll *Moorkönigs Tochter* keineswegs zur Ikone ernannt werden. Doch gerade die »vieldeutige Ausdruckskraft«, die Birgitta Trotzig hier beschreibt, lebt und atmet auf den Seiten dieses Buches.

Moorkönigs Tochter ist nämlich in jeder bekannten Hinsicht ein Roman – außerdem aber in erster Linie eine Form des Gebets, eine Meditation, eine Messe –, »die Moleküle des Körpers lobpreisen Auflösung und Wiedervereinigung«, wie es in *Anima* (1982), einem Gedicht über Celan, heißt.

Der weite Wellenschlag der Sprache, der Klang und der Nachklang in diesem konzentrierten Bild scheinen einer Liturgie zu folgen, die es der Kunst ermöglicht, auf ihrem Platz zu bleiben und zugleich die Welt als Mirakel und Mysterium entstehen zu lassen. Auf der Grenze zwischen Tod und Auferstehung.

Mai 1990 Inger Christensen

Das Zitat von Søren Kierkegaard stammt aus: Stimmungen im Streit mit Leiden. Christliche Reden 1848. In: S. K.: Gesammelte Werke, Düsseldorf/Köln 1959. S. 114f.